학교인가 놀이터인가

목차 >

3. 회복탄력성 교육, 예술교육의 현장

4. 함께 걸어온 사람들의 이야기

들어가는 글>

대안교육은 다양성 교육이며 미래 교육

가창중학교는 대안형 특성화중학교다. 대안교육은 제도교육의 한계를 넘어서서 대안적 사회를 지향하며 새로운 교육을 모색하려는 시도다. 1990년대부터 설립하기 시작한 초기 대안학교는 교육 당국의 재정 지원도 없었으며, 졸업 후에 학력도 인정받지 못했다. 공교육의 한계를 극복하고 대안을 마련하려 했던 대안학교는 여러 가지 어려운 여건 속에서도 새로운 대안을 만드는 데 성공했고, 이 성공 사례가 알려지면서 1998년 특성화 학교를 법제화하게 되었다.

그 후 특성화 학교와 각종 학교의 형태로 대안교육 기관이 전국적으로 확산되었는데, 초기 대안학교에 입학한 학생들은 공교육에서 부적응을 겪은 학생들이 주를 이루었다. 이로 인하여 대안학교 설립과정에 주민들과 마찰을 빚기도 했고, 학생들이 새로운 학교에 적응하는 과정에 많은 어려움을 겪기도 했다. 아마도 공교육의 대안을 마련하기보다는 학생들과 교사가 서로 적응하는 데 더 많은 에너지를 빼앗겼을 것이라 짐작된다. 이후 학부모들이 가지게 되는 대안교육에 대한 낙인효과는 대안학교가 가고자 하는 길에 걸림돌이 되기도 했다.

2012년, 나는 대구광역시교육청이 추진하는 공립형 대안학교 설립에 참여하여 위탁형 교육기관인 「마음이 자라는 학교」와 학업 중단 청소년의 학업을 이어주는 다소 특별한 대안학교인 「방송통신중 · 고등학교 청소년반」 설립과 운영을 주도하였다. 이 과정에서 부적응 학생들의 치유와 진로 모색의 성과를 얻기도 했지만, 교사들의 소진과 학교의 지속 가능성이라는 새로운 고민거리에 직면하게 되었다.

대안교육을 하면서 '부적응 학생의 치유가 우선인가?', '공교육의 대안 마련이 우선인가?'라는 질문을 수없이 던져봤지만, 이것은 따로 논할 수 있는 별개의 문제는 아닌 듯하였다.

2016년 9월, 내가 가창중학교로 부임하고 특성화중학교로 전환을 추진하게 되면서 이러한 고민은 잠시도 떠나지 않았다. 결국 나는 '대안교육은 다양성 교육이며 미래 교육'이라는 생각에 이르게 되었다. 현재의 공교육이 안고 있는 많은 문제점이 입시 중심의 경쟁교육에서 비롯된 것이라고 볼 때, 이것을 해소할 수 있는 것은 교육의 다양성을 꾀하는 것이 해답이라 생각했다. 교과 성적 하나로 모든 아이를 줄 세우는 것이 아니라 다양한 영역과 다양한 방법으로 다양한 개성을 가진 아이들을 교육할 때 아이들의 부적응이 줄어들 것이기 때문이다.

아이들은 교과 성적으로도 자신의 존재 가치를 확인할 수 있어야 하고, 음악이나 춤으로도 확인할 수 있어야 하며, 그림이나 운동으로도 확인할 수 있어야 한다. 공동체의 가치를 배우며 자신의 존재 이유를 확인할 수 있어야 하고, 민주시민으로서의 역량도 강화해야 한다. 결국 다양한 학생들의 요구에 부합하는, 교육의 다양성이 부적응을 막을 수 있는 대안이 되는 것이다.

우리나라는 지금 저출산 문제로 심각한 고민에 빠져 있다. 1970년도까지 출생 인구가 100만 명이 넘던 것이 2016년도에는 40만6천여 명으로 줄어들었고, 급기야 2021년에는 26만3천여 명 수준으로 집계되었다.

이렇게 우리나라의 출산율이 낮은 것은 우리 사회가 직면한 「삶의 질」 문제가 가장 크다고 전문가들은 진단하고 있다. 「삶의 질」을 결정하는 데에는 여러 가지 요인이 있는데, 각종 설문조사에 의하면 우리나라 사람들은 건강 · 가족 · 안전 · 소득 · 여가 문화 활동 · 교육 등을 중요한 요인으로 꼽고 있다. 일반적으로 소득이 어느 정도 수준 이상이 되면 경제적인 면보다는 문화적인 요인이 「삶의 질」을 높이는데 더 큰 영향을 미친다.

교육은 국민의 「삶의 질」을 향상시켜 행복한 삶을 영위하게 하는 것이

목적이다. 시대와 사회의 변화에 따라 행복의 조건이 달라질 수 있으니 교육 현장에서는 이를 예측하고 대응하는 것이 필요하다. 국민소득 삼만 달러를 넘어서며 선진국으로 진입한 우리나라가 국민의 「삶의 질」 향상을 위해 학교 교육에서 문화 · 예술교육을 강화하는 것은 이제 선택이 아니라 필수 조건이 되었다.

4차 산업혁명은 삶의 패턴에 많은 변화를 가져오게 되고, 사람들에게 「삶의 질」에 대한 심각한 고민을 안기게 될 것이다. 로봇과 인공지능의 대중화로 실업은 증가하게 되고 사회적 갈등이 심화될 것이다. 이를 해소하기 위해 일자리 나누기가 진행되고 주당 노동시간은 줄어들게 된다. 결국 여가 시간이 증가하고 이를 어떻게 활용할 것인가는 국민의 「삶의 질」에 지대한 영향을 미치게 된다. 이때 예술적 역량은 「삶의 질」 향상에 중요한 고리가 될 것이다.

독일의 폭스바겐사는 1993년 이후 경기 하강으로 자동차 수요가 감소되고 생산과정 자동화로 잉여 인력이 발생하였다. 이에 경영진은 경영 위기 극복을 위해 인력 감축 계획을 마련하였는데, 93년 12만 명을 시작으로 94년에 10만 명, 95년에 7만 명을 감축한다는 계획이었다. 당시 유럽에서 가장 강력했던 철강노조가 이 인력 감축 계획을 그대로 받아들일 리가 없었다. 결국 노사 양측은 대립했고, 노사교섭을 통해 임금 보전 없이 노동시간 단축을 통한 일자리 나누기(Work sharing)를 합의하고 노동시간과 임금을 각각 20%씩 동시에 삭감했다. 그 결과

주 36시간이던 노동시간을 노동자들의 해고 없이 주28.8시간으로 줄이게 되었다. 이후 폭스바겐사는 고용 감축 없이 성장을 거듭하여 2009년 도요타를 누르고 자동차 생산 1위에 오르게 되었다.

이 과정에서 노동자들은 노동시간이 줄어든 대신 늘어난 여가를 유익하게 보내는 것이 하나의 과제가 되었다. 1주일에 하루를 쉬게 되면 다음 한 주를 준비하기 위해 휴식이 필수적이고, 주5일제 노동 체계에서 이틀간의 휴무는 여가활동이 활성화되게 된다. 반면에 주4일 근무하고 3일을 쉬게 되면 매주 휴가를 맞이하게 되는 셈이 되는 것이다. 결국 폭스바겐사의 노동자들은 소비가 대폭 늘어나, 줄어든 임금 하에서의 가계에 큰 부담을 안기게 되었다.

이러한 경제적 어려움을 극복할 방법은 문화 · 예술 역량을 증가시켜 경제적 지출을 적게 하고도 여가를 효율적으로 잘 보낼 수 있도록 하는 것이다. 결국 미래사회를 살아갈 우리 학생들의 「삶의 질」 향상을 위한 문화 · 예술교육의 확대는 피할 수 없는 일이 되었다. 이의 상당 부분은 학교 교육이 감당해야 할 부분이다.

가창중학교는 특성화중학교로 전환하면서 교육 다양성과 미래 교육의 관점에서 교육 목표를 설정하고 교육과정을 운영하였다. 현재까지는 특성화중학교 전환의 1차 목표였던 학생 모집의 한계를 성공적으로 극복하였다. 그러나 이제는 가창중학교가 지금까지의 경험을 바탕으로 미래학교로서의 대안이 되고자 노력해야 할 때라고 생각한다.

우리 아이들이 지금도 행복하고 미래에도 행복할 수 있는 그런 교육을 하는 학교로 성장하기를 소망한다.

그동안 가창중학교의 변화와 성장을 위해 함께 노력해 주신 가창중학교 교직원들과 이를 묵묵히 지켜봐 주시며 지지와 지원을 아끼지 않으신 박갑년 이사장님과 조종수 이사님을 비롯한 「가창학원 이사회」에 진심으로 감사를 드린다.

또한, 아무도 가보지 않은 길을 홀로 걷던 가창중학교의 길동무가 되어주신 「계명대학교 예술대학 연극뮤지컬과」, 「계명대학교 산학인재원」, 「이우장학회」, 「서한장학문화재단」, 「한국마사회 대구문화공감센터」에도 심심한 감사를 드린다.

이 책이 나오기까지 나의 어설픈 글쓰기를 꼼꼼히 살펴주시고 조언해 주신 시인 배창환 선생님에게 감사와 존경을 표한다.

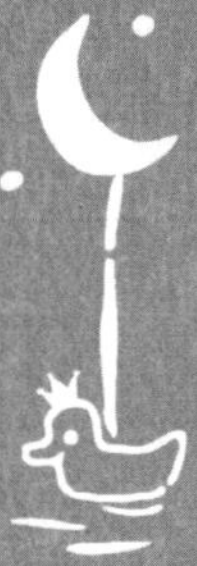

1. 교사로 다시 태어나다

봉사활동을 통해 나와 마주하다

대안교육을 통해 배우고 성장하다

여행으로 도전하는 힘을 키우다

아이들의 회복탄력성을 위하여

봉사활동을 통해 나와 마주하다

1987년, 교직 입문 당시의 나는 교직에 대한 큰 소명 의식 없이 학교생활을 하고 있었다. 그저 직업인으로서의 교사로 살던 내가 교직생활을 통해 삶의 의미를 부여한 계기가 된 것은 봉사활동이었다. 첫 교직 생활을 시작한 경상고등학교에서 만난 이춘성 선생님의 권유로 시작한 봉사활동이 내 삶의 방향을 뿌리째 바꾸게 되리라고는 꿈에도 생각하지 못했다.

이 선생님의 소개로 「참길회」라는 봉사단체에 가입하였는데, 1987년 성탄절에 고령에 있는 「국제재활원」(현, 요셉재활원)을 처음 방문하였다. 당시만 해도 복지정책이 낙후되어 있었고 자원봉사에 대한 일반인의 인식도 미미했다. 나 또한 이런 사회 문제에 대한 관심도가 매우 낮은 수준이었기 때문에 재활원이라는 곳이 어떤 곳인지도 그때 처음 알게 되었다. 재활원 방문을 통해 받은 충격으로 나는 어떤 선생이 되어야 할지 심각히 고민하게 되었다. 당시 국제재활원에는 중증장애인들이 많이 있어서 충격은 더 컸다. 그 후, 나는 「참길회」의 「돌다리」 자원봉사팀에 소속되어 매달 「국제재활원」을 방문하였고, 학교에서 아이들을 가르치는 태도도 많이 바뀌게 되었다.

「참길회」 회원의 다수는 대학생들이었고 직장인들은 상대적으로 적었다. 회원들은 팀을 나누어 고아원, 양로원, 재활원 등을 정기적으로 방문하고 방학 때는 소록도를 방문하여 일주일간의 봉사활동을 했다. 일 년에 한 번 정도는 대구 인근 칠곡에 있는 음성한센인 정착 마을에도 방문하여 주민들과 문화행사를 하며 봉사하였다. 이런 봉사활동을 하면서 마주하게 된 몇 가지 사건은 내 인생을 바꾸는 중요한 계기가 되었다.

첫 번째 사건은 정화 누님(가명)을 만난 것이다. 고등학교 시절 친구들과 어울려 교회에 나가게 되었는데, 거기서 정화 누님을 처음 만났다. 당시 대학생이던 누님은 초등학생 성가대를 지도하던 지휘자였다. 노래도 잘하고 늘 은은한 미소로 사람을 편안하게 대해서 후배들이 좋아하던 선배였다.

1988년 여름, 「국제재활원」 아이들을 데리고 지리산 자락의 마천초등학교로 캠프를 다녀온 날 저녁, 뒤풀이 자리에서 정화 누님을 만났다. 아마도 오랫동안 「참길회」 회원으로 봉사활동을 했던 모양이었다.

그런데, 칠 년 만에 만난 그 누님은 시력을 잃어버렸다. 사회자의 소개로 인사를 마친 누님이 내 옆에 앉았지만 나는 아무 말도 할 수 없었다. 가슴이 답답해지고 주변의 유쾌한 웃음소리조차 허망하게 허공에서 부딪혔다.

겨우 정신을 차려서 인사를 드렸는데, 누님의 반응은 나를 더 당황스럽게 했다. 나는 누님의 갑작스러운 변화를 쉽게 현실로 받아들이기 어려웠는데, 정작 본인은 너무나 태연하게 지난 이야기를 하는 것이다.

"시력이 조금씩 나빠져서 치료도 받고 수술도 했는데 결국 시력을 잃어버렸어. 처음에는 잠시 좌절도 했는데, 이내 마음을 가다듬고 내가 할 수 있는 일을 찾았단다. 제일 먼저 집안의 동선을 익혀서 집안일을 하나씩 익혀나갔지. 내가 가진 달란트를 활용해 음반도 내고 공연도 하고 있단다. 비록 시력을 잃어 불편함은 있어도 하는 일들이 모두 일상이 되어가고 있어."

행사를 마치고 집으로 돌아오는 길에 생각이 많아졌다. 몇 년 전에 비슷한 일로 고통을 겪은 고향 친구가 떠올랐다. 그 친구 역시 시력이 나빠져서 실명이 되고 말았다. 좌절에 빠진 친구는 고통 끝에 스스로 생을 마감하는 결정을 했다.

아마도 정화 누님은 오랫동안 봉사활동을 경험하면서 삶에 대한 깊은 성찰 과정을 겪은 듯했다. 이 경험들은 본인에게 닥친 어려움을 이겨내는 힘으로 작용한 것 같다. 반면에 고향 친구는 타인을 통해서든 본인의 삶을 통해서든 그런 경험이 거의 없었던 것 같다. 안타까운 일이었다.

며칠 후 「참길회」에서 소록도로 봉사활동을 갔다. 매년 방학이 되면 진행해오던 행사다. 미리 한센병에 대한 교육을 받고 떠났지만 기대와 두려움이 교차하여 마음이 복잡했다.

아침 일찍 대구를 떠나 소록도에 도착했을 때는 해가 서쪽으로 기울고 있었다. 회원들은 짐을 정리하자마자 풍물패를 앞세우고 마을로 들어갔다. 몇 차례 방문 경험이 있었던 후배들은 익숙하게 마을 사람들과 어울렸다. 서로 안면이 있는 듯 악수도 하고, 풍물 장단에 맞춰 얼싸안고 춤을 추기도 했다. 봉사자와 마을 사람들은 한 몸인 듯 어우러졌다.

처음 방문하는 나는 무엇을 어떻게 해야 할지 몰라 덤벙대기만 했다. 사전 교육을 통해 청하는 악수를 거절하지 말라는 주의를 들었지만, 막상 현장에서 주민들과 접촉하고 나니 마음이 불편했다. 주민들과 손잡고 춤도 추고 몇 차례 악수도 했지만, 불안한 마음에 화장실에 가서 몰래 손을 씻기도 했다. 이튿날부터 중창단의 일원으로 마을과 병원을 돌며 노래 공연을 하고 주민들과 접촉을 했는데, 그 때마다 마음이 불편했다.

3일차 새벽에 낫으로 마을광장 잔디밭의 풀을 베다가 손에 물집이 잡히고 피부가 벗겨졌다. 감염에 대한 두려움이 엄습했다. 쑥스러움을 무릅쓰고 외래 병원의 의사를 찾았더니 벽안의 여의사 선생님이 인자한 미소를 지으며 맞아주셨다. 아마 나처럼 찾아온 사람이 이전에도 있었던 모양이었다. 자초지종을 듣더니 걱정하지 말라며 상처를 소독하고 붕대를 감아주셨다. 고맙다는 인사를 하고 나오면서 누가 뒷덜미를 잡아당기는 듯 부끄러웠다.

마을 방문 도중에 만난 젊은 환자(아마 사십 전후였던 것 같다)는 나를 더욱 혼란스럽게 했다.

"한센병 발병 사실을 알고 세상이 무너지는 것 같았습니다. 몇 차례 자살을 시도하다 그조차도 마음대로 되지 않아 소록도로 들어왔습니다."

사람들과 교류도 끊은 채 골방에 홀로 지낸다는 그를 보면서 나를 돌아보는 계기가 되었다.

봉사활동을 끝내고 대구로 돌아오는 버스 안에서 소감을 나누는 과정에 부끄러웠던 내 행동을 고백하게 되었다. 몰래 화장실로 가서 손을 씻었던 이야기며, 손에 잡힌 물집 때문에 고민하다 의사를 찾은 이야기를 했다. 한참을 망설이다 용기를 내어 이야기했는데, 후배들의 위로와 격려가 쏟아졌다.

"변 선생님, 우리도 처음엔 다 그랬어요. 선생님만 그런 게 아니니까 속상해하지 마세요."라며 웃음을 보였다.

일주일간의 봉사활동을 마치고 집으로 돌아와 며칠 동안 잠을 제대로 이룰 수 없었다. 실명한 정화 누님을 만난 것도 충격이었는데, 소록도 봉사활동 경험은 내 생각을 더욱 혼란스럽게 만들었다.

'나도 시력을 잃을 수 있고, 나도 한센병에 걸릴 수 있는데..... 수많은 환자와 접촉했으니 충분히 그럴 수 있는데..... 그렇게 되었을 때 나는 어떻게 할까?'

내가 누리고 있는 세상의 모든 축복을 빼앗겨 버렸다고 생각될 때, 그 절망감을 어떻게 이겨낼지 암담했다. 극단적인 선택을 할 수 있겠다는 생각도 들었다. 다시 사춘기를 겪는 것처럼 혼란스러웠다.

사람들은 세상의 많은 사건 사고 소식을 접하면서도 내가(또는 내 주변 사람이) 그런 슬픈 일을 당하리라고는 생각하지 않는다. 그저 뉴스를 통해 전해지는 이야기일 뿐이라고 생각한다. 그래서 내가 느끼는 슬픔은 단지 이성적으로 느껴야 할 슬픔일 뿐, 내 일처럼 마음 속 깊은 곳으로부터 우러나는 비통함은 없다. 하지만 복잡한 현대 사회를 살아가는 동안 나와 내 주변에서도 언제든지 그런 일은 발생할 수 있다. 그런 힘들고 고통스러운 일이 닥치게 되면 스스로 마음을 다스리기가 어렵게 된다.

몇 달 후, 「참길회」 회원들과 칠곡에 있는 음성한센인 정착 마을에 봉사활동을 갔다. 어르신들을 위해 연극 공연을 하고 청년들과 배구를 한 게임 했다. 배구 경기 후 마을 청년들과 함께 저녁 식사를 했다. 비록 음성이지만 한센인 마을에서 주민들과 함께 음식을 먹는 일은 매우 드물다.

식사를 하던 중에 내 앞에 앉은 청년이 조심스럽게 말을 꺼냈다.

"혹시, 변태석 씨 아닙니까?"

"예, 그렇습니다만....."

"나, 하석(가명)이다. 중학교 같이 다녔던 정하석!"

중학교 1학년 때 한 반에서 생활했던 친구였다. 하석의 갑작스런 등장에 순간 눈앞이 하얗게 되었다.

'어쩌다 이 친구가 여기까지 오게 되었을까? 중학교 때는 부잣집 도령처럼 귀티가 나서 나로서는 감히 말도 못 붙이던 아이였는데..... 살도 쏙 빠져 있구나.'

반갑다는 인사도 제대로 못 하고 고개를 숙인 채 밥만 먹었다. 하지만 밥이 입으로 들어가는지 코로 들어가는지 몰랐다. 이런 내 심경의 변화를 눈치챘는지 하석이도 더는 말을 시키지 않았다.

식사를 마치자 하석이가 조용히 자기 삶에 관한 이야기로 말을 이어갔다.

“너희들 참 대단하다. 이런 곳에서 봉사활동을 하기가 쉽지 않을 텐데 큰일을 하는구나. 나도 대학교 2학년 때 이곳에 봉사활동을 왔다가 내가 있어야 할 곳은 여기라는 생각이 들어서 이곳에 정착했다. 마침 같이 들어온 여자 친구가 자기도 여기에 남겠다고 해서 일찍 결혼해서 살고 있다. 지금은 마을 총무 일을 하며 학원 강사로 생계를 유지한다. 큰아이는 일곱 살인데 내년이면 학교에 들어간다.”

담담하게 이야기하는 하석을 보고 나는 또 한 번 충격에 빠졌다. 여태까지 내가 사고하는 방식과는 전혀 다르게 살아가는 친구를 보며 부끄러운 마음에 대화를 제대로 할 수 없었다. 얼굴이 화끈거리고 쥐구멍이라도 있으면 들어가고 싶은 마음이 들었다.

「참길회」와 함께 한 봉사활동의 경험과 이를 통해 만나게 된 사람들은 내 인생에 큰 전환점을 가져다줬다. 아무 생각 없이 세상을 살던 내가 세상사는 의미를 생각하게 되고, 내가 존재하는 이유를 생각하게 되었다. 같은 어려운 일을 겪으면서도 꿋꿋하게 이겨내고 나름대로 의미 있는 삶을 살아가는 사람과 끝내 좌절해서 일어서지 못하는 사람을 보면서 깊은 성찰의 계기가 되었다.

대안교육을 통해 배우고 성장하다

가창중학교로 부임하기 전에 나는 대구광역시교육청이 운영하는 공립 대안학교 설립과 운영에 참여한 경험이 있다. 2012년 봄부터 준비하여 2016년 8월 말까지 활동하며 「방송통신중학교 청소년반」과 「방송통신고등학교 청소년반」의 설립과 운영을 주도하였다. 「방송통신중 · 고등학교」의 설립 취지는 산업화 시대에 경제적인 이유로 학업을 중단해야 했던 성인들에게 학업을 이어갈 기회를 주고자 하는 것이었다.

청소년들의 학업 중단이 사회 문제로 부각되자 대구광역시교육청에서는 「방송통신중 · 고등학교」를 학업 중단 청소년 재교육의 대안교육기관으로 활용할 방안을 연구했다. 2013년부터 전국적으로 「방송통신중학교」가 만들어지기 시작했는데, 대부분 성인이 대상이었다. 반면에 대구에서는 성인반과 더불어 청소년반도 함께 운영했다. 청소년반의 운영 목적은 학교를 떠난 청소년들을 다시 학교의 울타리로 모아 중 · 고등학교 교육과정을 마치게 해주는 것이었다.

2014년 개교한 「대구방송통신중학교 청소년반」은 학업을 중단한 청소년만 입학 가능했다. 십팔 세까지 입학할 수 있었으니까 적게는 1년, 많게는 7년까지 학업을 중단한 학생들이었다. 이 학생들은 두 가지 특징을 가진 아이들로 나뉜다. 한쪽은 에너지 넘치는 거친 유형(고에너지군)이었고, 다른 한쪽은 에너지가 부족한 은둔형 외톨이 유형(저에너지군)이었다.

「방송통신중학교」 개교를 준비하는 과정에 또 하나의 학교를 만들었다. 학교 부적응 학생을 대상으로 한 「마음이 자라는 학교」라는 실험학교였는데, 나중에 대구광역시교육청의 위스쿨(Wee School)로 발전하여 운영되었다.

「마음이 자라는 학교」는 대구광역시교육청 산하 중학교에 재학 중인 학생 중 부적응이 심한 학생들을 위탁받아 운영하였다. 처음 실험 운영할 당시에는 중학생 중에 제일 지도하기 어렵다고 하는 2학년들만 위탁받아 운영하였는데, 대부분 현장 학교에서 감당하기 어려울 정도로 부적응이 심한 학생들이었다. 결석일 수가 많아 유급 위기에 처한 아이들도 있고, 고에너지 그룹들은 폭력성을 내포하고 있는 아이들이 대부분이었다.

이 세 학교의 아이들 모두 교육활동을 진행하기가 쉽지 않은 아이들이었다. 어른에 대한 적개심이 가득하고 어떤 프로그램을 하자고 하면 "안해요", "싫어요"부터 먼저 남발했다. 가까이 다가가기가 쉽지 않은 아이들이었다. 아이들 하나하나가 상처를 가득 안고 있어서 마음을 여는 데 많은 시간이 걸렸다.

이 아이들과 교육활동을 하면서 공통적으로 느낀 점은 대부분 두려움이 많다는 것이었다. 겉으로는 강한 척하지만, 내면에는 두려움이 가득하고 그것을 감추기 위해 허세를 부리고 폭력을 행사했다. 허세를 부릴 힘조차 없는 아이들은 타인과의 관계를 끊고 자기만의 세계로 갇히기도 했다. "안해요", "싫어요"라고 말하는 것은 진심으로 하기 싫은 것이 아니라, '내가 해서 혹시 잘못하면 어쩌나' 라는 생각 때문에 회피하기 위한 표현이 대부분이었다. 과거에 실패를 통해 비난을 받았거나 곤란한 상황을 경험한 아이들이었으리라 짐작했다.

하정(가명)이는 힘이 세고 폭력성이 강해 학교 내에서 당해 낼 사람이 없었다. 선생님에게도 공격적인 행동을 많이 해서 아무도 이 아이를 지도할 수가 없었다. 결석일 수도 많아 유급이 걱정되는 상황이었다.

「마음이 자라는 학교」에 입교한 후로는 매일 집 앞까지 태우러 갔다. 대부분의 아이들이 자발적인 등교가 잘 안 되는 아이들이라 버스와 승합차를 이용하여 등하교를 도왔다. 덕분에 하정이는 6주간의 위탁교육 기간 동안 하루도 결석하지 않았다. 교육활동에도 열심히 참여했다.

하정이는 부모가 이혼하고 혼자 사는 아이였다. 혼자 지내야 하는 외로움을 잊기 위해 비슷한 처지의 아이들을 집으로 불러서 놀다 보니 일탈에 빠지게 됐다. 하정이는 이런 가정환경을 감추기 위해 엄마와 아빠를 과대 포장하여 자랑했다. 부모에게 버림받은 상처가 모든 어른을 향한 적개심으로 표출됐다. 더 이상 상처받지 않고 자신의 상처를 노출하지 않기 위해 폭력을 행사했다. 폭력이 한 번 먹혀들자 폭력 행위는 반복되었고, 자신을 방어하는 무기가 되었다. 그러나 하정이는 두려움이 많은 아이였다.

한번은 같은 반 친구 주희(가명)와 싸움이 붙었는데 SNS상에서 주희가 하정이의 험담을 했다는 것이 이유였다. 싸운다기보다는 주희가 하정이에게 일방적으로 당하고 있었다는 표현이 옳을 것 같다. 머리채를 붙잡고 드잡이를 하는 것을 발견한 교감 선생님이 달려들어 겨우 뜯어말렸다. 교육활동 중이던 다른 아이들도 모여들었다. 내가 가서 하정이의 손을 잡고 무리를 빠져나와 학교 밖 들길을 걸었다. 손을 잡고 삼십여 분을 아무 말 없이 걷는 동안 하정이의 손은 사시나무처럼 떨고 있었다. 떨림이 잦아들자 내가 말을 걸었다.

"하정아, 이제 마음이 좀 가라앉았니?"

"예"

"그럼 이제 학교로 가자"

나는 하정이가 싸운 이유를 묻지 않았다.

「마음이 자라는 학교」의 선생님들은 아이들을 다그치거나 몰아붙이지 않았다. 아이들이 흥분하여 자신을 통제하지 못하는 상황에서도 큰 소리로 지도하는 법이 없었다. 개교를 준비하는 과정에서 연수를 통해 훈련한 것도 있지만 교직 생활과 청소년단체 활동을 통해 몸에 익은 품성 때문이었다. 덕분에 아이들은 선생님들을 신뢰하며 교육활동에 적응해 나갔다. 아이들은 학교가 안전한 공간이라는 생각을 가지게 되면 폭력적인 행동을 줄인다. 그러나 자신이 부당한 대접을 받는다고 생각하면 언제든지 공격적인 행동을 보이게 된다.

하정이는 「마음이 자라는 학교」 선생님들에게는 전혀 적대적인 감정을 표하지 않았다. 여기서는 자신이 안전하다는 확신이 들었던 모양이었다.

위탁교육을 끝내고 학교로 복귀한 직후 하정이는 강제 전학 처벌을 받아 먼 학교로 쫓겨났다. 그 길로 하정이는 학교를 그만뒀다.

1년 후, 「마음이 자라는 학교」 활동을 정리하고 「방송통신중학교 청소년반」을 개교하자마자 하정이를 찾았다. 집이 다소 멀긴 했지만 입학하겠다고 했다. 「마음이 자라는 학교」를 다니는 동안 선생님들에 대한 믿음이 생겼기 때문이었다.

「방송통신중학교」의 입학 조건은 학업을 중단한 상태라야 했다. 그래서 「방송통신중학교」 학생들은 「마음이 자라는 학교」 학생들보다 훨씬 더 힘든 아이들이었다. 동년배 아이들 사이에서는 가장 센 축에 들었던 하정이도 여기서는 오히려 약자 그룹에 속하게 되었다. 다행히 거친 아이들도 학교 안에서 서로 간에 폭력을 행사하는 경우는 거의 없었다.

가해자의 가면을 벗어버리자 하정이의 모습에는 두려움이 종종 노출되었다. 초등학생 수준의 교육활동도 겁이 났다. 그동안의 학습 결손 때문에 무엇이든 시도하기 어려워했다. 다행스러운 것은 선생님들에게 그 두려움을 감추지 않는다는 것이었다. 선생님들은 가장 낮은 차원에서 가장 쉬운 방법으로 교육활동을 할 수 있도록 친절하게 배려했다. 이런 활동이 반복되면서 하정이도 교육활동에 대한 두려움을 조금씩 떨치게 되었고 어른에 대한 적대감도 많이 해소되었다. 하정이는 무사히 중학교를 졸업하고 고등학교로 진학했다. 고등학교에 가서는 나이가 적은 동급생의 언니 역할을 하며 담임 선생님을 도왔다고 한다.

일탈의 경험이 많은 「방송통신중학교」 아이들도 두려움이 많기는 매한가지였다.

한 번은 문경으로 체험학습을 가서 짚라인(zipline)을 타게 되었는데, 출발선에 대기하던 아이들의 표정에는 공포가 서려 있었고, 일부 아이들은 온몸을 부들부들 떨기까지 했다. 평상시 센 척하던 모습과는 대조적이었다.

자전거 여행 때도 마찬가지였다. 자전거 여행을 하는 동안 선생님들과 실랑이를 하는 가장 큰 이유는 안전모를 착용하는 문제였다. 아이들의 입장에서는 오토바이도 아니고 자전거를 타는데 안전모를 쓴다는 것은 자신들의 체면이 안 선다고 생각하는 것 같았다. 선생님의 눈길이 조금만 멀어지면 안전모는 자전거 핸들 손잡이에 걸리고 말았다. 그러나 달리는 도중에 한 아이가 넘어져 상처를 입게 되자 너나 할 것 없이 안전모를 쓰기 시작했다.

대구에서 부산까지 자전거 여행을 하겠다고 했을 때 '힘들어서 싫다' 는 말부터 먼저 했다. 그러나 본심은 두려움이었다. '그 먼 곳을 내가 갈 수 있을까?' 에 대한 두려움이 있었다.

이러한 두려움을 극복하는 방법은 경험이다. 다양한 활동을 통하여 성공하는 기회를 여러 번 경험하다 보면 두려움은 조금씩 사라지게 된다.

처음에는 한두 시간씩 강변 자전거길을 타다가 조금씩 거리를 늘려 본격적인 자전거 여행으로 전환한다. 몇 차례의 경험을 하면 아이들이 순순히 따라다니게 되는데, 자전거를 타면서 힘든 것보다 성취감이 더 크기 때문이었다.

아이들을 데리고 자전거 여행을 할 때는 명확한 목표를 잡는 것이 중요하다. 그래서 자전거 타기가 익숙해질 때면 강변을 따라 가까운 도시로 자전거 여행을 갔다. 대구에서 영천, 대구에서 왜관, 대구에서 구미 등 아이들이 잘 아는 도시를 목표로 잡았다. 그 목표지가 가깝지 않은 곳이라는 생각이 드는 곳이라면 더욱 좋다.

대구에서 영천까지 자전거 여행을 할 때는 대구시 끝자락에서 출발하여 영천시의 초입까지 갔다. 실제로 그 구간은 그리 멀지 않았다. 목적이 아이들에게 성취감을 주는 것이기 때문에 너무 멀어서 완주하기 어렵거나 고통스러우면 곤란하다. 자전거를 즐기는 성인들이라면 두어 시간이면 충분히 다녀올 거리였다. 그러나 아이들에게는 대구에서 영천까지 자전거를 탄다고 하면 불가능한 거리처럼 느껴졌다.

대구에서 영천까지의 여행이 성공하면 대구에서 왜관까지 여행하고, 마침내 대구에서 부산까지의 여행에 도전했다. 이때쯤 되면 그동안 불가능하다고 생각했던 것도 가능할 것 같은 느낌이 들고, 스스로에 대한 자부심도 생긴 상태였다.

시흘에 걸친 자전거 여행 끝에 부산 을숙도에 도착하면 아이들 대부분이 제일 먼저 하는 것은 친구들에게 전화를 거는 일이다. 자신의 힘으로 얻은 성취를 누구에게든 자랑하지 않을 수가 없었다. 이런 활동이 반복되면서 얻은 자신감은 자기를 아끼고 사랑하는 마음으로 발전한다. 이 과정에서 아이는 점차 일탈 행동을 줄이고 건전한 생활 습관을 가지려고 노력한다.

여행으로 도전하는 힘을 키우다

내 인생을 바꾼 자전거 여행

두려움을 극복하고 마음이 자라게 하는 데는 여행보다 좋은 것이 없다. 어떤 일이든 처음 시도하는 일에는 두려움을 갖기 마련이지만 미지의 세계를 여행할 때 두려움은 극도로 커지게 된다. 여행은 두려움이 큰 만큼 마치고 나면 자신감도 부쩍 자라게 되는데, 이런 경험이 반복되면서 성장으로 이어지게 된다. 그것도 적당한 어려움이 포함된 여행일수록 성장의 속도는 더욱 빠르다.

돌이켜보면 나는 여행을 통해서 많은 성장을 했다. 대학교 재학 시절에 동아리(합창단) 활동을 통해 여행을 시작하게 되었는데, 이때의 경험들은 교사로 생활하는 동안 여러 난관을 헤치고 나가는 힘이 되었다.

우리 동아리에서는 계절마다 여행을 통한 MT를 했는데, 대개 돈을 아끼기 위해 야영을 하며 다녔다. 그중 제일 중요한 행사가 여름방학 MT로 일주일간 강원도 일원이나 지리산 일원을 여행하는 것이었다. 팔십 명 정도의 인원이 여행하기 위해 기차 시각표와 버스 시각표를 대조하며 촘촘한 계획을 세우고, 답사를 통해 시행착오를 최소화했다. 모둠별로 여행하다가 전체가 모여서 다니기도 하고, 함께 모였을 때는 모닥불을 피우고 문화행사를 하기도 했다. MT를 추진하면서 '여행 계획 수립 – 답사 – MT 진행'을 통해 얻은 경험은 이후 내가 몸담아 추진했던 조직 활동에 큰 도움이 되었다.

경비가 빠듯하다 보니 대구의 큰 시장에서 일주일간 먹을 식재료를 모두 사서 배낭에 지고 다녔다. 무거운 짐을 지고 단양 팔경도 가고 두타산이며 오대산도 넘자니 무거운 짐은 남학생들의 몫이었는데, 이를 통해 약자에 대한 배려를 배웠다. 산속에서 야영하다 보면 불안한 일기로 인해 언제든지 비를 만나거나 추위에 몸이 상할 수 있었다. 그래서 항상 최악의 상황을 대비하는 준비를 했다. 그래도 어쩔 수 없는 상황이 벌어지면 머리를 맞대고 극복할 방안을 의논했다.

내가 교직 생활을 하는 동안 일에 대한 두려움을 갖지 않은 것은 이런 경험 때문이었다고 확신한다. 예기치 못한 난관에 봉착해도 포기하지 않고 해결책을 모색할 수 있었던 것도 여행을 통해 문제를 해결했던 경험 때문이었다.

생물학을 전공한 덕택에 생태 관련 학습여행을 한 것도 많은 도움이 되었다. 식물 채집, 곤충 채집, 갯벌 체험을 위해 여행하며 공동체 생활에 대한 견해를 갖게 되었다. 숲속에 들어가 생태 수업을 하면서 그들 사이에도 끝없는 경쟁이 이루어지지만, 공동체를 형성하고 서로 연대하며 산다는 것을 알게 되었다. 자연을 통해 얻은 생명에 대한 성찰은 한 아이도 소홀히 생각하지 않으며 그 존재 자체로 존중하고 환대하도록 나를 이끌었다.

세상 만물의 삶이 인간의 삶과 다르지 않다는 것을 학습여행을 통해 알게 된 것이었다.

2004년부터 자전거 여행을 시작하였는데, 이 경험은 내가 여러 가지 두려움을 벗어버리고 도전하는 습관을 갖게 된 결정적 계기가 되었다. 당시 궤양이 심해 치료 중이었는데, 약만으로는 완치가 쉽지 않을 것이라는 생각에 운동 삼아 10km 거리를 자전거로 출퇴근하였다.

몇 달 동안 자전거로 출퇴근을 하다가 내 친구 백광범 선생을 통해 자전거 여행에 입문하게 되었다. 백 선생은 나보다 5년 먼저 자전거 타기를 시작했다. 주말을 이용해 영천도 가고 부산도 갔다. 토함산을 넘어 동해안을 내달리기도 하고 팔공산 꼭대기까지 임도를 오르기도 했다.

자전거를 타고 산을 넘고 강을 건너 목적지에 도달하는 동안 즐거움만 있었겠는가? 숨이 턱까지 차오르는 상황에서는 골백번도 넘는 후회를 했다. 하지만 고갯마루를 넘는 순간 세상을 모두 가진 듯 희열을 느끼곤 했다. 여럿이 함께 여행하곤 했지만, 자전거 안장에 앉는 순간 혼자가 되어 끝없는 사색에 빠지기도 했다. 페달을 밟는 규칙적인 회전운동은 감각신경을 따라 대뇌를 끊임없이 자극하여 지속적인 사색이 가능하게 했다.

방학을 이용하여 해외 자전거 여행을 처음 가던 때는 두려움으로 여행 기간 내내 긴장되어 있었다. 자유롭지 못한 언어로 인하여 입국장을 드나드는 것도 겁이 났고, 현지 사람을 마주치는 것이 두려웠다. 지도에 의지하며 낯선 길을 찾아 목적지를 찾아다니는 과정에는 불확실성에 대한 공포가 항상 따라다녔다. 게다가 길조차 잃어버리고 나면 정신력이 소진되어 새가슴이 되기도 했다. 이러한 어려움을 극복하고 여행을 성공적으로 마칠 때마다 얻어지는 것은 자신감이었다. 마치 어려운 수학 문제를 풀었을 때 이상으로 희열을 느꼈다.

자전거 여행을 반복하면서 언어의 장벽을 넘기 위해 외국어와 여행지의 정보도 공부하였다. 지도에 의지하여 길을 찾아가는 자신에 대한 믿음도 생겨 자존감은 하늘을 찌를 듯하였다. 여행 도중에 만난 현지인들의 친절에 감동하며 타인에 대한 존중과 배려를 배우기도 했다. 자전거 여행은 속도가 느리지만 동네 구석구석 살펴볼 수 있는 장점이 있었다. 관광지에 들러 문화유적을 관람하기도 하고 아름다운 자연을 온몸으로 느끼기도 했다.

자전거를 타고 산을 오르면 숨이 턱까지 차올라 골백번도 넘는 후회를 하지만, 고갯마루를 넘는 순간 세상을 모두 가진 듯 희열을 느끼곤 한다.

자전거 여행을 시작하면서 내 인생은 크게 바뀌었다. 규칙적으로 자전거를 타니 체력이 많이 좋아졌다. 체력이 좋아지면 일을 해도 지치지 않고, 지치지 않으니 늘 즐거운 기분을 유지할 수 있었다.

방학 동안에 한 번씩 다니는 해외 자전거 여행은 내 삶의 활력소가 되었다. 일주일 정도의 여행을 위해서 서너 달 전부터 계획을 세우는데, 목적지를 확정하면 여행 경로를 잡고 숙소를 정했다. 이동 경로 상에 있는 볼거리를 탐색하고 자료를 수집하는 사이 나는 여행을 하는 것처럼 마음이 행복해졌다. 여행을 다녀온 후에는 자료를 정리하고 여행 후기를 썼다. 직장 생활 틈틈이 글을 쓰다 보니 한두 달 정도는 또 여행을 다니는 마음이 되어 다시 행복감을 느끼게 된다. 일주일의 여행 때문에 네댓 달이 행복해지는 것이었다.

평소 검소하게 생활하는 나에게는 자전거 여행이 유일하게 호사를 누리는 일이었다. 가까운 나라로 여행할 때는 일주일간의 경비가 백만 원 남짓 드니 그리 사치를 하는 것도 아니었다. 주변의 많은 사람에게 자전거 여행을 권할 때마다 던지는 말이 있다.

"자전거를 타라. 그러면 인생이 바뀔 것이다."

자전거 여행으로 나 자신의 성장을 확인하자 도보여행에도 도전하고 랜트카 여행에도 도전했다. 때로는 자전거 여행과 랜트카 여행을 연결하기도 하고, 랜트카 여행과 도보여행을 연결하기도 했다.

교사의 성장은 아이들의 성장으로 이어진다

여행으로 얻은 경험을 학생들의 교육활동에 적용했다. 2007학년도 여름에는 고등학교 1학년인 학급 아이들을 데리고 3일에 걸쳐 대구에서 동해안 감포읍까지 도보여행을 했다. 한여름 뙤약볕에 흘린 땀은 소금이 되어 윗옷과 얼굴에 하얗게 맺히고 발바닥에는 물집이 잡혔지만, 아이들은 100km 가까운 길을 불평불만 없이 완주했다.

3일간의 여행을 위해 봄부터 주말이면 걷는 연습을 하며 체력을 키웠다. 산도 넘고 강둑길도 걸었다. 이 여행을 통해 아이들은 인내하는 법을 배우고 자신의 내면과 대화하는 법을 배울 수 있었을 것이다.

도저히 가능할 것 같지 않던 동해안까지의 성공적인 도보여행은 아이들에게 무한한 자신감을 심어줬다. 2학기 들어 학습 분위기가 1학기보다 훨씬 좋아진 것은 생각지도 않았던 소득이었다. 이듬해 아이들은 다시 도보여행을 가자고 졸라댔고 결국 이틀간의 자전거 여행을 다녀왔다. 3학년 담임을 하는 동안 도보여행이나 자전거 여행을 하지 못하게 되어 나와 아이들은 아쉬움을 감출 수 없었다.

도보여행을 통해 아이들은 인내하는 법을 배우고
자신의 내면과 대화하는 법을 배웠을 것이다.

2012학년도에는 자전거 여행 동아리를 만들어 여행을 다녔다. 최종 목표는 금호강 종주였다. 왕복 300km나 되는 거리를 3일에 걸쳐서 여행하는 것이었다. 이를 위해 1학기 내내 주말에 자전거 여행 예행연습을 했다. 말이 예행연습이지 하루에 팔구십 km를 달리니 그 자체가 자전거 여행이었다. 학교에서 팔공산까지 왕복하기도 하고 청도까지 한 바퀴 돌아오기도 했다.

금호강 종주 자전거 여행을 앞두고 자신의 '꿈'에 대해 생각해 오라고 숙제를 냈다. 자전거 여행 도중 매일 저녁 둘러앉아 자신의 꿈을 이야기하고 서로를 격려했다. 나는 이 아이들이 학교생활을 하는 동안 이만큼 진지하게 이야기하는 것을 본 적이 없었다.

대안교육에 여행을 접목하다

2012학년도 하반기부터 대안교육을 시작하면서 내가 가진 여행의 경험을 교육과정에 하나씩 접목했다. 교육과정 안에 여행프로그램을 조금씩 삽입하여 아이들과 함께 활동했다. 학교생활에 적응하지 못하던 아이들도 여행프로그램을 좋아했다. 처음에는 학교 주변에서 자전거도 타고 강변을 걷기도 했다. 점점 익숙해지자 자전거를 타고 부산도 가고 「지리산 둘레길」을 걷기도 했다. 힘든 여행 과정으로 분노를 참지 못하고 갖은 욕설을 퍼붓던 아이들도 조금씩 익숙해지면서 스스로를 돌아보는 시간을 갖게 되었다.

방송통신고등학교 청소년반의 교육과정은 여행을 중심으로 연계되도록 편성하였다. 자전거 여행, 제주도 도보여행, 해외 이동학습을 계획하였다. 해외 이동학습 경비를 마련하기 위해 협동조합을 추진하였다. 노작교육으로 목공도 하고 도자기도 만들었다. 텃밭을 조성하여 채소와 화초도 가꾸고 바리스타 교육도 했다. 국영수사과 수업이 아니면 모두 잘할 것 같던 아이들이 점점 싫증을 냈다. 몸을 움직이는 것이 귀찮은 아이들을 다독여 교육활동을 지속하게 해준 것은 여행에 대한 유혹이었다.

가을이 되어 노작교육의 산물로 바자회를 했다. 수익금으로 아이들 여행 경비를 보조해주고 현지 봉사활동에 필요한 자금을 충당했다. 베트남과 라오스 등지를 여행하며 스스로 마련한 돈으로 화장실을 지어주고, 학교와 유치원에 장학금을 전달하면서 아이들은 표현하기 어려운 뿌듯한 마음을 경험했다. 유치원 어린이들의 일일 교사가 되어 우리나라 놀이문화를 가르친 경험은 아이들에게 커다란 자부심으로 남았다. 부적응이 심했던 아이들이 조금씩 치유되면서 사회에 나갈 준비를 했다. 대학에 진학하는 아이도 생기고 직장을 찾아 취업하기도 했다.

2016년 가을, 내가 가창중학교 교장으로 부임하면서 아쉽게도 방송통신고등학교 아이들과의 해외 이동학습은 함께할 수가 없었지만 교육적 효과를 확인한 여행프로그램을 가창중학교 교육과정에 충실히 적용할 생각을 했다. 자전거 여행도 하고 도보여행도 하고 해외 이동학습도 진행할 생각이었다.

두려움을 극복해야 배움이 일어난다

나는 아이들에게 쉽게 자전거를 배우게 하는 법을 잘 알고 있었다. 웬만한 아이들은 삼십 분 이내에 자전거를 탈 수 있게 만들고 빠른 아이들은 오 분도 채 되지 않아 자전거를 탈 수 있게 했다.

방법은 의외로 간단하다. 자전거를 타면 넘어질 것이라는 두려움을 없애주면 아이들은 쉽게 자전거를 타게 된다.

자전거를 배우기에는 장애물이 없는 넓은 운동장이 최적이다. 자전거를 못 타는 주희에게 나는 이렇게 말했다.

"주희야, 선생님이 뒤에서 자전거를 잡아줄 테니 페달을 힘차게 밟고 네가 가고 싶은 방향으로 핸들을 틀어라."

그리고는 자전거 뒤를 붙잡고 열심히 따라간다. 자전거 속도를 따라잡기 위해 나는 숨을 헐떡이며 달리는데, 그 숨소리는 고스란히 주희에게 전해진다. 자전거를 붙들고 한두 바퀴쯤 돌면 주희가 몸에 힘을 빼고 있는지를 느낄 수 있다. 균형을 잡기 위해서는 몸에 힘을 빼고 타야 하는데, 선생님이 뒤에서 잡아주고 있어 안전하다는 믿음이 생기면 몸에 힘이 빠진다. 주희가 힘이 빠진 것을 감지하면 손을 조금씩 놓아준다. 만약 자전거가 균형을 잃을 기미가 보이면 얼른 붙잡아서 주희가 신뢰를 유지할 수 있도록 도와준다. 몇 차례 손을 놓고 잡기를 반복하면 더는 잡지 않아도 주희는 혼자서 자전거를 타게 된다. 그 후에도 한두 바퀴를 도는 동안 자전거 뒤를 따라 달리게 되는데 주희는 뒤에서 들리는 내 숨소리만 듣고 내가 계속 잡고 있

두려움을 없애주면 아이들은 쉽게 자전거를 타게 된다.

다고 생각하여 안심하고 자전거를 타게 된다.

잠시 휴식을 취하면서 선생님이 언제부터 손을 놓았는데 혼자서 잘 타더라고 이야기하면 주희는 놀라워하며 자전거를 두려워하지 않고 자신감을 가지게 된다. 그다음부터는 스스로 자전거를 타기 위해 애를 쓴다. 주희는 곧 운동장에서 자전거를 타는 것이 익숙해진다.

두려움을 없애고 성취감을 느끼기에는 무대에 자주 서는 것도 아주 좋은 방법이다. 우리 가창중학교에서는 무대에 설 기회가 아주 많다. 매년 뮤지컬 캠프를 통해서 급우들과 함께 무대에 설 기회가 있고, 매 학기 LTI 프로젝트 발표를 통해 홀로 무대에 서야 한다. 처음에는 대중 앞에 서는 것 자체가 두려움이지만 무대를 여러 차례 경험하면서 조금씩 두려움이 줄어들고 새로운 도전에 대한 용기를 가지게 된다.

「파커 파머」는 『가르칠 수 있는 용기』에서 "공포는 배움의 핵심인 상호 연결성을 단절시킨다."고 했다. 공포를 제거한 후에야 비로소 배움에 이르게 되는 것이다. 다양한 경험을 통해 성공 사례를 누적하면서 자신감을 가지게 되고 두려움은 줄여나갈 수 있다. 이러한 성취 사례가 반복되면서 실패를 두려워하지 않게 되고 무엇이든 도전할 수 있는 용기를 얻게 되는 것이다. 실패하더라도 다시 일어설 수 있는 회복탄력성이 성장하는 것이다.

아이들의 회복탄력성을 위하여

내가 「마음이 자라는 학교」와 「방송통신중 · 고등학교」를 거치면서 가장 중요하게 생각하게 된 교육적 지향점은 회복탄력성이다.

회복탄력성이란 자신에게 닥치는 온갖 역경과 어려움을 이겨내고 오히려 도약의 기회로 이용하는 힘이다. 아이들이 살아야 할 세상은 온갖 파도가 넘실대는 대양과도 같다. 온실 속의 화초처럼 최고의 조건과 보살핌 속에 자란 아이들이 살아가기에는 너무나 험난한 과정들이 도사리고 있다.

성공은 어려움이나 실패가 없는 상태가 아니라 역경과 시련을 딛고 자신의 존재 이유를 확인하는 상태를 말한다. '가난을 이긴다' 는 말은 무일푼에서 부자가 되는 것이 아니라, 가난을 극복해 봤기 때문에 다시 가난해져도 일어설 수 있다는 자신감을 가지는 것이다.

회복탄력성은 다양한 경험과 훈련으로 얼마든지 키울 수 있다. 회복탄력성이 높은 사람은 실수를 두려워하지 않기 때문에 무엇이든 도전하는 용기를 가진다. 자신의 실수에 대해서는 스스로 민감하게 알아차리는 감각이 있으며 가급적 자신의 행위에 대해 후회를 하지 않는 편이다.

회복탄력성은 미국의 「에미 워너」 교수가 하와이에 있는 카우아이섬의 종단연구를 통해 발견한 이론이다. 「에미 워너」 교수는 범죄와 마약으로 피폐해진 카우아이섬을 연구하면서 최악의 환경을 딛고 반듯하게 자라나는 아이들을 목격하게 된다. 이 아이들이 성장하는 과정에서 아이의 입장을 무조건 이해해주고 받아 주는 어른이 적어도 한 명 이상은 있다는 것을 확인했다. 어린 시절 헌신적인 사랑과 신뢰를 받고 자란 사람일수록 회복탄력성이 높다.

회복탄력성의 요인으로는 유전적 요인, 환경 요인, 문화, 교육, 개인의 노력 등이 있다. 후천적인 것이 최소한 50%는 된다.

회복탄력성의 핵심은 자기조절능력과 대인관계능력이다. 자기조절능력이란 스스로 감정을 인식하고 그것을 조절하는 능력이다. 선천적 요인이 30~50%인데 나머지는 자신의 노력으로 만들어질 수 있다. 자기조절 능력은 감정조절력, 충동억제력, 원인분석력이 포함되는데 우리나라 사람들이 다른 선진국 사람들에 비해 높은 수치를 나타내는 것은 충동억제력이다. 아마도 우리 교육이 성인이 되었을 때 사회적 기반(출세) 확보가 가장 중요한 목표였기 때문일 것이다. 어른이 되었을 때 보다 나은 사회적 기반을 획득하기 위해 욕구를 억제하는 것이 몸에 배어 있다. 이는 가정적, 사회적 강요에 의한 것으로 충동억제력이 요구하는 자발성과는 배치된다. 성장 과정에서 참지 않고 즐기며 스스로 동기를 부여하고 조절할 줄 아는 능력이 필요하다. 학창 시절에도 행복하고, 이 행복이 훗날의 더 큰 행복과 성취를 보장할 수 있도록 해야 한다.

대인관계 능력은 소통 능력, 공감 능력, 자아 확장력을 포함한다.

회복탄력성이 높은 사람은 뛰어난 사회성을 가진 사람이 많다. 다시 말해 대인지능이 발달한 것이다. 회복탄력성을 높이기 위해서는 긍정적인 마음과 감사하는 마음을 기르는 것이 중요하다. 긍정성은 일종의 근육과도 같아서 자신의 노력으로 얼마든지 키울 수가 있다. 이타적인 삶을 추구하는 것은 긍정성을 키우는 가장 중요한 방법이다. 내가 많이 가져서 행복을 느끼는 것보다 타인과의 나눔을 통해 느끼는 것이 진정한 행복이라는 것을 깨닫게 해야 한다. 그래서 기부와 봉사는 나를 위해서 필요한 것이다.

'행복은 타인에게서 온다.'

나는 교직 생활을 하는 동안 한순간도 쉬운 길을 택한 적이 없었다. 남들처럼 시키는 일만 잘하고 아이들을 열심히 가르치는 것으로 만족할 수도 있었다. 그런데 내가 굳이 어려운 길을 선택한 것은 교사 시절 초기 봉사활동을 통한 성찰이 바탕이 되었다.

동아리활동이 활성화되지 않았던 시절, 풍물동아리를 만들어 매일같이 방과 후에 남아서 지도하고 국화재배동아리 아이들과 함께 온 학교 교정을 꽃밭으로 만들었다. 주말에는 아이들을 데리고 공룡 발자국 화석 탐사, 우포늪 탐사, 금호강 물고기 탐사, 금호강 수질탐사 등으로 시간을 보내기 일쑤였다. 방학 때는 동해안까지 도보여행을 데려가고 자전거를 태워 금호강 종주 여행을 했다.

대안교육에 참여한 것은 그동안 축적한 교육 경험을 실천하는 또 다른 기회이자 더 큰 성장의 계기가 되었다. 특히 이 모든 경험이 회복탄력성과 관련된다는 것을 깨닫고 가창중학교의 특성화중학교 전환에 적용할 수 있었던 것은 나를 포함한 가창중학교 교육 가족 모두에게 행운이었다.

2. 뮤지컬 특성화 가창중학교 이야기

위기의 가창중학교

뮤지컬 특성화중학교 만들기

'새로운 학교 만들기'는 교사의 변화로부터

자선 음악회「꿈꾸는 자전거」

특성화중학교를 향한 걸음

턱없이 부족한 공간..... 기숙사 없이?

문화 예술적 역량, 회복탄력성, 진로에 대한 자기 결정권

특성화 교육과정 시범운영, 첫 삽을 뜨다

첫 신입생을 모집하다

가장 성대한(?) 입학설명회를 개최하다

특성화 교육환경 조성

다양한 특성화 교육과정 운영

내일의 나를 그리는 LTI프로젝트 학습

회복탄력성 신장을 위한 여행프로그램

민주적인 학교 문화 만들기

소통을 위하여 학부모 Band를 만들다

배움과 성장에 초점을 맞춘 미래학교를 지향하며

위기의 가창중학교

달성군의 섬, 가창면

가창중학교는 대구광역시 달성군 가창면 냉천리에 있다. 가창면은 달성군에 소속해 있으나 군청이 위치하고 인구가 많은 논공-현풍 지역과는 비슬산을 사이에 두고 따로 떨어져 있어서 인적 · 물적 교류가 어려우며 오히려 수성구에 인접해 있는 달성군 내의 섬과 같은 지역이다.

가창면은 달성군의 외딴섬과 같은 곳이다.

폐광과 이농으로 아이들은 떠나고

가창면은 달성광산으로 유명했다. 달성광산은 우리나라의 대표적인 텅스텐 산지로 1916년 강원도 영월의 상동광산과 함께 개발되기 시작했다. 광산의 소유주인 ㈜대한중석은 1960년도 당시 대한민국 유일의 외화벌이 국영기업이었으며 회사의 수출액이 국가 전체 수출액의 약 60%까지 차지한 중요 기업이었다. 1975년 이후로는 매장량이 소진되어 폐광상태에 있었는데, 1974년 본사가 서울에서 달성군 가창면 용계리로 옮겨오면서 텅스텐 광석을 가공하여 기계 부품을 만들어 파는 새로운 체제로 전환하였다.

이때까지만 해도 가창면에는 학령인구가 많아 가창중학교 인근에는 가창초등학교와 우록초등학교가 운영되었다. 이 두 학교는 가창중학교가 배정 학군이어서, 졸업생들은 모두 가창중학교로 진학하게 되어있었다. 이로 인해 당시 가창중학교의 학생 수가 550명에 이를 만큼 정점에 있었다. 가창중학교는 해마다 100명 이상의 졸업생을 배출하였으며, 1982년도에는 204명이 졸업하여 최고치를 기록하였다.

그러던 것이 1990년대 들어 학생 수가 급감하여, 한때 전교생이 30여 명 수준으로 떨어진 적이 있었다. 2000년대에 들어서는 매년 10여 명의 졸업생만을 배출하게 되어 폐교의 위기를 맞이하게 되었다. 여기에는 달성광산의 폐쇄, 농촌 인구의 도시 유출, 인근 수성구와 연계한 자유학구제 실시 등의 요인이 작용했겠지만, 가창중학교 스스로가 시대의 변화에 따른 능동적인 혁신을 하지 못한 측면도 있었다.

학생 수 감소로 폐교 위기에 처하다

2016년 9월, 내가 가창중학교로 부임할 무렵에는 인구 8,300여 명인 가창면 내에 초등학교 두 개(가창초, 용계초), 중학교 한 개(가창중)가 있었다. 용계초등학교는 인구 밀집 지역인 용계리에 위치하며 전체 21학급으로 학년 당 3~4학급 규모를 유지하였다. 반면에 냉천리에 있는 가창초등학교(6학급)와 가창중학교(3학급)는 학령 아동의 감소로 학생 수급이 어려운 상황이었다.

용계리는 인접한 수성구 생활권으로 인식되고 있으며 용계초등학교는 가창중학교(4.6km)보다 수성중학교(3.5km)나 덕화중학교(4.1km) 등 수성구 지역 중학교가 더 가깝다. 따라서 학생 대부분이 수성구의 중학교로 진학하고 있어 본교로의 진학은 미미한 실정이었다. 반면에 가창중학교는 가창초등학교 외에는 학생 모집을 기대할 수 없는 상황인데, 그마저도 가창초등학교 졸업생의 선호도가 낮아 학생 모집에 어려움을 겪고 있었다.

2013년부터 가창초등학교는 학령 아동의 감소를 극복하기 위하여 '행복학교' 정책을 추진한 결과 시내 학생들을 유치하는데 일정 부분 성공을 거뒀으며 농촌 지역으로 도시 인구를 유입시키는 성과를 거두기도 하였다. 이에 비해 변화에 적응하지 못한 가창중학교에 대한 학생, 학부모의 관심이 적은 것은 안타까운 부분이다.

뮤지컬 특성화중학교 만들기

'새로운 학교 만들기'는 교사의 변화로부터

내가 가창중학교에 부임하고 나서 가장 먼저 한 일은 우리 학교의 현황과 장단점을 파악하는 일이었다.

가창중학교는 가창면을 가로지르는 유일한 통로인 30번 국도변에 위치하고, 시내에서 통행하는 버스가 여덟 편이 있어서 접근성이 그리 나쁘진 않다. 또 주변에 유해 환경은 찾아볼 수가 없고 학교가 숲으로 둘러싸여 있어 소음이 없으며 경치가 수려하여 교육 장소로서는 나무랄 데 없는 입지를 가지고 있다.

반면에 가창면은 전원주택형 도농복합지역으로 학령인구가 적다. 인근에 명문학군(?)인 수성구를 둔 자유학구여서 학생들의 유출이 심한 편이었다. 학생들은 결손가정이 많고 자존감이 낮아 도전하려는 의욕이 부족했다. 교사들 또한 자신감이 부족한 편이었다.

학교 시설은 대구 시내 학교와는 비교할 수 없을 정도로 열악하고 노후화되어 시설을 개선하지 않고는 아무리 좋은 교육과정을 도입해도 학생 모집이 쉽지 않겠다는 생각이 들었다. 교육과정 또한 다른 학교와 차별성이 없어 학생과 학부모의 관심을 끌기에는 부족한 점이 많았다.

이렇게 분석한 가창중학교의 특징을 바탕으로 새로운 학교를 만들기 위해 추진해야겠다고 생각했다.

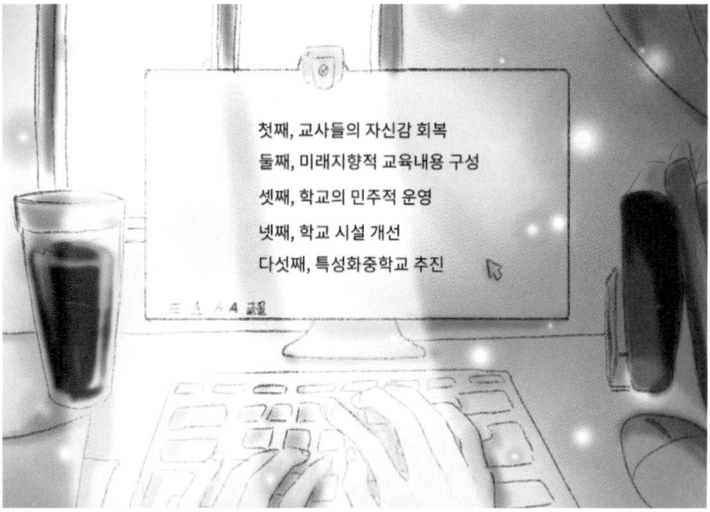

삽화. 이지후(가창중학교 3학년)

학교의 변화를 위한 첫 번째 시도는 회의 방식을 바꾸는 것이었다. 의제를 중심으로 원탁회의를 실시하여 학사 운영에 교사들의 능동적인 참여를 유도했다. 하지만 처음부터 잘되지는 않았다. 교사들이 눈치를 보며 발언을 회피하였다. 할 수 없이 돌아가면서 하고 싶은 이야기를 하도록 했다. 몇 차례 회의가 진행되자 선생님들의 발언도 활발해졌다. 그렇다고 해서 선생님들이 주인의식을 갖고 능동적으로 학교 일을 추진하는 것 같진 않았다. 시간이 더 필요할 것 같았다.

두 번째로 추진한 것은 「학교 설계형 교사 연수」였다. 특성화중학교로 전환을 추진하기 위해서는 선생님들과 생각을 공유할 필요가 있었다. 첫 번째 강의를 내가 맡았는데, 뮤지컬특성화중학교 전환을 통해 미래지향적인 새로운 학교를 만들자는 가창중학교의 비전을 제시하였다. 하지만 돌아온 것은 선생님들의 냉소였다. 그동안 학생을 유치하기 위해 노력을 많이 했지만 허사로 돌아갔는데, 뮤지컬 특성화를 통해 학생 모집이 가능하다고 생각하는 것이 가당치 않다고 생각했던 것 같다.

연수를 통해 선생님들의 생각을 바꾸는 것이 그리 쉬운 일은 아니었다. 그동안 워낙 패배 의식에 젖어 있었던 탓인지 도무지 선생님들의 신명을 끌어낼 수가 없었다. 하지만 연수와 원탁회의를 통해 특성화중학교로의 전환에 선생님들이 대부분 동의하고 마음을 모으게 된 것은 큰 성과였다. 결국 이듬해까지 「학교 설계형 교사 연수」 83시간을 소화하였고, 그 과정에서 김호 선생님의 제안으로 독서토론회를 시작하게 되었다.

그 후 이 독서토론회는 한 달에 한 번씩 열려 선생님들과 교육에 대한 인식을 공유하는 자리가 되었다. 독서토론회의 말미에는 대부분 우리 학교 이야기로 귀결되어 현안에 대한 의견을 나누는 자리가 되기도 했다.

토론이 흥미롭게 진행되던 어느 날, 행정실장 도성화 선생님이 교사, 학생, 학부모가 모두 참여하는 독서토론회를 열면 학생들의 성장에 많은 도움이 될 것이라는 생각을 이야기했다. 그 생각은 현실이 되어 2021학년도 가을에 가창중학교 가족들이 모두 참여한 가운데 「독서 축제」가 열리게 되었다.

자선 음악회 「꿈꾸는 자전거」

특성화중학교로의 전환을 본격적으로 추진하기 전에 선생님들에게 자신감을 가지게 하고, 내가 구상하고 있던 여행 프로그램(자전거 여행)에도 탄력을 붙이고자 자전거 구입대금 모금을 위한 자선 음악회를 추진하였다.

그동안 학교 교육 환경 개선을 위해 교육청에 지원을 요청하였지만, 번번이 냉대를 받아왔던 터라 선생님들의 사기는 바닥에 떨어져 있었다. 기부금을 모금하는 것도 쉬운 일이 아니었다. 그런 상황에서 음악회를 열어 자전거 스무 대를 사겠다고 하니 선생님들의 시선이 차가웠다. 그나마 색소폰 연주에 일가견이 있는 음악과 한국일 선생님이 적극적으로 나서 주셔서 큰 힘이 되었다.

한국일 선생님은 대학에서 작곡을 전공하셨는데, 대구의 음악과 선생님 사이에는 작곡 실력보다는 색소폰 연주 실력으로 더 널리 알려져 있었다. 학생 지도에 대한 열정이 남달라 매일 아침 일찍 출근하셔서 아이들에게 색소폰을 지도하고, 「색소폰 앙상블」 동아리를 만들어 지역의 행사나 인근 학교에서 공연도 하셨다.

색소폰 동아리를 필두로 내 주변의 지인 연주자들의 지원을 받으면 무대는 초라하지 않을 것 같았다. 한국일 선생님도 연주하시고 나도 노래를 부르기로 했다. 학부모님 중 연주자가 있으면 좋겠다고 했더니 그런 분이 한 분 계신다며 부탁을 드려보겠다고 하셨다. 1학년 학부모님 중에 대구시립교향악단 첼로 연주자가 계시는데 흔쾌히 승낙을 해주셨다. 내 주변의 음악인들에게 연락했더니 기꺼이 참가해 주시겠다고 하셨다. 이제 관객 모으는 일이 남았다.

음악회를 기획해 본 사람들은 알겠지만 전문 기획사가 아니고는 꽤 알려진 연주자를 무대에 세워도 입장권을 팔아 수익을 남기기가 쉽지 않다. 오히려 입장권 판매를 위해 진을 다 빼는 경우가 허다했다. 수익을 남기기 위해 욕심을 내어 큰 연주 홀을 사용하여 관중 동원에 실패할 경우는 수익은커녕 연주회 자체에 찬바람이 불 가능성이 크다.

그래서 이번 연주회는 학교의 비전 홍보에 주안점을 두고 금전적인 면은 부차적인 것으로 생각하기로 했다. 물론 선생님들에게는 1천만 원을 모금하겠다고 큰소리를 쳤다. 음악회 장소는 120석 규모의 연극 전문 공연장이었다. 빈자리가 생겨 썰렁해지는 것을 방지하려고 작은 공연장을 선택했다. 공연 입장권은 팔지 않고 on-line 초대장으로 대신하였으며, 학교 비전의 취지에 공감한다면 기부금을 내도록 학교 기부금 계좌를 안내했다. 클라우드펀딩 기법을 응용한 것이다.

그 전해 가을, 협동조합 설립에 관한 일을 하시는 신영철 선생님이 내당동 독거노인들의 가정에 연탄을 지원하기 위해 모금을 했던 것에 깊은 인상을 받은 바 있었다. 우리가 좋은 일을 할 테니 소액의 기부를 해달라는 것이었다. 일주일도 안 되어서 목표액 삼백만 원을 초과하여 모금됐다. 세상이 각박해지고 있다고 해도 선한 뜻을 가진 사람은 언제나 있는 법이다.

연탄을 배달하는 날, 방송통신고등학교 아이들이 동참했다. 얼굴과 옷에 온통 연탄 검정을 묻힌 채 유쾌한 웃음을 골목골목마다 흘리고 다니던 아이들이 그렇게 예쁘게 보일 수가 없었다. 조그마한 정성을 보탰는데도 마음이 흐뭇했던 기억이 아직도 뇌리를 떠나지 않는다.

우리 가창중학교도 새로운 학교로 전환해서 좋은 교육을 하겠다고 하면 많은 사람에게 공감을 줄 수 있을 것이라는 확신이 생겼다.

연주회는 성공적으로 끝났다. 120석의 좌석을 모두 채우고 몇몇 사람들은 통로에서 관람했다. 다양한 장르의 연주인데다 출연자의 수준도 높은 편이어서 관객들의 열띤 호응을 받았다.

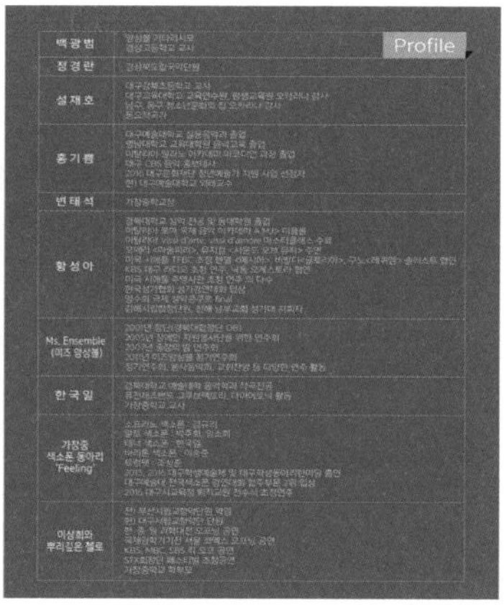

나눔 음악회 브로슈어

백광범 선생님의 클래식기타와 정경란 선생님의 해금 앙상블 연주는 관객들에게 국악과 양악의 만남이라는 새로운 장르의 신선함을 선사했고, 홍기쁨 선생님의 아코디언 연주는 관객들의 향수를 자극했다. 멀리 창원에서 한달음에 달려와 공연해 주신 성악가 황성아 선생님과 감기에 걸려 목소리가 제대로 나오지 않는 상황에서도 오카리나 연주를 해주신 설재호 선생님의 열정에는 저절로 고개가 숙여졌다. 단원이 열 명이 넘어 음악회 참여를 결정하는 것도 쉽지 않았을 텐데 기꺼이 함께해준 「미즈앙상블 여성중창단」과 첼리스트 이상희 선생님과 「뿌리깊은 첼로」 단원들의 아름다운 하모니는 깊어가는 가을밤을 따뜻하게 수놓았다.

다음날 출근길 내내 기부금 모금액이 궁금했다. 선생님들에게는 천만 원을 모금하겠다고 큰소리를 쳤지만 오백만 원이라도 모이면 대성공이라는 생각을 했다. 아니 삼백만 원이라도 모이면 체면치레라도 되겠다고 생각했다. 교무실에 들어서니 선생님들의 환한 얼굴이 보이고 어제 공연에 대한 공치사가 이어졌다. '나름 성과가 괜찮았구나.' 라고 생각했는데, 담당자가 기부금 모금에 대해 보고했다. 천이백 만원이 넘는 액수가 모였다. 의외의 액수에 나도 그랬지만 선생님들의 놀라는 모습은 아직도 잊을 수 없다.

우리 학교 비전에 대한 주변의 지지는 선생님들에게 많은 자신감을 가지게 했다. 이듬해 이 돈으로 자전거 스무 대와 안전 장구를 샀다. 돈을 보내준 분들이 너무 고마워 일일이 감사의 인사 글을 보냈을 뿐 아니라 1년 후에도 학교의 변화 소식과 함께 고마움을 전해드렸다.

특성화중학교를 향한 걸음

음악회를 마치고 본격적으로 특성화중학교로 전환을 준비했다. 특성화중학교는 교육감의 승인 사항으로 교육부 장관의 동의를 얻어야 한다. 특성화중학교로 전환하는 과정에 준비해야 할 사항은 초중등교육법시행령 76조(특성화중학교)에 명시되어 있다.

- 학교 운영에 관한 계획
- 교육과정 운영에 관한 계획
- 입학전형 실시에 관한 계획
- 교원 배치에 관한 계획
- 기타 교육감이 정하는 사항

이를 구체적으로 풀어보면

첫째, 특성화 교육을 시작할 환경 조성은 어떻게 할 것인가?

둘째, 특성화 교육과정은 기존 교과목에서 20%를 줄여 특성화 관련 교과목으로 새로 구성해야 하는데 어떻게 할 것이며, 특성화중학교의 목적은 어떻게 구현할 것인가?

셋째, 학생 모집은 어떻게 할 것인가?

등의 내용이 포함되어 있었다.

턱없이 부족한 공간..... 기숙사 없이?

특성화중학교 전환을 앞두고 우리 학교에서 가장 시급하게 조치해야 할 사항은 학교 환경 개선이었다. 학생들의 주된 활동 공간인 두 개의 교사(校舍)는 모두 1980년대 이전에 지어진 것이다. 내가 처음 학교를 방문했을 때의 첫인상은, 이런 환경에 아무리 좋은 교육과정을 운영해도 학생과 학부모들의 호감을 사기가 쉽지 않겠다는 것이었다. 복도는 좁고 천정은 높고 시설이 워낙 낡아 아늑함과는 거리가 멀었다. 또한, 뮤지컬 특성화 교육을 하기에는 수업을 할 수 있는 교실이 부족했다. 연극, 무용, 성악, 악기, 뮤지컬 실기 등의 수업이 편성되기 때문에, 일반 학교의 교실보다 넓은 공간이 여러 개 필요했다. 숲속에 둘러싸인 전원 속의 학교, 주변에 유해 환경이라고는 없는 외적 조건에 비하면 학교 건물들은 너무 열악했다.

한 학년에 한 학급씩 있던 것을 뮤지컬특성화중학교로 전환 후 한 학년 당 두 학급으로 증설하기 위해서는 최소 교실 여섯 칸 정도는 필요할 것이라 판단했다. 새로 지을 건물은 교실로 사용하고 기존 교실을 리모델링하여 특별실로 꾸밀 생각이었다. 강당도 필요하고 기숙사와 식당도 필요했다. 특히 전국 단위로 학생을 모집하기 위해서는 기숙사가 꼭 필요했다.

법인 이사장님과 상의를 했더니 교실 여섯 칸은 지어 주시겠다고 하셨다. 법인에서 교실을 짓는다는 전제로 교육청의 지원을 요청했더니 소규모 학교에 지원되는 강당과 식당을 지어 주겠다는 답변이 왔다. 다만 법인에서 일부 대응 투자를 해야 한다는 조건이 붙어 있었다.

가장 큰 문제는 기숙사였다. 교실과 강당에 비해 비용이 많이 들어 법인에서도 난색을 표했고, 교육청에서도 지원이 어렵다는 답변이 왔다. 지자체에도 지원을 요청하였지만 곤란하다는 반응만 돌아왔다. 매우 실망스러운 시간이 지속되었다.

이사장님께 특성화중학교 전환을 연기하면 어떻겠느냐고 말씀드렸더니,

"기왕 추진하기로 마음먹었으니 기숙사 없이 해보면 어떨까요?"라고 하신다. 갑자기 번개에 맞은 듯 찌릿한 충격이 왔다. 다른 지역의 대안학교와 특성화학교를 방문하면서 전국 단위로 학생을 모집하고 기숙사 생활을 하는 것을 기본으로 하여 운영하는 것을 봐 오던 관념 때문에 기숙사 없이도 특성화학교를 운영할 수 있다는 생각을 한 적이 없었던 것 같다. 관념이 지배하는 사고의 경직이 얼마나 무서운가를 절감하게 되는 순간이었다.

대구와 같은 대도시에서는 기숙사 없이도 학생 모집이 충분히 가능할 것 같았다. 어쩌면 가정에서 부모님들의 관심과 배려를 받으며 학교에 다니는 것이 미성숙한 중학생에게는 훨씬 안정감을 줄 수 있겠다는 생각도 들었다.

기숙사에 대한 미련을 버리자 교육환경 개선 계획이 쉽게 마무리되었고, 나머지 일의 추진에도 속도가 붙기 시작했다. 먼저 등·하교형으로 운영을 했을 때 대중교통을 이용하여 등교가 가능한 학교의 수와 학생 수를 조사하였다.

순번	30분 이내		40분 이내		50분 이내		1시간 이내	
	학교	학생수	학교	학생수	학교	학생수	학교	학생수
1	가창초	133	삼육초	221	경대사대부초	578	경동초	1,397
2	용계초	463	동성초	1,075	대구초	319	동산초	522
3	파동초	287	효명초	431	동덕초	224	동원초	491
4	수성초	783	대봉초	625	동도초	1,279	명덕초	279
5			봉덕초	507	동인초	336	범어초	552
6			황금초	274	동일초	852	범일초	857
7			지산초	445	범물초	276	복명초	187
8			두산초	451	삼덕초	487	영선초	434
9			들안길초	525	성동초	1,500	옥산초	625
10					지봉초	347	종로초	127
계		1,666		4,554		6,198		5,471

우리 학교까지 등교 거리별 초등학교 분포

조사 결과 우리 학교까지 30분 이내에 등교 가능한 지역의 학생이 1,600명 이상이었고, 등교 시간 한 시간 이내에 해당하는 학생의 합은 17,889명이 되었다. 이것을 6학년에 국한하여 계산해보면 30분 이내에는 178명, 40분 이내에는 1,037명, 한 시간 이내에는 3,000명 정도의 학생들이 있다. 학부모님들이 등하교를 도와준다면 가능한 학생의 수가 훨씬 많아진다. 이 정도면 교육내용만 좋으면 얼마든지 학생 모집을 할 수 있겠다는 생각이 들었다.

인근에 있는 가창초등학교와 용계초등학교 학부모들에게 설문조사도 실시했다.

첫째, 가창중학교가 전문 예술인을 키우는 예술 기반 특성화중학교로 전환하고 학생들이 희망한다면 우리 학교에 진학시키겠습니까?

둘째, 가창중학교가 예술을 도구로 인성을 개발하고 문화 예술적 역량을 키우는 특성화중학교로 전환하고 학생들이 희망한다면 우리 학교에 진학시키겠습니까?

이 두 가지 질문 모두에 95% 이상의 학부모가 동의하며 자녀들을 진학시키겠다는 반응을 보였다. 우리 학교가 환경을 개선하고 교육과정을 새롭게 하면 학부모님들의 지지를 받을 수 있을 것 같고, 최소한 거부감은 없을 것이라는 생각이 들었다.

교무회의를 통해 선생님들과 의논을 하였더니 전문 예술가를 양성하는 교육과정 운영보다 문화 · 예술 역량을 키우는 교육과정 운영이 바람직할 것 같다는 의견이 대부분이었다.

문화 예술적 역량, 회복탄력성, 진로에 대한 자기 결정권

가창중학교를 특성화중학교로 전환하면서 내가 교육과정 운영과 관련하여 생각하고 있던 중점 사항이 세 가지가 있었다.

첫째, 미래 사회에서 행복한 삶을 영위하기 위한 문화 예술적 역량을 키우는 뮤지컬 교육과정 운영

둘째, 회복탄력성을 키우기 위한 여행프로그램의 운영

셋째, 진로에 대한 자기 결정권을 확대하고 자기주도적 학습 능력을 배양하는 LTI(Learning Through Internship)

프로젝트 학습 운영 등이 그것이었다.

이는 대구교육청에 운영하는 Wee school 「마음이 자라는 학교」와 공립 대안학교 「방송통신중 · 고등학교 청소년반」을 운영하면서 검증을 하였거나 가능성을 엿본 프로그램이라 확신을 갖고 추진할 수 있었다.

뮤지컬 관련 교육과정 편성을 위해 뮤지컬학과가 있는 지역의 대경대학에 자문을 구했더니 교수님이 흔쾌히 조언을 해주셨다. 뮤지컬을 공연하기 위해 필수적으로 배워야 할 연극, 성악, 무용, 악기, 뮤지컬 실습 등의 과목을 학생들의 성장 과정에 맞춰 학년별로 적절히 배치하였다. 타 교과목과 융합하여 '소설 읽고 뮤지컬 대본 쓰기', '영어 뮤지컬 공연' 등도 구상하였다.

여행프로그램은 「신입생 연극 캠프」, 「대구-부산 자전거 여행」, 「제주도 도보여행」, 「해외 이동학습」등을 배치하였고 학생들의 경제적 부담을 줄이고자 기업의 후원을 유치할 생각이었다.

특성화 교육과정 시범운영, 첫 삽을 뜨다

▨ 14명 입학..... 실망을 감동의 눈물로

이런 계획을 바탕으로 신입생을 모았으나 2017학년 신입생은 숫자가 더 줄어들어서 14명이 입학했다. 게다가 대부분 학생이 에너지가 부족하고 자신감이 없어 보였다. 선생님들은 실망감을 감추지 못했다. 2017학년도에 입학한 학생들은 특성화중학교로 입학한 학생이 아니었지만, 특성화 교육과정을 적용해보기로 했다.

첫 번째 실험은 입학식을 하고 난 바로 다음 주에 시작됐다. 신입생 14명을 「밀양연극촌」에 입촌시켜 4박 5일간의 연극 캠프를 실시했다. 아이들은 설렘보다 두려움이 더 컸던 것 같았다. 어쩌면 학부모님들과 교사들도 마찬가지였으리라.

우려 속에 진행된 캠프는 우여곡절 속에 진행되어 드디어 목요일 저녁 공연을 하게 되었다. 공연 관람을 위해 학부모님들과 교사, 학생대표가 전세버스를 이용하여 밀양으로 이동했다.

난생처음 해보는 공연이라 잔뜩 긴장되었지만, 아이들은 각자의 역할을 잘 소화하며 40분 정도 걸리는 뮤지컬 「한여름 밤의 꿈」을 무사히 상연하였다. 공연을 마치자 관객들은 뜨거운 함성과 박수를 보냈고, 학부모님들은 감동의 눈물을 흘렸다. 돌아오는 버스 안에서 나눈 소감은 학교에 대한 전폭적인 신뢰와 지지로 가득 찼다.

연극 캠프를 마친 아이들은 자신감에 넘쳐 학교생활이 신이 났고 친구들 사이의 관계도 한층 돈독해졌다. 중학교 생활에 대한 적응 프로그램으로는 최고의 선택이었다.

▨ 두 바퀴에 꿈을 싣고

지난해 가을에 개최한 음악회를 통해 마련한 기부금으로 자전거 스

우리 학교까지 등교 거리별 초등학교 분포

무 대와 안전 장구를 구입했다. 아이들은 자전거 여행을 위해 주말에도 학교에 나와 연습을 했다. 대구-부산 간 130여km를 이틀에 걸쳐 달려야 하므로 연습을 많이 하여 체력을 길러야 했다. 체력이 떨어지면 사고가 날 위험이 크니 안전사고를 예방하는 가장 좋은 방법은 연습을 많이 하는 것이었다.

10월 초, 1학년 학생 열네 명과 함께 대구에서 부산까지 자전거 여행을 실시했다. 학교에서 출발하여 팔조령을 넘고 청도와 밀양을 거쳐 「낙동강 자전거길」을 타고 부산으로 달렸다. 아이들을 도와줄 자원봉사자를 구했더니 학부모님 두 분과 가창중학교 동창회장님이 동행해주시기로 했다. 두 분의 학부모님은 자발적으로 사진 촬영도 맡아 주셨다. 드론을 띄워 동영상 촬영까지 하고 나중에 음악을 삽입하여 편집까지 해주셨다. 이 영상은 며칠 후에 진행된 신입생 모집을 위한 학교 설명회에서 비밀병기가 되었다.

➔ 2017학년도 자전거 여행 영상 https://youtu.be/Y_TA8ORbbGE
(촬영, 편집 정재한)

▨ 한 아이도 소외되지 않는 교육

LTI(Learning Through Internship) 프로젝트 학습도 진행하였다. 선생님들은 의구심을 가졌지만 아이들은 의외로 내용 있는 프로젝트를 진행하였고, 기말고사가 끝난 후에는 발표회까지 진행하였다. 선생님들의 의구심은 조금씩 희망으로 대체되고 있었다.

부적응이 있는 학생들을 위해서는 적극적인 상담과 심리치료를 진행하였고, 학습 부진이 있는 학생과 함께 「대안 교실」도 운영하며 개별화 교육을 추구하였다. 「한 아이도 소외되지 않는 교육」을 만들려고 노력했던 것이다. 학부모들의 반응은 뜨거웠다. 학교에 대한 전폭적인 신뢰를 보냈고, 후배 학부모들에게 우리 학교에 대한 자랑으로 입소문을 내기에 여념이 없었다.

첫 신입생을 모집하다

2017년 9월 1일, 「대구광역시교육청」에서 「교육부」의 동의를 얻어 가창중학교를 특성화중학교로 인가하고 2018학년도부터 신입생을 모집하고 특성화 교육과정을 운영하라는 공문이 왔다. 보도 자료를 냈더니 지역의 유력 일간지에서 기사를 실어줬다.

기사를 본 「계명대학교 연극뮤지컬과」 강연종 교수님이 학교로 찾아오셨다. "계명대학교에서 가창중학교에 무엇을 도와주면 좋겠느냐?"고 말씀하셨다. 천군만마를 얻은 듯이 기뻤다.

얼마 후, 감사의 마음으로 「계명대학교 연극뮤지컬과」를 방문했더니 「계명대학교 산학인재원」과 삼각 업무협약(MOU)을 맺자고 제안을 하셨다. 두 학교는 다른 업무협약과 달리 실질적인 도움이 되는 협약을 맺기로 다짐했다. 실제로 이듬해부터 이루어진 교류에서는 우리 학교 학생들이 계명대학교 학생들의 뮤지컬 공연을 참관하거나, 자유학기제 프로그램의 일환으로 대학을 방문하여 교수님들의 강의를 듣기도 했다. 여름방학 때에는 희망하는 학생들을 모아 계명대학교 교수님들을 비롯하여 졸업생과 재학생들이 강사와 멘토로 참여하는 뮤지컬 캠프도 진행하였다.

가장 성대한(?) 입학설명회를 개최하다

9월 한 달 동안 홍보물을 만들고 학교를 방문하는 등 바쁜 시간을 보냈다. 학교 홍보를 위한 선생님들의 초등학교 방문을 좀 더 쉽게 할 수 있도록 학교장이 먼저 발로 뛰었다. 우리 학교에서 등교 시간 1시간 이내에 있는 초등학교를 비롯한 사십여 개의 초등학교를 방문했다. 학교장을 찾아뵙고 우리 학교에 대한 비전을 설명하며 학부모님들을 대상으로 학교 설명회를 할 시간을 달라고 부탁을 드렸다. 학교장이 직접 찾아와 부탁을 드린 탓인지 대부분의 교장 선생님이 충분히 배려해 주셨다.

학부모님들도 입소문을 내며 큰 힘을 보탰다. 자전거 여행, 도보여행, LTI프로젝트학습 등 특성화 교육을 미리 경험한 학부모님들이 주변에 적극적으로 홍보해주셨다.

10월 초, 가창면사무소에서 열린 가창중학교 입학설명회는 50명이 넘는 초등학생, 학부모가 참석한 가운데 성황리에 이루어졌다. 가창중학교가 생긴 이래 입학설명회에 가장 많은 인원이 모였다고 한다. 매년 10명도 안 되는 학부모들이 모여 설명회를 했다고 하니 격세지감을 느끼지 않을 수 없었다. 두 시간에 걸쳐 진행된 설명회 일정에서 자리를 뜨는 사람은 한 사람도 없었고 질의응답 시간도 30분 이상이나 이어졌다. 설명회가 끝나자 선생님들의 감탄이 이어졌고, 가창중학교의 미래에 대한 긍정적인 희망이 조심스럽게 제시되기도 했다.

10월 말 진행된 신입생 선발에서 40명의 정원을 모두 채운 것은 기적과도 같은 일이었다. 2017학년도 신입생이 14명이었던 것에 비하면 상전벽해와도 같은 비약적인 발전이었다. 선생님들은 성공적인 학생 모집에 고무되어 2018학년도 개학을 학수고대하였다.

특성화 교육환경 조성

2018학년도 개학을 앞두고 준비해야 할 일이 많았다. 가장 중요한 것은 특성화 교육과정을 진행할 준비와 이를 뒷받침할 시설이었다.

우리 학교의 성장은 핵심 교육과정인 예술교육, 회복탄력성교육, LTI 프로젝트학습의 성공 여부에 달려있다고 생각했다. 다행스럽게도 2017학년도 시범운영을 통해 여행프로그램과 LTI 프로젝트학습은 경험해본 터라 선생님들도 다소 익숙해져 있었다. 문제는 예술교육 분야인 특성화 교과 수업의 운영이었다. 좋은 예술 강사 선생님을 모시는 것도 어렵고, 특성화 교육과정 편성과 운영도 걱정이 되었다. 선생님들도 낯선 길을 가는 것에 대한 두려움이 역력했다.

다행히 MOU를 맺은 계명대학교 교수님들의 추천과 지역 예술인들의 도움으로 연극, 성악, 무용, 실용무용, 통기타 강사를 겨울방학 중에 미리 선발하여 신학기 수업 준비를 차질 없이 할 수 있었다.

교실과 강당의 증축은 신학기가 돼야 시작할 수 있었다. 당장 연기, 무용, 댄스 등 다양한 특성화 교과 수업을 할 다목적 교실이 필요했다.

교육환경 조성에는 도성화 행정실장님이 도맡아 추진하셨다. 도성화 실장님은 특수교육을 전공하시고 대학에서 학생들을 가르치셨는데, 나보다 석 달 먼저 가창중학교에 오셨다. 교육행정 경험이 없는 교육자여서 학교 행정 업무가 낯설기 그지없었다. 반면에 교육환경을 개선할 때 교육자의 시각에서 선생님과 아이들의 교육활동에 가장 적합한 교육환경을 만들어주려고 노력했다. 생소한 행정 업무를 파악하기 위해 초과근무를 하기 일쑤였고, 공사가 진행될 때는 주말에도 학교에 나와 감독하고 지원했다.

기존에 있던 소형 강당은 교실 두 칸보다 조금 큰 규모인데, 학생들의 각종 집회와 식당으로 사용되고 있었다. 이것을 리모델링해서 다목적 공간으로 사용하기로 했다. 바닥에 마루를 깔고 벽면에 유리를 붙여 무용실로도 쓰고 접이식 상을 사서 식당으로 사용하기로 했다. 교실에도 마루를 깔고 문짝을 교체하는 등 수리를 했다. 신입생을 맞이하기에 충분한 새 교실로 변신했다.

회복탄력성교육을 위한 여행 경비가 필요했고, 1인 1악기(통기타) 수업을 위해 악기가 필요했다. 마땅한 예산이 없어 기업이나 단체의 지원을 받고자 동분서주했다. 다행히 가창 지역의 「이우장학회」에서 특성화 수업에 사용할 악기를 구입할 수 있도록 삼천만 원을 지원해 줬다. 해외 이동학습에 사용할 돈도 매년 지원해주기로 약속했다. 인근에 있는 기업에서도 지원을 약속했다. 이제 조금씩 실마리가 풀리는 것 같다.

다양한 특성화 교육과정 운영

3월 초, 입학식을 마친 신입생들은 4박 5일간의 뮤지컬 캠프를 떠났다. 뮤지컬 제작을 통해 아이들은 서로 소통하고 협업하는 능력을 키우며 초등학교에 비해 교육환경의 변화가 큰 중학교 생활을 예술 활동으로 시작하면서 원만한 교우관계를 형성하게 하여 적응을 돕는데 더 큰 목적이 있었다.

우리 학교 뮤지컬 캠프는 횟수를 거듭하면서 선생님들의 지도 경험도 많아지고 학생들의 관심도 높아지면서 해마다 작품의 질이 높아지고 있다. 그만큼 학생들과 학부모님들의 관심이 높아지면서 신입생 연극 캠프는 가창중학교의 일원이 되기 위한 통과 의례로 발전하고 있다.

➔ 2021학년도 신입생 뮤지컬캠프 「맘마미아」 https://youtu.be/H89hhX0-ano

2022학년도에는 신입생 뮤지컬 캠프를 앞두고 다수의 코로나 확진자가 발생했다. 숙의 끝에 행사를 연기하기로 했더니 아이들의 실망이 컸다. 입학 전부터 소문을 듣고 잔뜩 기대하고 있었는데, 캠프를 언제 실시할지 모른다니 다들 마음이 우울하였다.

몇몇 학부모와 상담을 하다 보니 학기 초에 친구 사귀기가 어려운 아이들이 더러 있었다. 뮤지컬 캠프가 있었으면 한꺼번에 해소되었을 텐데 아쉬움이 컸다. 다행히 예술 수업과 방과후 수업을 통해 아이들끼리 소통하고 협업하는 시간이 늘어나면서 중학교 생활이 어느 정도 적응된 것 같았지만 예년에 비해 많은 시간이 걸렸다.

캠프 후 이어지는 교육과정은 아이들의 또 다른 관심거리다. 초등학교 때 경험하지 못했던 연극, 무용, 합창, 기타 연주 등의 특성화 수업은 아이들에게 학교에 대한 애정을 강화시켰다. 일반 중학교와 달리 하루에 두 시간 이상은 예체능 수업을 하고 「방과 후 학교」는 대부분 문화 · 예술 수업으로 구성되어 있어 하루에 최대 대여섯 시간의 예체능 교과 수업을 할 수 있으니 아이들이 교과 학습에서 오는 스트레스를 날려버릴 공간이 충분하였다. 덕분에 매일매일 학교생활은 즐겁지 않을 수가 없었다.

그렇다고 예술교육을 흥미 중심으로만 운영하지는 않는다. 학생들의 창의적인 생각을 끌어내기 위하여 국어 시간에 책을 읽고 뮤지컬 대본을 쓰는 작업을 했다. 특성화 1기 학생들은 1학년 2학기 국어 수업에서 주당 1시간씩 할애하여 『꼬마 철학자 다니엘』과 『죽은 시인의 사회』를 읽고 대본을 만들었는데, 나중에 뮤지컬 작곡가에게 의뢰하여 뮤지컬 작품을 완성하였다. 이 작품은 3학년 교육과정 중 「뮤지컬 이해」시간의 교재로 사용하고 학년말에 졸업 작품으로 공연할 예정이었다. 아쉽게도 코로나19 확산으로 공연 며칠 전에 대구 전역의 학교가 On-line 재택수업으로 전환하는 바람에 공연은 무산되었다. 그나마 대본집을 만들어 졸업 선물로 줄 수 있었으니 아이들에게는 큰 추억거리가 될 것이다.

또, 영어 시간을 이용하여 영어교사-원어민 보조교사-예술강사(연극)가 협업하여 영어연극을 공부하고 발표하기도 했다.

내일의 나를 그리는 LTI프로젝트 학습

LTI프로젝트 학습은 교육과정 속에 일주일에 한 시간씩 전교생이 참여하는 가운데 전 교사가 멘토로 함께 한다. 한 학기 단위로 진행되는 프로젝트는 학생 스스로 주제를 정하여 계획을 세우고 매주 실행하게 되는데, 한 주일 동안 실행한 내용은 LTI 수업 시간에 발표하고 다른 학생들과 공유하게 된다. 이렇게 한 학기 동안 프로젝트를 실행한 후 학기 말에 전교생이 발표했다.

LTI 프로젝트 학습을 통해 아이들은 진로 탐색을 하고 자신의 꿈을 키워나가게 된다. 여섯 학기 동안 반복하면서 기획력, 실천력, 발표력은 덤으로 향상되게 된다.

회복탄력성 신장을 위한 여행프로그램

▨ 대구-부산 자전거 여행

가을에 있을 「대구-부산 자전거 여행」을 위해 매주 토요일마다 자전거 연습을 했다. 1학기 초에는 자전거를 타지 못하거나 미숙한 아이들 중심으로 연습을 하려고 했는데, 자전거를 좋아하는 아이들도 타겠다고 등교를 했다. 덕분에 서너 명의 교사가 밀착하여 지도해야만 했다. 2학기부터는 1학년 전체가 토요일마다 연습했다.

아이들과 함께하는 프로그램 운영에는 안전이 제일 중요한데, 연습을 많이 해 숙달하는 것만큼 좋은 대비가 없다. 특히 여러 명이 함께 움직일 때는 내 의지와 상관없이 사고가 나기도 한다. 이런 안전사고의 방지는 이론이나 훈화로 가능하지 않다. 연습을 통해 몸에 익어야 하고, 다른 사람을 배려하고 질서를 지켜야 내가 안전할 수 있다는 것을 느끼게 해야 한다.

2018년 10월, 특성화중학교 1기 학생들의 자전거 여행 출발은 칠성시장 옆 신천둔치에서 했다. 쉰 대의 자전거가 집결해야 하고 응원단(?)의 격려까지 받으려면 넓은 장소가 필요했다. 학교에서 출발해도 되지만 숙소까지 90km 정도 되는 거리여서 하루 주행 거리로 아이들에게는 무리였다. 학생들의 안전도 고려하여 강가의 자전거길에서 출발하기로 한 것이었다.

첫날 목적지는 구지면에 있는 「대구광역시교육청 낙동강수련원」이

2018학년도 대구-부산 자전거 여행 출발은 칠성시장 옆 신천둔치에서 했다.

다. 약 75km 정도 달려야 하는데 도중에 「다람재」라는 제법 힘든 고개도 넘어야 했다. 자전거 실력이 다소 부족한 아이들을 고려하여 우회 경로도 하나 개발했다. 몇 차례 답사를 거듭한 끝에 거리는 다소 멀지만, 평지를 달릴 수 있는 길을 찾았다. 농로와 인도가 이어지는 길이어서 최대한 차량을 피할 수 있어서 안전했다. 그러나 십여 명의 학생들은 「다람재」를 넘는 길에 도전하기로 했다. 아마도 몇 녀석들은 자전거를 끌고 넘었으리라.

저녁 식사를 마치고 교사, 학생, 자원봉사자 모두 둘러앉아 소감 나누기를 했다. 오늘 하루 자전거 여행을 한 경험을 공유하며 성찰하는 시간이었다. 우리 학교에서는 아이들과 행사를 한 후에는 항상 소감 나누기를 한다. 연극 캠프, 자전거 여행, 도보여행, 해외 이동학습 등 행사 후에는 자신의 감정을 이야기하고 느낀 점을 나누는 것이다. 숙박하지 않는 행사일 경우에는 희망하는 몇 학생만 발표하지만, 오늘같이 숙박하여 여유가 있을 때는 모든 학생과 교사가 함께 소감을 나눈다.

교사들의 소감은 대부분 칭찬과 격려가 주를 이루지만 학생들은 자신의 뿌듯함과 자부심을 이야기했다. 몇몇 아이들은 “혼자서는 엄두도 못 낼 일을 친구들과 함께였기 때문에 가능했을 것”이라고 친구들에게 공을 돌리기도 했다.

이튿날, 부산 을숙도에 도착한 아이들은 친구들과 하이파이브를 나누며 성공적인 자전거 여행을 서로 축하했다. 부모님께 전화를 걸어 가슴 뿌듯한 감정을 자랑스럽게 이야기했다. 아이들이 성취감을 표현하기에 전화 한두 통으로는 부족하였다.

➔ 2018학년도 자전거 여행 영상 https://youtu.be/H5S6uJZhbhk
(촬영, 편집 백광범)

▨ 영하의 추위를 뚫고 겨울 자전거 여행에 도전하다

2018학년도부터는 겨울방학을 이용하여 희망자를 대상으로 「겨울 자전거 여행」을 떠났다. 부상으로 학년 자전거 여행에 참석하지 못한 학생과 중학교 적응을 힘들어하는 학생들을 격려하기 위해서였다. 대구에서 문경까지 사흘에 걸쳐 학생 아홉 명이 참가하여 달렸다. 영하 7℃를 기록하는 혹한 속에서도 한 사람도 포기하지 않고 완주했다.

2019학년도 겨울방학 때는 안동에서 대구까지 3박 4일간 여행을 하였는데, 열아홉 명이 참가하였다. 방학 전에 신청자는 스물다섯 명이었는데 코로나 소식이 전해지자 여섯 명이 참여를 취소했다. 코로나가 확산되기 전에 행사를 마칠 수 있어서 다행이었다.

사람들은 아이들을 데리고 자전거 여행을 하는 나를 보고 대부분 이렇게 이야기한다.

"참 대단하다."

"그런데 사고라도 나면 어쩌려고 그래요?"

위험성 때문에 할 수 있는 일을 하지 않으면 세상에 도전할 수 있는 일이 얼마나 될까? 적당한 위험의 존재는 인간을 훨씬 빨리 성장하게 한다. 아이들이 어떤 일에 직면했을 때 두려움 때문에 아무것도 도전할 수 없다면 그 마음의 병은 어떻게 치유할 것인가?

▨ 제주도 도보여행

2학년은 4박 5일간의 제주도 도보여행을 떠났다. 하루에 올레길 한 구간을 걷는데, 학생들이 모둠별로 길을 찾아 목적지로 갔다. 도보여행을 처음 시작했을 때는 선생님들이 미리 답사한 후 길을 안내했다. 그때는 아이들이 피동적으로 움직이는 데다 힘이 드니까 짜증을 많

제주도 도보여행. 사려니 숲을 걷다.

이 냈다. 그래서 방법을 바꿔 아이들끼리 의논해서 길을 찾아가라고 하고 선생님은 뒤에서 안전 지도를 하며 따라가기만 했다. 아이들은 이 정도의 자율성만 부여해도 훨씬 가볍게 여행했다. 힘들어도 티를 내지 않고 극복하는 방법을 찾아 이겨나갔다. 자갈 해변을 만나면 돌탑도 쌓고 물수제비도 뜨며 놀았다. 발이 아프면 바닷물에 잠시 발을 담그며 휴식을 취하고, 넓은 골목길을 만나면 까치걸음을 하며 춤을 추기도 했다.

저녁 시간에는 매일 활동지를 작성하고 소감 나누기를 했다. 저녁마다 열리는 장기자랑과 가요제 등의 행사는 우리 학교 아이들의 주특기다. 진행도 아이들이 하는데 무대에서의 여유와 재치 넘치는 어휘 선택이 중학생 같아 보이질 않았다.

마지막 날에는 올레길을 벗어나 일반 관광을 할 수 있도록 배려했다. 조랑말도 타보고 아이들이 좋아하는 케이팝 박물관도 방문했다. 공항 부근의 재래시장에도 들러 가족들에게 줄 선물도 구입했다. 나흘 동안 열심히 걸은 보상이다.

➔ 2018학년도 제주도 도보여행 영상
https://youtu.be/D2c_K2orWGM
(촬영, 편집 정재한)

▨ 세계 시민으로 거듭나기 위하여

3학년은 해외로 이동학습을 떠났다. 봉사활동과 현지 학교와의 교류가 주목적이지만 아이들에게는 관광이 더 많은 관심거리다.

2018학년도에 실시한 첫 해외 이동학습지는 베트남이었다. 하노이에서 서쪽으로 200km 정도 떨어진 마이쩌우가 목적지인데, 라오스에 인접한 고산지대에 소수민족이 모여 사는 마을이다. 마을에 있는 중학교를 방문하여 교류도 하고 봉사활동도 하였다. 제대로 된 봉사활동을 경험해 본 적이 없는 아이들은 이런 활동이 마냥 어색하기만 했다.

2019학년도에는 일본 관서지방으로 자유여행을 갔다. 당시 3학년들은 학생 수도 적고 두려움이 많아서 봉사활동이나 학생 간의 교류보다는 낯선 도시에서 자유여행을 하는 것이 아이들의 성장에 더 많은 도움이 될 것 같았다. 모둠을 나눠 아이들 스스로 자료를 찾고 여행 계획을 세웠다. 모둠별로 여행 계획을 발표하던 날, 아이들은 두꺼운 여행안내 책자에 견출지를 잔뜩 붙이고 설명을 시작했다. 모둠별로 여행 계획을 세워 스스로 여행지를 찾아가야 한다고 했더니 제법 신경을 쓴 모양이었다. 이만하면 여행을 가지 않아도 소기의 목적을 달성한 셈이다.

해외여행이라곤 한 번도 해보지 못한 아이들이었지만 꼼꼼하게 계획을 세운지라 큰 어려움 없이 여행이 추진되었다. 처음 하는 자유여행은 입국장을 통과하는 것부터 두렵고 현지 사람들을 만나는 것 자체가 어려운 일이었지만 아이들끼리 서로 의지하며 문제를 해결해나갔다. 학교에서는 항공권과 숙소를 예약해주고 대중교통 정기권만 구매해 줬다. 식당에 가서 음식을 사 먹고, 관광지의 매표를 하는 등 모든 것을 아이들 스스로 해결했다. 인솔 교사는 그림자처럼 따라다니며 안전요원 역할만 할 뿐이었다.

길을 잘못 들어 다소 시간이 지체되는 일도 있었지만, 계획된 일정을 놓친 적은 없었다. 물건을 잃어버려 파출소에 방문하는 경험도 해보았다. 외국 여행을 처음 하는 아이들이 대부분이지만 여럿이 함께 다닌다는 것이 큰 힘이 되었다. 입국장을 통과할 때의 두려움이 점점 호기심으로 바뀌고 있었다.

민주적인 학교 문화 만들기

▨ 교사들과의 소통과 민주적인 학교 문화

내가 가창중학교에 부임했을 때 가장 당황스러웠던 것이 두 가지 있었다. 한 가지는, 취임식을 하는데 시작할 때부터 끝날 때까지 나를 단상 위에 혼자 앉혀놓은 것이었다. 심지어 아이들의 축하 공연을 할 때도 나 혼자 무대 위에 앉아 있으라는 것이었다. 과거 매주 운동장 조회를 하던 시절, 학생들이 정렬한 뒤 학교장이 등장하면 악대부의 팡파레가 울려 퍼졌던 시절도 있었다. 하지만 그것은 군사정권이 사회를 지배하던 권위주의 시대의 일이 아니었던가? 나는 학생들 앞에서 만인지상의 대접을 받을 생각도 없었고 선생님들 위에 군림할 생각도 없었다. 결국 축하 공연 시간에는 선생님들의 만류를 뿌리치고 단상 아래로 내려와 연주를 감상하였지만 내내 마음이 불편하고 당황스러웠다.

또 한 가지는, 취임 후 며칠이 지나도록 회의를 하지 않아 교무부장을 불러 물어본 일이 있다.

"회의는 언제 합니까?"

"우리 학교에서는 그동안 회의를 하지 않았습니다."

"그럼, 의사 결정은 어떻게 합니까?"

"교장 선생님이 시키는 대로 했습니다."

순간 당황스러운 마음에 말을 이어가기가 힘이 들었다. 학교장 한 사람의 의견으로 학교를 이끌어 간다면 올바른 판단과 진취적인 생

교사회의는 둥글게 책상을 배치하여 의제를 중심으로 토론하기로 했지만 처음에는 회의 자체가 잘 진행되지 않았다. 몇 차례 회의를 반복하자 이제는 자유로운 토론이 가능해졌다.

각을 만들어 내기도 어렵고 교사들의 자발적인 참여를 끌어내기도 어렵다. 결국 조직의 효율은 떨어질 수밖에 없는 것이다.

서명자 교감 선생님과 함께 직원회의에 대한 논의를 한 끝에 월 2회씩 격주로 전체 교사회의와 업무부장회의를 진행하기로 했다. 교사회의는 둥글게 책상을 배치하여 의제를 중심으로 토론하기로 했다.

처음에는 회의 자체가 잘 진행되지 않았다. 그전까지 학교 일에 대해 토론을 해본 적이 없었기에 모두 의견을 제시하기를 주저했다. 할 수 없이 돌아가면서 자기 생각을 이야기하도록 하여 의견을 모을 수밖에 없었다. 몇 차례 회의를 반복하자 선생님들이 자발적으로 의견을 제시하기 시작했다. 지금은 교무부에서 회의에 부의할 의제를 미리 수렴하고 그 의제를 중심으로 토론을 하는 방식으로 정착이 되어가고 있다.

교사들 간의 민주적인 수평적 관계 형성은 구성원들의 능동적인 참여를 위한 매우 중요한 요소이며 학생들의 민주시민 의식을 성장시키는데도 교육적 효과가 매우 크다.

교사 조직 내에서의 수평적 위치 형성을 위해서는 높이 있는 사람이 내려오는 것이 쉬운 방법이다. 동시에 교사 한 사람 한 사람을 그 존재 자체로 존중하는 마음이 필요하다. 개개인의 능력이나 특성에 관계없이 존중하고 환대하는 자세는 수평적 논의구조를 만들고자 하는 지도자들에게 꼭 필요한 것이다.

나는 학교 내에서 몸을 사용하는 일을 많이 한다. 화분을 가꾸고 화단을 조성하는 것은 물론이고 아이들이 공용으로 사용하는 무용실, 연극실, 피아노실 등을 청소하기도 한다. 이런 곳은 아이들이 청소를 소홀히 하기 쉬운 별관에 위치하여 다소 지저분하더라도 눈에 잘 띄지 않는다. 물론 내가 청소하는 시간도 교사나 학생들이 오가지 않는 시간을 선택한다. 교장실 청소도 내가 직접 한다. 교장으로 취임한 지 6년이 되어가는 지금까지 교장실 청소를 아이들에게 맡긴 적이 한 번도 없었다. 때로는 업무 처리를 어려워하는 선생님들을 위해 사업의 초안을 잡아 전달해주기도 하고, 매일 아침 사물놀이 지도를 하고, LTI프로젝트 수업에도 멘토로 참여했다.

점심시간 배식에도 서명자 교감 선생님과 함께 참여한다. 배식을 하면서 "맛있게 드세요."라는 말에 아이들은 "감사합니다."로 화답한다. 가끔 출장으로 자리를 비우면 아이들은 교장, 교감 선생님의 행방을 묻는다. 교장, 교감 선생님에게 배식받는 것으로 자신이 존중받고 있다고 생각했던 모양이다. 존중하는 마음과 감사하는 마음은 긍정성을 키워주며 회복탄력성 신장에 큰 도움이 된다.

서명자 교감 선생님은 매일 아침 교문에서 「등교 맞이」를 하신다. "어서 오세요.", "좋은 아침입니다."라며 손으로 하트를 그리신다. 아이들도 화답하며 꾸벅 인사를 한다.

스스로 낮은 곳에 가려고 노력하는 마음이 결국 교사와 학생들을 존중하는 마음으로 이어져 결국 학교 내의 민주적인 분위기 형성에 일조하게 된다. 그렇다고 해서 교장. 교감의 권위가 없어지지 않는다. 오히려 권위주의가 약화되면서 감사와 존경의 마음이 생겨 더 강한 권위가 발생하는 것이다.

▨ 학생들에 대한 믿음은 성장으로 이어져

학생회의 활성화는 민주적인 학교 운영의 중요한 부분이다. 교육활동 속에 자신의 의견이 반영되고 자신의 역할이 많아지는 만큼 주인으로서 자긍심을 갖는다. 아이들에게 결정권을 부여하고 일정한 역할을 주면 어른들이 생각하는 것보다 훨씬 큰 능력을 발휘한다. 이런 활동을 반복하는 가운데 자신감을 가지게 되고 자신의 존재를 믿는 아이로 성장하는 것이다.

우리 학교에서는 학생회 활동 외에 아이들의 활동 기회가 많이 주어진다. 방과 후 수업과 연계된 동아리 활동을 비롯하여 학교 홍보 활동에도 참여한다. 체육대회는 기획, 진행, 예산 집행 모두를 학생회가 주관한다. 2021학년도에는 학생들이 중심이 되어 「독서 축제」를 기획하고 추진하였다.

소통을 위하여 학부모 Band를 만들다

2020학년도를 시작할 무렵 코로나19가 퍼졌다. 입학식도 미뤄지고 수업도 비대면 On-Line 수업으로 진행하여 기존과는 다른 학부모님들과의 소통방식이 필요했다. 학사 일정이 유동적인 상태에서 학부모님들의 불안한 마음을 덜어주기 위해 빠른 정보 교환이 필요했다. 또한, 아이들의 교육활동을 생생하게 학부모님들께 전달하고 학부모님들의 의견도 수렴하여 교육활동에 반영하는 적극적인 소통이 필요했다. 선생님들이 의논하여 학년별 학부모 Band를 만들었다. 코로나의 위기 상황이 학부모님들과 상시로 소통할 기회를 만들어 준 것이다.

이 공간을 통해 입학식도 중계하고 아이들의 교육활동을 수시로 학부모님들께 전달했다. 신입생 뮤지컬 캠프의 연습 상황을 사진과 동영상으로 올리고 그날 캠프 상황도 정리해 올렸다. 자전거 여행 기간에는 틈틈이 찍은 사진을 휴식 시간마다 설명과 함께 올렸다. 도보여행이나 기타 현장학습의 상황도 틈틈이 올려줬다. 가정통신문도 아이들을 통해 전달하기 전에 밴드를 통해 먼저 학부모님들께 전달되었다. 학부모님들이 궁금해 하는 교육활동을 실시간 전달해드리니 학부모님들의 호응이 아주 좋았다. 그렇게 학교에 대한 신뢰가 쌓여갔다.

학부모님들의 도움이 필요할 때도 Band를 이용했다. 독서 축제에 참여하실 학부모님들을 조직할 때도, 「학부모 뮤지컬 교실」 참가자를 모을 때도, 시 쓰기 수업 참여를 독려할 때도 이 Band를 활용했다. 학부모님들이 학교 교육활동에 참여하는 것은 큰 용기가 필요하다. 새로운 도전을 할 때는 아이들보다 어른들이 더 많은 두려움을 가지고 있다. 그래서 학부모의 교육활동 참여는 가정통신문 한 장 정도로 쉽게 이루어지지 않는다. 참여하고 싶은 마음이 있어도 망설여지기 마련이다. 이럴 때 밴드를 통한 쌍방향 소통은 서로에게 큰 힘이 되었다. 학부모님들의 교육활동 참여가 성공적인 결과로 이어지면 Band를 통해 피드백되고, 다음 활동에도 긍정적인 영향을 미치게 된다.

배움과 성장에 초점을 맞춘 미래학교를 지향하며

우리 학교는 교육활동을 통해 성과보다는 아이들의 성장을 위해 노력한다. 우리는 교육의 핵심이 학생의 성장이라는 것을 확신한다. 학생의 성장을 촉진하기 위해서는 교사와 학부모의 성장이 동반되어야 한다. 우리는 성장이란 다음 단계로 도전하려는 태도라는 것을 인식하고, 단순한 지식습득과 목표 달성에만 만족하지 않는다.

학교 교육을 성과를 중심으로 운영하면 파행에 이를 가능성이 크다. 배움과 아이들의 성장에 초점을 맞추어 교육활동을 하다 보면 성과는 저절로 따라온다.

우리나라 입시 중심교육은 인스턴트 문화를 양산했다고 해도 과언이 아니다. 대학 입시를 정점에 두고 유아교육에서부터 입시에 도움이 될 것 같은 교육에 열을 올리곤 한다. 그러다 보면 정작 아이들의 발달 시기에 맞춘 교육은 찾아보기 어렵다. 교사들도 이런 폐해를 잘 알고 있지만, 자신도 모르는 사이에 성과 중심의 인스턴트 교육에 빠져들게 된다. '내가 담임을 맡고 있을 때 아이들의 성적을 올려야 한다.' 라는 강박감은 교사라면 누구나 한 번쯤 경험해봤을 것이다. '교육에서 착(着)은 금물' 이라고 하지 않던가? 그것이 애착이든 집착이든 착(着)을 가지는 순간 객관성을 잃어 좋은 교육활동을 기대하기 어려운 것이다.

나는 가창중학교가 특성화중학교로 전환된 직후 우리 학교로 자녀를 입학시킨 학부모님들은 대단한 용기를 가진 분이라 생각한다. 입시 중심교육이 대세를 이루고 있는 현시점에서 아이들의 미래를 멀리 내다보고 「역량 중심의 교육」을 신뢰하며 응원해주는 모습을 보며, 아직 우리 교육에도 희망이 있다는 것을 절감했다.

우리 학교에 입학한 학생들과 학부모님들의 만족도는 매우 높은 편이다. 그런데도 중도에 전학을 가는 학생이 더러 있었다. 원인을 분석해 보니 크게 두 가지로 짐작이 되었다.

하나는 집이 너무 멀어 등하교가 어렵기 때문이었다. 중학생이 한 시간씩 버스를 타고 학교에 다닌다는 것이 쉬운 일은 아니었다.

또 하나는 입시 중심교육에 대한 불안 때문이었다. 자녀의 학교생활에 대해서는 만족하지만, 주변 학부모들의 입시 열기를 이겨낼 수가 없었을 것이었다. 이런 경우는 너무 안타까운 마음이 들었다. 아이들 미래의 장기적 전망을 생각하면 우리 학교의 교육활동이 훨씬 유리하다고 판단하지만 불안한 마음을 이겨내지 못한 결과였다.

특성화중학교의 특성화 교과 전환 비율은 20% 이내다. 예체능 교과군은 수업 시수를 축소할 수 없으니 결국 전체 교과의 16% 정도 전환이 가능하다. 이 정도 시간으로는 특성화 교육을 제대로 할 수가 없었다. 그래서 방과 후 수업 대부분을 예체능 교과로 배치를 하다 보니 학부모들이 보면 다른 학교에 비해 공부를 적게 한다고 생각하는 것도 무리는 아니었다. '이러다 우리 아이들만 뒤처지는 것은 아닌가?' 라는 불안감이 드는 것이었다. 하지만 아이들의 성장이 뒤떨어지는 것은 결코 아니었다.

올해로 특성화중학교로 전환한 지 5년째가 되면서 아이들의 성장과 교육활동의 성과가 서서히 가시화되고 있다. 가장 큰 성과는 학생, 학부모의 만족도 향상과 인성의 발달이다. 2019학년도 교육활동 만족도 조사에서 96% 이상이 긍정적인 답변을 하였으며 부정평가는 하나도 없었다. 학교폭력 관련 설문조사에서는 공감 능력, 의사소통 능력, 감정조절 능력 등 모든 영역에서 전국 평균치와 대구광역시

구분	매우 그렇다	그렇다	보통	그렇지 않다	전혀 그렇지 않다
학생	74%	23%	3%	0	0
학부모	79%	17%	17%	0	0

2019학년도 가창중학교 학생, 학부모 교육활동 만족도 조사

구분	학생 만족도	학부모 만족도	교원 만족도
설문 참여자 수	91	72	20
만족도 점수	47/50	48/50	49/50

2022학년도 가창중학교 학생, 학부모, 교원 교육활동 만족도 조사

구분	유효 응답수	학교 적응력	공감 능력	의사소통 능력	갈등해결 능력
전국 중학교	104,354	4.06	4.01	4.13	4.12
대구 중학교	9,694	4.12	4.10	4.21	4.21
가창중학교	67	4.28	4.16	4.34	4.44

구분	자아 존중감	감정 조절능력	학교폭력 인식	적극적 대처 및 도움행동
전국 중학교	4.05	4.02	4.23	4.12
대구 중학교	4.13	4.11	4.30	4.20
가창중학교	4.31	4.21	4.28	4.36

2019학년도 가창중학교 학교폭력 관련 설문조사 분석 결과

평균치를 훨씬 상회하고 있었다. 이 조사 항목을 들여다보면 공감 능력, 의사소통 능력, 갈등 해결 능력, 자아존중감, 감정조절력 등 대부분 회복탄력성과 관련된 항목이다. 우리 학교의 교육 목표와 그에 따른 노력이 방향을 잃지 않고 있다는 반증이다.

학생들의 문화 예술적 감수성도 눈에 띄게 성장했다. 「숲속 예술제」, 「예술경연대회」 등 무대만 만들어주면 하루종일 집단 신명을 발휘했다. 뮤지컬 작품을 함께 만들다 보니 협업 능력이 향상되지 않을 수 없었고 무대를 두려워하지 않는 자신감도 생겼다.

창의력을 뽐내는 분야에서도 아이들의 활약이 두드러졌다. 2019학년도 「과학탐구실험대회」에 우리 학교 2학년 두 명(채동훈, 이예은)이 출전하였는데, 「달성교육지원청」 대회와 「대구광역시교육청」 대회에서 각각 우승하고 전국 대회에서 동상을 차지하였다. 두 학생 모두 매일 아침 일찍 등교해서 색소폰 합주도 하고, 뮤지컬 제작에도 열심히 참여하는 학생이었다.

탐구 실험을 지도해 주신 배현숙 선생님은 "이 두 학생은 예년의 학생들과 달리 실수를 두려워하지 않고 적극적입니다. 예술 활동을 열심히 해서 그런지 창의적인 아이디어도 많았습니다. 대구광역시 대회나 전국 대회에 가서도 전혀 주눅이 들지 않았습니다. 아마도 뮤지컬 공연과 LTI 프로젝트 등과 같이 대중 앞에 서본 경험이 많은 도움이 됐을 겁니다."

2020학년도에는 1학년 학생 두 명(배정훈, 김현지)이 다른 학교 학생과 연합하여 「창의력 경진대회」에 출전하였는데, 대구광역시교육청 대회에서 우승(금상)하고 전국 대회에 진출하여 역시 우승(대상)을 차지했다.

이러한 성과는 우리 학교 역사상 처음 있는 일이고, 달성군 전체에서도 처음 있는 일이다. 그렇다고 학교에서 성과를 내기 위해 아이들을 경쟁에 내몬 적도 없다. 부끄러운 이야기지만 아이들이 「창의력 경진대회」에 참여했었다는 것을 수상 소식을 듣고서야 알았으니까.....

예술교육 분야에서도 성과가 나타나고 있다.

2018학년도에는 교육부에서 주최하는 「학교예술교육 공모전」에 참가하여 교육과정부분 최우수상을 수상했다. 2020학년도 「학교예술교육 공모전」에서는 학교 예술교육 지원 사업 부문에서 대상을 차지했다.

우리 학교의 예술교육이 전국적으로도 경쟁력이 있다는 것을 증명한 것이다.

이 공모전 또한 담당자인 한국일 선생님이 일을 저지른(?) 후에 학교장에게 보고했다. 선생님들도 학교에 대한 자부심이 많이 커진 것 같다.

2020학년도부터 전국의 많은 학생이 코로나19로 우울해하던 가운데, 우리 학교 아이들이 각종 경연대회에 참여하는 붐이 일었다. 전국 중학생 성악 경연대회에 참여한 2학년 박신유 학생이 대상을 차지한 것이 신호탄이 됐다. 성악에 관심이 많았던 학생도 아닌데 대구음악협회에서 주최하는 「전국 중학생 성악 경연대회」에서 대상을 차지했다. 이에 자극을 받은 학생들이 각종 성악 경연대회, 뮤지컬 경연대회, 댄스 경연대회 등에 출전하여 상을 받아왔다.

우리 학교가 아이들의 성장에 맞춰 교육과정을 운영하다 보니 여러 분야에서 성과를 나타내는 것은 의도치 않은 선물이다. 아이들의 회복탄력성이 성장하는 것만큼 학부모님들의 회복탄력성도 성장하는 것 같았다. "아이를 가창중학교에 보내고 나서 교육 철학이 많이 바뀌었어요."라는 학부모의 말을 종종 듣는다. 그렇다고 우리 학교 학부모님들이 대학 입시에 대한 불안감을 모두 떨친 것은 아니었다. 더러 불안해하는 학부모님들이 다시 시내 학교로 아이를 전학시키는 경우를 보면 알 수 있었다.

입시 중심 교육의 유혹에 흔들리는 학부모님들을 비난하거나 우리 교육 현실을 한탄하고 싶은 생각은 없다. 그렇다고 학부모님들의 구미에 맞춰 다시 입시 중심 교육으로 돌아가고 싶은 생각은 더더욱 없다. 그런 마음을 가지는 분들도 피해자일 수 있으니 그 불안한 마음을 어루만져 주는 것도 필요하다.

그래서 2019학년도부터 우리 학교에서는 독서교육을 강화하고 있다. 독서는 아이들의 마음을 살찌울 뿐만 아니라 입시교육에도 많은 도움이 된다는 것은 주지의 사실이다. 그렇다고 아이들에게 억지로 책을 읽힐 수는 없다.

우리 학교에서는 독서마일리지 제도를 시행하여 그 결과에 따라 4명씩 짝을 지어 1년에 20명까지 「인문학 여행」을 보낸다. 학교에서는 모둠별로 예산을 지원하고 여행의 계획과 실행을 모두 학생들이 했다. 코로나 유행 시기에는 다소 변형된 방법으로라도 여행을 보내려 노력했다. 이러한 독려와 보상은 아이들의 독서 능력을 많이 끌어올렸다.

2021년에는 또 다른 도전을 감행했다. 교사, 학생, 학부모가 함께 책을 읽고 「독후감 쓰기 대회」, 「모둠별 독서토론회」, 「작가 초청 토론회」를 동시에 하는 독서 축제를 추진한 것이다. 그것도 학생 다섯 명이 주축이 되어 이뤄낸 성과였다.

미래 사회는 평생교육의 시대다. 과거 산업화 시대에는 학교에서 배운 지식만으로도 평생 먹고살 수 있었다. 기술의 발달이 느린 시절에는 평생을 살아가면서 받아들여야 할 정보가 많지 않으니 가능한 일이었다. 그러나 우리 아이들이 살아가야 할 세상은 혁명적인 변화가 있는 시대다. 과거 백 년에 걸쳐 쌓을 수 있었던 지식은 불과 10년 이내에 새로운 지식으로 대체될 것이다. 학교를 졸업하고 나서도 지속적으로 공부하며 새로운 정보에 적응해야 하는 평생교육의 시대에 우리 아이들이 살아야 한다. 이런 시대에 능동적으로 적응하기 위해

2021학년도 시집 표지

서는 읽기, 쓰기, 말하기 능력이 절대적으로 필요하다.

우리 학교에서는 2019학년도부터 방과 후 수업으로 「시 쓰기 수업」을 진행하고 있다. 「학부모 시 쓰기 수업」도 함께 진행하는데, 그 결과물을 모아 시집을 발간하였다. 시화전을 열고 전교생 앞에서 시 낭송도 했다.

2020학년도에는 코로나로 인하여 수업 시수가 부족해 2021학년도 작품과 합쳐서 시집을 발간하였다. 아이들과 학부모님들에게는 평생 남을 가슴 뭉클한 기념품이었다.

교사와 학부모들의 성장에도 노력하고 있다. 교사들의 독서토론회는 작년까지 5년째 진행되었고, 수업 방법 연구에도 적극적으로 지원하고 있다. 희망하는 교사들을 중심으로 수업 연구 소모임을 만들어 함께 공부하고 있는데 다양한 지원을 아끼지 않고 있다. 교사의 성장은 교사 스스로 자부심을 가질 뿐만 아니라 아이들의 교육에도 직접적인 영향을 미친다.

학부모님들에게는 우리 학교의 교육과정을 통해 성장하는 아이들을 지켜보는 것만으로도 성장의 계기가 된다. 얼마 전까지만 해도 「학부모 교육」이라는 이름으로 학부모를 가르치려고 노력했다. 그러나 학부모는 가르쳐야 할 대상이 아니며 가르친다고 쉽게 바뀌지도 않는다. 함께 배우고 공감해야 할 동반자다.

최근에 우리 학교에서는 학부모의 성장을 위해서 새로운 시도를 하고 있다. 2021년, 「독서 축제」에 학부모님들을 주역으로 초대하여 교육활동에 동참하게 한 것이 그 첫 번째다. 이어서 시도한 것이 「학부모 뮤지컬 교실」이다. 아이들이 하는 교육활동을 함께 체험하면서 스스로 느끼고 배우며 성장하는 것이었다.

「학부모 뮤지컬 교실」은 2022학년도에도 계속되고 있다. 이번에는 또 다른 시도를 하였다. 학부모님들이 자녀를 키우면서 경험한 애환을 뮤지컬로 제작하는 시도를 한 것이다. 뮤지컬에 참여한 학부모님들이 자신이 겪은 이야기를 공유하는 동안 뮤지컬 작가가 기록하여 대본을 만드는 형식을 취했다. 2022년 가을에는 우리 학부모님들의 생생한 경험을 담은 뮤지컬을 공연하게 될 것이다.

2017년, 가창중학교가 특성화중학교로 전환을 시도한 것은 생존하기 위한 몸부림이었다. 그러나 이제는 미래교육을 지향하며 다른 학교의 모델이 되는 학교로 성장하기를 꿈꾸고 있다.

2021학년도 1학기 초에 신입생 학부모님 한 분이 찾아오셨다. 「대구보건대학교」에 재직하시는 문소윤 교수님이었다. 초등학교 시절 아침마다 일곱 시 반이 지나서야 겨우 일어나 학교에 가던 아이가 중학교에 가더니 여섯 시만 되면 일어나 학교로 달려가는 것이 너무 신기했다는 것이었다. 입학원서를 쓸 당시에도 거리가 멀어 등하교가 힘들다고 가창중학교 진학을 만류했다고 한다. 학생 스스로 등하교를 하는 조건으로 허락을 했는데, 학교생활을 너무 열심히 해서 신기했다는 것이었다. 그래서 학문적 호기심이 발동하여 가창중학교를 소재로 논문을 쓰고 싶으니 허락을 해달라는 것이었다.

나는 기꺼이 허락하며 기왕 하시는 김에 다른 연구기관과 함께 연구해보는 것은 어떻겠느냐고 제안했다. 대구광역시교육청 산하의 「미래교육연구원」과 함께 연구하면 좋겠다는 생각이었다.

2018학년도에도 우리 학교의 교육활동에 대한 평가를 받고 싶어서 「미래교육연구원」에 연구를 의뢰한 적이 있었다. 그 당시에는 특성화 교육을 막 시작한 상태였고 교육활동의 내용도 지금처럼 다양하지 않았다. 이제 추가로 연구할 필요가 생겼고, 그 결과에 따라 피드백이 이루어지면 우리 학교의 성장에도 많은 도움이 될 것으로 생각했다.

학부모님도 기꺼이 동의했다. 「미래교육연구원」에서도 서공주 연구사가 중심이 되어 연구팀을 구성하고 적극적인 참여와 지원을 약속했다.

4월 16일, 첫 모임을 하고 연구 방향과 역할 분담을 했다. 단체 채팅방을 만들고 연구계획서를 만들어 검토했다. 연구자들은 특성화 중학교에 대한 공부도 하고 선행 연구 자료도 검토했다. 서로 자료를 공유하며 협업하다 보니 연구가 훨씬 효율적으로 진행되었다. 두 번째 모임에는 연구안식년제로 파견 근무를 하시는 여승욱 선생님이 합류하셨다.

7월 중순, 서공주 연구사로부터 우리 학교에 대한 또 다른 연구 제안이 들어왔다. 「저출산 및 인구 감소 시대에 대응한 소규모학교 운영모델 개발 연구」팀(연구책임자 : 대구가톨릭대학교 정일환 교수, 실무 담당자 : 정현숙 교수)이 연구 대상학교를 구하는데, 가창중학교를 추천하고 싶다는 것이었다.

인구 감소로 인해 폐교 위기에 처하거나 소규모 학교가 많아지는 상황에서 우리 학교의 운영 사례가 도움이 된다면 의미가 있는 일이라 생각하여 기꺼이 승낙했다. 8월 1일에는 연구팀과 업무협약(MOU)도 체결했다.

1년 동안 진행된 「저출산 및 인구 감소 시대에 대응한 소규모 학교 운영모델 개발 연구」팀의 연구 결과는 2022년 6월 29일부터 30일까지 열린 「한국교육학회 2022년 연차학술대회」에 발표되었다.이 자리에 나도 토론자로 참석을 하였는데 마지막 토론자로 나선 이OO 교수님께서 "가창중학교의 사례는 우리나라 대안교육을 한 단계 업그레이드시킨 사례다"고 평가하셨다. 분에 넘치는 평가지만 우리 학교로서는 고무적인 일이다.

최근에는 인근 「가창초등학교」 전경희 교장 선생님이 가창중학교의 교육활동에 전폭적인 지지를 해주고 계신다. 교장 선생님 스스로가 놀이문화를 통해 아이들을 성장시키고자 애쓰시다 보니 가창중학교와 연계 교육을 하면 좋겠다고 생각하셨다. 지역에서 초 · 중학교가 문화 · 예술교육을 연계하여 운영하면 아이들의 성장에 더없이 좋은 기회가 될 것으로 기대된다.

2020학년도부터는 여름방학을 이용하여 예술교육 거점학교로서

「가창초등학교」와 「용계초등학교」 학생들을 초청하여 뮤지컬 캠프를 실시하고 있다. 2022학년도부터는 가창중학교 「학부모 뮤지컬 교실」에 가창초등학교 학부모 두 분이 참여하시고, 가창초등학교 6학년을 대상으로 사물놀이 지도를 위하여 내가 매주 2회 방문한다. 「용계초등학교」 박영애 교장 선생님께서도 우리 학교의 교육활동을 적극적으로 지지하시며 학생들을 참여시키셨다. 작은 일부터 조금씩 교류하다 보면 지역 학교끼리 연대하여 교육하는 모범적인 사례도 창출할 수 있으리라 생각한다.

우리 학교는 신입생의 40%를 「지역 우선선발 전형」으로 학생을 선발한다. 최근 들어 가창중학교에 입학하기 위하여 지역의 초등학교로 전학 오려는 학생이 늘고 있다니 고무적인 일이 아닐 수 없다.

3. 회복탄력성 교육, 예술교육의 현장

회복탄력성, 예술교육 그리고 자기주도 학습

가창중학교에 예술교육을 도입하다

시대가 요청하는 예술교육

가창중학교 예술교육

예술교육은 품성 교육이며 창의성 교육이다

뮤지컬 캠프

두 바퀴에 꿈을 싣고

나를 찾아 올레길을 걷다

세계 시민이 되기 위한 도전

방과후 수업

평생교육시대를 위한 독서교육

스스로 자라는 나무가 뿌리 깊다

LTI 프로젝트 학습

엄마도 할 수 있다

지역사회와 연대하여 자라는 학교

가창중학교 상징 만들기

회복탄력성, 예술교육 그리고 자기주도 학습

가창중학교에서는 회복탄력성 신장을 위해 여러 가지 교육활동을 한다. 엄밀히 이야기하자면 모든 교육활동이 여기에 해당될 수 있겠지만 특별히 몇몇 행사에 의미를 부여하고 있다.

1학년들은 입학식이 있는 다음 주에 「신입생 뮤지컬 캠프」를 연다. 일주일 동안 모든 수업을 뒤로 하고 오직 뮤지컬 제작에 열중한다. 처음에는 낯선 아이들과 협업을 해야 하는 부담도 있고, '내가 잘할 수 있을까?' 라는 두려움도 있지만, 캠프가 진행되면서 점차 기대감과 설렘으로 바뀐다. 마지막 날 공연을 통해 아이들의 성취감은 극도로 커진다. 「신입생 뮤지컬 캠프」를 마치고 나면 아이들은 가창중학교에 대한 강한 소속감을 느낀다. 교우들과의 관계가 급격히 좋아지고 중학교 생활에 대한 자신감도 생겨 부적응 현상이 많이 줄어든다.

2017학년도, 처음 신입생 뮤지컬 캠프(처음에는 연극 캠프라고 불렀다.)를 실시할 당시에는 신입생들의 중학교 적응을 돕는 것이 목적이었다. 연극 공연을 통해 자신감을 키워 부적응을 예방하고자 했던 것이다. 그런데 해를 거듭할수록 학생들과 학부모들의 기대치가 높아지면서 공연의 예술적 수준까지 향상되고 있다.

2020년 초에 발생한 코로나19로 인한 팬데믹은 우리 학교의 중요한 교육활동을 많이 위축시켰다. 아이들이 함께 숙박할 수가 없어서 제주도 도보여행도 갈 수 없었고 해외 이동학습은 꿈도 꿀 수 없었다. 개학도 5월 말부터 점차적으로 진행되었고, 거리두기로 인하여 아이들 간의 상호작용도 위축되었다. 이로 인해 아이들은 전반적으로 에너지가 많이 떨어져 위축된 상황이었다. 특히 2학년 아이들의 분위기가 많이 침체되어 있었다.

선생님들 사이에서 제주도 도보여행을 가지 못하는 대신에 뮤지컬 캠프를 하자는 제안이 있었다. 2학기를 시작하면서 2학년을 대상으로 뮤지컬 캠프를 실시했다. 결과는 대성공이었다. 1주일의 뮤지컬 캠프는 아이들에게 활력을 불어넣어 수업 분위기도 밝아졌다. 2학년에서의 성공 경험을 바탕으로 3학년들에게도 졸업 뮤지컬 캠프의 기회를 제공하게 되었다.

이후 뮤지컬 캠프는 학년별로 진행되는 연례행사가 되어 아이들의 자신감과 자존감을 키우는 프로그램으로 자리 잡았다.

1학년 2학기에는 대구에서 부산까지 낙동강을 따라 삼 일간 자전거 여행을 한다. 이 삼 일간의 여행을 위해 3월 말부터 주말마다 자전거 연습을 한다. 자전거를 탈 줄 모르는 아이들도 배워서 동행하는데, 자전거를 처음 타게 된 날과 부산에 도착하는 날은 평생 잊지 못할 추억이 된다.

겨울방학 때는 희망자를 모아 자전거 여행을 했다. 대구–안동, 대구-문경 등으로 영하의 추위를 뚫고 열 명씩, 스무 명씩 삼사 일간 달리게 되는데 불평하는 아이가 아무도 없었다.

2학년 때는 제주도로 5일간의 도보여행을 떠난다. 주로 올레길과 숲길을 걸으며 아름다운 자연을 즐기고 호연지기를 키웠다. 쉽지 않은 일정임에도 불구하고 자전거 여행을 경험한 아이들은 하루에 올레길 한 구간 정도는 가볍게 걸었다.

3학년 때에는 해외 이동학습을 하는데 현재까지 두 차례에 걸쳐 진행했다. 2018학년도에는 베트남 하노이 서북부에 있는 마이쩌우라는 마을을 방문했다. 이곳은 소수민족이 사는 고산지대의 마을인데 학교 간의 교류와 봉사활동을 경험했다. 2019학년도에는 일본 관서지방 일대로 자유여행을 했다. 아이들이 5명씩 짝을 지어 사전에 계획을 세우고 스스로 여행 가이드가 되어 여행했는데, 학교에서는 숙소, 항공권, 대중교통 자유이용권만 제공했다.

2020학년도부터 코로나19로 인해 제주도 도보여행과 해외 이동학습은 포기하게 되었다. 대신 자전거 여행은 추진해보기로 했다. 함께 숙박하지 않고 대구에서 부산까지 자전거 여행을 하는 방법을 생각해 낸 것이다.

아침에 학교를 출발하여 한 구간을 완주하고 차량으로 다시 돌아와 하교하고, 다음날은 학교에 모여 버스를 타고 두 번째 구간으로 가서 자전거를 탔다. 이런 방식으로 삼 일에 걸쳐 학교에서 부산까지 달렸다. 숙박을 함께할 수 없어 아이들은 아쉬움을 표하지만 나름대로 자전거 여행의 목적을 달성할 수 있었다.

2021학년도에는 2, 3학년들도 자전거 여행과 같은 방식으로 도보 여행을 진행해보기로 했다. 목적지는 동해안 블루로드(파랑길)였다. 비행기도 탈 수 없고 함께 잠을 잘 수 없어서 제주도만큼 매력적이지는 못하지만, 해안선을 끼고 도는 경치는 어디에 내놔도 빠지지 않는다. 삼 일 중에 이틀을 비를 맞으면서 걸었다. 그런데도 아이들은 힘들고 불편함조차 즐기는 것 같았다. 옷이 젖은 김에 바다에 뛰어들어 장난을 치는 아이들도 있었다. 나쁜 상황을 만나도 긍정적인 마음으로 이겨냈다. 이런 긍정성이 회복탄력성의 원천이다.

우리 학교에서는 선생님들뿐만 아니라 아이들도 학교의 가장 중요한 교육적 가치가 회복탄력성이라는 것을 알고 있다. 입학하기 전 입학설명회 때부터 회복탄력성교육에 대해 이야기하다 보니 우리 학교의 교육활동들이 왜 추진되는지를 이해하게 되었다.

우리 학교 교육활동을 경험하면서 아이들은 스스로 프로젝트를 수행하게 되었고 동료들과 협업하여 집단 프로젝트를 추진하기도 했다. 아이들은 3학년에 올라가면 진로에 대하여 심각한 고민을 했다. 빠른 아이들은 1학년 후반부터 고민을 시작하여 진학을 준비하기도 했다. 진로에 대한 자기결정력이 강화되어 삶에 대한 주체성이 높아지는 것이다.

선생님들의 성장을 위해 독서 나눔 활동과 교육학습공동체 활동을 하며 함께 공부했다. 많은 업무로 인해 학교생활에 빈틈이 없지만 조금씩 시간을 할애하여 함께 성장하기 위해 노력하고 있다. 학부모님들의 성장과 회복탄력성 강화를 위한 교육활동도 했다. 시 쓰기 수업도 하고 「학부모 뮤지컬 교실」도 시작했다. 교육 가족 모두가 같은 책을 읽고 토론하며 생각을 공유했다.

지역사회와 연대하여 학교가 지역사회 문화 공동체의 중심이 되고자 하는 꿈을 키우고 있다. 지금까지는 우리 학교가 지역사회의 도움을 많이 받아온 형편이지만 이제는 우리 학교의 역량을 지역 사회에 되돌려줄 차례가 됐다.

이 장에서는 회복탄력성과 예술교육을 중심으로 이루어지는 가창중학교의 다양한 교육활동을 소개하고자 한다.

가창중학교에 예술교육을 도입하다

내가 가창중학교를 예술교육을 기반으로 하는 특성화중학교로 설계한 것은 과거의 문화 · 예술교육 활동의 경험이 바탕이 되었다.

1998년, 나는 경상중학교에서 근무하며 풍물동아리를 지도하고 있었다. 당시에는 중학교에서 동아리 활동이나 학생 축제가 활성화되어 있지 않던 상황이었다. 그때 나는 2학년 부장을 맡고 있었는데, 점심시간에는 담임 선생님들과 도시락을 함께 먹었다. 그 시간은 자연스럽게 담임 선생님들의 토론의 장이 되었다. 개인적인 취미나 기호에 관한 대화도 오고 갔지만 가장 큰 비중은 역시 교육 관련 이야기였다.

점심시간 토론의 장이 자연스러워지고 선생님과 공감의 폭이 넓어질 무렵 나는 선생님들께 시대 변화와 교육계 흐름에 대해 몇 차례 이야기했다. 그리고 선생님들께 학생동아리 활동에 대한 필요성을 설명하고 함께해보자고 제안했다. 이미 교육에 대한 상당한 공감이 있었던 터라 여섯 분의 담임 선생님 모두 함께하시겠다고 했다. 이에 용기를 얻어 제안서를 만들어 교장 · 교감 선생님께 말씀을 드리고 부장교사회의에서 발제했다. 결국 교직원회의에서 전체 교사들을 대상으로 설명회를 갖고 1999년 교육 계획에 반영하게 되었다.

동 학년 선생님들의 지지를 바탕으로 이듬해 14개의 학생동아리를 구성하였다. 마침 교육부에서 교육계획서 공모를 하여 응모했더니 당첨이 되어 640만 원의 지원금도 받게 되었다. 이제 예산도 어느 정도 확보되어 동아리 활동은 탄력을 받게 되었다. 우리는 동아리 활동의 성공적인 안착을 위해 매달 동아리 지도교사 회의를 개최하여 운영에 대한 정보를 공유하고 서로 조언하였다. 학생동아리 활동은 순조롭게 진행되었고 연말에 일주일간의 학교 축제로 대미를 장식했다. 그해 경상중학교는 「교육 계획 실천 우수학교」로 선정되어 개교 이래 처음으로 교육부 장관상을 수여하는 영광을 안았다.

이 과정을 지켜봤던 주변 사람들의 강권으로 이듬해부터 대구 전체의 학생 축제를 기획하게 되었다. 아무런 기반이 없는 상태에서 지역 기관들의 도움으로 2001년부터 「대구청소년문화한마당」이라는 축제를 만들게 되었다.

「대구청소년문화한마당」은 단순한 1회성 행사가 아니라 봄부터 준비하여 가을(10월말)에 축제를 하는 연간 행사였다. 당시 청소년들이 문화를 공유할만한 공간이 없었던 터라 「대구청소년문화한마당」은 청소년들의 폭발적인 지지를 얻었다.

2001년 가을, 3일간 열린 제1회 행사에는 갑자기 불어 닥친 추위에도 불구하고 연인원 3만 명이 넘는 관객이 모여 청소년들의 문화적 욕구가 얼마나 큰지를 실감케 했다. 주로 대구 지역의 중 · 고등학교에 있는 동아리들이 참여했는데, 그중에는 학교 간 연합동아리나 학교 밖 청소년 동아리도 있었다. 해가 거듭되어 소문이 나자 타 지역의 동아리들이 참여하기도 했다.

「대구청소년문화한마당」은 공연마당, 전시마당, 경기마당으로 구성되었는데 매년 4,000명 정도의 학생들이 자발적으로 참여하였다. 이 중 절반이 참여하는 경기마당은 길거리농구(three on three)와 미니 축구 풋살(futsal)로 구성되었는데, 각각 100~200개의 동아리가 참가하였다. 나머지 절반은 공연마당이 주류를 이루었다. 학교 안팎의 공식 · 비공식 동아리들이 총출동하였고 아이들이 즐기는 모든 장르의 문화를 선보였다. 행사가 거듭되면서 각 팀별로 학생 스스로가 운영진이 되어 봄부터 가을까지 기획과 진행을 담당하기도 했다.

「대구청소년문화한마당」은 십 년 동안 지속하면서 연인원 3만4천여 명이 무대에 올랐다. 이 과정에서 학생들은 예술 활동을 통해 건전하게 에너지를 발산하는 기회를 얻었고, 많은 학생이 자신의 특기를 살려 전문 예술인의 길을 걷기도 했다.

2010년 가을, 마지막 행사를 끝내고 일꾼들이 평가회를 하는 자리에서 나는 이런 소망을 이야기하며 아쉬움을 달랬다.

"이렇게 많은 끼를 가진 아이들과 함께 종합예술이라고 하는 뮤지컬을 한번 해보면 참 좋겠습니다."

이 소망은 불과 십 년도 안 되어 현실이 되었다. 까마득하게 잊고 지내던 중, 2016년 봄에 "가창중학교를 운영해보지 않겠느냐"는 제안을 받았다. 학교가 쇠퇴하여 위기를 맞고 있어 반전의 계기가 필요하다는 것이었다. 그것도 예술을 기반으로 하는 학교로 전환해서 운영해주면 좋겠다는 제안이었다. 무엇을 할지 한참을 고민하다 과거 「대구청소년문화한마당」의 기억을 되살리며 뮤지컬특성화 중학교를 구상하게 되었다.

가창중학교에 예술교육을 도입하면서 내 가슴 속에 깊이 자리 잡은 것은 '삶의 질 향상' 이었다. 「대구청소년문화한마당」의 후원자를 찾아다닐 때도 청소년들의 '삶의 질 향상' 으로 설득을 했었다. 나 또한 즐겁고 행복한 삶을 위해 많은 문화 · 예술 활동에 도전하고 있다. 우리 학교의 교육활동에 도입하고 있는 자전거 여행, 도보여행, 해외이동학습, 성악, 합창, 목공, 1인 1악기, 풍물 등은 실제로 내가 즐기고 있는 생활의 일부이기도 하다.

시대가 요청하는 예술교육

전통적인 교육에서는 아동기를 미래의 생활을 준비하기 위해 필요한 여러 지식을 습득하는 성인기의 준비단계로 보았다. 과거부터 집적되어온 사회생활에 필요하다고 생각되는 주지적 내용을 학생들에게 전달하는 것이 교육의 핵심이었다. 그러다 보니 학교는 재미없지만 다니지 않을 수 없는 곳으로 치부되었고, 아이들의 감성을 일깨워 창의성을 신장하고자 하는 문화 · 예술교육을 도입하는 것에 대한 큰 필요성을 느끼지 못하였다. 이성 능력이 불완전한 아동기에 인생 전반을 준비할 수 있는 지식을 주입하는 것이 필요했을 뿐이며, 이를 위해 교사는 아이들이 불필요한 욕구를 억제하고 교육에 전념할 수 있도록 당근과 채찍을 휘두르는 역할을 해야 했다.

근대에 들어서면서 당시 교육의 문제점을 지적하며 비판의 날을 세운 지식인들이 등장하였다. 이들은 주지주의 교육을 비판하고 예술교육의 필요성을 주장하였으며, 교육이 사회의 모순을 해결하는 중요한 수단이 될 수 있다는 믿음을 가졌다.

산업혁명은 이러한 주장에 기름을 부었다. 일반적인 상식으로는 따라갈 수 없는 속도의 변화, 그것은 혁명이었다. 그런 변화를 따라잡기 위해서는 교육개혁이 필요했다. 단순한 지식만 전달하던 교육에서 시대의 변화를 따라갈 수 있는 창의성을 살릴 수 있는 교육이 필요했던 것이다. 그 대안으로 문화 · 예술교육을 제안하였고 사람들은 산업혁명을 경험하면서 이런 주장에 동의를 표하기 시작했다.

이런 주장을 한 학자들은 H.리드, F.실러, R.슈타이너, 루소, 페스탈로치, 프뢰벨, 존 듀이 등이 있었다.

이후 예술교육을 중시하는 사상적 흐름은 더욱 발전하여 학습자중심교육, 통합교육, 협력교육, 과정중심교육 등의 새로운 교육방법, 교육내용, 교육원리 등을 제공하며 예술교육의 성장에 영향을 끼쳤다.

최근 세계 각국에서는 예술을 교육과 사회변혁에 적용하고자 하는 노력을 많이 하고 있다.

그 대표적인 사례가 베네수엘라의 「엘 시스테마」(El Sistema, 베네주엘라 국립 청년 및 유소년 오케스트라 육성재단)이다. 「엘 시스테마」의 성공 사례가 알려지면서 1990년대 이후로는 거의 모든 중남미 국가들에도 이 제도와 체계가 도입되었으며, 심지어 미국에서도 2009년부터 보스턴 등 동부를 중심으로 「엘 시스테마 USA」라는 이름으로 도입하기 시작했다.

우리나라도 「엘 시스테마」의 영향으로 예술교육 사업을 진행하였다. 2008년 「시몬볼리바르 심포니오케스트라」의 내한 공연을 계기로 정부와 민간에서 여러 가지 오케스트라 교육을 추진하게 되었다.

문체부에서는 2010년 8개 거점에서 「꿈의 오케스트라」 사업을 시작하였는데, 2020년에 이르러 49개 기관에서 3,000여 명의 아이들이 화음을 만들고 있다.

문화 · 예술교육에 대한 관심과 지원은 각국의 정부 차원에서 이어지고 있다. 문화 · 예술교육이 삶의 질을 높이는 중요한 도구이며 21세기에 필요한 창의적 인간을 기를 수 있는 훌륭한 도구라고 인식되었기 때문이다.

미국의 문화 · 예술 정책은 시장주의를 표방하지만, 문화 · 예술교육에 대해서는 비교적 적극적인 정책을 펴고 있는데, 교육부와 연방예술기금(NEA)을 중심으로 지원이 이루어진다. 미국에서는 교사와 예술가, TA(teaching artist) 간의 협력을 통해 문화 · 예술 수업을 끌어나가는 특징이 있다.

프랑스는 문화 · 예술교육이 국가 주도로 이루어진다. 프랑스 문화 · 예술교육의 장점은 학교 중심의 정책이며 그 대상 분야가 광범위하다는 것이다. 분야를 음악, 미술, 체육 수업의 범주를 넘어 조명디자인, 음향디자인, 공연, 영상, 거리극, 복합장르예술, 건축, 그래픽, 도시공학, 서커스, 환경, 문화유산 등 다양한 분야를 다루고 있다. 참여하는 예술가도 영화감독, 카메라맨, 의상디자이너, 무대미술가, 만화가, 건축가, 분장사 등 다양한 영역으로 확장되어 있다. 이런 예술가들이 학교에 들어와 예술교육을 변화시키고 있다. 프랑스는 문화 향유와 교육의 권리를 보장하는 것이 프랑스 정부의 책임이라고 인식하고 있다.

영국은 일찍부터 문화와 예술이 창출하는 경제적 효과나 사회적 가치가 크다는 것에 주목하고 이를 공적 지원의 근거로 활용했다. 문화 · 예술교육 정책 추진 주체는 정부 부처인 문화미디어체육부와 교육기술부가 중심이 되지만 지원의 중심축은 지방자치단체로 되어 있어 미국과 프랑스의 중간 형태를 취하고 있다.

우리나라의 문화 · 예술교육 정책은 정부 주도하에 부족한 인력과 한정된 자원을 집중시켜 단기간에 급속한 성장을 꾀하였다. 2004년 「문화관광부」와 「교육인적자원부」가 공동으로 문화 · 예술교육 활성화 종합계획을 발표하고, 2005년 「문화예술교육 지원법」 제정과 「한국문화예술교육진흥원」 설립을 통하여 문화 · 예술교육을 지원할 제도적 기반이 마련되었다.

그 후「한국문화예술교육진흥원」은 대표적인 사업인「학교예술강사 지원사업」과「예술꽃 씨앗학교 지원사업」을 통하여 예술교육을 지원하고 있다.

「학교예술강사 지원사업」은 전국의 초 · 중 · 고등학교에 국악, 연극, 무용, 만화, 애니메이션, 공예, 디자인, 사진 등 8개 분야의 문화 · 예술교육 전문 강사를 파견하여 예술교육을 지원하는 사업이다. 이를 통해 예술교육도 지원하고 예술인들이 예술 창작활동과 교육활동을 병행할 수 있는 일자리를 지원하는 두 가지 효과를 낸다.

「예술꽃 씨앗학교 지원 사업」은 농 · 산 · 어촌 등 문화소외지역의 4년 이상 지속적으로 문화 · 예술교육을 진행한 학교 중 전교생 400명 이하의 소규모 학교를 지원함으로서 문화 · 예술 향유 기회를 확대하는 것을 목적으로 하고 있다.

이렇게 정부 주도의「문화 · 예술교육 지원 사업」이 단기간에 비약적인 발전을 이루고 있는 이면에는 여러 가지 문제점과 과제도 안고 있다.

가장 큰 문제는 장기간 꾸준한 교육이 필요한 문화 · 예술교육이 단기간 또는 일회성 사업으로 끝나는 경우가 많다는 것이다. 초 · 중학교에서 교육 주체들의 지지를 받으며 많은 성과를 내고 있는 반면에 고등학교에 진학하면 입시교육에 발목을 잡혀 중단되어 버리는 경우가 대부분이다. 우리 학교 학생들의 경우만 보더라도 열심히 악기 공부를 하다가 3학년을 마칠 때면 악기 연습을 마감할 준비를 한다. 고등학교에 가면 전공할 계획을 가진 학생 이외에는 예술교육을 지속하기 어렵다는 것을 학생과 학부모가 잘 알고 있기 때문에 스스로 포기해 버리게 된다. 졸업생들의 근황을 추적해 봐도 악기 교육을 지속하고 있는 학생들은 거의 없는 것 같다. 이로 인한 영향은 대학교에서의 문화 · 예술교육의 빈곤으로 이어지고 있다.

평생교육이 대세를 이루는 상황에서 고등학교와 대학교에서의 문화 · 예술교육의 단절은 우리 아이들의 삶에 큰 영향을 미치게 된다. 결국 미래 사회를 살아갈 우리 아이들의 '삶의 질' 향상을 위한 문화 · 예술교육의 확대는 선택이 아니라 필수가 될 것이다. 이의 상당 부분은 학교 교육이 감당해야 할 부분이다.

가창중학교 예술교육

가창중학교는 2018학년도부터 뮤지컬을 기반으로 하는 특성화중학교로 전환하여 교육과정을 운영하고 있다. 특성화중학교로 전환하면 교육과정의 20%를 특성화 교과로 편성할 수 있는데, 우리 학교에서는 연극을 비롯하여 합창, 성악, 1인 1악기(기타), 현대무용, 실용무용, 뮤지컬 이해 등의 예술 과목을 학년별로 교육과정 안에 편성하여 운영하고 있다. 특성화중학교로 전환한 지 5년밖에 되지 않지만 특성화 교육이 어느 정도 정착이 되어 학생들은 매우 즐겁게 학교생활을 하고 있으며 학부모들의 만족도 또한 매우 높다. 기존의 음악 · 미술 · 체육 과목 이외에도 매일 문화 · 예술 교과를 한두 과목씩 공부하고, 학생의 희망을 받아 방과 후 수업을 통해 하루 세 시간씩 기회를 제공하고 있으니 학교생활의 상당 부분을 문화 · 예술 활동에 젖어 있는 셈이다.

게다가 우리 학교에 다니는 3년 동안 매년 뮤지컬 한 편씩 제작하는 경험을 가진다. 1학년은 입학 후 일주일간, 2학년은 여름방학 전후 일주일간, 3학년은 졸업 직전 3일간(3학년은 1년 내내 교육과정 속에서 창작뮤지컬을 공부하고 3일간의 캠프로 마무리한다.) 뮤지컬 캠프를 하고 그 결과물을 무대에서 공연한다.

또, 여름방학 때는 지역의 「계명대학교 연극뮤지컬과」와 함께 1주일 동안 뮤지컬 아카데미를 실시하고 공연도 한다.

더 많은 열정을 가진 학생들은 「뮤지컬 갈라팀」에 소속되어 수시로 공연하는 경험을 한다. 이 갈라팀은 학생들에게 인기가 있어 오디션을 통해 열다섯 명을 선발한 후 여름방학 일주일간 캠프를 통해 작품을 만든다. 이후 이 팀은 우리 학교의 상징처럼 외부 초청공연에도 나가고 교내에 방문한 손님들을 위해서도 공연을 한다.

그렇다고 주지교과를 등한시하지도 않는다. 뮤지컬 특성화 수업의 도입으로 주지교과의 수업이 한 시간씩 줄어들었지만, 현재 중학생들에게 적용되고 있는 「2015 교육과정」은 교과 내용의 양이 감소되어 진도를 나가는데 큰 영향을 받지 않는다. 오히려 학업 성취도에는 긍정적인 영향을 미칠 것으로 기대한다. 이것은 외국의 사례에서도 확인되고 있다.

독일의 「헬레네 랑에 학교」는 우리나라의 대안학교에 해당하는

'Free School' 로 예술교육을 실시하고 있다. 특히 연극을 지도하면서 아이들이 연극을 제작하여 무대에서 상연할 경우, 그 제작 시간을 수업 참여로 인정을 해준다. 단순하게 산술적으로 생각하면 연극을 제작하는 동안 수업의 결손이 있었으므로 학업성적이 낮게 나올 것으로 생각하게 된다. 하지만 이 연극 활동을 통해 얻은 성취감이 학습 동기를 유발하여 학업성적이 더 높게 나타난다는 것이다. 「헬레네 랑에 학교」는 FISA시험에서 독일 내에서 최상위에 위치한다고 한다.

「계명대학교 연극뮤지컬과」와 함께 1주일 동안 뮤지컬 아카데미를 실시하고 「GREASE」 공연을 하고 있다.

예술교육은 품성 교육이며 창의성 교육이다

4차 산업혁명은 미래의 주인공인 우리 아이들에게 창의성과 소통을 기반으로 하는 협업 능력을 요구하고 있다. 현재처럼 지식을 주입하는 방식의 교육은 실효성이 많이 떨어진다는 것은 자명한 사실이다. 문화 · 예술교육은 우리 교육이 안고 있는 문제점과 과제를 풀어나갈 수 있는 열쇠가 될 수 있다. 그래서 모든 학생에게 지속적이고 보다 보편화된 문화 · 예술교육이 필요하다. 이를 위해서는 문화 · 예술교육이 학교 정규 교육과정 안에 편입될 필요가 있다. 방과 후 교육활동 영역이나 뭔가 특별한 학교의 교육 프로그램으로 취급받는다면 일부 학생들에게만 선택되거나 프로그램 자체가 언제든지 중단될 수 있어 보편적이고 지속적인 예술교육은 어렵게 된다.

예술교육이 교육과정 속에 포함되어 있다는 것은 체계적이고 지속적인 예술교육을 실시할 수 있다는 장점이 있다. 예술 교사들이 3년 동안 계획적이고 예측 가능한 예술교육을 실시함으로서 아이들의 성장을 효과적으로 이끌 수 있다. 뮤지컬을 기반으로 하는 특성화교육을 실시하다 보니 다양한 장르의 예술교육을 실시하고, 교과 간의 유기적인 연결이 이루어져 창의적인 수업이 가능한 것은 우리 학교만의 장점이다.

교육부는 '2021학년도 학교예술교육 활성화 기본계획' 에서 예술

특성화교과목	1학년		2학년		3학년		계
	1학기	2학기	1학기	2학기	1학기	2학기	
연극	34	34	17	17			102
뮤지컬이해			17	17	51	51	136
합창	17	17					34
성악		17	34	34	34	34	153
1인1악기(기타)	17	17	17	17	17	17	102
무용	17	17	17	17			68
스포츠클럽 (현대무용, 댄스)	17	17	17	17	34	34	135
LTI프로젝트	17	17	17	17	17	17	102

가창중학교 2021학년도 특성화교육과정

1. 미래인재 역량 육성을 위한 학생의 자기주도적 예술 활동 확대
2. 코로나19로 인한 학생의 정서적 결손 보완 및 회복탄력성 증진
3. 학생과 학부모의 다양한 예술교육 수요를 충족시킬 수 있도록, 학교와 교사의 예술교육 역량 및 지역사회 협력 강화

교육을 통해 도달할 세 가지의 목표를 제시했다.

지난 4년간 뮤지컬특성화교육을 추진하는 동안 우리 학교는 이미 이러한 목표를 충분히 달성하고 있다고 자부한다.

우리 학교에서 실시하는 LTI 프로젝트 활동은 예술교육활동을 통해 익힌 예술 역량을 마음껏 적용하고 시도해보는 공간이다. 카툰을 제작하는 학생, 에니메이션을 제작하는 학생, 캐릭터를 그리고 굿즈

를 제작하는 학생, 이모티콘을 만드는 학생, 사진을 공부하는 학생, 댄스 안무를 짜는 학생 등 다양한 예술 활동을 한다. 협업으로 작품을 만드는 아이들은 기존의 뮤지컬 대본을 재편집하여 작품을 만들기도 하고, 웹드라마를 만드는 학생들은 대본 쓰기, 연기, 촬영, 편집 등을 직접 시도한다.

학생들은 2학년 국어 시간에 반별로 책을 읽고 뮤지컬 시나리오를 만드는 작업을 한다.

교육과정 내에서도 학생들에게 예술 창작의 경험을 주기 위해 노력한다. 학생들은 2학년 때 국어 시간을 활용하여 반별로 책을 읽고 뮤지컬 시나리오를 만드는 작업을 한다. 이 시나리오는 전문 작곡가의 도움을 받아 뮤지컬 대본집이 된다. 또, 이 대본집은 3학년 때 「뮤지컬의 이해」 수업의 교재로 사용하고 학년말에 졸업 공연으로 무대에 올린다.

2022학년도에는 교사학습공동체 활동을 통해 일반 교과 수업에 예술을 접목하는 연구를 하고 있다. 일차적으로 교과 내용을 미술과 접목하여 표현하는 수업을 만들어보려고 한다. 그야말로 문화 · 예술이 일상이 될 수 있는 방법을 찾고 있는 셈이다.

또한 우리 학교에서는 '코로나 블루'라는 것을 찾아볼 수가 없다. 오히려 금요일 저녁이면 아이가 우울해진다는 학부모의 농담 섞인 이야기를 전해 듣는다.

"엄마, 나 우울해."

"왜?"

"내일 토요일이잖아. 학교에 못 가잖아."

학부모님들을 대상으로도 문화·예술교육을 실시하고 있다. 교육 당국에서는 학부모를 학교 교육의 동반자로 생각하고 학부모 교육을 강조한다. 매년 예산을 배분하고 학부모 교육을 강화할 것은 독려하는데, 학교 현장에서는 이 지침을 지키기 위해 노력하고 있다. 그런데 대부분 강사를 모셔다가 강의를 하는 형식을 띠게 된다. 학부모가 단순히 교육 대상자로 인식되어 버린 것이다.

우리 학교도 마찬가지였다. 교육 철학과 교육과정을 설명하고 공유하려고 노력했다. 우리 학교가 가장 중요하게 생각하는 회복탄력성에 대해서도 강의하고 예술교육의 중요성도 이야기했다. 학부모님들은 충분히 공감했지만, 그것이 학부모의 성장으로 이어지지는 않았다. 학교에서는 교육활동을 통해 학생들의 성장을 추구해야 하지만 교사와 학부모의 성장도 함께 이루어져야 한다. 그것이 바로 학교의 성장이다.

우리 학교에서는 2019학년도부터 학생들에게 방과후 수업 시간을 통해 '시 쓰기 수업'을 실시하고 있는데, 동시에 학부모님들을 대상으로도 '시 쓰기 수업'을 실시하고 있다. 이 수업을 통해 만들어진 학생과 학부모의 작품을 모아 시화전을 열기도 하고 매년 시집을 발간하기도 한다. 어린 시절 가슴 속에 담아뒀던 작가로서의 꿈을 이루기 위해 도전하는 것이다.

2021학년도에는 학부모를 대상으로 새로운 도전을 시작했다. 「학부모 뮤지컬 교실」을 열고 무대에서 공연하는 기회를 가졌던 것이다. 공연을 마친 학부모는 스스로의 성취에 자부심을 가지며 아이들의 학교생활을 좀 더 잘 이해하는 계기가 되었다고 이구동성으로 말했다. 우리 학교에서는 앞으로도 「학부모 뮤지컬 교실」을 통해 학부모와 지역 주민들의 문화 · 예술 역량을 키우기 위해 노력할 것이다.

우리 학교는 예술(뮤지컬)교육을 통하여 전문 예술가를 양성하는 것을 목표로 하지 않는다. 예술교육을 매개로 회복탄력성을 신장시키고 전인적인 교육을 하고자 한다. 생활 속에서 문화 · 예술을 누릴 수 있는 역량을 키워 삶의 질을 높여 보다 풍성하고 행복한 삶을 가꿀 수 있도록 해주는 것이 목적인 셈이다.

전국의 여러 예술계 고등학교 진학률도 꽤 높은 편이지만 전문예술인이 되는 것은 자신의 몫이다.

교육의 목표는 아이들이 '행복을 찾을 수 있는 눈'을 키우는 데 있다. 어른이 되어서 행복한 것도 중요하지만 학교생활을 하는 동안에도 행복해야 한다. 문화 · 예술교육은 창의성 교육의 수단으로 활용하는 데 유용한 도구일 뿐 아니라 아이들에게 즐거운 학교생활을 할 수 있는 여건을 제공해 준다. 문화 · 예술적 소양은 일생을 사는 동안 삶의 질을 높이고 행복한 삶을 영위할 수 있는 기반이다.

또한, 문화 · 예술교육은 협업 능력과 소통 능력 향상뿐만 아니라 창의성 발달에도 긍정적인 영향을 미친다. 문화 · 예술교육을 통해 학생들이 자신의 개성을 드러내고 균형 잡힌 성장을 하며 감성과 이성이 통합적이고 정상적으로 성장할 수 있다는 측면에서 4차 산업혁명 시대에는 문화 · 예술교육 자체가 교육의 뿌리가 되어야 한다. 문화 · 예술이 삶 속에서 영위되고 이를 통해 문화시민으로써의 역량을 강화하여 삶이 더욱 풍성해지도록 해야 한다.

▨ 연극과 뮤지컬

※ 연극과 뮤지컬, 성악과 합창, 1인1악기, 무용 등의 특성화교과 수업과 관련한 설명은 특성화교과 선생님들과의 인터뷰를 바탕으로 작성하였다.

뮤지컬을 공부하기 위해서 가장 기본적으로 배워야 하는 것은 연극이다. 아이들은 연극 수업에 처음 참여할 때 대부분 연기만 생각하게 된다. 그러나 우리 학교는 3년 동안 지속되는 연극 수업을 하다 보니 연극에 필요한 다양한 요소를 공부한다. 기초연기에서부터 연출, 극작, 무대장치, 스텝 등을 배우게 되어, 일반 중학교처럼 방과 후 수업이나 동아리 활동을 통한 연극 수업에서는 맛볼 수 없는 다양한 내용을 배우게 된다. 이 과정에서 자연스럽게 연극이 만들어지는 과정 전체를 폭넓게 이해하게 되고 연기를 통한 표현의 깊이도 깊어진다.

연극 수업의 목표는 자기표현이다. 연극 속의 등장인물이 되어 연기를 하게 되면 그 인물의 특성을 파악하고 그 인물에 동화되어 연기하는 훈련을 반복하게 된다. 그런 활동이 지속되면서 자연스럽게 자신을 표현하는 방법을 익혀나가는 것이다.

첫 수업은 자기 자신을 들여다보는 작업부터 시작하는데, 몸을 쓰는 연습을 하면서 자기를 알아가는 과정이다. 상대방의 행동을 관찰하고 따라 움직이기(거울 활동), 사람의 행동을 관찰하고 다섯 가지 행동유형으로 표현하기(행동 관찰), 자신의 말투와 소리 크기 알아보기(발음과 발성), 내가 잘하는 언어 표현하기(평소 쓰는 말과 대사의 차

연극수업 장면

이), 감정 단어 알아보고 내가 잘 표현하는 감정 찾기(감정 표현), 사물을 관찰하고 행동으로 표현하기 등의 활동을 통해 자기를 들여다보게 된다. 이런 활동은 연극을 배우기 위한 훈련 과정이기도 하면서 심성을 개발하는 활동으로 연결되기도 한다.

장면 만들기를 할 때는 교사가 상황만 제시해주고 아이들 스스로 내용을 구성하여 역할극을 할 수 있도록 지도한다. 아이들은 온갖 상상력을 동원하여 장면을 만들게 되는데, 이 과정에서 아이들의 창의성과 문제 해결 능력이 발달하게 된다. 또, 상황에 따라 만들어 낸 역할에 대하여 토론하는 시간도 갖게 되는데, 주로 자신이 그 역할의 주인공이라면 어떻게 할 것인가에 대해 의견을 주고받는다. 이런 활동을 통해 자연스럽게 품성 교육도 이루어진다.

우리 학교 아이들은 교육과정 속에서 자신을 다양하게 표현하며 스트레스를 풀 기회가 많아 폭력적인 행동이 아주 적은 편이다. 연극 속에 등장하는 다양한 캐릭터를 소화하면서 각 인물의 특징을 이해하게 되고, 사람들과 소통하는 능력이 향상되면서 갈등 요소를 줄이게 되는 것도 영향을 미친다. 연극 속의 인물들을 탐구하고 연극 속의 상황과 실제 상황을 비교하면서 아이들은 사고의 유연성을 키우게 된다. 이런 활동을 반복하면서 아이들은 다양성을 인정하는 것을 자연스럽게 익히게 된다.

연극은 정답이 없는 수업이다. 같은 장면을 풀어나가는 방법도 다양하여 아이들의 경험과 성격 유형에 따라 제각기 다른 의견을 제시

한다. 지도하는 선생님은 아이들의 생각을 옳고 그름으로 판단하지 않고 각자의 의견에 공감하여 격려해주신다. 그렇다 보니 아이들은 자신의 생각을 거리낌 없이 표현하는 습관을 갖게 된다. 우리 학교 아이들이 다소 수다스러울 정도로 자기 생각을 잘 이야기 하는 것은 이러한 학습 분위기의 영향도 있다.

2학년이 되면 국어 교사와 연극 교사가 협업하여 소설책을 읽고 뮤지컬 시나리오를 쓰는 작업을 한다. 우리 학교 아이들은 책을 읽는 것이 습관화되어 있어서 내용 파악을 잘하는 편이다. 그러나 글쓰기는 여전히 어려운 문제다. 특히 고전이나 잘 알려진 작품을 시나리오로 쓰는 작업은 내가 잘못했을 경우 관객들도 금방 파악하게 된다는 것을 의미하니까 부담이 되는 모양이다. 그런 상황이다 보니 작품들이 원작의 내용에는 충실하나 다소 딱딱한 느낌이 들기도 한다. 그렇다고 아이들의 활동이 수준이 낮다는 뜻은 아니다. 중학생 수준에서 그 정도의 시나리오를 만드는 것 자체가 대단한 것이다.

나는 담당 선생님에게 아이들이 원작의 내용을 과감하게 비틀어볼 수 있도록 유도해보라고 조언하기도 했다. 아이들의 번뜩이는 재치라면 얼마든지 재미있는 시나리오가 나올 수 있기 때문이다.

우리 학교 연극 수업의 귀결은 뮤지컬 제작이다. 아니, 우리 학교 모든 예술 수업은 뮤지컬 제작으로 수렴된다.

나는 뮤지컬이 우리 민족의 문화적 역량과 정서에 가장 부합하는 예술 장르라고 생각한다. 우리 민족은 예로부터 집단 신명을 공유하며 공동체를 유지해왔다. 부여의 영고나 고구려의 동맹과 같은 제천의식에서도 춤추고 노래하며 집단 신명을 표출했고, 농사를 지을 때도 마을 사람들이 공동 작업을 하며 풍물을 치고 노래하며 신명나게 일했다. 정월대보름이나 단오와 같은 절기에는 마을 사람들이 모여 풍물을 치고 탈춤을 추며 마을굿으로 공동체가 축제를 즐겼다. 우리 민족의 집단 신명과 가장 부합하는 현대의 예술 장르가 바로 뮤지컬이다.

뮤지컬은 남녀노소를 불문하고 누구나 좋아하는 대중적인 문화 예술 장르다. 고도의 예술적 능력을 갖추고 있지 않더라도 춤과 노래를 좋아하면 누구나 쉽게 접근할 수 있다. 또한, 예전처럼 특정 집단만 누리는 예술이 아닌 이제는 우리의 곁에 제법 친숙해진 예술이기도 하다. 어떤 계층이든 쉽게 집단 신명을 누릴 수 있는 것이다.

「뮤지컬 이해」 첫 수업 시간에 학생들에게 '뮤지컬' 하면 떠오르는 단어를 이야기해보라고 하면 '재미', '기대', '화려함', '환상적' 등과 같은 긍정적인 에너지를 연상하는 단어들을 많이 나열한다. 아마도 어린 시절 늘 꿈꾸던 환상의 세계가 뮤지컬 무대 또는 뮤지컬 영화를 통해 구현되는 것을 본 적이 있기 때문일 것이다. 이런 기대와 설렘으로 인해 아이들의 뮤지컬 수업은 늘 즐겁고 유쾌하며, 다소 지루할 수 있는 이론 수업도 즐겁게 받아들이는 여유가 있다.

뮤지컬 수업에 본격적으로 들어가면 가장 기억에 남거나 좋아하는 뮤지컬 곡을 선별해오라고 한다. 이 시간은 가창력을 키우는 것이 목표가 아니라 작품과 인물, 곡과 가사를 분석하여 자신이 선정한 노래의 장면을 즐겁게 표현해보는 것이 목표다. 인물의 감정이 극대화되어 표현되는 장면이기 때문에 감정 표현이 쑥스러운 10대 청소년들에게는 어색하고 과장되어 보일 수도 있다. 하지만 몇 차례 표현이 반복되다 보면 어느새 가사에 따라 몸을 맡기기도 하고 과감하게 소리를 내어 보기도 한다. 점점 완성되어가는 노래를 통해 자신의 억제되어 있던 감정을 극중 인물에 감정이입을 하는 모습도 볼 수 있으며, 어떤 아이들은 가사에 담겨있지 않지만 자신의 상상력을 더해 장면을 더욱 창조적으로 표현하기도 한다. 아이들은 능동적인 수업 참여를 통해 뮤지컬의 맛에 조금씩 빠져든다.

학생 개개인의 레퍼토리송을 듣다 보면 더러 아이들의 보석같은 음색을 발견하고 감탄할 때가 있다. 꼭 노래를 잘해야만 뮤지컬을 잘할 수 있는 것이 아니다. 자신만이 가지고 있는 특별한 색깔을 파악하고, 작품 속에서 그 색깔을 가장 잘 나타낼 수 있는 역할을 할 수 있게 하는 것이 중요하다. 꼭 주인공이 아니어도 좋고 자신만이 표현할 수 있는 특별한 역할을 만들 수 있으면 되는 것이다. 아이들은 뮤지컬 합창, 장면 실습, 뮤지컬 창작, 작품 발표 등을 거치면서 수업 속에서의 자신의 정체성과 목표를 찾아가게 된다. 함께 어우러져야 하는 단계에서도 공동 작업에 대해 먼저 생각할 줄 알고, 서로 소통하며 역할을 분담하여 목표에 도달하게 된다.

이런 과정을 통해서 아이들은 공동체 내에서 자신의 존재와 역할을 인식하게 되고 타인과 공동체를 생각하며 성장하게 된다.

우리 학교에서는 학생들이 뮤지컬 공부를 통해 예술이 일부 특출한 사람들의 전유물이 아니라는 것을 인식하고 누구나 '뮤지컬'을 향유할 수 있게 되기를 바란다.

▨ 성악과 합창

우리 학교 특성화 교육활동 중에 가장 접근하기 쉬운 과목이 성악이다. 노래 부르기(가창)는 음악의 가장 기본적인 활동이며 그 어떤 도구도 필요로 하지 않는 음악 활동이어서 접근이 쉽다. 또한, 다른 악기로는 학습할 수 없는 시창 능력 향상에 도움을 줄 수 있다. 성악이 그리 만만한 공부는 아니지만, 노래는 유치원을 다닐 때부터 놀이처럼 불러왔으니까 잘하고 못하고를 떠나 일단 거부감이 적다. 악보를 볼 줄 몰라도 노래를 따라 부르는 데는 문제가 없다.

실제로 초등학교를 졸업하는 순간까지 악보를 볼 줄 모르는 학생이 의외로 많았다. 명색이 뮤지컬 특성화 중학교에 입학하는 학생 중에도 다수가 악보를 볼 줄 몰랐다.

2018년에 입학한 뮤지컬 특성화 1기 학생 중에 제갈 민이라는 학생이 있었는데, 신입생 연극캠프 때 합창을 하는 장면에서 다른 학생에 비해 목소리가 우렁차게 빠져나왔다. 학교로 돌아와 같이 노래를 불렀는데 고음 처리가 잘 되고 음색이 좋아 매력적이었다. 기특해서 한 곡 더 부르자며 악보를 꺼냈는데 난감한 표정을 지었다. 악보를 볼 줄 몰랐던 것이다.

아침 방과후 수업 시간에 색소폰을 배우러 온 학생 중에도 악보를 볼 줄 모르는 학생이 있었다. 그러니 다른 아이들과 진도를 맞출 수가 없었다.

음악과 한국일 선생님에게 신입생 중에 악보를 볼 수 없는 학생을 파악해보시라고 부탁드렸더니, 마흔 명 중에서 열 명이 악보를 볼 줄 모른다고 했다. 심각한 문제가 아닐 수 없었다. 음악을 배우면서 악보를 읽을 줄 모른다는 것은 말은 할 수 있으나 글을 읽을 수 없다는 것과 마찬가지다. 우리 학교에서 악보를 읽지 못하면 성악 수업뿐만 아니라 기타 수업이나 뮤지컬 수업에도 지장을 초래한다. 결국 예술 수업의 관심도가 떨어질 수밖에 없다.

긴급하게 방과후 수업으로 음악 기초이론 과목을 배치하여 지도하고, 음악 시간에도 악보 보는 연습을 강화하도록 부탁했다.

우리 학교 성악 수업은 노래 부르기를 중심으로 진행된다. 매시간 수업에 앞서 발성 연습을 통해 아이들은 체계적인 노래 연습을 한다.

며칠 후 학교에 방문한 제갈 민 학생의 어머니에게 아이의 재능을 말씀드렸더니, 집에 가서 식구들과 진로에 대해 의논해보겠다고 하셨다. 결국 제갈 민 학생은 성악을 전공하기로 결심하고 피아노부터 배우기 시작했다. 피아노를 공부하면서 악보 읽는 것을 익히게 되어 '문맹'을 벗어날 수 있게 되었고, 졸업 후 예술고등학교 성악과에 진학했다.

우리 학교 성악과 합창 수업은 일반 학교의 음악 수업과는 달리 노래 부르기를 중심으로 진행된다. 발성과 호흡 연습을 통해 기초를 다지고 가요와 팝송을 비롯하여 뮤지컬 곡과 국내외 가곡까지 다양한 장르의 노래를 부르니 수업이 재미있을 수밖에 없다.

성악 시간이 별도로 운영되어 한 작품을 배우더라도 훨씬 깊이 있는 공부를 할 수 있다는 것은 아이들의 역량을 키우는데 좋은 기회가 되기도 한다. 또한, 연극과 무용 등 다양한 장르의 예술교육을 함께 받아서 노래를 부를 때도 아이들은 쉽게 감정이입이 되고 캐릭터의 성격을 잘 파악할 수 있어서 훨씬 풍부한 감성을 표현한다.

성악과 합창 수업을 통해 노래를 배운 것이 동기부여가 되어 제갈 민 학생처럼 진로를 결정한 경우도 여러 명 있다. 졸업생 중에서 대표적인 사람은 박신유 학생이다. 신유는 우리 학교 학생들이 부산까지 자전거 여행을 한다는 것 때문에 뮤지컬특성화 2기로 입학했다. 신유는 애초 음악에 큰 관심이 없었는데, 신입생 뮤지컬 캠프를 통해 가능성을 엿보였다. 처음 접해보는 뮤지컬인데도 춤과 노래가 다른 학생들과 비교될 정도의 넘치는 끼를 선보여 관객들의 시선을 끌었다. 그 후 평범한 학교생활을 하던 신유에게 이목이 집중된 것은 2학년 여름방학 직후 열린 음악콩쿠르에서 입상하면서다.

신유가 진로를 염두에 두고 개별적으로 성악 공부를 시작한 지 서너 달 만에 대구음악협회에서 주최한 전국학생음악콩쿠르에서 중학생부 성악 부문 대상을 차지한 것이다. 그때까지 학생들이 음악콩쿠르에 출전한 적이 없었던 터라 선생님들도 놀랐지만 아이들에게는 신선한 충격이었다. 우리 학교가 교육활동의 결과로 대외적인 성과를 내는 것에 집착하지 않았기 때문에, 그동안 각종 경연대회에 출전하는 경우가 없었는데 신유가 아이들의 성취 욕구를 자극해 버렸다.

한 달 후, 신유에게 자극을 받은 제갈 민은 예술고등학교 콩쿠르에서 금상을 차지했고, 1학년 전재형은 경주에서 열린 콩쿠르에서 2등을 차지했다. 그 후 성악뿐만 아니라 뮤지컬 경연대회와 댄스 경연대회에도 많은 학생이 출전하여 재주를 겨뤄 입상했다.

3학년이 된 박신유와 최주선은 전국적으로 권위있는 「수리음악콩쿠르」에서 중학생 성악 부문 은상과 장려에 입상했다. 수도권의 쟁쟁한 예술중학교 학생들과 겨뤄 시골의 특성화중학교 학생이 큰일을 저지른 것이었다.

현재 3학년인 박은경 학생과 김강민 학생도 음악 공부를 위해 우리 학교에 진학한 학생은 아니지만 많은 사람들에게 주목받고 있다. 두 학생 모두 음색이 좋고 안정된 호흡으로 발성하기 때문에 꾸준히 성악 공부를 한다면 앞으로 대성을 기대해도 될 재목들이다.

악기 하나쯤 다룰 수 있는 능력이 있다면 삶의 질을 높이는데 큰 도움이 될 것이다. 우리 학교에서는 교육과정 속에 1인 1악기(기타) 수업을 하고 있어 아이들의 문화 · 예술 역량 성장에 많은 도움을 주고 있다.

▨ 1인 1악기 – 기타

우리 학교의 특성화 교육과정에 포함되어 있는 1인 1악기(기타)는 뮤지컬과 직접 연관된 과목은 아니다. 그러나 살아가는 동안에 악기 하나 정도는 연주할 수 있는 것이 삶을 더 풍성하게 할 수 있다는 것에 모두 동의하고 있어 교육과정에 포함되었다. 수업용 악기를 선택하는 과정에서 기타가 낙점된 것은 혼자서도 연주하며 즐길 수 있고, 여러 사람이 함께 즐길 수 있는 악기여서 효용 가치가 크다는 것 때문이었다. 또, 통기타의 경우 가격도 크게 비싸지 않은데다 노래도 함께 부를 수 있는 장점이 있다.

그러나 대부분의 현악기가 그렇듯 기타는 배우기가 쉽지 않은 악기다. 처음 기타 수업을 시작하면서는 시행착오도 많이 겪었다. 아이들의 집중도와 성취 능력이 제각기 달라 스무 명(한 반)을 데리고 수업을 하려니 태반이 따라오지 못했다. 잘하는 아이들에 맞춰 지도하면 잘못하는 아이들이 무슨 말인지를 알아듣지 못해 난장판을 이루고, 잘못하는 아이들에 맞추면 잘하는 아이들이 심심해서 떠들어댔다. 수준별 그룹을 나눠도 대여섯 그룹은 족히 될 것 같아 혼자서 지도하는 것은 아예 불가능해 보였다. 게다가 학교에 기타를 구비해 두고 수업에 활용하다 보니 개인별로 악기를 구입한 학생은 소수에 불과했다. 그렇다 보니 학생들이 가정에서 연습하는 시간이 거의 없어서 일주일에 한 시간씩 이루어지는 수업만으로 실력이 늘 수가 없었다.

궁리 끝에 기타 수업을 함께 진행할 강사 선생님 한 분을 더 모시기로 했다. 한 선생님이 전체를 지도하는 동안 다른 한 선생님은 교실을 순회하면서 개별 지도를 했다. 복수 교사가 수업을 진행하자 아이들의 집중도가 나아지기 시작했다. 수업 내용도 쉬운 합주 중심으로 진행하여 실력이 좀 부족한 학생들도 역할을 할 수 있도록 배려했다.

이듬해 신입생 모집을 마치고 예비소집에 참석한 학생과 학부모님들에게 기타 수업의 어려움을 이야기하며 각 가정에서 기타를 구입하도록 부탁하고, 입학할 때까지 넉 달 동안 연습을 하도록 권고했다. 하다못해 악보 읽는 법과 운지법이라도 익히도록 당부했다. 아이들 교실 가까이에 기타 수업 교실을 만들어 쉬는 시간에 틈나는 대로 연습할 수 있도록 배려했다.

환경을 바꾸고 교육내용을 좀 더 쉽게 만들자 아이들의 성취 수준이 높아지기 시작했다. 입학 전에 미리 기타 공부를 좀 할 수 있도록 권하고 각 가정에 기타를 두고 틈틈이 연습하도록 유도한 것이 주효했다. 게다가 복수 교사 수업을 진행하자 소외되는 학생이 점점 줄어들었다. 아이들의 기타 실력이 나아지자 열정을 가지고 수업에 참여하는 학생들이 늘어나 이제는 기타연주자의 꿈을 가지고 진로를 탐색하는 아이들까지 생겨났다.

김세현 학생은 2학년 2학기를 시작하면서 전학을 왔는데, 우리 학교에서 처음 기타를 배우게 됐다. 기타를 구입하고 기타의 매력에 푹 빠져 하교 후에 매일같이 열심히 연습했다. 2학년 2학기에 LTI 프로젝트 주제를 「기타」로 정하고 프로젝트를 추진하며 연습했다. 목표가 생기고 매일 연습에 집중하자 실력이 부쩍 늘었다. 여태껏 한 가지 일에 이렇게 몰두해 본 적이 없어서 세현이 스스로도 놀랐다고 한다. LTI 프로젝트 발표를 하는 날, 세현이는 기타를 치며 자신이 좋아하는 김광석의 노래를 불러댔다. 아이들은 노래가 끝날 때마다 앵콜을 외쳤고, LTI 프로젝트 발표회는 세현이의 리사이틀을 방불케 했다. 기타를 접한 지 몇 달 되지 않은 아이가 연주하는 것이라고는 믿기지 않았다. 덕분에 전학 온 세현이는 친구들에게 인기남이 되었고 지금은 기타를 전공하여 진학할 생각을 하고 있다.

세현이가 3학년이 된 어느 날, 퇴근을 하려고 교장실을 나서는데 바깥에서 기타 소리가 신나게 울리고 있었다. 바깥에 나가보니 세현이와 현호가 기타를 하나씩 메고 걸어오면서 합주를 하는 것이다. 아마도 방과후 수업을 마치고 교실로 가는 중인 것 같았다. 아이들의 예술 공부는 어느덧 문화가 되어가고 있었다.

엉뚱한 생각을 잘하는 성연이는 중학교에 들어와서 공부에 큰 흥미를 느끼지 못했다. 부모님들의 자유롭고 허용적인 교육 방침도 영향을 미친 듯하였다. 그런데 성연이는 음악에 관심이 많고 열정적이다. 집에서 기타를 연습하면 하루에 대여섯 시간씩 치기도 했다. 손가락에 피가 나고 굳은살이 베길 정도로 연습했다. 드럼도 열심히 쳤다. 강당에 락밴드 악기를 배치해 두고 점심시간이나 쉬는 시간 등 틈날 때마다 연습했다. 그런데 강당에는 여러 가지 행사가 진행되는 곳이라 그럴 때마다 악기를 치우고 다시 배치하기를 반복해야 했다. 그럴 때마다 연습할 시간은 점점 줄어들었다.

하루는 성연이가 교장실로 찾아와서 전후 사정을 이야기하고 연습실을 마련해 달라고 했다. 그런데 우리 학교에는 마땅한 빈 교실이 없었다. 궁리 끝에 무용실에 딸린 탈의실 하나를 비워 상설 연습실을 만들어줬다. 아이들은 신이 나서 틈이 나는 대로 연습했다. 다만 공간이 좁고 방음이 되질 않아 아이들의 귀가 상할까 봐 걱정이다. 언젠가 예산을 확보해서 공간도 확장하고 방음도 좀 해줘야겠다는 생각 들었다.

중학교 들어와서 사춘기를 겪는 동안 모녀간에 갈등도 많이 겪었지만, 기타에 몰입하는 모습을 보고 엄마는 성연이가 바르게 자랄 것이라고 믿었다. 엄마의 그 믿음과 기다림 덕분에 3학년이 된 성연이는 작곡과에 진학할 생각으로 방과후 수업 작곡반에서 공부하며 교과 공부에도 열의를 보였다.

우리 학교에 입학하는 신입생들은 다른 학교 학생들에 비해 에너지가 넘쳤다. 특성화 교육이 주는 다양한 활동을 통해 아이들은 점차 정돈된 에너지를 발산했다.

2학년에 재학 중인 박건영 학생은 1학년 때는 에너지가 넘치다 못해 다소 산만한 것처럼 보였다. 그런데 건영이는 기타를 좋아하고 열심히 연습했다. 복도 끝 소파에 기타 하나를 놔뒀더니 건영이가 제일 많이 가지고 놀았다. 건영이가 기타를 치면 아이들이 주변에 둘러서서 노래를 흥얼거리기도 했다. 어느 날부터 나는 건영이를 만날 때마다 기타리스트라고 불러줬다. 점심시간에 밥을 배식하면서도 건영이만 나타나면 주방 식구들에게 "기타리스트가 왔으니 맛있는 것 많이 주세요."라며 큰 소리로 너스레를 떨었다. 건영이는 쑥스러워 하면서도 싫지는 않은 기색이었다. 어느 순간부터 건영이가 담임 선생님과 상담하며 기타리스트가 되는 꿈을 이야기했다. 이제는 점차 정돈된 에너지를 발산하는 형태로 변해가고 있다.

에너지가 넘쳐 다소 산만했던 것으로 치면 3학년에 재학 중인 준서도 비슷했다. 초등학교 시절 에너지가 넘쳐 다소 산만한 것처럼 보였던 준서가 바뀌기 시작한 계기도 기타였던 것 같다. 신입생 예비

소집 때, 기타를 미리 공부해 오라는 말을 듣고 동네 문화센터에 나가 기타를 배우기 시작했다. 넉 달 동안 기타를 미리 배운 준서는 다른 아이들에 비해 기타를 잘 치는 축에 속하게 되어 방과후 수업도 중급반에 들어가 배우게 되었다.

기타는 집중력을 필요로 하는 악기여서 몰입하기에 좋은 악기다. 기타를 통해 자신감을 얻은 준서는 집중력이 좋아지면서 여러 가지 분야에 흥미를 보이기 시작했다. 아침 시간에는 매일 일찍 등교하여 색소폰을 배우고 성악도 하고 싶다며 「프로성악반」(이 반은 성악으로 진학할 계획인 학생들을 지원하기 위해 만들었다.)에도 들어가 공부하고 있다. 락밴드 팀에도 합류하여 함께 연주하고 농구도 배우러 다녔다. 에너지가 넘쳐서 어지럽게 발산하던 것이 문화 · 예술교육을 통해 정돈된 에너지를 발산하게 된 것이다.

▨ 무용

무용은 음악에 맞추어 우리의 생각과 느낌을 몸의 움직임으로 표현하는 예술이다. 무용 수업은 학생들에게 자기 몸에 대하여 이해할 기회를 제공한다. 무용은 겉으로 보기에는 유연하고 쉬운 몸놀림으로만 보이지만, 상당한 에너지가 소모되는 신체 활동을 동반한다. 무용 수업에는 이러한 에너지 소모를 이겨낼 체력과 몸을 다스리고 움직임을 표현하는데 필요한 집중력과 발상이 필요하다. 하나의 무용 작품을 하는 과정은 체력적으로 매우 힘들고 높은 집중력을 요구하는

데, 수업을 진행하면서 학생에게 던져주는 순간의 포인트(과제)를 통해 신체의 집중력을 기르고 자신의 몸을 어떤 움직임으로 표현해야 하는지 이해하게 한다. 다른 학생들의 동작과 활동을 관찰할 수 있는 것은 자신의 몸을 사용하는 데도 많은 도움이 된다.

무용은 몸의 움직임으로 나누는 대화이기 때문에 국경이 없는 언어다. 뮤지컬이 국가와 민족의 경계를 뛰어넘어 온 세계 사람들에게 사랑을 받는 것도 몸으로 나누는 대화인 춤이 가미된 것도 큰 영향을 미쳤을 것이라고 생각한다.

우리가 일상생활에서 대화를 나눌 때 비언어적 요소가 소통에 중요한 영향을 미친다. 같은 용어로 대화를 나누더라도 억양이나 표정과 몸짓에 따라 상대방이 받아들이는 감정은 달라진다. 무용에는 이러한 비언어적 의사소통의 구조를 기반으로 한다. 무대

무용수업 장면

예술에서 배우들의 대사 외에 걸음걸이나 몸짓 등으로 관객들에게 감동을 전달하는 경우를 많이 본다. 특히 뮤지컬은 음악과 춤을 기반으로 관객들에게 감정을 전달하는 무대 예술이다. 그래서 무용은 뮤지컬에서 연기, 노래와 더불어 제외할 수 없는 필수적인 요소다.

뮤지컬을 기반으로 하는 특성화중학교 전환을 앞두고 교육과정 편성을 하면서 몇 가지 고민이 있었다. 특성화 수업으로 전환할 수 있는 시간은 학년별로 일주일에 대여섯 시간밖에 안 되는데 편성해야 할 수업은 많은 것이다. 적은 시간으로 연극, 성악, 합창, 무용, 댄스, 1인 1악기, 뮤지컬 실기 등의 수업을 골고루 편성하기에는 어려움이 많았다. 그렇다고 각 과목당 한 시간씩 배치하여 구색만 갖출 수도 없는 노릇이다. 연극, 성악, 무용이 주당 두 시간은 돼야 기초라도 닦아줄 수 있을 것 같았다.

궁리 끝에 합창은 1학년에 배치하여 음악 시간을 이용하기로 하고, 무용은 스포츠 수업 시간을 활용하기로 했다. 그렇게 해서 무용 수업도 각 학년별로 두 시간씩 배치가 가능해졌다. 이 두 시간을 이용하여 현대무용과 실용무용을 적절하게 배분하여 수업한다. 그래도 부족한 시간은 방과후 수업을 통해 보충하였다.

아이들은 현대무용보다는 실용무용을 선호한다. 그러나 실용무용을 잘하기 위해서는 체계적인 현대무용의 기초가 필요하다. 현대무용을 담당하시는 설의현 선생님은 수업 시간에 무용의 기초를 다지는 것을 많이 강조하신다. 습득 과정이 다소 힘들어도 끈질기게 달려들기를 원하지만, 집중력과 체력이 요구되는 수업인지라 아이들이 선생님의 수업 목표에 도달하기가 쉽지 않았다. 그래도 아이들은 선생님의 지도 취지를 이해하고 어려운 과정인데도 불구하고 즐겁고 성실하게 수업에 임하는 편이었다.

나는 무용 시간에 몇 차례 수업 참관을 들어가 본 적이 있었다. 공교롭게도 대부분 남학생들의 수업을 참관하게 되었는데, 아이들이 진지하게 수업에 임하는 모습을 보고 감동했던 기억이 있다. 무용 수업 참관을 마치고 나오면서 '모든 아이들에게 초등학교 저학년부터 몸으로 표현하는 무용을 줄곧 가르치면 어떨까?' 라는 생각을 해봤다.

이런 수업의 덕분으로 우리 학교 아이들은 외부 손님이 왔을 때나 체육대회 등에서 음악을 틀어주고 춤을 한번 춰보라고 하면 망설이지 않고 춤을 춘다. 자신을 표현하는데 익숙해진 탓이리라.

뮤지컬 캠프 설레는 마음, 즐거운 도전

2021학년도 2학년 뮤 · 캠

2021학년도 2학년 뮤지컬 캠프가 8월 23일(월) 시작되었다. 월요일부터 금요일까지 학급별 한 작품씩 5일 동안 연습한 다음 금요일 저녁에 공연하기로 되어 있었다. 2학년 1반은 「마틸다」, 2반은 「레미제라블」을 공연하기로 했다. 아이들은 아침부터 마음이 들떠 말수가 많아지고 웃음이 끊이질 않았다.

2학년 뮤지컬 캠프는 원래 계획이 없던 것을 2020학년도부터 시작했다. 2학년 때에는 특성화 교육 프로그램으로 5일간의 제주도 도보여행이 계획되어 있었다. 그러나 2020년 1월 중순부터 대구에서부터 번지기 시작한 코로나19의 여파는 학생들의 교육과정에도 많은 영향을 끼쳤다. 입학과 개학은 연기되고 수업은 비대면 On-line 수업으로 대치되었다.

우리 학교처럼 현장 체험이 많은 학교는 더 큰 타격을 받았다. 6월 초에 등교 수업을 시작했지만, 숙박을 할 수 없어 2학년의 제주도 도보여행은 진행할 수가 없게 되었다. 당연히 3학년의 해외 이동학습은 꿈도 꿀 수가 없게 되었다. 다만 1학년 자전거 여행은 버스로 오가며 매일 한 구간씩 달리는 방식으로 부산까지 여행하는 것으로 아쉬움을 달랠 수 있었다.

아이들의 실망감은 아주 컸다. 특히 2학년들의 분위기가 많이 위축되어 있었다. 안타깝게 여긴 선생님들이 도보여행 대신 뮤지컬 캠프를 제안했다. 처음에는 이조차도 귀찮은 표정이었지만 캠프가 진행될수록 점점 활기를 되찾게 되었다.

이것이 계기가 되어 학년별로 전교생이 뮤지컬 캠프와 공연을 하게 되었다.

대본 읽기에도 감정이입

공연 연습은 대본 읽기부터 시작되었다. 두 작품 모두 많이 알려진 작품인 터라 어떤 아이들은 등장인물의 성격을 반영하여 감정을 실어 대사를 읽기도 했다. 일 학년 때부터 연극 수업을 해 온 때문인지 대본 읽기도 여느 아이들과 다른 모습을 보였다.

대본 읽기가 끝나면 배역을 정할 시간이다. 배역은 선생님이 일방적으로 정하지 않는다. 아이들에게 마음에 드는 배역을 생각하게 한 후 본인이 해보고 싶은 역할에 지원하게 했다. 만약 희망 배역이 중첩되면 그 역할에 대한 오디션을 보는데, 이런 과정을 거친 다음에 선정된 배역에 대한 아이들의 불만은 많이 줄어들었다. 선생님이 아이들의 능력을 고려해서 배역을 정하면 작품의 완성도는 높일 수 있을지 모르지만, 아이들의 만족도는 떨어질 수 있었다. 하지만 아이들의 의사를 반영하여 민주적으로 결정한 것이므로 아이들은 스스로 아쉬움을 달랠 수 있었다. 실제로 공연 후에 자신은 “A 역할을 해보고 싶었는데 B 역할을 하게 되어 아쉽지만, 친구들과 역할을 잘 소화하여 만족스러운 공연이 되었다."라고 표현하기도 했다.

배역이 정해지면 본격적인 연습에 들어간다. 노래를 배우고 안무를 익히고 동작을 반복하여 연습했다.

변성기의 아이들은 목소리가 매끄럽게 잘 나오지 않을 뿐만 아니라 듣기에도 그리 아름답지 못하다. 그래도 함께 부르는 노래는 듣는 이들의 귀를 즐겁게 했다. 「마틸다」를 준비하는 1반은 연극실에서 연습했는데, 교장실과 직선거리로 30m 정도다. 덕분에 나는 아이들의 합창 소리를 온 종일 들으면서 즐거운 콧노래를 흥얼거리곤 했다.

대사를 연습할 때는 두세 명씩 짝을 지어 협업했다. 혼자 대사를 외우는 것보다 훨씬 효과적이었다. 덕분에 아이들 사이의 관계가 보다 긍정적으로 발전했다. 우리 학교 아이들이 다른 학교 아이들에 비해 비교적 갈등이 적고 상호 관계가 잘 유지되는 것은, 이런 활동이 연속되는 것과 무관하지 않다.

이틀이 지나자 아이들은 대사를 거의 다 외우고 노래 가사도 모두 익힌 것 같다. 이제는 동작과 조화를 이루는 연습이 주가 된다. 반복되는 연습에 지칠 만도 한데 아이들 얼굴에는 생기가 넘쳐흘렀다.

3일차에는 대사, 가사, 동선을 거의 익히고 전체적으로 섬세한 부분까지 반복 연습을 했다. 4일차에는 공연할 무대에서 직접 동선을 맞

2021학년도 2학년 뮤지컬 캠프 연습 장면. 공연 연습은 대본 읽기부터 시작했다.

춰보고 음향과 조명도 테스트를 해 봐야 하므로 개별 연습은 3일차까지 어느 정도 마쳐야 했다.

4일차가 되자 아이들 마음이 바빠지기 시작했다. 전체적인 흐름도 맞춰봐야 하고 음향, 조명과도 조율해야 하니 연습 시간이 턱없이 부족했다. 방과 후에는 아이들 스스로 보충 연습을 할 모양이었다.

저녁에 특성화교육부장 한국일 선생님에게서 전화가 왔다. "아이들이 방과 후에 늦게까지 남아서 연습을 하고 있는데, 스스로 만족을 하지 못하여 내일 아침에 일찍 나와서 추가 연습을 하려고 합니다. 교장 선생님이 지도하시는 풍물반의 방과 후 수업을 취소하시고 아이들이 무용실을 사용하게 해주시면 좋겠습니다."라고 하셨다.

금요일 아침, 일찍 출근해보니 벌써 아이들의 노래 소리가 들려오고 있었다. 아이들이 6시 반부터 학교에 나와 연습을 하고 있다는 것이었다. 무용실을 들렀더니 아이들 스스로 연습에 열중이었다. 연출가가 되어 아이들을 독려하는 아이, 소품을 나르는 아이, 연습 도중에는 목소리를 아끼라는 아이, 모두가 한마음이 되어 좋은 무대를 만들기 위해 애를 쓰고 있었다. 도대체 이런 열정은 어디에서 오는 것일까? 어른들이 억지로 시켜서 하는 일이라면 이렇게 열정적으로 할 수 있을까?

9시가 되면 공식 일정이 시작되니 아이들 스스로 부족하다고 생각하는 부분을 보완할 시간이 없다. 그러다 보니 아이들 마음이 더 조급했다.

뮤지컬 갈라팀 「가나다」

2학년의 뮤지컬 캠프가 진행되는 동안 1 · 2학년 중에서 오디션을 통해 선발된 15명의 뮤지컬 갈라팀 「가나다」는 점심시간을 이용해 공연 연습을 했다. 그래서 갈라팀에 속해있는 2학년 학생들은 잠시도 쉴 틈이 없었다. 원래 갈라팀은 여름방학 첫 주에, 「예술드림 거점학교」사업으로 인근 초등학교에서 온 학생들과 함께 캠프를 하고 공연까지 마칠 예정이었다.

그런데 캠프 2일차 방과 후, 구성원 중 코로나19 확진자와 동선이

아이들이 6시 반부터 학교에 나와 레미제라블 연습을 하고 있다.

겹친 사람이 있어 검사에 들어갔었다. 이로 인하여 3일차 하루 동안 캠프를 중단하게 되었다. 다행히 검사 결과가 음성으로 판정되어 캠프를 재개했으나 결국 연습 시간 부족과 감염 우려로 공연을 하지 못했다. 그 공연을 2학년 뮤지컬 캠프 공연과 함께 무대에 올리기로 한 것이다.

5일차 오전 일과는 팀별 연습과 무대 실습이 반복되었다. 아이들은 공연 복장으로 미리 갈아입고 연습실과 공연장을 분주하게 오갔다. 오후에는 리허슬을 진행했는데 1학년과 3학년을 코로나19 방역 기준에 맞춰 객석에 앉힌 상태에서 리허슬을 했다. 코로나만 아니면 전교생이 한자리에 모여 서로 격려하며 축제처럼 공연했을 텐데 안타깝기 짝이 없었다.

저녁 본 공연 때도 교직원과 연구자들 이외에는 공연을 볼 수 없었다. 학부모님들은 가정에서 밴드(Naver Band)를 통해 중계되는 영상을 간접적으로 관람해야 했다. 작년 초부터 이어지는 코로나19 바이러스 유행으로 공연 문화도 많이 바뀌었다. 우리 학교처럼 각종 행사에 예술 공연을 많이 포함하는 학교는 행사 문화도 달라질 수밖에 없었다. 처음에는 비대면 입학식과 졸업식, 비대면 공연이 어색하고 서글펐지만 여러 차례 행사를 진행하다 보니 익숙해져서 이제는 다양한 아이디어까지 동원되었다. 환경이 나빠지면 생존을 위해 끊임없이 진화하는 바이러스처럼 우리도 적응을 위해 지속적인 변화를 거듭하였다.

이제는 분장도 아이들이 직접

점심 식사 후 공연을 앞두고 아이들이 분장을 시작했다. 분주했던 연습과 공연 사이에 다소 휴식을 취할 수 있는 시간이며 들뜬 마음을 가라앉힐 수 있는 시간이다. 우리 학교에 입학 후 여러 차례의 공연을 거치면서 아이들의 분장 실력도 많이 늘었다. 처음에는 선생님들의 손을 많이 빌렸지만, 이제는 아이들끼리 서로 도와가며 분장을 한다.

아이들의 분장 실력이 빨리 느는 것에는 학교 문화도 한몫을 했다. 우리 학교는 아이들의 복장에 대해 일반 학교처럼 많은 규제를 하지 않는다. 지금은 「학생 생활 규정」이 개정되어 제도적으로 뒷받침이 되어 있지만, 그 이전에도 학생 생활에 대해 관대한 편이었다. 화장도 비교적 자유롭게 하는 편이고, 지정된 교복은 있으나 착용은 자유롭게 했다. 다만 학교의 중요 행사(졸업식, 입학식, LTI프로젝트학습 발표, 현장 체험학습으로 공연 관람할 때 등)에는 반드시 교복을 착용하도록 약속되어 있고 아이들도 대부분 잘 지켰다. 귀걸이 착용이나 두발 염색도 자유롭다. 그럼에도 불구하고 아이들 스스로 일정한 선을 지켜서, 이로 인해 생활지도에 어려움을 겪은 적은 거의 없었다.

2020학년도 신입생이 입학한 직후 신입생을 중심으로 머리 염색이 유행되었다. 귀걸이를 하는 학생도 점점 늘어갔다. 일반 학교에서는 상상할 수 없는 일이었다. 선생님들 사이에도 다양한 의견이 있었다. 일부 선생님들은 학생 생활 규정상 허용되지 않는 행동이니 규제하지 않으면 학생 생활지도가 어려워질 수 있다고 말씀하셨다. 또 다른 선생님들은 앞으로 「학생 생활 규정」이 개정되면 허용해줘야 하니 미리 허용하자고 하셨다. 결국 아이들의 반응을 지켜보자는 쪽으로 선생님들의 생각이 모아졌다.

두어 달 정도 지나자 유행처럼 번지던 염색의 분위기가 시들해졌다.

좀 튀어보겠다는 생각으로 염색을 했는데, 선생님들과 학생들의 반응이 시큰둥하니 재미가 없었던 것 같았다. 염색하는데 비용도 만만치 않은데 반응조차 없으니 염색을 하고 싶은 욕구가 사라진 것이었다. 그 이후 두발을 염색하는 아이들이 거의 없어졌다. 「학생 생활규정」을 개정할 때 염색의 범위를 제한한 것도 학생과 학부모님들이 제안한 것이었다.

사춘기의 아이들은 심리적으로 불안한 시기를 보내며 여러 가지 일탈을 시도하기도 한다. 그러나 그것은 자신에게 관심을 가져달라는 신호를 보내는 것이며 일시적인 현상일 뿐이다. 주변의 어른들이 그 마음을 읽어주고 아이들의 생활에 관심을 가져주면 자연스럽게 치유가 될 것이다. 그러나 어른들이 지나치게 민감한 반응을 보이고 불필요한 통제 속에 가두려고 하면 아이들의 반항심을 자극하게 된다.

공연장은 아이들이 제일 좋아하는 놀이터

조금씩 교정에 어둠이 찾아올 무렵 뮤지컬 공연이 시작되었다.

뮤지컬 캠프를 하면 마지막 날에 공연을 하게 되는데, 캠프에 쏟아부은 아이들의 열정을 무대에서 증명하여 성취감을 주고자 함이다. 이날은 아이들에게 잊을 수 없는 최고의 추억의 날이 된다. 무대 조명과 음향은 최상의 조건을 갖춰서 전문 예술가들의 공연 못지않은 환경을 갖춰준다. 일주일 동안 혼신의 노력을 기울인 아이들에게 최상의 공연 환경을 만들어주는 것은 아이들의 성취감을 배가시킨다. 화려하고 아름다운 현대식 조명에 아이들마다 수백만 원을 호가하는 와이어리스 마이크(wireless microphone)를 채워준다. 아이들의 특성에 맞춰 엔지니어들이 소리를 조절해 주기 때문에 소심하거나 목소리가 작은 아이들도 충분히 역할을 할 수가 있다. 입학할 당시 가냘픈 목소리로 자신 없는 연기를 하던 아이들도 학년이 거듭할수록 표현이 점점 더 씩씩해졌다. 우리가 원하는 것은 바로 이것이다. 훌륭한 공연보다도 아이들의 씩씩한 성장!

뮤지컬 캠프를 처음 시작했을 때는 외부 공연 단체에 위탁해서 운영했다. 예산도 넉넉하지 않은데다가 그 단체의 제정도 열악하여 훌륭한 공연 환경을 제공할 수 없었다. 조명도 단조로웠고 음향도 스탠드 마이크 두어 개를 사용할 뿐이었다. 자연히 아이들 동선이 부자연스러웠다. 그래도 일반 학교의 환경에 비해서는 나은 편이라 큰 불만은 없었다.

코로나로 인해 위탁이 어려워지고 학교 내에서 직영하면서 외부 업체의 장비를 임대하고 엔지니어를 초빙하여 최대한 좋은 공연 환경을 제공하였다. 아이들과 학부모님들의 만족도가 배가되는 것은 말할 필요가 없었다.

특성화중학교로의 전환 이후 대구광역시교육청의 지원으로 강당이 마련되고 음향 · 조명 시설도 구비되었나. 자체 설비를 갖추려 한 것은 아이들에게 직접 장비를 만질 기회를 주기 위한 것이었다. 교육청에 찾아가 취지를 설명하고 지원을 요청했더니 흔쾌히 승낙해줬다.

처음에는 고가의 장비를 관리해야 한다는 부담 때문에 선생님들도 썩 내키지 않았다. 그냥 지금처럼 임대해서 사용하면 안 되겠느냐고.....

설비가 갖춰진 후에도 아이들이 직접 만지면 고장이 난다며 반대를 했지만, 이 장비를 통해 한두 아이라도 엔지니어로 성공을 할 수 있다면 우리 교육은 성공이라며 설득을 했다. 결국 겨울 방학을 통해 전문가를 불러 학생들에게 기자재 사용 연수를 하고 공연할 때는 엔지니어 한두 분을 모셔서 아이들과 협업을 하는 것으로 타협을 했다. 공연 장비를 사용한 지 2년이 지났지만, 아직 고장 난 장비는 하나도 없다. 우리 학교의 공연장은 아이들이 제일 좋아하는 놀이터다.

갈라팀「가나다」 단원들은 자부심이 대단하다

첫 순서는 갈라팀「가나다」의 공연이었다. 1, 2학년으로 구성된 갈라팀은 뮤지컬을 도구로 특성화교육을 하는 우리 학교를 홍보하기 위해 만들어진 팀이다. 학교에 방문한 손님들이나 외부 기관의 초청공연을 통하여 학교를 홍보한다. 아이들이 학교에 대한 애정이 많다 보니 갈라팀에 지원하는 아이들의 자부심도 대단하다. 그만큼 입단을 위해 매년 치르는 오디션의 경쟁도 치열했다.

갈라팀의 공연은 유명한 뮤지컬의 넘버를 중심으로 짜였다. 나름대로 관심이 많은 학생들로 구성된 팀이다 보니 공연의 진행도 막힘이 없다. 표정이나 동작에 여유가 있고 관객들의 공연 몰입을 유도하기 위해 즉흥적인 애드립을 넣기도 했다. 배우들이 관객을 쥐락펴락하는 동안 객석에서는 웃음과 감탄이 끊이지 않았다.

마틸다 그리고 레미제라블

갈라팀 공연이 끝나고 2학년 1반 학생들의 『마틸다』 공연이 이어졌다. 『마틸다』는 지난 여름방학 때 이웃 초등학교 6학년 학생들이 우리 학교 뮤지컬 캠프에 참가하여 연습했던 작품이다. 원작을 각색하여 만들었는데, 코로나 방역 때문에 취소되어 아쉬움이 남았다. 그냥 접어두기에는 아까워 2학년 뮤지컬 캠프에서 공연하게 되었는데 중학생들에게 잘 어울리는 작품이다. 공연하는 아이들도 신이 났지만, 관객들의 박수 소리는 더 신이 났다.

이어진 2학년 2반 학생들의 공연은 『레미제라블』이다. 두 시간 정도 소요되는 원작을 30분 정도로 줄여서 공연했다. 워낙 대작인데다 주제가 다소 무거워 아이들에게는 버거운 상대다. 그래도 평소 책과 무대를 통해 원작을 접해본 아이들인지라 맥락이 끊이지 않게 잘 소

➔ https://youtu.be/xVs6WX3aby0 갈라팀 「가나다」 공연 영상
➔ https://youtu.be/s4o8K2WrQno 『마틸다』 공연 영상
➔ https://youtu.be/4nxcETSmTqo 『레미제라블』 공연 영상

갈라팀 공연이 끝나고 2학년 1반 학생들의 '마틸다' 공연이 이어졌다.

화를 하였다.

현재 공연되는 뮤지컬 작품 대부분이 성인들을 대상으로 쓰여 있다 보니 아이들의 정서에 어울리는 작품이 귀하다. 그래서 우리 학교에서는 2학년 때 수업 시간에 책을 읽고 시나리오를 쓰는 작업을 한다. 이것을 뮤지컬 전문 작곡가에게 의뢰하여 뮤지컬 작품으로 만들어 3학년 때 뮤지컬 수업의 교재로 사용한다. 이제까지 여섯 편의 작품이 만들어졌는데 이 작품들을 졸업 공연과 더불어 재학생들의 공연에도 활용할 생각이다. 욕심을 내자면 앞으로 만들어질 작품들과 함께 다른 학교와 공유하여 뮤지컬 교육에 보탬이 되고자 하는 소망이 있다.

뮤지컬 캠프의 시작은 신입생들의 적응을 돕기 위해서

뮤지컬 캠프(당시에는 연극 캠프라고 불렀다.)의 시작은 2017학년도 봄으로 거슬러 올라간다. 당시에는 우리 학교가 특성화중학교가 시작되기 전인지라 신입생 수도 적어 14명에 불과했으며 그중 2/3가량의 학생들은 도움이 많이 필요한 학생들이었다.

뮤지컬 캠프를 시작한 것은 신입생들의 적응을 돕기 위해서였다. 입학식을 마치고 한 주가 지난 후 신입생 14명은 「밀양연극촌」으로 연극 캠프를 떠났다. 교과수업을 전폐하고 닷새 동안 함께 숙식하며 오직 연극만 파고드는 것이다. 나흘 동안 연습을 한 후 목요일 저녁에 공연하는 일정이었는데, 그렇다고 해서 난생처음 연극을 접해보는 아이들이 연극 무대를 화려하게 장식할 것이라고는 기대조차 하지 않았다. 교사들도 가보지 않은 길을 가는 것에 대한 부담이 있었지만 이미 주사위는 던져졌다.

아이들이 캠프에 입소하고 나서 첫날부터 문제가 생겼다. 소희(가명)가 낯선 환경에 적응이 되지 않아 집으로 가겠다고 떼를 쓰기 시작한 것이었다. 연습도 참가하지 않고 선생님들을 괴롭혔다. 두 명의 인솔 교사가 번갈아 가며 설득을 하였지만 막무가내였다. 초등학교 시절에도 캠프에서 온전히 하룻밤을 자 본 적이 없는 학생이었다. 학부모와 통화 끝에 하룻밤이라도 아이들과 함께 지내는 경험을 해주자는데 합의를 하고 아이를 설득하기 시작했다. 어르고 달래며 설득한 끝에 다른 학생들과 함께 숙박하겠다는 약속을 하게 되었다. 다음 날에도 소희는 연습에 참여하지 않았다. 한 명의 교사가 소희와 함께 하루를 꼬박 보내야만 했다. 하지만 소희의 태도는 상당히 누그러뜨려져서 비록 연습에는 참석하지 않았지만 다른 학생들과 어울려 지내며 캠프에 조금씩 녹아들기 시작했다.

그 사이 아이들은 연습에 매진하여 어설프지만 조금씩 연극이 만들어져 가고 있었다. 낮에 강사 선생님들과 함께 배운 대사와 몸짓을 밤늦게까지 연습하며 자기 몫을 다하려 애를 썼다. 난생처음 해보는 연극이 얼마나 어색하고 힘들었겠는가? 그러나 아이들은 빨리 적응하며 함께 작품을 만들려고 노력했다.

이런 모습을 보며 이틀 밤을 보낸 후 소희는 마음을 돌렸다. 3일차 오후부터 연습에 참여하겠다는 것이었다. 인솔교사 입장에서는 아이의 마음을 돌릴 수 있어서 반가운 일이었지만 연극 지도교사 입장에서는 이미 공연이 임박한지라 배역을 모두 바꿀 수는 없고 그렇다고 이 아이를 배제할 수도 없어 곤란한 입장이었다.

당시 연극을 지도했던 선생님은 부산에 있는 극단「고춧가루부대」의 안준영 선생님이었다. 안 선생님은 아이들과 소통하는 능력이 탁월했으며 아이들의 입장을 배려하는 마음도 뛰어나 아이들이 잘 따랐다. 안 선생님은 긴급히 아이디어를 내어 연극을 제일 잘 소화해내는 친구의 그림자 역할을 하게 배려해 줬다.

또 혜정(가명)이는 다른 사람들과 눈을 맞추지 못할 정도로 두려움이 많고 마음이 닫혀있었다. 혜정이는 대사를 할 때 객석을 쳐다보지 않고 무대 뒤를 보면서 대사를 하게 해주었다.

지연(가명)이는 너무나 소심하고 소극적이어서 낯선 사람 앞에서는 말도 잘하지 못하는 학생이었다. 그런데 선생님은 이 학생의 성장을 위하여 대사가 가장 많은 중요한 역할을 맡겼다. 그랬더니 이 학생은 밤늦게까지 대사를 외우며 최선을 다해 연습하였다. 비록 책을 읽듯이 대사를 하고 표현력은 다소 떨어졌지만, 대본을 완벽하게 외우고 자기 역할을 무난히 소화하였다.

마침내 「한여름 밤의 꿈」 공연

드디어 4일차가 되어 공연하는 시간이 다가왔다. 학교에서는 공연 참관을 위해 전세버스를 한 대 준비하여 학부모, 학생대표, 교사들이 동행하였다. 개별적으로 승용차를 이용하는 학부모까지 오십여 명의 관객이 참관하게 되었다. 「밀양연극촌」 곳곳에는 아이들의 얼굴이 들어간 포스터가 붙어 있고 현수막도 하나 걸려 있었다. 무대복으로 갈아입고 분장을 마친 아이들 중에는 의기양양한 표정에 손가락으로 V자를 표시하는 아이가 있는 반면에 주눅이 들어 눈을 마주치기를 꺼리는 아이도 있었다. 나는 아이들에게 격려의 말을 건네면서도 은근히 걱정되어 마음속으로 공연을 무사히 잘 끝내기를 기도했다.

드디어 무대의 막이 올랐다. 세익스피어의 『한여름 밤의 꿈』을 각색한 작품이었다. 무대 가까이에 앉아 있는 학부모들의 얼굴에는 긴장하는 빛이 역력했다. 어떤 학부모는 두 손을 모으고 무대를 응시하고 있는 모습도 보였다.

무대는 전문 공연장처럼 화려하지는 않았지만 간단한 조명 장치와 세 개의 마이크가 설치되어 있고 소품들도 준비되어 있었다.

막이 오르자 아이들은 익숙한 듯 몸짓과 함께 대사를 주고받기 시작했다. 조명이 환하게 켜진 무대에서 잘 보이지도 않는 객석을 향해 무엇인가 발표를 한다는 것이 얼마나 두려운지를 나는 잘 안다. 경험이 많지 않은 사람은 열심히 외운 대사나 노랫말도 잊어버리기 일쑤일 정도로 마음을 집중하기가 쉽지 않다. 화려한 조명이 수시로 바뀌는 연극무대의 조명은 초보자들이 더더욱 집중하기 어려울 것이다.

다행히 아이들은 큰 실수 없이 무대를 이끌어나갔다. 함께 춤을 추고 노래를 하고 대사를 해나갔다. 비록 정면을 바라보지 못해 뒤로 돌아 대사를 하는 아이도, 배역을 맡지 못해 그림자 역할을 하는 아이도, 평상시 다른 사람과 눈을 마주치며 대화를 나누기 어려워하던 아이도 자기 역할을 충분히 했다.

연극이 진행되는 동안 학부모님들 중에서 조용한 흐느낌이 흘러나오기 시작했다. 초등학교 시절, 대부분의 아이들은 주인공이 되어 활동해본 경험이 없었다. 심지어 함께 놀이하는 자리에서도 이 아이들은 구경꾼처럼 다른 아이들의 놀이를 지켜보기만 했던 것이었다. 그것을 아는 부모님들의 마음은 어떠했겠는가? 연극을 보는 동안 부모님들의 가슴 속에는 지난 일들이 중첩되면서 심연의 깊은 곳에서 뜨거운 눈물이 솟아 올라왔을 것이었다.

사십 분에 가까운 공연이 끝나자 객석에서는 우레와 같은 갈채가 끊이지 않았다. 아이들을 부둥켜안은 엄마는 끝내 울음을 참지 못해 꺽꺽거리고 오히려 엄마를 다독이는 아이도 보였다.

돌아오는 버스 안에서 교사, 선배 학생, 학부모들이 돌아가며 소감을 나누었다.

2017학년도 신입생 연극 캠프 『한여름 밤의 꿈』 공연

음악을 가르치는 한국일 선생님은 오늘 왼 종일 이 행사에 참석해야 한다는 것 때문에 우울했다며 정말 오고 싶지 않은 행사였다고 고백했다. 입학식 때 봤던 아이들의 눈빛을 생각하면 4일 만에 연극 한 편을 무대에 올린다는 것이 도무지 납득이 되지 않아 기대조차 하지 않은 채 도살장에 끌려가는 소처럼 마지못해 왔다고 했다. 무대에서 아이들이 실수를 남발하는 어설픈 공연이 이어질 수도 있는데, 그것을 지켜보는 것이 너무 걱정스러웠단다. 그런데 아이들의 공연이 너무나 감동적이었던 것이다.

학부모님들의 반응은 더 말할 것도 없었다. 초등학교 시절의 아이들을 생각하면 무대에서 역할을 하는 것 자체가 대견스러운데 처음부터 끝까지 자기 역할을 다하는 학생들을 보면서 희망을 발견한 것이었다.

이후 학부모님들은 전폭적으로 학교를 믿고 지지하며 학교 행사에 함께했다. LTI 프로젝트 발표회에도 참석하여 아이들을 격려했고, 바쁜 일상 속에서도 시간을 내서 자전거 여행에 동행하고 사진과 영상으로 기록해주셨다. 학부모님이 편집해 주신 영상은 신입생 모집을 위한 입학설명회에 참석한 예비 학부모님들의 마음을 울렸다. 학부모 모두 학교 홍보요원을 자처했다. 덕분에 2017학년도 신입생이 14명이던 것이 2018학년도 신입생은 모집 정원 40명을 모두 채울 수 있었다. 그러는 사이 아이들도 반듯하게 성장해 나갔다.

신입생 뮤지컬 캠프는 매년 우여곡절을 겪었다.

뮤지컬특성화 1기 신입생을 맞이하는 2018학년도 뮤지컬 캠프는 작년과 마찬가지로 「밀양연극촌」에서 가질 계획이었다. 첫 캠프에서 맛보았던 감동이 아직도 기억이 생생한지라 신입생 뮤지컬 캠프에 대한 기대감은 이루 말할 수 없었다.

그런데 2월 중순에 「밀양연극촌」을 운영하던 연극단 대표의 성 추문이 드러나 'Me too!' 가 전 국민의 관심사가 되었다. 갑자기 우리 아이들의 일정이 걱정되어 비슷한 시기에 입촌하기로 되어 있는 「간디중학교」에 전화를 했다. 「간디중학교」에서도 상황을 심각하게 받아들여 대체 장소를 물색하고 있다고 했다. 우리 학교도 대책을 세우지 않으면 안 될 것 같았다.

급히 성주에 있는 「금수문화마을」 최재우 대표에게 전화를 드렸다. 사정을 이야기하고 대체 공간으로 「금수문화마을」을 사용할 수 있도록 부탁했다. 최 대표는 급박한 상황임을 직감하고 기꺼이 장소를 할애해주셨다. 다만 숙박이 다소 불편하고 공연 시설이 미비하다며 양해를 구했다. 그나마도 빨리 대체 장소를 구할 수 있어서 다행이었다.

올해도 극단 「고춧가루부대」 단원들이 아이들을 지도해 주시기로 했다. 안준영 선생님은 특유의 친화력으로 미흡한 환경을 극복하며 아이들의 지지를 끌어냈다. 공연장은 무대도 없는 강당이었다. 물론 음향과 조명은 기대도 할 수 없었다. 작품은 캠프를 진행하면서 아이들과 직접 만든 『바리대기』와 『신데렐라』였다. 줄거리를 정리하고 노래도 만들었다. 올해 우리 학교에서 연극 수업을 담당하실 이효정 선생님이 연습 과정과 공연을 지켜보셨다. 앞으로 우리 학교가 직영할 수 있도록 준비할 작정이었다.

공연이 시작되자 백 명이 넘는 관객들은 아이들의 몸짓과 노래에 박수와 환호로 화답하며 즐거워했다. 비록 화려한 조명은 없을지라도 아이들은 충분히 신이 났다. 무대 소품도 선생님들과 아이들이 직접 만들었다. 연습 도중에 아이들끼리 있었던 갈등도 공연을 거치면서 대부분 해소됐다. 덕분에 지원을 위해 참관하시던 선생님들은 아이들의 특성을 많이 파악할 수 있게 되었다.

공연을 마친 아이들은 성취감에 의기양양했고, 집으로 돌아가는 학부모님들의 얼굴에는 웃음이 만연했다.

겨울방학 때 2019년도 신입생 뮤지컬 캠프를 위해서 다시 「밀양연극촌」을 찾았다. Me too의 여파는 아직 채 가시지 않은 듯 연극촌은 겨울바람처럼 을씨년스러웠다. 관리인을 만났더니 작년 그 일이 있고 난 후 밀양시에서 연극촌을 다시 정비하여 운영할 준비를 하고 있는데, 아직 시의회에서 조례가 통과되지 않아 임대가 어려울 것이라고 했다.

밀양시의 담당자와 통화를 하고 학교의 사정을 이야기했더니 "조례가 통과되지 않아 정식으로 돈을 받고 임대를 할 수는 없지만, 학교 사정을 고려하여 장소는 무상으로 빌려드리겠다."고 말씀하셨다. 음향 · 조명 시설도 없기 때문에 학교에서 임대해 와야 하고, 성벽 극장의 숙소를 사용할 수 없어서 옛 건물의 숙소를 사용해야 한다고 했다. 숙소가 다소 불편했지만, 우리 학교 입장에서는 그나마도 감사했다.

신학기가 되어 캠프를 목전에 두고 미리 시설을 점검했다. 숙소 보일러에 기름도 넣어 가동해보고 화장실과 세면장도 점검했다. 그런대로 사용할 만했다.

올해는 이효정 선생님이 중심이 되어 우리 학교에서 직영하기로 했다. 처음 해보는 일이라 예상치 못한 일도 일어났다. 그때마다 지원을 위해 함께하시는 선생님들과 문제를 해결해나갔다. 아이들도 처음 해보는 뮤지컬 만들기에 신바람이 났다. 하루가 다르게 아이들의 춤과 노래가 틀을 갖춰가고 있었다.

공연 전날 오후부터 무대 연습을 시작했다. 음향과 조명도 미리 설치하여 조금씩 배우들의 동선을 맞춰 나갔다. 틀린 부분을 반복하고 또 반복해도 부족한 부분만 보이는 것 같았다. 저녁 식사를 마치고 다시 연습을 시작해 열 시가 넘어서야 마쳤다. 선생님들과 아이들 모두 잘하고 싶은 마음이 굴뚝같아 한 사람도 불평이 없었다. 긴 시간 연습으로 모두 몸은 지쳤으나 표정은 밝았다. 아이들이 여태까지 이렇게 열정적으로 무엇을 해본 적이 있었을까?

이번 공연도 성공적으로 끝이 났다. 무대, 객석, 음향, 조명이 제대로 갖춰지니 아이들이 실력을 제대로 발휘하는 것 같았다. 선생님들의 기대가 점점 더 커졌다.

뮤지컬 캠프를 학교에서

2020년 캠프는 전체적인 틀을 바꾸기로 했다. 밀양까지 이동해서 하려니 여러 가지 불편한 점이 많았다. 게다가 아직도 밀양연극촌이 안정되어 있지 않았다. 학부모님들과 손님들의 참관도 쉽지 않은 일이어서 대구 내에서 캠프를 진행하는 방법을 고민했다.

학교에서 가까운 범물동 진밭골에 「수성구 청소년 수련원」이 있었다. 답사를 했더니 50명 정도가 숙식할 시설이 갖춰져 있고 강당을 비롯한 연습 공간도 두 개가 있었다. 이효정 선생님과 다시 방문하여 확인했더니 캠프를 진행하기에 큰 어려움이 없겠다고 말씀하셨다. 도심에서 벗어난 산속에 있어서 아이들이 집중하기에도 좋고 선생님들이 방문하기에도 좋을 것 같았다. 공연장은 연극 전문 극장인 「꿈꾸는 시어터」를 임대해 사용하기로 했다.

잔뜩 기대하고 있던 차에 코로나19의 유행으로 뮤지컬 캠프에 어두운 그림자가 드리워졌다. 감염 수칙을 준수해야 하다 보니 아이들이 숙박을 함께 할 수가 없었다. 그렇다고 캠프를 포기할 수도 없었다. 3월부터 5월 말까지 비대면 수업으로 진행을 하다가 6월부터 출석 수업으로 전환이 되었다. 신입생 뮤지컬 캠프의 시계도 바빠졌다.

의논에 의논을 거듭하다 결국 숙박을 제외하고 학교에서 캠프를 진행하도록 결정했다. 마침 강당에 조명을 매달 수 있는 장치(그리드, 바텐)가 설치되었다. 아이들은 함께 숙박할 수 없는 것이 아쉽겠지만 그나마 캠프를 진행할 수 있는 것만으로도 다행스러웠다.

연습과 공연 환경은 오히려 학교가 더 훌륭했다. 연습실마다 피아노가 있고 벽면에 아이들이 동작을 확인할 수 있는 거울도 부착되어 있다. 공연 무대도 널찍하고 객석과 거리도 짧아 관객과 호흡하기도 좋았다. 비용도 제법 절감이 되니 일석이조였다. 앞으로도 뮤지컬 캠프는 학교에서 하면 되겠다.

이번 공연도 성공적으로 끝났다. 매년 열리는 공연의 주인공이 모두 신입생인데도 해마다 실력이 더 나아지는 것 같았다. 캠프가 해를 거듭하면서 지도하시는 선생님들의 역량도 점점 커졌기 때문 이리라.

학교강당이 전문 공연장처럼

2020년 가을에는 학교 강당에 음향과 조명시설을 전문 극장 못지않게 갖추게 되어, 아이들이 공연하기에 조금도 부족함이 없다. 무대에 사용되는 소품이며 가림막 따위를 학교 목공실에서 바로 제작하여 사용할 수가 있어서 좋았다. 게다가 음향 조명을 아이들이 직접 조작할 수 있어서 좋은 경험이 되기도 한다.

코로나로 인해 공연장에 많은 관객이 들어가지 못해도 학교의 장비를 이용하여 On line으로 중계가 가능해졌다. 휴대전화를 이용해 학부모 Band로 중계를 하거나 캠코드를 활용해 유튜브 중계를 하기도 했다. 이 또한 선생님들과 아이들이 직접 조작하니 훌륭한 공부가 되었다.

최근에는 자신감이 생겨 공연할 때마다 외부의 손님들을 초청했다. 이웃에 있는 가창초등학교와 용계초등학교 교장 선생님을 비롯하여

연습과 공연 환경은 오히려 학교가 더 훌륭하다. 연습할 공간도 넉넉한데다 공연 무대도 널찍하고 객석과 거리도 짧아 관객과 호흡하기도 좋았다.

교육청의 관계자분들도 초청했다. 우리 학교를 연구하는 연구팀 관계자들도 초대하고 대학교 교수님들도 초대했다. 해를 거듭할수록 손님들의 찬사도 더 커졌다. 코로나 국면이 걷히면 더 다양한 분들을 초대할 수 있을 것이다.

처음으로 상연되는 3학년 졸업 작품

3학년들의 졸업 공연도 우여곡절을 겪기는 마찬가지였다.
2018학년도에 뮤지컬 특성화 1기로 입학한 학생들이 2021년 1월 12일에 졸업식을 하게 되었다. 이 아이들에게는 지난 3년 동안 이루어진 많은 일이 모두 처음 해보는 것이었다. 선생님들 또한 아무도 가보지 않은 길을 어두운 밤길을 더듬어 가듯이 헤쳐나갔다. 졸업 공연도 마찬가지였다. 뮤지컬 특성화중학교 자체가 우리나라에서 처음이었으니 뮤지컬을 졸업 공연으로 올리는 것도 당연히 처음이었다.

아이들의 마음은 잔뜩 부풀어 있었다. 1학년 때 국어 시간에 책을 읽고 친구들과 협업하여 처음 써 본 뮤지컬 대본이었다. 마음먹은 대로 되지 않았다. 일반 글쓰기도 힘든 판에 뮤지컬 대본을 쓴다는 것은 아이들로서는 너무 어려운 일이었다. 아이들도 처음 해보는 작업이었지만 지도하시는 선생님도 처음 해보는 경험이었다. 모두가 처음 해보는 미숙한 작업이었으니 무대에 올리기에는 미흡한 점이 많았다. 책상 속에 넣어둔 채 1년 가까이 만지작거리다 결국 2학년 말이 되어서야 전문 작곡가의 도움을 받아 뮤지컬 대본을 완성하였다. 이 대본을 3학년 때 '뮤지컬 이해' 교과의 교재로 사용하여 수업했다.

이 수업 결과물로 '졸업 공연'을 할 계획이었는데, 코로나19라는 괴물이 아이들의 꿈조차 앗아가 버린 것이다. 1월 12일에 있을 졸업식 직전에 졸업 공연을 하여 중학교 생활의 대미를 장식할 계획이었다. 3학년 1반 작품은 「죽은 시인의 사회」였고 2반은 「꼬마철학자 다니엘」이었다.

그런데 12월 21일부터 대구광역시교육청 산하 전체 초 · 중 · 고등학교가 on-line 비대면 수업으로 전환하였다. 전국적으로 코로나의 확산세가 심상치 않았던 것이 원인이다. 너무나 갑작스러운 일이라 아이들의 실망은 이루 말할 수가 없었다. 3년 동안 수업을 통해 익힌 역량을 선보일 기회였는데 무산되어 버렸다.
책상 속에 숨어있던 「죽은 시인의 사회」와 「꼬마철학자 다니엘」은 2022년 7월 15일에 상연된 2학년 뮤지컬 캠프에서 초연을 할 수 있었다. 이때 뮤지컬 1기 졸업생들도 몇 명 참석하여 자신들의 작품을 감상하였는데, 아이들은 소감 나누기를 통해 자신들이 공연하지 못한 아쉬움과 후배들의 훌륭한 공연에 대한 감동을 함께 전했다.

2기 졸업생들도 어려운 상황을 겪기는 마찬가지였다. 2021년에도 코로나가 종식될 기미가 보이지 않았다. 작년 상황을 반복하지 않기 위해 올해는 졸업 공연과 캠프 일정을 앞으로 당겨 12월 17일에 공연하기로 계획하였다.
그런데 이번에는 캠프를 앞두고 3학년 학생들 사이에 코로나 감염자가 발생했다. 일주일간의 비대면 On line 수업을 하고 복귀를 했지만 바로 캠프를 진행할 처지가 아니었다. 할 수 없이 캠프 일정을 최대한 뒤로 미뤄 졸업식 전날 공연하기로 했다. 아이들도 힘이 빠졌다. 그래도 캠프가 진행되자 금방 회복이 되고 연습 태도도 진지해졌다. 마지막 공연을 조금이라도 잘해 보려고 서로를 독려하며 연습에 열중이었다. 옆 반 아이들에 대한 경쟁심도 다소 작용했다.

승상 : 밤이 이미 깊었거늘 너는 무엇이 즐거워 이러고 있느냐?

(길동이 칼을 던지며 엎드린다.)

홍길동 : 소인이 대감의 정기를 타 태어났으니 이만큼 즐거운 일도 없을 것입니다, 다만 평생 서러운 것은 아비를 아비라고 부르지 못하고 형을 형이라 못하는 것이니, 위아래 종들은 천하게 보고, 친척과 오랜 친구 마저도 손가락질을 합니다.

(이어서 길동이 대성통곡한다.)

승상 : 재상가의 천한 몸종 자식이 오직 너뿐이 아닐 것인데, 그런 방자한 마음을 먹지 말아라. 앞으로 또 그런 말을 함부로 한다면 다시는 보지 않겠다.

(길동은 눈물을 흘리며 엎드려 있다.)

승상 : 이제 이만 물러가거라.

(암전 / 춘섬이 천천히 나오며 길동을 다독인다. 길동은 어미를 붙잡고 통곡하며 말한다.)

홍길동 : 낳아 길러 주신 은혜가 하늘과 같이 크고 넓습니다. 제사를 받들고, 부모의 길러 주신 은혜를 만 분의 하나라도 갚아

야 할 것인데, 이 몸은 당당히 조선국의 장군이 되지 못할 바에는 차라리 산중에 들어가 세상 영옥을 잊고 살려 합니다. 나중에 소자가 돌아와 은혜를 갚을 날이 있을 것이니 그렇게만 짐작하고 계십시오.

춘섬 : 재상가의 천생이 너뿐이 아니다. 무슨 말을 들었는지 모르겠지만 어미의 마음을 이다지도 상하게 하느냐? 어미의 낯을 보아 그냥 그대로 있으면 앞으로 대감께서 알아서 잘 처리해 주실 것이다.

홍길동 : 부형의 천대는 그렇다 쳐도, 종들이며 어린아이들에게서 들리는 말이 너무 마음이 아픕니다. 게다가 요즘 곡산 어미가 하는 짓을 보니, 질투심이 많으며 아무 죄도 없는 우리 모자를 원수같이 보고 살해할 뜻을 품고 있으니 머지않아 눈앞에 큰 재앙이 닥칠 것입니다.

춘섬 : 네 말이 제법 그럴싸하나, 곡산 어미는 마음이 너그럽고 후덕한 사람인데 어찌 그런 일이 있겠느냐?

홍길동 : 세상일은 헤아리기 어렵습니다. 소자의 말을 헛되이 생각지 마시고 장래를 보십시오.

우여곡절 끝에 12월 31일 밤에 열린 2021학년도 졸업 작품 「어린 왕자」를 공연하고 있다.

2021년을 마감하는 마지막 날 밤, 3학년들이 졸업 공연을 하였다. 코로나로 인하여 우여곡절 끝에 이루어진 공연이었다. 3학년 1반은 「어린 왕자」를, 3학년 2반은 「홍길동전」을 무대에 올렸다. 우리 학교가 뮤지컬특성화학교로 전환한 이후 처음으로 공연한 졸업 작품전이었다.

공연장에 들어갈 수 있는 인원은 50명으로 제한되어 있었다. 졸업생 수가 서른 명이니 스탭을 빼고 나면 관객은 열다섯 명 정도 들어갈 수가 있었다. 학부모님들은 아무도 참석할 수 없고 교직원들도 참석이 일부만 가능했다. 그래도 중요한 외부 손님은 초청해야 했다. 작품이 초연이니 작곡가도 초청하여 참관했다. 그 밖의 사람들은 모두 On line으로 중계를 봤다. 아이들도 이젠 이런 상황이 익숙해져 관객이 몇 명 안 되는 상황에서도 공연에 몰입할 수가 있었다. 그래도 한 반이 공연할 때 다른 반 친구들이 관람하며 응원할 수 있으니 그렇게 썰렁하지는 않았다.

어린 왕자는 흐름이 잔잔하여 표현하기가 쉽지 않았다. 관객들도 공연에 집중하지 않으면 흐름을 놓치기 일쑤였다. 그런데도 아이들은 원숙하게 연기 실력을 뽐내며 작품을 잘 소화했다. 내성적이고 소심한 아이들도 무대에 서면 전혀 다른 사람으로 둔갑하여 자기 역할을 충분히 했다. 아이들이 많이 자랐다는 것이 눈에 보였다.

홍길동전은 아이들의 정서에 훨씬 더 잘 어울린다. 내용도 익숙하고 장면의 전환도 빠르다. 액션도 역동적인 부분이 많아 아이들의 정서에 훨씬 가깝다. 아이들은 작품을 무난히 소화하고 관객들과의 호흡도 잘 맞았다.

공연이 끝나자 연출가를 비롯한 관계자 대부분은 한 해를 마감하는 날 의미 있는 공연을 했다며 아이들을 칭찬했다. 성인 작품만 관람해 왔던 작곡가도 아이들의 공연에서 받은 감동이 한참 동안 가셔지지 않는 모양이었다.

자전거 여행의 기록 >

두 바퀴에 꿈을 싣고 2021년 10월, 대구–부산

함께하는 자전거 여행은 맨 마지막 사람이 목적지에 도착해야 끝이 난다. 그래서 자전거 여행을 할 때마다 자전거를 제일 못 타는 사람의 속도에 초점을 맞춘다. 특히 생면부지의 낯선 곳을 여행할 때는 더더욱 그리해야 한다. 일행의 수가 많을 경우는 선두와 후미의 간격이 멀어지기 때문에 길이 어긋나는 경우도 다반사다. 이런 일이 생기면 그 사람만 어려움에 처하는 것이 아니라 모든 여행의 일정에 상당한 영향을 미치게 된다. 그래서 단체 자전거 여행은 항상 자전거를 잘 못 타는 사람을 배려하며 운영해야 한다.

2021년 10월 6일부터 3일간 가창중학교 학생들이 자전거 여행을 했다. 대구에서 부산까지 낙동강을 따라 180km 길을 40명의 학생이 서로 격려하고 위로하며 오직 자신의 힘만으로 달렸다. 아홉 명의 교직원과 여섯 명의 자원봉사자가 서로 역할을 분담해서 아이들을 돌보며 함께했다.

이 여행을 위해 아이들은 봄부터 주말마다 자전거 연습을 했다. 자전거를 잘 못 타는 학생들을 위해서도 연습이 필요했지만, 최대한 안전한 여행을 하기 위해서도 반복된 연습이 필요했다.

우리 학교에 입학을 원하는 학생 중에는 자전거 여행을 하고 싶어서 오는 학생들도 있었다. 이 학생들은 매주 토요일마다 열리는 「토요 자전거 교실」이 학교생활의 가장 큰 기쁨 중의 하나였다. 반면에 자전거를 탈 줄 모르는 학생들은 자전거 여행 자체가 두렵기만 했다. 토요일마다 자전거를 타러 왔지만 그리 쉽게 익숙해지지 않았다. 일부 아이는 어린 시절 자전거를 배우면서 넘어지거나 다친 기억이 공포로 남아 있기도 했을 것이다.

「자전거 여행」 예행연습도 여행이다.

봄부터 이어오던 「토요 자전거 교실」도 유월이 되면 주춤하게 된다. 장마철에는 쏟아지는 비 때문에 자전거를 타기가 어렵고, 비를 피하고 나면 30도를 웃도는 혹서(酷暑)가 발목을 잡았다.

한동안 소강상태를 유지하던 자전거 여행 준비는 2학기 개학과 함께 본격적으로 활기를 띠었다. 주말에 열리는 「토요 자전거 교실」뿐만 아니라 자유학기제를 활용한 예행연습까지 다양한 방법으로 훈련을 했다. 올 2학기 자전거 여행 첫 예행연습을 8월 30일 실시했다. 자전거 여행을 하는 10월 6일까지는 달포가 남았지만, 추석 연휴를 빼고 나면 연습할 시간이 별로 없었다. 예행연습은 두 차례 실시했는데 첫 번째는 점검하는 차원에서 실시했고 두 번째는 문제 해결을 확인하는 차원에서 실시했다.

실제 「대구-부산 자전거 여행」을 할 때 하루에 73km, 56km,

50km씩 3일을 달려야 하니 예행연습도 이에 준하는 거리를 달려봐야 한다. 게다가 8월 말에 첫 예행연습을 한 후 파악한 문제점들을 추석 연휴 이전에 연습을 통해 해결하고, 두 번째 예행연습을 통해 확인해야 하니 시간적인 여유가 넉넉하지 않았다. 연습이 부족하면 자칫 안전사고로 이어질 수 있어서 연습을 소홀히 할 수가 없기 때문이었다.

첫 예행연습을 하던 날 아침, 신왕수 선생님이 나에게 "교장 선생님은 성진이 한 사람만 맡아 주시면 됩니다."라고 이야기했다. 성진이는 중학교 입학할 때까지 자전거를 타본 적이 없었다. 우리 학교에 입학한 후 「토요 자전거 교실」을 통해 자전거를 배웠다. 그러나 아직 자전거 타기가 서툴다.

아이들이 자전거를 타지 못하는 이유는 대부분 두려움 때문이다. 애초부터 '자전거를 타다 넘어지면 다칠 수 있다.'는 생각이 있었거나 자전거 타기를 시도하다 실패한 경험 때문에 생긴 두려움이다. 자전거 타기를 시도하다 넘어져 다쳤던 기억이 있거나 어른들의 핀잔과 꾸중은 아이들 마음속의 상처로 남아 도전을 포기하게 만든다. 성진이에게 여태 자전거 타기를 도전하지 못한 이유를 묻진 않았지만 아마도 어린 시절에 겪었던 두려움이 마음속에 있었으리라.

오늘 목적지는 동촌유원지인데, 신천과 금호강을 따라 왕복하면 56Km 남짓 된다. 예행연습을 해보면 학생 스스로도 좀 더 열심히 준비해야겠다는 생각이 들겠지만, 선생님들도 문제가 있는 학생들을 어느 정도 파악하게 된다.

전체 학생들이 체조를 하고 모둠별로 출발 준비를 하는 사이 성진이를 데리고 교문을 나섰다. 다른 학생들보다 조금이라도 더 일찍 출발해야 크게 뒤처지지 않고 따라갈 수 있기 때문이었다.

횡단보도를 건너 자전거길에서 출발을 시도하자마자 성진이의 문제점을 발견하였다. 성진이는 스스로 출발을 잘하지 못한다. 페달을 밟고 두세 바퀴를 전진하다 발을 내리기도 하고, 겨우 안장에 올라타고 전진하다가도 균형을 잡지 못하고 발을 땅에 딛고 만다. 자전거에 대한 두려움이 많아 보였다.

일반적으로 학교 운동장에서는 곧잘 하던 아이도 막상 거리에서 실전을 경험하면 새로운 두려움에 직면하게 된다. 뒤에서 한 번만 잡아주면 쉽게 출발할 수 있겠지만 언제까지나 그렇게 할 수는 없었다. 스스로 극복해야 할 문제이며 이를 통해 성공한 경험은 다른 활동에도 전이되어 자신감을 가지고 도전하는데 중요한 자산이 될 것이다.

출발과 정지를 반복한 끝에 10여 분을 주행했지만 조그마한 돌발 변수에도 흔들리게 된다. 몇 차례 더 실패와 성공을 반복해야 할 것이다. 학교를 나선 지 30분도 되지 않아 성진이의 이마에는 땀방울이 송글송글 맺혔다. 그사이 다른 아이들은 모두 우리를 지나쳐 버렸다.

「냉천교」를 지날 무렵 신왕수 선생이 아소와 함께 우리를 기다리고 있었다. 우리가 도착하자마자 "교장 선생님, 아소를 함께 데리고 와 주십시오."하고는 혼자 가버렸다. 앞서간 아이들을 챙겨야 되기 때문이었다. 다행히 아소는 속도가 느려 다른 학생들과 동행하는 데 어려움은 있으나 혼자서도 출발을 잘하는 편이며 주행도 별 어려움 없이 하는 편이었다. 다만 아소도 두려움이 있어서 페달에 발을 자연스럽게 올리지 못하고 언제든지 내릴 자세로 엉거주춤하게 발을 얹어 페달을 밟는 단점이 있었다. 그렇다 보니 발뒤꿈치와 크랭크가 맞닿아 여간 불편해 보이지 않았다.

특성이 다른 초보자 두 아이가 달리면 서로 속도가 다르고, 지도해야 할 특성이 달라 어려움이 많다. 어쩔 수 없이 한 명씩 분리해서 지도하기로 했다. 아소가 앞장서고 성진이가 그 뒤를 따라가면 마지막에 가는 내가 두 학생을 모두 관찰할 수 있어서 지도하기가 쉽겠는데, 아소는 앞장서서 가는 것이 두려운 모양이었다. 천천히 가면 따라오는 것은 문제가 없다고 하니 우선 성진이를 지도하는 편이 좋을 것 같았다.

성진이 뒤를 따라가며 페달을 밟는 자세와 변속하는 방법, 브레이크를 사용하는 방법, 장애물을 피하는 방법 등등을 조언하며 달리다 보니 여전히 속도는 많이 떨어졌다. 이제 교우들과는 완전히 다른 일정으로 예행연습을 해야 할 것 같았다.

성진이가 자신감이 조금씩 붙을 무렵부터 아소를 나와 성진이 사이에서 달리게 했다. 우선 급한 것은 페달 위에 발을 놓는 위치를 교정해주는 것이었다. 크랭크가 신발에 계속 닿는 상태에서 달리면 불필요한 에너지가 소모되면서 속도를 높이는 것이 어렵게 된다. 몇 차례의 지적과 교정 끝에 발의 위치는 많이 나아졌지만 익숙해지기까지는 시간이 걸릴 것 같았다.

「동신교」를 지날 무렵 이미 해가 중천에 걸려 있었다. 다른 아이들은 벌써 목적지인 동촌유원지에 도착했을 듯한데, 더 이상 따라가는 것은 무리였다. 아이들의 체력을 감안하면 지금쯤 멈추는 것이 학교까지 돌아가는데 안전할 것 같았다. 돌아가는 길은 은근히 오르막인데다 날씨도 더워 두 아이에게는 여간 어려운 일이 아닐 것이었다. 지금 돌아가도 27km 정도 주행하게 되는 것이니 어느 정도의 목적은 달성한 셈이었다. 올해 우리 학교 자전거 여행의 성공 여부는 이 두 아이에게 달려있다고 해도 과언이 아니었다.

9월 24일, 자전거 여행을 위한 2차 예행연습이 진행되었다. 1차 연습 때 어려움을 겪었던 성진이와 아소는 몇 차례의 연습 끝에 자신감이 많이 붙었다. 아소는 "그간 연습을 많이 하여 다른 학생들과 함께 가도 되겠다."며 우리 팀에서 빠져나갔다. 이젠 초보자가 아니라는 시위였다. 대신 그 자리에 정민이가 새로 합류하였다. 정민이의 문제점은 체력이었다. 지난번 1차 연습 때 56km를 완주했으나 체력이 부족해서 어려움을 겪었던 모양이었다. 결국 연습을 통한 시간이 해결해 줄 문제였다. 다행히 오늘 목적지인 매천대교까지는 왕복해서 45km 정도밖에 되지 않아 완급을 조절하면 크게 어렵지 않을 것이다.

정민이는 느리지만 안정적으로 자전거를 타는 편이어서 성진이를 앞세우고 가면 따라오는 데는 큰 어려움이 없었다. 성진이도 그사이 실력이 많이 좋아졌으나 아직 시야가 좁고 위기에 대처하는 능력이 부족하였다. 앞만 보고 주행하는 것에만 집중하다 보니 결국 사고가 나고 말았다. 자전거길에 들어온 할머니를 미처 보지 못하여 급히 피하려다 보니 길옆으로 크게 넘어지고 말았다. 다행히 다치지는 않았으나 큰일 날 뻔했다.

성진이는 출발하는 것이 서툴다 보니 멈춰서 조금씩 쉬는 것보다 계속 달리는 것이 편한 모양이었다. 성진이 속도에 맞춰 달린 덕분에 우리 팀이 반환점까지 일등으로 도착할 수 있었다. 대구-부산 자전거 여행에서도 이 정도만 해주면 큰 무리 없이 여행을 할 수 있을 것 같았다. 이제는 다치지 않고 안전하게 달리는 것이 숙제다.

부산으로 가는 자전거길은 설렘으로 가득했다

10월 6일, 드디어 대구-부산 자전거 여행의 날이 밝아왔다. 혜윤이는 자전거 여행에 대한 기대감에 어젯밤 잠을 설쳤다고 했다. 자다 깨기를 반복한 끝에 피곤한 몸을 이끌고 자전거 여행에 나섰지만, 줄곧 선두에서 조금도 뒤처지지 않고 열심히 달렸다.

이번 자전거 여행에 참여한 1학년 학생들은 자전거 실력에 따라 모두 네 팀으로 나눴다. A팀(Ace, 이하 「에이스 팀」) B팀(Best, 이하

「베스트 팀」) C팀(Champion, 이하 「챔피언 팀」) 그리고 S팀(special, 이하 「특별한 아이들」)이다. (*팀 이름은 자전거 여행을 모두 마친 뒤 후기를 쓰며 붙였다.)

1학년 전체 서른아홉 명 중 환자 한 명을 빼고 모든 학생이 동행했다. 인솔하시는 선생님은 모두 열다섯 분인데 아홉 분이 우리 학교 교직원이었다. 이 중에는 행정직원 두 분도 포함되어 있었다. 여섯 분의 자원봉사자는 평소 자전거 여행을 즐기는 분들로 퇴임한 교사, 공무원, 은행원 등으로 구성되어 있었다.

나는 이번 여행에서 「에이스 팀」을 맡아 선두에서 인솔하기로 계획되어 있다. 지난 두 차례에 걸친 예행연습에서 「특별한 아이들」을 지도했기에 당연히 내가 인솔할 줄 알았는데, 신왕수 선생님이 "연습할 때 교장 선생님께서 어려운 아이들을 데리고 고생하셨으니 이번에는 「특별한 아이들」을 제가 인솔해 가겠습니다."며 어려운 일을 자청했다. 「특별한 아이들」의 분발 여부가 우리 자전거 여행의 운명을 좌우할 것인데.....

가장 먼저 출발한 팀은 「특별한 아이들」이었다. 오전 일과를 비슷하게 마치기 위하여 「특별한 아이들」이 10분 일찍 출발하고 그 뒤를 에이스-베스트-챔피언의 순서대로 달리게 됐다. 「특별한 아이들」이 용기를 잃지 않게 적절하게 속도를 조절하는 것도 내 임무 중의 하나였다.

오늘 안전을 위해 가장 주의를 기울여야 할 구간은 일정 부분 도로

자전거 여행 출발을 앞두고 마지막 점검을 하면서 자원봉사자 선생님들을 소개하고 있다.

를 타야 하는 용계동 구간과 산책하는 사람들로 붐비는 신천(新川)둔치 길이었다. 특히 차량과 함께 달려야 하는 용계동 구간을 지날 때는 바짝 긴장해야 했다. 다행스럽게도 「화상 경마장」 앞을 지날 때는 신호등이 뒤따라오는 차량을 잡아줬는데, 「대구 TEC」 앞에는 도로 공사 중이라 차선이 하나로 줄어 있었다. 공사장을 지나면서 안전요원에게 "아저씨, 차량 통제 좀 부탁합니다."라고 외쳤더니 금세 팔을 걷어붙이고 차량 통제에 나섰다. 학생들의 자전거 행렬에 의협심이 발동했는가 보다. 덕분에 우리는 위험 구간을 어려움 없이 안전하게 통과할 수 있었다.

「가창교」를 지나 신천둔치에 접어들면 자전거 전용도로가 이어진다. 금호강 합수(合水) 지점까지는 오가는 행인들이 장애물처럼 느껴져 긴장을 늦출 수가 없었다. 중간중간 차량 진입을 막기 위해 설치해 둔 둥근 말뚝도 큰 위험 요소였다. 아이들이 일렬로 달리다 보니 앞 사람에 가려 장애물이 보이지 않기 때문이었다. 선두에 선 내가 장애물을 발견하고 "봉 조심", "사람 조심", "우로 밀(우로 밀착)"을 외치면 뒤따라오던 아이들이 복창하고, 이 복창은 대열의 끝까지 이어졌다. 몇 번만 반복하고 나면 그 이후로는 부산에 도착할 때까지 아이들 스스로 경고 신호를 내면서 친구들의 안전을 위해 배려했다.

사람들이 오가는 길은 정말 조심해야 한다. 행인 대부분이 연세가 많은 어르신들이라 위기 대처 능력이 떨어지기 때문에 자전거를 탄 사람들이 신경을 더 써야 했다. 아이들 또한 달리는 데만 집중할 가능성이 크기 때문에 이 신천 구간은 선두에 선 리더가 고도의 집중력을 발휘해야 했다. 특히 「특별한 아이들」은 스스로 균형을 잡고 변속을 하는 것뿐만 아니라 출발과 정지를 하는 것도 자연스럽게 하지 못하는 아이들이 있는지라 더욱 걱정됐다. 중간에 「희망교」에서 한 번 쉬면서 안전에 대해 당부했더니 다행스럽게도 안전하게 신천둔치 지역을 벗어날 수 있었다.

금호강에 접어든 후 「매천교」 하단에서 두 번째 휴식을 취하는데, 선두 그룹과 후미 그룹의 간격이 크게 차이가 나지 않았다. 특히 「특별한 아이들」이 잘 달리고 있어서, 이렇게 순조롭게 진행만 되면 오늘 일정은 예년에 비해 한 시간 이상 빨리 끝날 것으로 예상됐다.

금호강 자전거길에는 행인들이 많지 않았다. 공단 지역이 많고 인가가 없는 지역이 이어지고 있어서 한적한데다 더러 운동하러 다니는 사람들도 젊은 사람이 많아 위험에 대처하는 능력이 있는 사람들이었다. 게다가 자전거 도로와 인도가 구분되어 있어서 비교적 안전하게 자전거를 탈 수가 있었다.

자전거가 익숙해지면 주변 경치가 눈에 들어온다.

서재 지역을 지날 무렵 뒤따라오던 하은이가 소리를 질렀다.

"야, 새다. 선생님 저건 무슨 새예요?"

문득 고개를 돌려보니 강 한가운데에 만들어진 모래톱 위에 민물가마우지가 무리를 지어 평화롭게 놀고 있고, 가장자리에 백로 몇 마리가 얼쩡대는 모습이 흐르는 듯 멈춘 듯 무심한 강물과 어우러져 한 폭의 풍경화를 그리고 있었다. 주변 풍경이 눈에 들어오는 걸 보니 아이들도 이제 제법 여유가 생긴 모양이다.

자전거 여행을 인솔하다 보면 주변에 아름다운 풍경이 펼쳐지더라도 그 아름다움을 느끼고 표현하는 아이들은 드물었다. 간혹 아름다운 풍경을 이야기하고 친구들과 함께 여행하는 즐거움을 표현하는 아이들은 자전거 타기에 익숙해져 여유가 생긴 아이들이었다. 자전거 타기가 익숙하지 않으면 안전사고에 대한 두려움과열에서 낙오할 우려로 인해 자전거 그 자체에 집중할 수밖에 없었다. 여기에다 육체적인 피로까지 누적되면 아무리 아름다운 주변 경치도 남의 이야기

자전거가 익숙해지면 주변 경치가 눈에 들어온다.

가 된다.

자전거 여행을 하면 여러 사람이 함께해도 안장에 앉는 순간 혼자가 된다. 느린 속도에서는 더러 일행과 대화를 나눌 수도 있지만, 속도가 빨라지면 대화 자체가 거의 불가능해진다. 그러다 보니 자전거 여행을 하는 동안 혼자 사색을 하는 경우가 많다. 그런 이유에서 자전거 여행은 동적인 운동임과 동시에 정적인 운동이다.

나는 자전거 여행이 우리의 인생살이와 비슷한 점이 많다는 생각을 자주 한다. 경제적 이익 추구와 사회적 지위를 획득하기 위해 일에 몰두하다 보면 인생살이의 아름다운 모습들을 놓치고 지나가는 경우가 허다하다. 높은 자리를 차지하려고 서로 경쟁하는 구도 속에서 다른 사람들이 적들로 보일 때에는 공동체 속에서 자기 존재 이유를 확인할 여유조차 없다. 나는 우리 아이들이 자전거 여행 도중 아름다운 풍경을 감상하듯 사회 공동체 속에서 삶의 향기를 맡을 줄 아는 아름다운 어른으로 자라기를 소망한다.

짧은 순간 사색에 잠긴 사이에 「세천교」에 다다랐다. 아이들과 함께 자전거를 타고 다리를 건널 때는 늘 마음이 불안했다. 안전한 난간이 있음에도 불구하고 혹여 추락할 가능성은 없는지 염려가 되고, 차도와 인도의 구분이 있어도 혹여 추돌 사고라도 나지 않을는지 걱정이 됐다.

내가 우리 학교 교육활동으로 자전거 여행을 한다고 하면 상당히 많은 분들이 "사고가 나면 어떻게 할 거냐?"는 반응으로 돌아왔다. 나 또한 어찌 위험 요소에 대한 걱정이 없겠는가?

하지만 적당한 고난이 사람을 성장시키는 법이다. 대신 우리는 위험 요소를 최대한 없애기 위해서 노력한다. 자전거 여행을 위해 봄부터 연습을 하는 것도 안전한 여행을 위해서이고, 두 차례에 걸쳐 실전에 가깝게 예행연습을 하는 것도 사고를 예방하고 안전하게 완주하기 위한 것이었다. 행사를 하기 전에 선생님들이 몇 차례에 걸쳐서 답사하고, 그것도 부족해 지도상에서 시뮬레이션하는 것도 모두 안전한 여행을 위한 노력이었다.

「세천교」를 지나면 다리 아래 둔치로 접어드는 길이 있는데, 공사 차량이 다니는 구간이 있어 경사로에 모래가 많이 흩어져 있었다. 이런 길에서는 미끄러져 안전사고가 날 가능성이 높다. 도상회의 때도 사진을 띄워 놓고 여러 차례 강조했지만, 오늘은 차량 지원을 하는 선생님들이 안전 지도를 하고 계셨다.

자전거는 주로 내리막길에서 사고 가능성이 높다. 특히, 모래나 잔자갈이 흩어져 있는 경우에는 자전거가 중심을 잃기 쉽다. 맨 앞에서 속도를 늦추고 "내리막 조심!"이라고 외치자 뒤따라오던 아이들이 차례대로 복창했다. 아이들이 서로를 위해 경계심을 일깨운 덕분에 아이들은 위험지역을 안전하게 지나올 수 있었다.

친구들이 가는 자전거 여행에는 목발을 짚고라도 함께 한다

점심 식사가 계획되어 있는 「강정보 휴게소」에 아이들이 모두 도착했을 때 시계는 11시 30분을 알리고 있었다. 아이들이 서로를 응원하며 한 사람도 대열을 이탈하지 않고 「특별한 아이들」이 열심히 달려준 덕분에 예년에 비해 30분 이상 일찍 도착했다.

먼저 도착한 지원 차량에는 목발을 짚고 있는 지호가 함께하고 있었다. 지호는 자전거 여행을 앞두고 발목을 다쳐 깁스를 했다. 목발을 짚고 지원 차량에라도 동행하니, 마치 친구들과 함께 자전거 여행을 하는 것 같다며 싱글벙글거렸다. 돌아가는 시간에는 아이들과 함께 버스에 동승하여 무용담을 나눌 것이다.

자전거 여행을 앞두고 해마다 부상을 당하는 학생이 발생했는데, 부상을 입은 상태에서도 자전거 여행에 동행했다. 그 시작은 재민이였다.

재민이는 2018학년도 자전거 여행을 일주일 앞두고 연습을 하다 넘어져 발목에 골절상을 입었다. 자전거 여행을 출발하던 날, 칠성시장 주차장에 재민이는 목발을 짚은 채 어머니와 함께 나타났다. 출발하기 전 아이들은 모둠별로 “화이팅!”을 외치며 용기를 북돋웠다. 모둠의 리더를 맡았던 재민이도 친구들과 함께 “화이팅!”을 외쳤다. 그때까지는 웃는 얼굴로 친구들을 격려했다. 그러나 친구들이 출발을 시작하자 재민이는 끝내 울음을 터뜨리고 말았다. 애처롭게 바라보던 선생님들과 학부모님들이 긴급히 의논한 끝에 보건 선생님 차량에 동행을 시키기로 결정했다. 환하게 펴진 재민이의 얼굴은 ‘천진난만’ 그 자체였다. 동행하는 동안 재민이는 다른 친구들을 돕는 역할을 부여받아 나름대로 의미 있는 여행을 했다.

그해 겨울방학이 시작되는 날, 재민이를 위하여 대구-문경 간 자전거 여행을 실시했다. 아홉 명의 희망자를 모아 신왕수 선생님과 내가 삼 일에 걸쳐 인솔했다. 동계 장비를 제대로 갖추지도 못한 아이들이 영하 7도까지 내려가는 추위를 이겨내며 달렸다. 이것이 계기가 되어 이듬해 겨울에는 열아홉 명의 아이들이 안동에서 대구까지 자전거 여행을 했다. 코로나만 아니었으면 해마다 겨울 자전거 여행이 이어졌을 텐데...... 작년에는 현지가 여행을 앞두고 발을 다쳐 목발을 짚고 동행을 하였는데, 여행 도중 친구들의 간식과 점심 도시락을 챙겨주는 역할을 했다. 현지는 그 역할에서 꽤 보람을 느끼는 듯했다.

일상의 점심시간보다 이른 시간이지만 세 시간 동안 자전거를 타고

자전거 여행 직전에 다리를 다친 지호가 목발에 의지하여 동행하고 있다.

온 탓에 아이들은 “배고파!”를 연발하며 순식간에 도시락을 비워버렸다. 코로나 상황만 아니면 「사문진 나룻터」에서 따뜻한 쇠고기국밥이라도 사 먹이겠지만 방역을 위해 식당을 이용할 수가 없었다. 그렇지만 아이들은 도시락도 개의치 않고 맛있게 뚝딱 먹어 치우고 친구들과 어울려 놀기에 바빴다. 코로나 확산으로 사회적 거리두기가 장기화 하면서 학생들이 「코로나블루」에 빠지는 경우가 늘고 있지만, 소규모 학교인 우리 학교는 정상적인 교육과정을 운영하는 덕분에 코로나로 인해 우울감에 빠진 아이들을 거의 찾아볼 수가 없었다.

아이들이 좀 더 놀 수 있도록 배려하고 싶지만, 일정을 순조롭게 진행하자면 조금이라도 일찍 서둘러야 했다. 도중에 어떤 변수가 발생할지 모르니 시간을 절약해야 했기 때문이었다. 내일 아침 일찍 출발하기 위해서는 오늘 일정을 최대한 빨리 끝내는 것이 상책이다.

오전에 40km 정도를 달려서 오후에는 조금 수월할 것이다. 이제 33km 정도 남았다. 그러나 이제부터 체력이 약한 아이들이 지치기 시작할 시기인지라 긴장을 늦출 수가 없었다.

위천을 지날 무렵 「에이스 팀」의 몇몇 아이들이 보이지 않았다. 체력이 달려 뒤로 처진 모양이었다. 아마도 「베스트 팀」에 합류하여 함께 올 것이다. 「달성보」에 도착하여 처진 아이들을 기다리는 동안 「특별한 아이들」이 지나갔다. 아침에 학교에서 출발할 때보다 인원이 늘어 있었다. 각 팀에서 처진 아이들이 합류한 모양이었다. 쉬는 시간을 조금씩 줄이고 꾸준히 달리다 보니 선두에서 가장 먼저 달리는 모양이 되어 마치 토끼와 거북이의 경주를 보는 듯하였다.

논공 삼거리를 지날 무렵 하천부지에 황화코스모스, 백일홍 등 각종 꽃이 화려했다. 달성군에서 시민들을 위해서 꽃밭을 조성해 놓은 모양이었다. 여러 무리의 관광객들이 꽃밭 속으로 들어가 사진을 찍는 모습이 평화롭게 보였다. 우리 아이들도 꽃을 즐길 시간을 주고 싶지만, 이 많은 자전거를 세워둘 공간이 없었다. 그저 스쳐 지나가며 눈으로 즐길 수밖에……

도동서원 입성은 「특별한 아이들」에게 먼저

북현풍IC를 지나면 성하2리 마을길로 접어든다. 원래 「낙동강 자전거길」은 현풍3교를 지나 현풍서로를 거쳐 「현풍천」 둑길로 올라서는 경로인데, 현풍서로에서 자동차 길을 일부 구간 달려야 한다. 그리 긴 구간은 아니지만 화물 차량의 통행이 많아 우회도로를 찾은 것이 성하2리 마을길이었다. 이제 이 구간만 지나면 마지막 휴식지인 대구환경공단 달성사업소가 나온다. 이곳에 아이들이 모두 모여 휴식을 취한 다음에 마지막 5km 구간을 달려 목적지인 도동서원에 도착하게 된다.

도동서원에는 「특별한 아이들」을 가장 먼저 도착하도록 배려할 생각이었다. 「특별한 아이들」은 자전거를 잘 타지 못하거나 체력이 약한 아이들로 구성되어 있었는데, 연습 과정에서나 오늘 여행 중에서 가장 고생하고 가장 많은 성장을 이룬 아이들이었다. 이 아이들에게 가장 큰 성취의 기쁨을 맛보게 하는 것은 앞서가는 사람들의 도리가 아니겠는가?

도동서원에 도착하자 자전거를 싣고 갈 5톤짜리 대형 화물차가 도착해 있었다. 아이들과 하이파이브를 나누고 잠시 휴식을 취한 다음 자전거를 화물차에 싣기 시작했다. 자전거를 정리하는 것은 경험이 많은 자원봉사자들의 도움으로 빠르게 진행되었다.

자전거를 차에 싣고 있는 와중에 관광객인 듯한 중년의 신사 숙녀 세 분이 호기심 어린 눈으로 쳐다보다가 곁에 있던 현민이와 다유를 붙잡고 대화를 나누고 있었다. 잠시 후, 두 분이 화물차 앞으로 다가와 내게 인사를 하며 말을 걸었다. 한 분은 「대구대진초등학교」 장명순 교장 선생님이고, 한 분은 「시니어매일신문」 권오훈 기자라고 소개했다.

장명순 교장 선생님은 학생들의 인성교육 현장학습으로 도동서원을 방문하기 위해 답사를 왔다고 했다. 이분들의 눈에는 대규모의 학생들이 자전거 하이킹을 하는 모습이 너무나 신기하였던 모양이었다. 궁금해하는 모습에 잠시 우리 학교의 교육과정을 설명하였더니 감탄을 하셨다.

“우리 교육이 이렇게 살아있는 교육으로 바뀌어야 한다.”며 지지를 아끼지 않으셨다.

장 교장 선생님은 주변에 가창중학교를 많이 소개해주겠다고 하셨고, 권오훈 기자는 오늘 목격하고 들은 내용을 기사화하겠다고 약속하고 헤어졌다. 며칠 후 권오훈 기자는 약속대로 「시니어매일신문」에 지면을 할애하여 우리 학교 자전거 여행을 소개하는 기사를 크게 실었다.

아이들이 모두 도착하자 김밥으로 주린 배를 채우고 도동서원의 명물인 은행나무 노거수(老巨樹) 앞에서 단체 사진을 찍었다. 사진을 찍는 사이 아이들이 타고 갈 버스가 도착했다. 코로나19 확산 이전에는 숙소에서 잠을 자고 다음 날 일정을 계속했는데, 감염병 확산 방지를 위해 숙박을 함께 할 수 없었다.

아이들이 버스에 탑승했을 때는 네 시가 조금 넘어있었다. 학교에 도착하면 다섯 시 반 정도가 될 것이니 예정보다 한 시간 이상 단축된 셈이었다. 빨리 일정을 마칠 수 있게 되어 고맙기도 하지만 무엇보다 아무도 다친 사람 없이 안전하게 완주하게 되어 감사했다. 내일도 오늘만큼만 달려주면 좋겠다.

저녁에 아이들은 온 가족이 모인 자리에서 오늘 하루의 무용담을 늘어놓을 것이다. 이때까지 살아오면서 오직 자신의 힘만으로 73km의 거리를 달린 것은 오늘이 처음일 테니까.

첫째 날 목적지인 도동서원에 도착한 아이들이 김밥으로 주린 배를 채우고 있다. 오늘 달린 거리는 72km쯤 된다.

10월 7일, 자전거 여행 이틀째

어제의 피로를 채 회복하지도 못했을 아이들은 여덟 시까지 학교에 모여 버스로 창녕군 남지읍으로 이동했다. 어제 종착지인 도동서원에서 출발하면 박진고개라는 큰 고개를 넘게 되는데, 아이들의 수준에서는 무리가 있는 구간이다. 차량이 지나는 도로를 지나기도 해서 안전을 고려하여 이 구간을 뛰어넘고 오늘은 남지수변공원에서 출발하도록 계획되어 있었다. 학교에서 남지까지는 한 시간 반 정도 걸릴 것이니 부족한 잠을 채우기 안성맞춤이었다.

나와 자원봉사자들은 아이들보다 먼저 출발하여 남지로 향했다. 아이들이 도착하기 전에 화물차에서 자전거를 내려 정렬해 두기로 했다. 봉사자들은 자전거 여행의 베테랑들이라 일정을 순조롭게 진행하기 위해 어떻게 해야 하며, 단체로 여행하면 어떤 위험이 있는지를 잘 아신다. 게다가 교사 출신이 많아서 아이들의 마음까지도 잘 읽으신다. 오늘부터는 우리 학교에서 기타 수업을 담당했던 백광범 선생님과 안식연구년제 활동으로 「미래교육연구원」의 '가창중학교 종단연구' 에 동참하고 있는 여승욱 선생님이 현장 참관으로 동행하시기로 되어 있었다.

남지수변공원에 도착하자 자전거를 실은 화물차가 도착해 있었다. 차에서 내린 봉사자들은 익숙한 솜씨로 자전거를 내려 차례로 도열시켰다. 자전거를 모두 내려 정리를 마칠 무렵 아이들을 태운 버스가 도착했다.

선생님들은 아이들을 하차시킨 후 가벼운 체조로 몸부터 풀었다. 그리고는 안전 장구를 착용하게 한 후 각자의 자전거를 끌고 모둠별로 모여 출발 준비를 했다. 학교에서 출발한 후 남지수변공원에 도착해서 자전거 여행 출발 준비까지 예정된 시간에 순조로운 흐름을 보이는 것을 보아 오늘 하루도 별 어려움 없이 마칠 수 있을 것 같았다.

오늘은 안전을 위해 주의해야 할 구간이 세 군데 정도 있는데, 모두 자동차도로를 공유하는 구간이다.

남지수변공원을 지나 삼십 분쯤 지나 남지교를 만나는데, 예전에 사용하던 다리가 자전거와 도보용으로 사용된다. 이곳이 첫 번째 휴식 장소다. 남지교를 지나면 자동차도로를 1km 정도 지나게 되는데 긴 자전거 행렬을 인솔하자니 여간 걱정스럽지 않았다. 게다가 이곳은 공사를 진행하는 구간이기도 하였다. 휴식을 취하면서 아이들에게 오전 간식과 물을 지급하고 한 번 더 안전교육을 실시했다.

첫 번째 위험 구간을 지나 「칠서면 계내리」를 통과하면 한동안 안전한 낙동강 둑길을 지나다가 「칠북면 덕남리」 앞에서 또 자동차도로를 경유해야 했다. 비록 위험 구간의 길이가 길지는 않았지만, 인솔 교사들은 긴장을 늦출 수 없었다. 아이들 또한 서로의 안전을 위해 '차 조심' '공사 구간' 을 복창하며 서로에게 경계심을 일깨웠다.

「창녕 · 함안보」를 지나 두 번째 휴식 장소인 「노고지리공원」에 도착했을 때는 팀별로 거리가 많이 벌어진 상태였다. 아마도 점심 식사 장소까지는 서로 만나기가 어려울지도 모른다. 한참을 쉬고 있으니까 「특별한 아이들」이 지나갔다. 「창녕 · 함안보」에서 한 번 쉬고 왔단다. 아마도 다른 팀들도 그곳에서 휴식을 취하고 있을지도 모른

남지교에서 휴식을 취하면서 아이들에게 오전 간식과 물을 지급하고 한 번 더 안전교육을 실시했다.

다. 이제 우리도 출발해야 할 시간이 되었다.

시원한 그늘을 만들어 휴식을 도와주던 버드나무 숲을 벗어나자 은색으로 넘실거리는 억새밭이 나타났다. 오늘은 대체로 흐리다고 했는데 일기예보와는 달리 따가운 가을 햇살이 억새밭에 쏟아지고 있었다. 자전거를 타기에는 흐린 날씨가 도움이 되겠지만 억새밭을 지나는 아이들에게는 은색의 햇빛이 또 하나의 추억거리가 될 것이다. 공원 자전거길 주변을 정비하기 위해 예초기를 돌리는 일꾼들을 향해 아이들이 연신 "안녕하세요!" 인사를 하자 바쁜 가운데도 손을 흔들어 답례하는 일꾼들의 모습이 정겨웠다.

억새밭을 가르며 한참을 달리다 「길곡천」을 지나면 「임해진 삼거리」부터 「부곡면 노리」까지는 오늘 일정 중 가장 조심해야 하는 구

오늘은 대체로 흐리다고 했는데 일기예보와는 달리 따가운 가을 햇살이 억새밭에 쏟아지고 있었다.

간이다. 「비라산」 자락에 낙동강 벼랑을 끼고 닦아놓은 길이라 자전거길을 따로 낼 수가 없어 자동차도로와 동행하게 되었는데 갓길조차 충분하게 확보되어 있지 않았다. 게다가 차량 통행량도 많아 만만치 않은 구간이었다. 「임해진」 강변에서 낙동강을 거슬러 바라보고 있는 「소우정(消憂亭)」 들머리에서부터는 경사가 급한 오르막이 이

어지고 작은 고갯마루에 오르면 그때부터 꼬불꼬불한 곡선의 내리막길이 이어졌다.

「소우정」을 지나는 오르막과 굽은 내리막 정도는 베테랑 자전거 여행가들에게는 크게 문제가 되지 않는 일이지만 초보자 아이들에게는 매우 힘든 코스였다. 아이들 대부분은 자전거를 끌고 오르막을 올랐지만, 일부 아이들은 자전거를 타고 언덕 끝까지 올라와 가쁜 숨을 내쉬었다. 한동안 아이들 사이에서는 「소우정」 오르막길이 영웅담처럼 화자 되겠지만 정작 조심해야 하는 구간은 내리막길이었다. 오르막을 올라온 자신감에 도취되어 경계심을 잃어버리면 안전사고가 나기 십상이다. 전망대처럼 만들어놓은 갓길에 아이들을 모아놓고 잠시 안전교육을 하고 난 다음 대열을 지어 천천히 이동했다.

자전거 여행은 회복탄력성 신장을 위한 현장학습의 좋은 기회다

언덕길을 내려와 「노리」를 지나면 「학포수변생태공원」이 나타나는데, 들머리에 삼각주로 만들어진 배후습지(背後濕地)가 있다. 잠시 아이들을 세우고 배후습지에 대한 생태학적 가치를 설명했다.

아이들을 데리고 자전거 여행을 다니다 보면 다양한 현장학습의 기회를 마주하게 된다. 여행 도중에 만난 문화재나 철새, 아름다운 숲, 생태 파괴 현장 등은 현장학습의 좋은 재료다. 낙동강 자전거 여행을 하다가 만나는 장소 중에 철새 도래지이자 생태계의 보고인 우포

늪, 낙동강과 금호강 합류 지점의 달성습지, 강을 가로막은 보로 인해 생기는 녹조현상, 모래톱과 배후습지, 강물의 흐름으로 인해 나타난 노두(露頭) 등은 생태학습의 좋은 교재다. 안동 하회마을과 병산서원, 문경에 있는 박열의사 생가와 고모산성, 대구의 사문진 나루터와 도동서원 등은 자전거 여행 도중 만나는 대표적인 문화유산으로 역사 공부의 좋은 소재가 된다. 또한, 강을 끼고 형성되는 도시들과 산업공단, 산과 강으로 인해 발생하는 지역 간의 단절, 강과 도로를 통해 연결되는 물산의 흐름 등은 사회 공부의 좋은 기회가 된다.

이번 자전거 여행은 아이들의 회복탄력성을 키우는 것이 주목적인지라 오직 달리는 것에 집중하지만, 겨울방학 때 희망자들끼리 가는 자전거 여행 때는 중간중간 휴식을 취하며 생태계나 문화유산에 대한 설명을 곁들이기도 했다.

나는 평교사 시절 학생들을 데리고 자전거 여행을 다닌 경험이 여러 번 있었는데, 그럴 때마다 생태학습이나 문화유산 답사를 겸해서 실시하는 편이었다. 게다가 숙박을 함께 할 경우에는 저녁 식사 후 둘러앉아 자전거 여행에 참여해 본 소감을 나누기도 하고 자신의 꿈과 이를 이루기 위한 노력을 어떻게 할 것인지 대화를 나누기도 했다. 그래서 나는 자전거 여행 하나만 가지고도 아이들이 사회생활을 하는데 필요한 모든 공부를 할 수 있다고 생각한다. 그야말로 「로드 스쿨(load school)」인 셈이다. 언제 기회가 되면 꼭 해보고 싶은 일 중의 하나다.

배후습지를 설명하며 즉석 생태교육을 할 수 있었던 것은 오늘 「에

이스 팀」 아이들이 주행속도가 빨라 시간적인 여유가 조금 있었기 때문이었다.

배후습지의 생태학적 의미를 설명하던 도중, 옆에 있던 수민이가 헬멧을 고쳐 쓰다 자전거를 넘어뜨려 내 자전거에 부딪혀 버렸다. 혹시 자전거가 상했을까 봐 걱정하는 수민이에게 "괜찮으니 걱정하지 마라"고 했지만 나도 은근히 걱정됐다. 하필 부딪힌 부분이 뒷바퀴의 기어 변속기가 있는 부분이라 불안했다. 이 부분에는 상당히 예민한 「행어」라는 부품이 있는데, 이는 고가의 변속기 부품이 망가지지 않도록 대신 쉽게 휘어지고 부러질 수 있는 성질의 금속으로 만들어 외부 충격이 오면 휘어지게 되어 있다. 그래서 자전거를 눕힐 때도 변속기가 자전거에 깔리지 않도록 주의하게 되는 것이다. 행어가 망가지면 변속기가 정상적으로 작동이 되지 않아 자전거 여행에 상당한 지장을 초래한다.

배후습지 이야기를 마치고 다시 길을 재촉했다. 그러나 아직 다른 모둠들은 나타날 생각을 하지 않았다. 아마도 어디에선가 쉬고 있는 모양이었다.

출발한 지 10분 정도 지나자 바로 뒤에서 달려오던 하은이가 "선생님, 우리 언제 밥 먹어요?"라고 물었다. 밥 먹는 시간이 궁금한 것이 아니라 지금 힘들다는 뜻이었다.

"응, 다음 쉬는 곳에서 밥을 먹는다."

"그럼, 얼마나 가면 쉬어요?"

"응, 조금만 더 가면 돼."

우리가 점심을 먹기로 되어 있는 「밀양 아리랑 오토캠핑장」까지는 13km 이상 남아 있으니 적어도 40분 이상은 달려야 했다. 이걸 곧이곧대로 수치까지 이야기해 주면 아이들은 무척 힘이 빠질 것이었다. 이럴 때는 두리뭉실하게 말해주는 것이 좋다. 때로는 본의 아닌 거짓말도 하게 된다.

「본포 수변 생태공원」을 지나 「일동리」 어귀에서 또 물었다.

"교장 선생님, 언제 밥 먹는 곳에 도착해요?"

이제는 분명한 목표를 제시해줘야 할 시기가 된 것 같다. 그렇다고 정직하게 "10km 남았다."고 말해줄 수도 없었다. 어제 73km나 달린 아이들은 지금쯤은 체력이 많이 떨어져 10분이 하루같이 느껴질지도 모른다. 그래서 적당히 희망을 가질 수 있는 말을 했다.

"저기 건물들이 보이는 도시를 지나면 점심 식사 장소가 있다."

눈앞에 보이는 하남읍까지도 3km는 족히 될 것 같았고, 하남을 지나도 「밀양 아리랑 오토캠핑장」까지 가려면 다시 4km는 가야 했다.

뒤따라오는 하은이는 "언제 도착해요."를 연발했다. 많이 힘든 모양이었다.

「수산교」에 이르렀을 때 자전거에 이상 신호가 왔다. 오르막길을 가려고 기어 변속을 하려는데 잘 되질 않았다. 아무래도 변속기 「행어」가 휘었을 것 같았다. 점심시간에 손을 좀 봐야겠다.

수산대교를 지나니 넓은 자전거길이 일직선으로 이어졌다. 이 곧은 길을 4km나 가야 하는데, 같은 패턴의 길을 가면 실제로 걸리는 시간보다 훨씬 길게 느껴진다. 10분 남짓 걸리는 길이 30분도 더 걸리는 것 같은 느낌이다. 아이들도 비슷한 느낌이 들었는지 매우 힘들어 보였다. 10분도 채 안 남았는데 쉬어가겠느냐고 물었더니 그건 싫다고 했다.

「밀양 아리랑 오토캠핑장」으로 빠지는 내리막길로 접어들자 아이들이 환호성을 질렀다. 무척 힘들었는가 보다. 오늘이 평일이라서 캠핑장은 한적했다. 그렇다 하더라도 대규모의 인원이 쉬어가자면 사전에 양해를 구해야 한다. 신왕수 선생님께서 미리 관리실에 전화하여 사용 허락을 받아 둔 모양이었다.

그늘이 많고 화장실이 가까운 곳에 자리를 잡고 아이들에게 자전거를 정렬하게 했다. 이제 자전거 정렬도 익숙해져서 잠시 쉬는 휴식 시간에도 자전거를 아무렇게나 팽개치지 않았다. 잠시 휴식을 취하니 아이들의 얼굴에는 생기가 돌았다. 잠시 후 다른 팀들도 차례로 도착하고 아이들에게는 점심 식사가 배분되었다. 점심 메뉴는 햄버거였다. 아이들은 좋아했지만, 어른들은 불편한 메뉴였다.

선생님들과 자원봉사자들도 자리를 잡고 앉았다. 햄버그가 자주 먹는 음식이 아니어서 다소 불편하기는 했지만, 점심 요깃거리로는 크게 나쁘지 않았다. 햄버그가 그다지 커 보이지도 않는데 배를 채우기에는 부족함이 없었다.

「밀양 아리랑 오토캠핑장」으로 빠지는 내리막길로 접어들자 아이들이 환호성을 질렀다. 무척 힘들었는가 보다.

김혜선 할머니의 따뜻한 마음이 아이들을 감동시키다

식사를 마치자 옆에 계시던 자원봉사자 이헌섭 선생님이 "교장 선생님께서 이 전화번호로 전화를 한 번 해주시면 좋겠습니다."라며 쪽지를 하나 내밀었다.

사연인즉슨, 학생들을 인솔해서 합천·함안보를 건너려는데 학생 한 명이 화장실에 가고 싶다고 해서, 잠시 휴식을 취하자며 모두 휴게소를 들리게 되었다고 한다. 목마른 아이들이 물과 아이스크림을 사려고 물건을 고르는 사이 동네에 사시는 젊은(?) 할머니 한 분이 아이들이 기특하다며 계산대에 10만 원을 지불하고 아이들에게 마음껏 먹을 것을 주라는 것이었다. 이헌섭 선생님이 그러지 않아도 된다며 만류를 했지만, 할머니는 "나도 자전거를 즐겨 타고, 국가에서 각종 혜택을 받으며 살고 있는데 이렇게 자전거 여행을 하며 도전하는 아이들에게 음료수 하나 못 사주겠습니까? 부담가지지 말고 아이들에게 간식을 사 주십시오."라며 가시려고 했다. 몇 번을 만류한 이헌섭 선생님이 더는 만류해도 안 될 것 같아서 "할머니, 그렇다면 이 학생들을 인솔하는 책임자로 교장 선생님이 계시는데 보고라도 해야 하니 연락처라도 하나 주십시오."라며 부탁을 했다. 괜찮다고 하시는 할머니를 설득해서 고마움이라도 표시해야 한다며 겨우 전화번호를 받아왔다는 것이었다.

아이들은 동네 할머니께서 돈을 주셨다고 뒤따라오는 아이들에게 자랑하며 아이스크림과 음료수를 나누어 먹었다. 많은 아이들이 나누어 먹었는데도 돈이 절반이나 남아 갖가지 간식을 사 왔다며 아이들에게 나누어 주라고 보따리를 내밀었다.

전화번호를 받아들고 할머니께 전화를 드렸더니 "아이고, 별것 아닌 걸 갖고 교장 선생님이 이렇게 전화까지 하셨습니까? 저야 국가로부터 여러 가지 혜택을 받으며 건강하게 잘 살고 있는데, 이 아이들이 장례에 우리나라를 짊어지고 갈 사람들 아니겠습니까? 자전거 여행을 하며 도전하는 모습이 너무 보기 좋아 돈을 대신 지불하게 되었습니다."며 겸손하게 말씀하셨다.

나는 몇 번이나 감사의 말씀을 드리고 성함을 물으니 '김혜선'이라고 하시며 「합천 · 함안보」 인근에 사신다고 했다. "다음에 자전거 여행으로 이곳을 지날 일이 있으면 꼭 찾아뵙겠습니다."라고 했더니 "지날 일이 있으면 놀러 오십시오."라고 따뜻하게 말씀하셨다.

김혜선 할머니로 인해 많은 아이들이 따뜻한 마음을 느껴 참으로 감사했다. 타인에게 나누어주는 것이 내가 가장 많이 얻는다는 것을 알고 직접 실천하시는 분인 것 같았다. 덕분에 아이들은 교실에서는 어떤 방법으로 설명해도 배울 수 없는 공부를 했다.

자전거가 망가져도 지원 차량이 있어서 다행

점심을 먹고 충분한 휴식을 취한 후 에이스 팀부터 길을 나섰다. 오후에 달려야 하는 길은 18km 정도이니 큰 부담이 없었다. 길도 대부분 평지여서 천천히 달려도 한 시간 반 남짓 달리면 오늘의 목적지에 도착하게 된다.

오전에 열심히 달린 덕분에 오후 일정은 비교적 쉬운 편이었다. 천주교 명례성지를 돌아 둑길로 올라서서 7km를 달리면 밀양강 합수지점이 나오는데, 여기서부터 밀양강을 거슬러 올라갔다가 다시 내려와 강 건너편에 도착해야 했다. 눈앞에 목적지인 삼랑진이 보이지만 다리가 없어서 돌아가야 할 수밖에 없는데, 그 거리가 자그마치 7km나 됐다.

그리 높은 기온은 아니지만, 자전거 여행을 하는 사람들에게는 얼굴에 직접 부딪히는 가을 햇살이 따갑게 느껴졌다. 측면에 해를 두고 달리는 동안 일정 간격으로 햇살을 막아주는 가로수들의 존재가 여간 고맙지 않았다. 바람도 자고 있어 방향을 북쪽으로 틀어도 달리는 속도에는 별 영향을 받지 않았다.

호사다마(好事多魔)라고 했던가? 순조롭게 진행되던 일정에 문제가 생겼다. 마산리 인근을 지나는 오르막길을 오르다 내 자전거의 변속기 '행어' 가 부서져 버렸다. 오전에 부딪혀서 굽은 행어를 펴느라 이리저리 꺾다 보니 약해져 있었는데, 오르막을 오르며 힘을 가하니까 부러져버린 것이었다. 선두에 서서 달리던 내 자전거가 망가져서 멈추게 되니까 다들 당황스러운가 보다. 특히 수민이가 미안한 눈빛으로 어쩔 줄 몰라 했다. 자신이 자전거를 넘어뜨려 교장 선생님 자전거를 망가뜨렸다고 생각하니 미안한 마음을 감출 수가 없었던 모양이다.

"수민아, 걱정하지 마라. 이거 고치면 되니 괜찮다."

걱정하는 수민이를 다독인 다음 여승욱 선생에게 대열을 이끌고 목적지로 가시라고 했다. 언덕길을 올라오던 아이들이 내 자전거가 망가져 있는 것을 보더니 하나같이 자기 일인 양 걱정을 해줬다.

휴대전화를 꺼내 지도에서 현재 위치를 표시한 후 사진을 찍어 지원 차량에 보내고 전화를 걸어 지원을 요청했다. 한참을 기다려도 소식이 없어서 다시 연락했더니, 네비게이션이 내가 있는 위치를 잘 못 찾는다고 했다. 논밭 주변에 있는 외딴 길인지라 위치를 잘 파악하지 못하는 모양이었다. 할 수 없이 자전거를 끌고 언덕 아래쪽으로 끌고 내려갔다.

마침 부근에 마산정수장(이 동네가 「마산리」였다.)이 있어서 주소와 함께 보내줬더니 10분 후에 지원 차량이 도착했다. 그동안 시간이 너무 많이 지나버려서 자전거를 바꿔서 남은 구간을 타고 가기에는 원활한 일정 추진에 무리가 있을 것 같았다. 아무래도 승합차에 자전거를 싣고 목적지까지 이동하는 것이 좋겠다. 오늘 일정을 빨리 마무리해야 내일 일정이 순조롭게 진행된다.

삼랑진 읍내에 들러 미리 주문해 둔 김밥을 찾아 목적지인 삼랑진생태문화공원에 도착하니 아이들이 모두 도착하여 휴식을 취하고 있었고, 선생님들과 자원봉사자들은 부지런히 자전거를 트럭 위로 싣고 있었다. 자전거를 실을 때는 핸들이 좌우로 교차하게 실으면 자전거가 서로 밀착되어 보다 많이 실을 수가 있다.

자전거를 차량에 싣는 사이 아이들은 간식으로 김밥을 하나씩 먹었다. 아직 저녁 식사를 하기에는 많이 이른 시간이었지만 자전거 여행을 했기 때문에 배가 많이 고팠을 것이었다.

간식을 마치자마자 아이들은 버스에 승차하고 학교로 향했다. 내일은 비교적 쉬운 일정이 기다린다.

10월 8일, 자전거 여행 사흘째

아홉 시에 자원봉사자들이 탄 승합차가 삼랑진생태문화공원에 도착하자 자전거를 실은 화물차가 미리 도착하여 자전거 하역 작업을 준비하고 있었다. 화물차는 삼랑진읍 내에 있는 업체를 이용했기 때문에 시간과 비용을 많이 줄일 수 있었다.

자전거 하역이 거의 끝날 무렵 1학년 1반 학생들을 실은 버스가 먼저 도착했다. 담임 선생님은 아이들이 내리자마자 체조부터 시켰다. 조금이라도 시간을 아껴야 을숙도에서 학교로 돌아갈 때 퇴근 시간을 피할 수가 있다. 잠시 후 2반 학생들도 도착하여 몸을 풀었다.

체조를 마친 아이들은 주의 사항을 듣고 안전 장구를 착용한 다음 자기 자전거를 찾아 모둠별로 모였다. 지원팀 선생님들은 오전 간식과 물을 나누어 주었다. 선생님이 아이들에게 필요한 만큼 가져가라고 하지만 간식과 물에 큰 욕심을 내지 않는다. 필요 이상의 물과 음료수는 짐만 될 뿐 아니라 휴식 지점에서 언제든지 추가로 지원받을 수 있기 때문이었다. 아이들은 욕구를 채워주면 불필요한 욕심과 상호 간의 갈등이 많이 줄어든다.

간식을 배분하는 사이에 아이들의 목소리가 점점 커지면서 주변이 다소 어수선해지기 시작했다. 이런 상황에서는 준비된 모둠부터 빨리 출발하는 것이 상책이다. 내가 먼저 에이스팀을 이끌고 무리를 빠져나와 인원 점검을 했다. 아이들의 표정을 살펴본 다음 아픈 사람이 있는지 확인하고 천천히 출발했다.

오늘 주행하는 구간은 계속 강을 끼고 달린다. 50km 정도의 거리를 평지로 달리면 세 시간 정도면 넉넉하다. 이틀 동안 자전거를 탔으니 이제 다리가 많이 풀렸을 것이다. 게다가 어제는 일정을 일찍 마쳤으니 피로도 많이 회복되어 오늘 주행은 여행 기간 중 가장 빠른 속도로 진행될 것이다.

「삼랑진 생태문화공원」을 벗어나면 「천태산」 지역부터 자전거길 왼쪽에 철로가 나란히 달린다. 가끔 기차라도 지나가면 아이들이 일제히 소리를 질렀다.

"기차다!"

기차를 처음 보는 것도 아닌데 아이들은 친구들과 함께 여행하는 동안 동심으로 돌아가 작은 변화에도 민감하게 감정을 표현했다.

맞은편에서 달려오던 자전거 동호회원들이 우리 아이들의 긴 대열을 보고 감탄사를 연발하며 손을 흔들자 아이들이 자부심 가득한 목소리로 감사의 인사로 호응했다.

원동면에 있는 「천태산」과 「토곡산」은 강가에 급격한 경사를 만들어 철길을 강변으로 몰아붙였다. 철길 옆을 달리는 자전거길은 철길과 강물 사이의 좁은 틈새를 이용하다 마침내 강물 위로 쫓겨나 버렸다. 육지에서 쫓겨난 자전거길은 강물 위에 교각을 세우고 그 위에 방부목(防腐木)으로 데크를 만들어 달린다. 강물 위를 자전거로 달리는 기분은 말로 표현하기 어려울 정도로 짜릿했다. 약간의 위험을 감수하며 느끼는 희열이었다.

데크 위를 지나는 자전거 바퀴는 요란한 소리를 지르고, 데크 너머로 보이는 아득한 강물은 순간적인 공포를 느끼게 했다. 이럴 때는 시선을 데크 위에 두고 강물을 쳐다보지 않는 것이 좋다. 자칫 잘못하면 현기증을 일으키면서 중심을 잃을 수도 있다. 이 구간에서는 아이들이 고도의 집중력을 발휘했다. 산과 강이 어울려 빚어놓은 아름다운 풍경을 즐길 여유도 없었다.

삼랑진에서 아홉 시 반에 출발하여 점심 식사 장소인 「황산공원」에 도착하였을 때는 열한 시가 조금 지나 있었다. 아이들의 주행속도가 너무 빨라 도중에 지원팀에게 전화하여 중식 시간을 조금 당기도록 당부했지만, 그래도 너무 일찍 도착하여 30분 정도는 기다려야 도시락이 도착할 예정이다. 그동안 느긋하게 휴식을 즐기면 된다.

오후에 달려야 할 구간은 26km 정도의 거리다. 대부분이 평지라서 한 시간 반 정도면 충분히 도착할 것이다. 「황산공원」을 뒤로하고 이십 분 정도를 달리자 낙동강대교에 도착했다. 드디어 부산에 진입했다. 아이들은 환호성을 질렀지만, 아직도 목적지까지는 20km 정도가 남았다.

드디어 부산에 진입했다. 아이들은 환호성을 지르지만 아직도 목적지까지는 20km 정도가 남았다.

아이들은 목적지가 눈앞에 보이자 마지막 힘을 내서 속도를 높이기 시작했다.

「구포역」에서부터 「삼락생태공원」을 지나는 구간은 산책하는 시민들이 많이 붐비기 때문에 조심해야 한다. 군데군데 차도와 교차하는 부분도 있어서 집중력이 필요했다. 다행스럽게도 평일이라 그런지 산책길에는 시민들이 많이 보이지 않았다.

「낙동대교」를 지나 강변대로 옆 인도로 접어들자 「을숙도」가 시야에 들어오고, 저 멀리 「낙동강 하구둑」이 보였다. 아이들은 목적지가 눈앞에 보이자 마지막 힘을 내서 속도를 높이기 시작했다. 지나다니는 행인들도 거의 없었다. 「특별한 아이들」도 마지막 숨을 몰아쉬며 열심히 페달을 밟았다. 조금 전에 소나기라도 뿌렸는지 길바닥에는 곳곳에 물이 고여 있었다. 앞장서서 달리는 사람은 뒷사람들이 물구덩이를 피해서 달릴 수 있도록 길을 잘 잡아야 한다. 단체로 달리다 보면 뒷사람은 대개 앞사람의 뒤만 쫓아오는 경우가 대부분이어서 앞 사람의 행적은 매우 중요하다.

「낙동강 하구둑」을 지나고 「물 문화원」 광장에 들어서자 아이들은 환호성을 질렀다. 도착한 아이들은 자전거를 정렬하고 서로 하이파이브를 나눈 후, 대부분 전화기를 꺼내 전화를 시작했다. 스스로가 자랑스러워 부모님께 「대구-부산 간 자전거 여행」을 완주했음을 알리는 것이었다. 전화기 너머로 부모님의 격한 공감의 목소리도 들렸다.

나는 뒤따라오는 아이들이 목적지에 입성하는 모습을 촬영해 주기 위해 「물 문화원」 입구를 지키고 섰다. 잠시 후 큰 시간 차이를 두지 않고 아이들이 모둠별로 차례차례 도착했다.

아이들이 예상 시간보다 일찍 도착하는 바람에 우리가 버스와 화물차를 기다려야 했다. 신왕수 선생님은 운전기사들과 통화하여 도착시간을 당겨 달라고 당부하셨다. 그 사이 대부분 아이들이 도착했는데 「베스트 팀」 일부가 도착이 늦어졌다. 연락을 취해보니 황산생태공원을 지나 부산으로 진입하기 직전에 양산천 자전거 도로를 따라 양산으로 들어갔던 모양이었다. 뒤따라가던 자원봉사자 황재영 선생님이 쫓아가 방향을 틀었지만, 시간이 많이 지체되어 버렸다.

마지막 팀이 도착한다는 소식에 아이들은 모두 광장 입구에 모여 동료들의 종착지 입성을 환영했다. 늦게 도착한 아이들도 길을 헤매다 받았을 스트레스를 모두 잊어버린 채 환한 웃음을 지으며 친구들의 환영을 즐겼다.

학생들이 모두 도착할 무렵 화물차도 도착하여 자전거를 적재하기 시작했다. 몇 차례 자전거를 싣고 내리기를 반복하다 보니 이제는 시간도 많이 단축되고 보기에도 예쁘게 적재됐다. 퇴근 시간과 겹치기 전에 빨리 출발해야겠다.

학교에 도착한 아이들은 강당에서 소감 나누기를 하고 완주증과 완주 메달을 받았다. 아이들의 마음속에는 이미 자신과의 싸움에서 이겨낸 기쁨과 자부심이 가득했지만, 그래도 이를 증명해줄 증표에 대

목적지에 도착한 아이들이 여유롭게 포즈를 취하고 있다. 「국토종주 자전거길 시점」 팻말이 보인다.

한 욕심을 숨기지 않았다. 자전거 여행 도중에도 지쳐 쓰러지기 직전인 상황에서 "차를 타고 가자"는 선생님의 권유를 단호히 물리치고 이를 악물고 달렸던 이유도 이 완주증 때문이란다.

집으로 돌아가는 아이들의 재잘거림이 유난히 맑게 들렸다. 아마도 오늘 저녁에는 모두 다 깊은 잠에 빠지겠지?

우리 학교는 교육활동을 통해 학생들의 회복탄력성을 신장시키는 것을 가장 중요하게 생각한다.

자전거 여행은 우리 학교의 교육활동 중 회복탄력성을 신장시키는데 가장 효과적인 활동이다. 평소 생각으로는 도저히 가능할 것 같지 않았던 부산까지의 자전거 여행을 통해 얻은 성취감은 위기를 극복할 수 있는 힘의 원천이 된다. 자전거 여행을 마치고 아이들과 소감 나누기를 하면 "만약 혼자였으면 대구에서 부산까지 갈 수 없었을 것이다. 친구들과 함께였기 때문에 가능했다."는 표현을 많이 한다. 아이들은 이런 성찰 과정을 통해 타인을 이해하고 공감하는 능력을 키운다.

무대 공연을 할 때 엠프와 스피커의 용량을 100% 다 쓰면 맑고 여유 있는 소리를 내기 어렵다. 기계가 가지는 한계 중 일부분의 여유를 둬야 아름다운 소리를 낼 수 있는 것이다. 아이들은 자전거 여행을 통해 많은 에너지를 축적한다. 이제 그 에너지의 일부를 남겨놓고 생활해도 무리가 없을 정도로 여유가 생겼다. 자신의 감정을 추스르는 힘도 생기고 다른 친구를 공감하고 배려하는 마음도 커졌다. 덕분에 자전거 여행 후에는 그 이전보다 더 화목한 교우관계를 유지하며 즐거운 학교생활을 할 것이다.

➔ https://youtu.be/H5S6uJZhbhk
2018학년도 1학년 자전거 여행 영상

너희는 마침내 희망이다

아이들아, 너희는 장군이다
대구–부산 삼백 리 길
언덕 넘고 다리 건너
용맹하게 달려가는
너희는 장군이다

아이들아, 너희는 오뚝이다
넘어지고 깨져도
두려움 떨치고
다시 일어나 달리는
너희는 오뚝이다

아이들아, 너희는 천사다
내 한 몸도 귀찮은데
위로하고 격려하며
어깨 걸고 나아가는
너희는 천사다

아이들아, 너희는 희망이다
힘든 길 마다 않고
자유롭게 꿈꾸고
용기 있게 도전하는 너희는
온 누리 춤추게 할
너희는 마침내 희망이다

2019.11.07. 변태석

성장

가을이 익어갑니다.
학교 뒤뜰의 국화에도
강변 자전거길 가의 억새밭에도
도동서원의 노거수(老巨樹) 은행나무에도
가을빛이 완연합니다.

삶이 힘들 때는 감동도 사치가 되는 법이지요.
갈 길은 먼데 발은 무거운 아이들이
가을 경치인들 보일까?
생각했지만
잊지 않고 감탄사를 터뜨리는
아이들이 예쁩니다.

내가 힘이 들면
이웃을 돌아보기조차 어려운데
다치거나 힘든 친구를 보면
마음을 다하여 위로를 건네는
아이들이 대견합니다.

작은 배려에도 감사하고
칭찬보다 성취에 만족하며
기쁨의 심장 박동 소리조차
조용히 감출 줄 아는
아이들의 겸손은 성장입니다.

2020.11.06. 변태석

우리는 원 팀(One Team)입니다

이틀간의 자전거 여행이 끝났습니다.
하지만 이틀간의 대구-부산 자전거 여행이 단순한 이틀이 아닙니다. 봄부터 기획하고 주말마다 연습하며 준비한 선생님들과 아이들의 열정이 녹아있는 1년간의 자전거 여행이었습니다. 예행연습만 해도 벌써 부산까지 몇 번이나 갔을 만큼 달렸습니다.
우리들의 자전거 여행은 그렇게 끝이 났습니다. 하지만 끝난 게 끝이 아니지요. 아이들의 마음속에는 여전히 자전거가 달리고, 추억으로 평생 살아있을 테니까요.

혼자였으면 갈 수 있었을까요? 페달을 멈추고 싶은 마음이 골백번 더 들었을 테고, 잠시 휴식 후 출발하면서부터 "언제 도착합니까?"를 연신 물어대는 것을 보면 혼자였다면 마음이 바로 무너져 내렸을지도 모릅니다. 친구들과 함께였기에 넘어져도 얼른 일어서고, 멈추고 싶어도 연신 페달을 돌릴 수 있었겠지요. 앞장서고 뒤를 여며주는 선생님들이 계셨으니 안심하고 달렸겠지요. 늘 격려하고 용기를 북돋워 주는 부모님들이 계시니 아이들이 힘껏 달렸겠지요. '한 아이를 기르기 위해 온 마을이 나선다.' 고 했으니 우리도 그리해야겠습니다.

하나의 성취는 다른 것으로 쉽게 전이됩니다. 스스로 악기를 연습

해서 성취한 아이는 그림도 성공할 가능성이 높고, 다른 공부도 잘할 가능성이 높은 것입니다. 한 가지를 꾸준히 한다는 것이 결코 쉬운 것이 아니니까요. '진리는 단순하고 실력은 꾸준함에서 온다.' 고 했지요. 인내심을 가지고 꾸준히 노력하는 아이들을 칭찬합시다.

입학 후 뮤지컬 캠프의 성취 경험이 자전거 여행의 성취로 이어지고, 새로운 도전 또한 두려워하지 않을 겁니다. 성과보다는 아이들의 성장에 초점을 맞춰 교육하고 지켜봐 주시면 좋겠습니다.

햇살이 눈부신 이 가을은 수확의 계절입니다. 오곡백과가 아무리 풍성해도 우리 아이들의 성장을 수확하는 일보다 더 기쁜 일이 있을까요? 대구에서 부산까지 완주한 아이들은 물론이고, 달리다 넘어져 손가락을 다쳐 나머지 여정을 포기한 아이도, 다리에 깁스를 해서 자전거에 앉아 보지도 못한 채 부산까지 동행한 아이도 모두 우리들의 영웅입니다. 자신은 달리지도 못한 채, 절룩거리면서도 달리는 친구들을 위해 도시락도 챙기고 음료수도 나눠주며 자기 몫을 다하려 애쓰는 모습을 통해 성장의 열매를 확인합니다. 고통스러운 주행을 끝내고 목적지에 도착하자마자 눈물샘이 터져버린 친구를 가만히 안아주는 아이들이 대견하고 아름답습니다.

이 모든 것들이 아이들의 마음속에는 영원히 잊지 못할 추억의 결실이 되어 남아있을 겁니다.

함께해주신 선생님들 모두에게 박수갈채를 보냅니다. 봄부터 아이들을 지도하고 모둠별로 인솔해주신 선생님들과 운전을 하고 간식과 도시락을 공급해주시는 선생님들과 노심초사 아이들의 안전과 건강을 점검하시는 보건 선생님, 함께해주신 자원봉사자 선생님들께 감사의 말씀을 드립니다.

우리 가창중학교를 믿고 응원해주시고, 아이들을 위해 어떤 것도 아까울 게 없는, 노심초사 지켜봐 주시며 마음으로 함께 달린 부모님들께도 감사의 말씀을 드립니다. 아이들뿐만 아니라 선생님들에게도 격려와 응원을 아끼지 않으심에 감사드립니다.

우리는 완벽한 '원팀(One Team)' 입니다.

자전거 여행을 마치고 학부모 밴드에 올린 글(2020.11.08.)

제주도 도보여행의 기록 > (2019.11.11 ~ 11.15)

나를 찾아 올레길을 걷다

〈1일차〉 제주「올레길」5코스를 가다.

여행! 생각만 해도 가슴이 설레는 말이다. 좋은 친구와 함께하는 여행은 더욱 그렇다. 어린 시절, 맛있게 먹는다는 것은 고사하고 그저 배불리 먹는 것이 소원이었다. 군것질이라고는 칡뿌리며 참꽃, 머루, 밤 등 자연에서 얻는 것이거나 누룽지 따위의 생활 부산물 말고는 엄두도 낼 수 없었던 시절, 소풍은 유일하게 호사를 누리는 날이었다.

하얀 쌀밥에 멸치볶음 반찬을 담은 도시락! 거기에다 오징어채라도 있으면 최상이었다. 삶은 계란 몇 개와 감 삭힌 것 몇 개, 사탕 한 봉지와「말표 사이다」한 병을 책보에 싸서 윗목에 놓고 흐뭇하게 바라보다 밤늦게 잠들었던 추억이 아련한 향수로 남아 있다.

제주도 도보여행을 앞두고 아이들의 마음도 그랬으리라. '올레길'을 걸어야 한다는 부담은 있지만, 친구들과 제주도에 여행을 간다는 것 자체만으로도 잠 못 이룰 일이었다.

8시 40분 비행기를 타기 위해 7시 10분까지 공항에 모이기로 했는데, 7시가 되기도 전에 아이들이 모두 모였다. 아마 대부분의 아이들이 아침밥도 거른 채 왔으리라. "비행기를 탈 때는 신발을 벗어야 된다."며 처음 비행기를 타는 아이들을 놀리는 녀석이나 그 장난을 기꺼이 받아들여 신발을 벗고 타는 아이들 모두 즐겁게 보였다.

제주도의 날씨는 변덕이 죽 끓듯 했다. 해가 쨍쨍 내리쪼이다가도 바람이 불고 금세 빗방울이 떨어지곤 했다. 오늘 날씨가 딱 그렇다. 일기예보 상으로는 맑은 날이 예상됐지만, 첫 번째 방문지인 「용두암」에 이르는 길에는 바람과 빗방울이 우리 마음을 심란하게 만들었다.

원래 「용두암」 관람은 예정에 없던 것이었으나 점심 식사 시간을 맞추느라 그 틈새를 이용해 들른 것 같았다. 여행사의 불필요한 호의에 마음이 다소 불편했지만, 아침 식사를 하지 못하고 온 아이들을 생각해서 하는 이른 점심 식사라 이해하기로 마음먹었다. 다행히 아이들이 좋아하는 다양한 메뉴의 상차림을 보고 마음이 많이 풀어졌다.

여행사와의 소통 부족은 여러 가지 차질을 가져왔다. 미리 협의가 있었더라면 해소될 수 있었던 것이 서로의 생각이 다르다 보니 일정이 흐트러져 버린 것이었다. 여행사에서는 학생들의 짐을 차에 실어 둔 채 첫 번째 도보여행 일정을 시작하자고 했지만 여행사 마음대로 일정을 변경하도록 내버려 두는 것이 마뜩치 않아 원래 일정대로 숙소에 짐을 부려놓고 도보여행을 시작하기로 했다. 그 과정에서 유스호스텔 측의 준비 미비로 한 시간을 허비해 버렸다. 덕분에 도보여행은 3시가 다 돼서야 시작할 수 있었다.

첫날은 「올레길」 5코스를 걸었다. 「올레길」은 제주도 방언으로 '집에서 큰길에 이르는 골목길'이라는 뜻을 지니고 있다. 언론인 출신 서명숙이 스페인의 「산티아고 순례길」을 걷고 영감을 얻어 만들기 시작했다고 한다. 해안을 따라 조성된 「제주 올레길」에는 제주도의 자연과 역사, 신화, 문화 등의 다양한 이야기를 담고 있다. 2007년 9월에 제1코스(시흥~광치기 15.6km) 구간이 개발된 뒤 현재까지 26개 구간에 걸쳐 425km의 「올레길」이 만들어졌다. 「제주 올레길」은 제주도 관광의 지도와 패턴을 바꾸는 계기가 되었고, 재래 상권과 농촌 지역의 활성화에 기여하기도 했다.

「제주 올레길」의 성공은 타 지역의 관광문화에도 큰 영향을 끼쳤다. 전국에 1만6천723km(현재 진행형)의 걷는 길이 만들어졌고, 이웃나라 일본에도 수출되어 「큐슈 올레길」이 탄생하기도 했다.

올레길 5코스는 「큰엉」에서부터 시작된다. 「큰엉」은 서귀포시 남원읍내에서 서쪽으로 1km지점의 해안에 펼쳐져 있는 바위 절벽으로 '큰 바위가 바다를 집어삼킬 듯이 입을 크게 벌리고 있는 언덕'이라 하여 붙여진 이름이다. 화산 활동으로 분출된 용암이 해안에 퇴적된, 현무암이 2km에 걸쳐 절벽을 만들어 그 위에 갖가지 아열대 식물들이 숲을 형성해 해안의 절경을 이루고 있었다. 터널을 지나듯이 우거진 숲길을 걷노라면 간간히 숲 사이로 비춰지는 바다의 풍경이 오히려 신비감을 느끼게 했다. 함께 걷던 재민이가 "조금씩 보이는 바다가 더 멋있네요."하는 말이 세법 고상하게 느껴졌다.

이번 도보여행은 교사들이 길 안내를 하지 않고 아이들에게 스스로

제주도 해안은 용암이 흘러 내려 쌓인 현무암이 갖가지 형태로 아름다운 풍경을 연출하고 있었다.

길을 찾게 했다. 아이들에게 하고 싶지 않은 일을 억지로 시키면 당분간은 따라 하지만 빈도가 잦아지면 불평불만으로 반항하며 심하면 일탈 행동을 나타내기도 한다. 하지만 아이들에게 목표를 가지게 하고 스스로 그 목표를 향해 가도록 하면 자신의 능력을 십분 발휘하며 즐겁게 일을 수행한다. 매년 「올레길」 걷기를 하며 도보여행의 장점을 아무리 이야기해도 불평하던 아이들이 스스로 길을 찾게 하고 지켜봐 주니 선생님들이 따라가기 힘들 정도로 내달렸다. 이렇듯 아이들의 공부도 스스로 노력할 수 있는 동기유발이 중요하다.

내가 동행한 아이들은 2학년 1반의 두 번째 모둠으로 일곱 명(재훈, 혜완, 재민, 태흔, 가은, 다은, 혜은)으로 구성되어 있었다. 모둠 이름을 '죽여조' 라고 스스로 붙일 정도로 힘든 여행을 예고한 아이들이었다. 혜완이와 재민이는 여행 직전에 다쳐서 깁스를 한 상태로 있다가 주말에서야 풀었고, 다은이는 성장통을 앓으며 다리가 불편한 상태였다. 담임 선생님은 아이들을 인계하면서 "오늘은 제대로 걸을지 모르지만 내일이면 절반은 환자로 빠질 것이니 조심하시라"는 엄포(?)를 주셨다. 그러나 결과는 달랐다. 칭찬 몇 마디에 시작부터 선두로 나서더니 다른 모둠에게 뒤지기 싫어하는 승부욕이 작용하여 도보여행이 끝날 때까지 불평불만 없이 선두에서 완주하는 기염을 토하였다. 모둠 이름도 아이들 스스로 ' 잘걷조 '(잘 걷는 조)로 바꾸기도 했다.

무슨 일이든지 처음 시작하는 것이 항상 어려운 법이다. 도보여행도 첫날이 가장 힘이 든다. 내가 이 여행을 무난히 해낼 수 있을까에 대한 의문은 두려움을 낳고, 두려움은 몸을 긴장시켜 피로를 배가시킨다. 거리에 대한 개념도 없으니 앞으로 남은 구간에 대한 걱정이 앞선다. 그러다 보니 아이들은 조금만 걷고 나면 "얼마 남았어요?"라는 질문을 끊임없이 해댔다.

반면에 아이들은 적응 능력이 아주 뛰어났다. 경로 중에 만나는 모든 사물을 놀이 도구로 전환하는 재주가 있었다. 도보여행의 단순함을 이기기 위해 노래 부르며 춤을 추기도 하고, 조약돌을 주워 물수제비를 뜨기도 했다. 돌탑을 쌓으며 소원을 빌기도 하고, 그래도 힘들면 평소에 볼 수 없던 사색에 빠지기도 했다. 동물을 좋아하는 동한이는 동물만 나타나면 온몸의 세포가 살아나는 듯 생기를 발했다.

아이들은 함께 있는 것 자체가 즐거움이다. 힘든 도보여행도 친구들과 함께라면 참을 만한 것이다.

도로변 수로에서 물고기를 발견하고 제일 먼저 반응한 아이도 동한이였다. 결국 물고기를 잡는 것은 여러 아이들의 협업에 의해서 성공할 수 있었다.

아이들은 「올레길」을 지나는 어른들을 만나면 꾸벅 인사를 하며 "안녕하세요. 뮤지컬 가창중학교입니다. 대구에서 왔어요."라고 외친다. 우리 학교에 대한 자부심의 표현이었다. 만나는 어른들 또한 가벼운 웃음으로 응대하며 말을 걸어주시니 감사한 일이었다.

「위미마을」을 지날 무렵 넉살 좋은 녀석들이 지나가는 트럭 운전사에게 꾸벅 인사를 하며 "태워주세요!"라고 합창을 했다.

천진난만한 아이들의 요청에 운전기사는 기꺼운 웃음으로 "타라!"고 허락을 하셨다. 비록 500m도 안 되는 골목길을 승차했지만 도시에서는 경험할 수 없는 놀이를 한 것이었다. 의외의 소득을 얻은 아이들은 저녁 식사 후 소감 나누기 시간에 의기양양한 무용담을 늘어놓았다.

이제 몸과 마음이 조금씩 힘들어질 무렵 귤 농장에서 작업하는 사람들이 보였다. 달려가서 귤을 팔 수 있느냐고 물으니 맛을 보라며 허드레 귤을 내미신다. 천혜향이다. 지친 아이들에게는 오아시스와 같은 달콤함이었다. 아이들은 주인아주머니의 권유에 과수원 안으로 들어가 사진도 찍고 나무에 달린 귤의 향기도 맡아봤다.

돈 2만 원을 내밀며 뒤에 오는 아이들에게도 맛을 보여주라고 말했더니 괜찮다며 나중에 홍보라도 좀 해 달라고 하신다. 고마운 마음에 10kg 들이 한 상자를 학교로 보내달라고 부

트럭 짐칸에 승차해 보는 것도 좋은 추억이겠지만, 시골 아저씨의 후덕한 마음을 느껴본 것도 아이들에게는 잊을 수 없는 일이었다.

탁을 했다. 천혜향 덕분에 목마름도 가시고 휴식도 취하고 마음까지 위로를 받았으니 남은 구간은 수월하게 갈 수 있을 것이다.

목적지인 「쇠소깍」에 도착했을 때는 이미 땅거미가 지고 있었다. 후미에 처진 아이들은 1km이상 떨어져 있어 시간이 갈수록 은근히 걱정이 되었다. 길이 어두워지면 사고가 날 위험이 높아지기 때문이다. 순간, 아이들이 완주를 할 수 있도록 기다릴 것인지 차를 몰아 안진하게 일정을 마칠 것인지 갈등이 되었다. 첫날부터 무리할 필요가 없을 것이라는 판단에 버스를 옮겨 아이들이 오고 있는 곳으로 이동하자, 차를 발견한 아이들이 일제히 환호성을 질렀다. 이미 주위는 사물을 명확하게 구분하지 못할 정도로 어두워져 있었다.

저녁을 먹고 둘러앉은 자리에서 활동지를 작성하고 소감 나누기를 하는데, 한결같이 힘들었다는 말을 하는데도 표정에는 자부심이 역력했다. 친구들과 함께 하지 않았다면 완주하기 어려웠을 것이라는 말도 빼놓지 않았다.

저녁 일정을 모두 마치자 몇몇 아이들이 발이 아프다며 달려와 치료해 달라고 했다. 아이들이 통증을 호소하는 것은 실제로 아픈 것도 있겠지만 자신이 힘든 것을 알아주고 위로해 달라는 신호이기도 하다. 통증 부위를 주물러 주며 불편함에 대해 들어주고 공감해 주면 아이들 마음은 금세 풀어졌다. '내가 존중받고 있구나' 라는 생각이 드는 순간 피곤함과 통증을 충분히 이길 수 있는 힘이 생긴다. 아마도 내일 아침에는 거뜬히 일어나 가볍게 걸을 수 있을 것이다.

〈2일차〉 「올레길」의 비경 「외돌개」

어제 저녁 늦게까지 프로그램을 하고 친구들과 노느라 잠이 부족했을 텐데도 아이들은 아침 일찍 일어나 식당으로 내려왔다. 한 사람도 아침 식사를 거르는 이가 없었다. 하루 종일 걷자면 많이 먹어야 된다는 것을 알아챈 모양이었다.

오늘은 올레길 7코스 구간을 걷는다. 「외돌개」에서 숙소까지 18km 정도의 거리이며 올레길 26개 구간 중 가장 아름다운 구간 중 하나다.

「외돌개」는 가히 비경이라 할 만 하다. 아름다운 경치에 대한 칭찬에 인색한 아이들도 감탄사를 연발한다.

「외돌개」는 화산이 폭발하여 분출된 용암지대에 파도의 침식작용으로 형성된 돌기둥이 바다에 홀로 서 있어서 붙여진 이름이다. 오랜 시간 동안 파도에 침식되어 만들어진 해안절벽과 그 위에 자생적으로 형성된 소나무 숲, 그리고 거센 파도 속에 외로이 버티고 있는 바위섬들이 어우러져 절경을 이루고 있었다. 아름다운 경치에 대한 칭찬에 인색한 아이들도 감탄사를 연발했다. 아이들에게는 좋은 환경을 많이 경험하게 하는 것이 중요하다.

발이 불편해서 병원에 갔던 소민이와 정인이는 「쇠소깍」의 끝자리에서 합류했다. 두 아이 모두 별 이상이 없다는 의사 소견이 있었다.

아이들의 발걸음이 어제보다는 가벼워 보였다. 처음에는 걷기 싫어

느린 우체국에서 편지를 쓰는 아이들. 자신이 쓴 편지를 1년 후에 받아보면 아이들은 어떤 생각을 할까?

해도 1km만 걸어서 발이 풀리면 다시 따라가기 힘들 정도로 내달릴 것이다.

서귀포여고를 지나 해안으로 접근하자 마을 정자 옆에 천천히 가는 우체통이 있었다. 1년 후에 수신자에게 배달되는 것이다. 예상치도 않았던 장면에 교사의 직업의식이 발동했다. 아이들에게 1년 뒤에 배달될 엽서를 써 보라고 했더니 모두 흔쾌히 달려들었다.

1년 뒤에 지금의 생각을 받아든 아이들의 표정은 어떨까? 뒤따라오던 아이들도 모두 쪼그려 앉아 엽서를 쓰는 모습이 무척 순박해 보였다.

아이들이 조금씩 지쳐갈 무렵 목적지인 「법환포구」에 도착했다. 이곳에서 버스를 타고 월드컵 경기장 근처의 식당으로 이동하여 식사를 한 후 다시 오후 일과를 시작할 예정이었다.

점심 식사는 한식 뷔페로 아이들이 좋아하는 메뉴들이 잔뜩 놓여 있었다. 아침, 저녁을 제공하는 숙소의 식당도 만족스러운데다 점심 식사까지 괜찮으니 도보여행의 고통에 대한 불만이 적었다.

오후 일정을 수행할 충분한 에너지가 보충되었으니 이제 또 출발이다. 오후에는 강정마을을 지나게 되는데, 아침에 운전기사님이 강정마을 문제와 제주 신공항 문세를 설명해 주셨다. 쉬운 문제는 아니지만 공동체 사회 속에서의 갈등을 조금이라도 이해할 수 있으면 좋겠다. 공사로 인해 몇 차례 변경된 강정마을 앞뒤의 올레길 코스는 제

자리를 잡았는지 정비가 잘 되어 있었다.

부지런히 선두에서 내달린 「잘걷조」가 숙소에 도착하였을 때는 네 시가 채 되지 않았다. 오늘 하루 종일 18km정도를 걸었으니 피곤하기도 했을 텐데, 일찍 도착해서 자유 시간을 가질 수 있다는 생각에 아이들의 표정은 마냥 즐겁게 보였다.

저녁 시간에는 활동지를 작성하고 모둠별 장기자랑을 했다. 아이들이 진행하고 망설임 없이 마음껏 끼를 발산하는 것은 우리 학교 아이들의 큰 장점이다. 오늘 충분히 풀지 못한 욕구는 목요일에 개인별 장기자랑 시간에 기회를 주기로 했다.

오늘 저녁에는 간식으로 피자를 먹는다.

저녁 식사 후 소감나누기, 장기자랑을 하는 모습

〈3일차〉 「사려니 숲」을 걷다!

오늘은 숲길을 걷는 날이다. 아이들은 에너지가 넘치기 때문에 식물보다는 움직이는 동물을 더 좋아한다. 식물을 좋아한다는 것은 이미 나이가 들었다는 표시인지도 모른다. 그러나 아이들의 심성은 동적인 면과 정적인 면이 골고루 발달할 때 조화로운 성장이 이루어진다. 좋은 숲을 자주 보면서 아이들의 감수성을 더욱 섬세하게 할 수 있으면 좋겠다.

「사려니 숲」은 제주도뿐만 아니라 우리나라에서도 손꼽을 만한 아름다운 숲이다. 삼나무 숲의 힘찬 기상은 하늘을 찌를 듯하고, 조릿대를 바닥에 깔고 서 있는 활엽수의 원시림은 우리나라 어느 숲과 견주어도 손색이 없다. 게다가 울긋불긋 단풍이 든 가을의 「사려니 숲」은 아이들의 마음을 사로잡기에 부족함이 없다.

사려니는 '살안이' 또는 '솔안이' 라고 불리는데, 살과 솔은 신성한 것을 의미한다고 하니 「사려니 숲」은 결국 신성한 숲을 뜻한다.

사려니 숲길은 유네스코가 지정한 제주 생물권 보존 지역으로 과거에는 차량 통행이 허락되었으나 지금은 사람들의 탐방만 받아 준다. 탐방객들에게 개방되어 있는 11km의 숲길에는 극상림을 대표하는 서어나무를 비롯하여 졸참나무, 때죽나무, 편백나무, 삼나무 등 다양한 수종이 분포되어 있다.

아이들은 마치 숲과 같다. 숲 속에는 키 큰 나무도 있고 작은 나무도 있다. 단풍이 일찍 들어 벌써 낙엽이 진 나무가 있나 하면 붉은 빛을 한창 뽐내고 있는 나무도 있고, 아직 푸른색을 그대로 간직한 나무도 있다. 곧은 나무와 휘어진 나무도 서로 어깨를 기대며 더불어 숲을 이루고 있다. 키 작은 나무가 없는데 홀로 큰 나무가 있을 수 없고, 늦게 자라는 나무가 없는데 홀로 일찍 자라는 나무가 있을 수 없는 것 아닌가? 작은 나무든 늦게 자라는 나무든 숲에서는 모두 소중한 존재다.

우리 아이들도 비교되지 않고 차별받지 않으며 한 사람 한 사람이 존재 자체로서 존중받는 더불어 숲이 되면 좋겠다.

이제 11km 정도는 우습다는 듯이 가볍게 걷고는 식당 음식의 끝을 본다. 양껏 추가한 고기를 충분히 구워 먹고도 다시 밥을 볶아 냄비 바닥을 긁어댔다.

'그래, 마음껏 먹어라. 너희는 그럴 자격이 충분히 있다.'

오후에 방문한 「비자림」은 수령이 오래된 비자나무 2,800여 그루가 어우러진 세계 최대 규모의 비자나무 숲이다. 탐방로 길이가 가장 긴 곳이 3.3km 정도여서 산책하듯이 천천히 걸어도 1시간 반이면 모두 둘러볼 수 있다. 하지만 도보에 익숙해진 아이들은 아름다운 「비자림」도 전투적(?)으로 걸어 버렸다.

비자나무는 키가 25m까지 자라는 주목과의 상록교목(늘 푸른, 키

아이들은 마치 숲과 같다. 숲 속에는 키 큰 나무도 있고 작은 나무도 있다. 우리 아이들도 비교되지 않고 차별 받지 않으며 한 사람 한 사람이 존재 자체로서 존중받는 '더불어 숲'이 되면 좋겠다.

큰 나무)으로 침 모양으로 두 줄로 나 있는 잎의 앞면에 광택이 나는 품위 있는 나무다. 피톤치즈가 많이 나오고 유연성이 뛰어나 바둑판 재료로 최고의 인기를 누린다.

배가 아프다는 정현이를 달래서 비자나무 숲을 걸으며 나무에 관한 이야기며, 자신의 꿈에 관한 이야기를 나누며 걷다 보니 통증도 잊은 듯 열심히 탐방했다.

비자나무를 한번 쓰다듬어 보라고 했더니 매끄러운 촉감에 감탄했다. 줄기에 덧씌워진 이끼까지 쓰다듬어 보더니 처음 경험해보는 촉감에 신기해하고, 숙소에 돌아와서는 자신의 새로운 경험을 자랑하기에 여념이 없었다.

세상은 아는 만큼 보이고 경험한 만큼 이해되는 것이다.

저녁엔 부모님께 엽서를 쓰는 행사를 했다. 아마 아이들의 표현은 서툴고 문장은 짧게 끝나겠지만 할 말은 많았을 것이다. 가정에서도 표현을 자주 그리고 다양하게 하여 대화를 하다 보면 아이들도 익숙해져서 표현하는 것이 좀 더 세련되어 갈 것이니 부모님들도 함께 노력하시면 좋겠다.

〈4일차〉 섬 속의 섬, 우도!

올해는 아이들에게 배를 타는 경험을 해주고 싶어서

우도(올레길 1-1코스)를 일정에 넣었다. 한 달 전 답사를 왔을 때 마침 태풍이 올라오는 바람에 배가 뜨지 않아 방문하지 못했는데, 이번에도 바람이 많이 불고 풍랑주의보가 내려져 배가 뜨지 않을 것이라는 걱정을 했다.

하루 전날 일기예보를 보고 운전기사님에게 내일 배가 뜰 것인지 물어봤더니 "제주도 날씨는 워낙 변덕이 심해 당일에 가 봐야 알 수 있다."는 대답이 돌아왔다. 혹시 배가 뜨지 않을 경우를 대비해 「오름」 하나와 6코스 일부를 걷도록 교사회의에서 결정해 두었다.

「천진항」 동쪽에 있는 「쇠머리오름」은 아이들의 이마에 땀이 날 정도로 제법 경사가 급하다. 아무래도 오전에 힘이 남아돌 때 오름을 오르는 것이 좋을 듯하다.

아침에 일어나 운전기사님부터 찾았더니 "바람은 많이 불고 기온은 낮으나 배는 뜬다."고 하셨다. 참으로 다행스러운 일이었다.

아이들에게 옷을 최대한 따뜻하게 입고 가자고 당부를 하고 길을 나섰다.

선착장에서 배를 기다리는 동안 불어오는 바람을 이기느라 아이들은 발을 동동 굴렀다. 기온은 7℃ 내외로 아주 낮은 편은 아니지만, 바람이 강해 피부로 느끼는 체감 온도는 영하의 날씨를 방불케 했다.

추운 날씨에도 불구하고 아이들은 배를 타고 섬으로 간다는 기대감에 마음이 들떠 있었다. 소홀히 옷을 챙겨 입은 아이들은 추운 바람에 놀라며 선생님 말씀을 새겨듣지 않은 것을 후회하는 표정이 역력했다.

우도 올레길(1-1코스)은 총 길이가 11.3km밖에 되지 않고 대부분 평지여서 걷는 것은 그다지 힘들지 않았다. 그러나 「천진항」 동쪽에 있는 「쇠머리오름」은 아이들의 이마에 땀이 날 정도로 제법 경사가 급하다. 아무래도 오전에 힘이 남아돌 때 오름을 오르는 것이 좋을 듯했다.

「쇠머리오름」 정상에는 「우도등대」가 있다. 등대는 자신이 아닌 타인의 길을 안내하는 이정표다. '나에게 오라'는 뜻이 아니라 '나를 비켜 가라' 는 신호다. 우리 아이들도 세상살이하면서 다른 이들의 길을 밝혀주는 등대처럼 살면 좋겠다.

「쇠머리오름」을 내려와서 먼저 간 아이들이 길을 놓쳐 버렸다. '짚라인' 을 끼고 마을로 들어가야 하는데 「검멀레해변」으로 가버린 것이었다. 길을 잃은들 섬 안에 있으니 아이들끼리 돌아다니다 보면 결국 항구에서 만나게 될 것이라 걱정은 없었다. 하지만 도시락이 먼저 간 아이들 배낭에 있는데 어찌할꼬......

우도 안에는 물가가 너무 비싸서 라면 한 그릇이 만원을 훌쩍 넘고, 그나마 우리 일행이 들어갈 크기의 식당도 없었다. 그래서 아침에 아이들에게 도시락 하나씩 나눠주고 점심을 해결하도록 했다.

우리 일행은 다섯 명인데 내 배낭에 도시락 두 개가 있었고, 동한이가 한 개 가지고 있었다. 이 정도면 허기는 면할 듯하였다. 바람이 많이 불어서 남의 집 창고 앞에서 점심을 먹었지만, 아이들은 이것도 좋은 경험이라며 유쾌하게 상황을 즐겼다.

「올레길」에서 만난 강아지는 아이들이 제일 좋아하는 장난감이다. 풀밭에 묶어놓은 조랑말도 아이들의 선호 대상이다. 특히, 동한이는 그냥 지나치는 법이 없었다. 젖을 먹는 조랑말 새끼를 보기 위해 발품을 파는 것도 마다하지 않았다.

하고수동 입구에서 「올레길」의 상징인 간세 안에 놓인 스탬프를 찍고 있다.

「하고수동」은 「천진항」 반대쪽의 가장 큰 마을인데, 관광객이 많이 찾아오다 보니 너무 상업적으로 변해 버렸다.
「올레길」의 상징인 간세(조랑말의 사투리) 머리에 있는 스탬프를 발견하자 아이들은 달려가 너도나도 찍기 시작했다. 활동지에도 찍고 손등에도 찍었다.
「하고수동」의 자그마한 해수욕장을 발견하자 아이들이 일제히 달려들었다. 파도도 밟아 보고 조개껍질도 만져봤다.

「하고수동」에서 「오봉리」로 가는 길은 제주도의 정서가 잔뜩 묻어나는 돌담으로 되어 있었다. 굽이굽이 휘어진 돌담은 얼기설기 쌓아 놓은 돌 사이로 구멍이 숭숭 뚫려 있지만, 제주의 강한 바람도 잘 이겨내며 자리를 지키고 있었다.
「오봉리」 근처에 이르자 전깃줄과 밭은 온통 까마귀 떼가 점령하고 있었다. 아이들이 고함지르며 달려가자 놀란 까마귀들이 일제히 날아올랐다. 그게 재미있는 듯 아이들은 다시 까마귀를 놀리고 연신 카메라 셔터를 눌러댔다. 하지만 카메라에 담기는 것은 까만 점밖에 없었다. 「천진항」에 모인 아이들의 얼굴에는 생기가 넘쳐났다.
네 시가 되자 유람선은 우도를 뒤로 하고 아쉬운 걸음을 옮겼다.

배움에 있어 가장 큰 걸림돌은 두려움이다. 어린아이들은 호기심이 많아 저지레를 많이 한다. 그런 아이들이 세상 사물을 접하는 동안 두려움을 느끼기 시작하고 통제와 피동적 선택으로 인해 새로운 것에 대한 호기심은 점점 줄어들게 되어 결국 도전을 회피하는 소극적인 사람으로 변하게 된다. 도보여행을 혼자서 하라고 했으면 아마 두려움 때문에 시도조차 못했을 아이들이 친구들과 함께 여행한 덕분에 4일간의 「올레길」 걷기를 무난히 마감할 수 있었다. 아이들은 걷는 동안에 친구들을 생각하고, 가족을 생각하고, 자신의 꿈과 미래를 생각하기도 했을 것이다. 힘든 일정을 하루하루 소화하면서 인내하는 법도 배우고 고통을 즐거움으로 바꾸는 지혜도 만들어 가면서 회복탄력성이 무럭무럭 자랐을 것이다.

제주도 도보여행은 아쉬움을 남긴 채 모두 끝이 났지만, 아이들 가슴속에는 제주도의 추억을 가득 담고 새로운 도전을 위한 꿈이 새록새록 자라고 있을 것이다.

베트남 이동학습의 기록 >

세계 시민이 되기 위한 도전

■ 비행기는 다섯 시간을 날아 하노이에 도착했다.

2018년 5월 7일, 가창중학교 3학년 학생들이 베트남으로 해외 이동학습 길을 나섰다. 하노이 서쪽 산악지역, 소수민족 「다이족」이 사는 「마이쩌우」에 방문하여 화장실 건축 봉사와 「지엉쩌우중학교」 방문을 하는 것이 주목적이었다.

아침에 내리던 비는 우리가 학교를 출발했던 11시경부터 조금씩 그치기 시작하더니 오후부터는 완전히 개였다. 인천공항까지 긴 시간 동안 버스를 타야 하지만 아무도 불평하는 아이가 없었다. 여행에 대한 설렘이 아이들의 인내심을 키웠나 보다.

붐빌 것을 대비하여 출발 세 시간 전에 인천공항에 도착했는데 생각보다 여유가 있었다. 태반의 아이들이 인천공항은 첫걸음인지라 규모에 놀라고 시설과 면세점의 화려함에 어리둥절해 했다.

비행기는 예정된 9시 10분에 출발하여 다섯 시간을 날아가 하노이에 도착했다. 군복과 흡사한 복장으로 근무하는 입국장 직원들의 굳은 표정만큼이나 우리 아이들의 표정도 굳어 있었다. 입국 절차를 스스로 밟아야 하는 만큼 모든 것이 새롭고 배움의 연속이었다. 호텔에 도착하니 현지 시간으로 새벽 두 시가 넘어있었다. 아침 8시 반에 출발하려면 빨리 자야 한다.

5월 8일, 잠시 선잠을 자고 8시 30분에 체크아웃을 한 후 마우쩌우로 출발했다.

하노이는 오토바이 천국이다. 연이어 지나가는 오토바이 무리들 때문에 버스를 타기 위해 호텔 앞 2차선 도로를 건너는 것조차 쉬운 일이 아니었다. 출근 시간이 지났지만 거리를 가득 메운 오토바이는 줄어들 줄 몰랐다. 덕분에 버스는 거북이걸음을 하며 1시간이 지나서야 도심을 벗어날 수 있었다.

하노이의 인구는 800만이 넘는다. 전후의 베이비부머들이 많아 젊은 층이 두텁다. 거리를 분주하게 오가는 사람들의 대부분이 젊은 사람이었다. 도심에 치솟은 빌딩 숲 사이로 새로 신축하는 빌딩이 죽순처럼 올라가는 모습과 더불어 베트남의 역동성을 엿볼 수 있었다. 여기에 진출한 기업 중 한국 기업이 단연 1위라고 하니 베트남과의 교역의 정도를 짐작할 수 있었다.

마이쩌우로 가는 길목의 마을에는 각종 음식점과 상점들이 즐비했다. 열대 과일을 파는 상점 앞을 그냥 지나칠 수가 없었다. 망고와 용안을 한 보따리 샀는데 가격이 무척 쌌다. 내가 과일값을 지불하려고 하자 외국인이 흥정하면 가격을 높이 부르니 자기가 사겠노라며 막아서는 가이드의 마음 씀씀이가 고마웠다.

가이드 「만(Mahn)」씨는 의과대학을 졸업했는데 의사 월급이 너무 적어 한국에서 6년간 취업을 했다고 한다. 귀국 후에는 하노이 대학에서 다시 한국어를 전공한 후 한국 여행객을 대상으로 가이드를 하고 있다. 「만(Mahn)」씨는 고등학생인 아들을 한국에 유학시키는 것이 꿈이라고 말했다.

베트남의 고속도로는 차선마다 제한 속도가 다르게 표시되어 있다. 통행료가 비싸 비교적 한산한 편이지만 제한 속도를 어기고 추월하는 차량은 거의 없었다. 100km 정도 거리면 우리 돈으로 15,000원 정도 한다니 보통 사람은 엄두도 낼 수 없다. 긴 시간 버스를 타는 괴로움도 가끔씩 들르는 휴게소에서의 군것질이 아이들에게는 큰 위로가 되었다.

마이쩌우에 가까워질수록 오르막길이 이어져서 시속 30km를 못 넘기는 길이 많아졌다. 평지인 경우에도 마을을 지날 때는 제한 속도가 40km이다. 위반할 시에는 한 달 치 월급만큼의 벌금을 내야 한다고 하니 어느 운전사든 속도위반을 하고 빨리 달릴 엄두를 내지 못한다. 그러니 140km에 불과한 마이쩌우까지 다섯 시간이나 걸렸다.

마을 입구에 서 있는 속도 표지판은 그림으로 되어 있었다. 마을이 있으니 천천히 가라는 뜻으로 40km 이하로 제한된다. 전쟁을 치르는 동안 교육을 할 수 없어 문맹률이 높은 데 따른 배려였다.

휴게소라고 해봐야 달랑 가게 한두 개 있는 것이 전부지만 이마저도 산악지역으로 접어들면 슬레이트 지붕으로 햇빛을 가린 노점상 수준으로 바뀌었다.

계란 두 소쿠리와 옥수수 한 소쿠리로 스무 명의 아이들이 실컷 먹었는데 가격이 170,000동, 우리 돈으로 8,500원이었다. 학교장이 주머니를 열어(?) 지불하자 아이들이 감사의 인사를 전했다. 조그마한 일에도 감사할 줄 아는 아이들이 기특했다.

「마이쩌우」에 도착했을 때는 1시 반이 조금 넘었다. 하노이에서부터 다섯 시간이 걸렸다.

민박집은 생각보다 훌륭했다. 1층은 식당이고 2층이 숙소인데, 숙소에는 모기장이 둘러쳐져 있었다. 아이들은 왔다 갔다 하는 벌레 몇 마리에 비명을 지르지만, 맛있게 나오는 베트남 음식에 불만의 목소리가 쏙~ 들어가 버렸다. 내일쯤이면 천정에 도마뱀이 왔다 갔다 해

민박집 1층은 식당이고 2층이 숙소다.

도 익숙해지리라.

점심 식사 후 「지엉쩌우중학교」를 방문했다. 회의실에서 선생님들과 잠시 인사를 나누고 운동장에서 아이들을 만났다. 일부 아이들은 더운 날씨의 행사에 불만 어린 눈빛을 보이기도 했다. 우리 아이들도 첫 교류 행사가 어색하긴 마찬가지였다. 선물과 장학금을 전달한 후 아이들은 춤과 노래로 어색함을 풀어보려 하지만 그리 녹록하지 않았다. 가만히 있어도 땀이 줄줄 흐르는 기온은 아이들을 더욱 답답하게 했다.

어색한 분위기는 남자아이들의 축구 한 게임으로 급반전되었다. 8명씩 구성된 양국 선수들이 운동장 가운데 늘어서자 여학생들도 운동장에 모여 응원에 여념이 없었다. 맨발로 공을 차는 베트남 아이들의 표정에는 자신감이 넘치고 우리 아이들도 질 수 없다는 표정이었다.

목숨 걸고 수비해! 어색한 분위기는 남자 아이들의 축구 한 게임으로 급반전 되었다. 맨발로 공을 차는 아이들이 베트남 학생들이다.

경기가 시작한 후 얼마 지나지 않아 베트남 학생들이 한 골을 넣고 나자 경기는 열기를 더해 가고 몸싸움도 마다하지 않았다. 이쯤에서 경기를 마치는 것이 좋을 것 같았다.

축구 경기가 끝나고 교실에 들어간 학생들 간의 소통은 난관에 부딪혔지만 아이들의 관심은 지대했다.

저녁 식사 후 소감 나눔 시간에 아이들은 지엉쩌우중학교 학생들과의 교류의 아쉬움을 토로했다. 내년에는 좀 더 세밀하게 준비해야겠다. 내일 일정을 안내하고 잠자리에 들 무렵에 소나기가 쏟아지면서 공기 중의 열기를 모두 삼켜버렸다. 오늘 저녁에는 시원하게 잘 것 같다.

5월 9일, 오늘은 화장실 건축 봉사활동을 하는 날이다. 어제 지엉쩌우중학교 방문에서의 경험을 바탕으로 더운 낮에는 휴식을 취하고 아침, 저녁에 봉사활동을 하기로 했다. 짧은 활동 시간 때문에 화장실을 미리 만들어 놓고 아이들은 미장과 페인트칠을 마무리하기로 되어 있었다. 사전 교육을 할 때는 땅을 파고 벽돌을 날라 집을 짓는다고 했는데 마무리만 한다고 하니 아이들이 안도의 숨을 쉬었다. 어제 느꼈던 더위의 중압감이 마음을 더 무겁게 했던가 보다.

■ 오늘은 화장실 건축 봉사활동을 하는 날

오늘 봉사활동을 할 곳은 우리가 민박을 하고 있는 마이쩌우 중심지에서 3km가량 떨어져 있는 오지 마을인데, 조금만 더 가면 라오스 국경이 나온다. 버스가 들어가기도 어렵고 걸어가기에는 다소 멀다. 마침 마을에는 관광객을 위한 전기 카트가 운행되고 있어 빌려 타고 가기로 했다. 아이들도 색다른 체험에 신바람이 났다.

화장실 건축 봉사를 할 집은 「마이쩌우중학교」 3학년 여학생과 초등학교 5학년 남학생 자녀가 있는 집인데, 아버지가 많이 아파서 경제활동이 어렵다. 집은 전통적인 베트남 가옥인데 화장실이 없고 움막처럼 지은 부엌은 있으나 요리 도구나 식기들이 거의 보이지 않았다.

학생생활부장 박계현 선생님께서 이 집과 소수민족 「다이족」의 역사에 대해 간단히 설명하신 후 봉사활동 일정을 안내하셨다.

박계현 선생님은 이번 베트남 이동학습을 준비하면서 답사를 두 차례나 하셨다. 공식 출장으로 한 차례 답사하시고, 방학을 이용하여 개인적으로 하노이를 한 번 더 방문하셨다. 처음 해보는 행사이고 학생들을 인솔하고 안전한 여행을 진행해야 할 실무 책임자이다 보니 한 차례의 답사로는 아무래도 안심이 되지 않으셨던 모양이었다. 덕분에 아이들은 안전한 이동학습을 마칠 수 있었다.

오전에 할 일은 화장실 미장을 마무리하고 흰색 페인트칠을 하는 것이었다. 그것이 마르면 오후에 다시 와서 그림을 그리기로 계획되어 있었다. 할 일이 정해지자 발 빠른 아이들부터 화장실 벽에 달라붙었다. 아침부터 강하게 내리쬐는 햇볕으로 연신 땀을 훔쳐야 했지만 아이들은 불평하지 않고 제 할 일을 열심히 했다.

봉사활동을 처음 시작할 때 제일 어려운 점은 자신의 할 일을 제대로 파악하지 못할 때이다. 봉사를 하고 싶지만 무엇을 어떻게 해야 할지 모를 때는 자신의 존재 이유를 확인할 수 없다. 그래서 스스로에게 짜증이 나고 그것이 불평불만으로 쏟아져 나온다. 다소 힘든 일이라 할지라도 의미가 있다고 파악하고 자신이 해야 할 일이 분명해지면 이겨내는 힘이 생긴다.

아이들에게 무엇을 해야 할 지 분명하게 안내하고 나니 아이들 스스로 능동적으로 움직이는 것이 보였다. 어제는 무엇을 어떻게 해야 할지 몰라 당황했던 것이 분명하다. 그러니 불만족스러울 수밖에 없었다.

열 시 반쯤 오전 일과를 마치고 돌아오는 길의 아이들 표정은 의기양양 그 자체였다. 사실 일은 조금밖에 안 했지만, 아이들 마음은 모든 것을 자기가 한 것 같았다. 다소 얄미운 처신에 조금은 미운 마음도 들지만 중요한 것은 우리의 교육적 배려가 아이들에게 어떤 배움과 성찰이 일어나는 것인가의 문제였다.

오후에는 밋밋한 화장실 벽에 그림을 그리는 작업을 했다. 부족한 도구로 그래피티 수준으로 작업했지만, 아이들의 표정은 사뭇 진지했다.

한국과 베트남의 관계가 우호적으로 가길 열망하며 양국의 국기를 그려 넣은 모습이 기특했다. 생각보다 아이들의 솜씨도 나쁘지 않았다. 게다가 진지함까지 더하니 이제는 뭔가 느낌이 있는 것 같았다.

작업이 끝날 무렵부터 하늘이 어두워지기 시작했다. 서둘러 작업을 끝내고 숙소로 돌아오자마자 소나기가 한바탕 퍼부었다. 아이들의 수고를 축하해주는 비다. 오늘도 저녁에는 시원하게 지낼 수 있겠다.

저녁 식사 후 진행된 소감 나누기 시간에 아이들은 좀 더 진지한 태도로 생각을 나눴다. 그럼에도 불구하고 박계현 선생님은 낮에 미흡했던 태도에 대해 훈계를 했는데 아이들 표정에는 훈계를 진심으로 받아들이는 빛이 역력했다.

화장실 벽에 그림을 그리는 아이들의 표정이 진지하다.

마침 오늘 생일을 맞은 태우를 위하여 가이드 「만(Mahn)」씨가 케이크와 과일을 준비해서 한바탕 축하연을 벌였다. 태어나서 이런 축하를 처음 받아본다는 태우의 말에 나까지도 덩달아 기뻤다.

■ KNOW ONE TEACH ONE, 하나를 배우면 하나를 가르쳐라

5월 10일, 하노이로 이동하여 쿠킹클래스와 시내 투어를 하는 날이다. 더워지기 전에 아침 일찍 출발하기 위해 서둘렀지만 온 몸에 땀이 흐르는 건 막을 수가 없었다. 민박집 아주머니와 함께 기념사진을 찍고 버스에 올랐다.

마이쩌우에서 이틀을 보내는 동안 다소 여유가 생겼는지 돌아오는

가이드 「만(Mahn)」씨의 배려로 깜짝 이벤트로 이루어진 태우의 생일잔치. 태우는 태어나서 처음으로 친구들과 생일파티를 했다고 한다.

길에는 고산지대의 아름다운 경치가 눈에 들어왔다. 높은 고갯마루에서 바라보는 산골 마을의 풍경이 한 폭의 그림 같았다. 가도 가도 내리막이 계속 이어지는 것을 보니 마이쩌우로 가는 길이 더뎠던 것이 이해됐다. 하노이로 돌아오는 길은 30분 이상이 단축됐다.

하노이 시내는 점심 식사하러 가는 직장인으로 넘쳐났다. 오늘 점심은 「분짜」로 예약되어 있었다. 「분짜」는 쌀국수에 구운 돼지고기를 얹어 먹는 요리다. 숯불 냄새 나는 삼겹살과 쌀국수의 담백함이 아주 잘 어울렸다. 아이들도 맛있게 잘 먹어서 다행이었다.

점심 식사를 마치고 호텔에서 더위를 잠시 피한 뒤 공자 문묘 앞에 있는 「코토(KOTO) 레스토랑」으로 향했다.

'KNOW ONE TEACH ONE, 하나를 배우면 하나를 가르쳐라'라는 경영철학을 가지고 거리의 어려운 아이들을 보살피고 가르쳐주는 베트남 최초의 사회적기업 「코토(KOTO) 레스토랑」!

하노이와 호치민 두 지역에서 직업교육센터와 레스토랑을 운영하며 얻는 수익과 후원자들이 보내주는 기부금으로 아이들을 위한 숙식비, 교육비, 의료비를 지원한다.

코토(KOTO)의 대표인 「지미 팜(Jimmy Pham)」은 한국인 아버지와 베트남 어머니 사이에서 태어났다. 정치적으로는 사회주의 체제를 유지하면서 경제는 자본주의를 지향하는 국가에서 사회적기업을 하는 것이 쉽지 않은 일이었지만 「지미 팜」은 강한 의지로 성공을 이뤘다고 한다.

지금은 아이들 한 명당 1년에 1만 달러 정도를 후원하는데, 「코토 트레이닝 센터」는 약 10대 1의 경쟁률을 뚫고서야 입학을 할 수 있다. 상대적으로 약하고 어려운 아이들부터 먼저 가르치고 자립할 수 있도록 도와주고 있다.
「코토(KOTO) 레스토랑」의 체험활동비가 베트남 현지 물가를 생각하면 비싼 금액이지만 단순히 요리 실습뿐만 아니라 맛있는 음식도 먹고, 더불어 어려운 아이들을 도울 수 있어서 의미있는 활동이었다. 아이들에게는 사회적기업에 대해 조사하라는 즉석 숙제를 냈다.

「코토(KOTO) 레스토랑」에서 요리 실습으로 직접 만든 베트남 요리로 저녁 식사를 하고 하노이 시내 투어에 나섰다. 호안끼엠호수로 이동하여 주변에서 자유롭게 여행하게 할 생각이었다.
그런데 몇몇 아이들이 「코토 레스토랑」 옆에 있는 「콩 카페」에서 커피를 한 잔 마시고 싶다고 했다. 인터넷에서 여행 정보를 찾으면서 「콩 카페」에 대한 이야기를 읽은 모양이었다. 선생님들과 의논한 끝에 희망하는 아이들은 차를 한 잔 마시고 「호안끼엠 호수」로 스스로 찾아오게 하기로 했다. 희망하는 아이들을 조사해 보니 12명이나 됐다. 혹시 길을 잃어버리거나 사고라도 나지 않을까 은근히 걱정되어 내가 남아 같이 가기로 하고 버스는 출발했다.
배움을 가로막는 가장 큰 장애물은 두려움이며, 그 두려움을 없앨 수 있는 가장 좋은 수단 중 하나가 여행이다. 미지의 세계에 대한 두려움을 떨치기 위해 직접 체험해보는 것이 가장 효과적이다. 그런 사실을 늘 인식하면서도 아이들 스스로 길을 찾아오도록 하기에는 걱정이 앞섰다. 그것은 나의 공포였다. 교육적 배려와 안전 사이에서 나는 안전을 선택해 버렸다. 아이들을 찻집에 들여보내 놓고 바깥에서 서성이며 후회와 갈등의 시간을 보낸 후 내가 그림자가 되기로 했다.

차를 마시고 난 후 아이들을 먼저 보내고 나는 아이들의 그림자가 되어 뒤따라갔다. 길을 찾아가는 동안 일체 간섭 하지 않고 아이들이 하는 대로 내버려 뒀다.

가는 도중에 아이들은 스스로 의논하고 의견을 조율하며 길을 찾아갔다. 옷가게에도 들러보고 가방가게에도 들어가 물건을 사기도 했다. 오가는 오토바이 사이로 길을 건널 때에도 베트남 문화에 맞게 잘 적응하는 것 같았다.

'KNOW ONE TEACH ONE, 하나를 배우면 하나를 가르쳐라'라는 경영철학으로 거리의 어려운 아이들을 보살피고 가르쳐주는 베트남 최초의 사회적기업 「코토(KOTO) 레스토랑」에서 베트남 요리를 실습하고 있다.

결국 아무 탈 없이 목적지에 도착하여 자유 시간을 가졌다. 내년에는 이런 도전을 좀 더 확대해야겠다는 생각이 들었다.
내일은 「하롱베이」로 이동하여 세계자연유산을 감상하고 물놀이도 하며 조용히 휴식을 취할 계획이다. 아이들이 가장 기대하는 프로그램이다.

■ 2,700여개의 섬이 밀집한 「하롱베이」는 세계문화유산

5월 11일, 「하롱베이」로 가는 길은 「마이쩌우」보다는 평탄한 길이었지만 우리나라의 도로 사정에 비하면 많이 열악하고 거리에 비해 시간도 더 걸렸다. 아이들은 다섯 시간 이상 걸리는 이동 시간도 이젠 익숙해진 것 같았다. 「하롱베이」는 2,700여 개의 섬이 밀집하여 아름다운 경관을 만들어 내는 세계문화유산이다. 연결되어 있는 섬들이 인간띠처럼 자연 방파제를 형성하여 바다가 호수처럼 잔잔했다. 신이 아니고서는 도저히 만들 수 없는 경관에 아이들도 절로 감탄사를 터뜨렸다.
그리 크지 않은 크루즈 여객선에는 우리 일행만 있어서 1박 2일간 호젓하게 머물기에는 안성맞춤이었다. 맛있는 음식까지 곁들인 덕분에 아이들은 모두 왕자와 공주가 된 기분이었다. 덥고 힘들었던 「마이쩌우」의 활동은 모두 잊어버린 것 같았다.
처음에는 두려워하던 카약 체험은 5분도 채 되지 않아 모든 아이들의 노리개가 되었고, 수영 시간 남자애들의 짓궂은 장난에 「하롱베이」에는 아이들의 고함 소리가 가득했다.

두어 시간의 물놀이 덕분에 허기진 아이들은 앞에 놓인 저녁밥을 게 눈 감추듯 해치워버렸다. 식사 후 둘러앉아 소감을 나누는 시간에는 제법 어른스러운 생각을 쏟아내는 것을 보니 느낀 점이 많은 모양이었다. 날씨만 맑으면 바다 위로 쏟아지는 별들이 아이들을 한 번 더 감동시킬 것인데 아쉬움이 남았다.

■ 여행보다 더 좋은 배움은 없다

5월 12일, 5일 동안의 짧은 베트남 이동학습을 마감하는 아이들의 표정에는 아쉬움이 베여있었다. 세월이 지난 후 이 아이들은 중학교 시절의 추억이 뇌리에 오래도록 남아 있을 것이다.

물놀이 후 허기진 배를 달래는 선상 만찬

공항으로 가는 길에 저녁 식사도 해결할 겸 쇼핑센터에 들러 자유 시간을 줬더니, 잠시 후 아이들은 가이드 '만(Mahn)' 씨의 친절함에 보답한다며 손에손에 조그마한 선물을 들고 나타났다. 아이들의 선물을 받아든 '만(Mahn)' 시의 목소리가 촉촉해져 있는 것을 나만 느끼지는 않았으리라.

작은 일에도 감사할 줄 아는 아이들의 마음이 더 따뜻하게 느껴졌다.

인천공항에서는 발권이나 출국 심사장 통과 등을 세세히 안내했지만 귀국길에는 아이들 스스로 항공권 발권도 하고 수화물을 부치는 것이 자연스러워 보였다.

아이들에게 여행보다 더 좋은 배움은 없는 것 같다.

이동학습을 준비하는 동안 한방샴프와 천연비누를 만들고 집에서 쓰지 않는 물건을 모아 재활용 장터를 여는 등 바자회를 통하여 200만 원 정도를 마련하여 「지엉쩌우중학교」에 장학금과 학용품을 전달했다. 그리고 여행 경비를 쪼개어 화장실이 없는 집에 화장실을 한 채 지어 주었다. 그동안 애써 주신 가창중학교 선생님들과 물품을 구매해주신 후원자 여러분과 아이들의 여행이 성사될 수 있도록 여행 경비를 지원해주신 이우장학회에 진심으로 감사드린다.

방과후 수업

방과후 수업은 정규 예술 수업의 연장선

특성화중학교로 지정이 되면 교육과정의 20%를 특성화 교과로 전환할 수 있지만, 교과군별로 20%를 감축할 수 있고 예체능 교과군은 감축할 수가 없다. 그래서 실제로는 전 교과의 16% 정도의 시간을 특성화 교과로 전환할 수 있는 셈이다. 수업 시수로 치면 일주일에 서른네 시간의 수업 중에 5~6시간에 해당된다. 이 정도수업 시수로 특성화 교육을 하기가 어렵다. 잘못 운용하면 특성화 교육도 효과적으로 운영하기 어렵고 입시 중심의 교육도 실패할 수 있는 어중간한 비중이다. 실제로 전국의 대안학교, 대안형 특성화중학교 관리자들이 토론할 기회가 있으면 한결같이 특성화 교과 비율을 증가시켜야 한다고 이야기한다.

우리 학교에서는 국어, 영어, 수학, 사회, 과학 과목에서 한 시간씩 줄여 뮤지컬 관련 수업을 한다. 새로 개편된 「2015 교육과정」에서는 교과 내용이 많이 줄어 감축된 수업 시수로도 교육과정을 소화하는데 큰 지장이 없지만, 특성화 교육을 제대로 하기에는 수업 시수가 다소 부족한 면이 있다. 그래서 우리 학교는 방과후 학교 수업 대부분을 특성화 교과와 예술교육으로 운영한다. 스무 가지가 넘는 수업을 개설하여 학생 각자의 요구에 맞는 수업을 선택하여 수강할 수 있게 했다. 욕심을 내서 매일 세 시간씩 수업을 들으면 일주일에 최대 열다섯 시간의 예술 수업을 추가로 들을 수 있는 셈이다. 실제로 많은 학생이 주당 열 시간 이상의 방과후 수업을 수강하고 있다. 수강비용도 모두 무료다.

우리 학교가 뮤지컬을 도구로 특성화 교육을 하지만 특성화 교육을 예술에 국한해서 할 수도 없다. 학생들의 진로와 전인교육을 위한 특성화 교육활동도 필요한 것이다. 사정이 이렇다 보니 정규 교육과정만으로는 뮤지컬 교육을 특성화시키기에는 시간이 부족한 편이다. 뮤지컬을 하려면 기본적으로 공부해야 하는 과목이 연극, 성악, 현대무용, 방송댄스, 뮤지컬 등이 있다. 아이들의 예술적 소양을 위해 1인 1악기 수업도 해야 하고, 진로교육과 자기주도적 학습을 위해 LTI프로젝트도 해야 하니 더 많은 시간이 필요한 것이다. 그래서 우리 학교 방과후 수업은 정규 예술 수업의 연장선에서 이루어진다.

우리 학교는 특성화 교육을 통해 전문 예술인을 양성하는 것을 목표로 하지 않는다. 예술교육을 도구로 창의적이고 미래지향적 인재를 키우는 전인교육을 하고자 한다. 예술을 삶 속에서 향유하며 삶의 질을 높일 수 있는 역량을 키우는 것이 목표인 것이다.

그러나 더러는 예술가를 꿈꾸며 우리 학교에 입학하는 아이들도 있고, 우리 학교 교육과정을 경험하는 동안 예술가의 꿈을 키우는 아이들도 있으며 전공을 하지 않더라도 깊이 있게 예술 공부를 하고 싶어 하는 아이들도 있다. 그런 아이들에게는 정규 교육과정의 예술 수업 시간이 턱없이 부족하기 때문에 방과후 수업은 대부분 문화 예술 교과로 편성했다. 학교에서 충분한 교육적 배려가 없으면 결국 모든 것을 사교육에 의존하게 된다. 예술계 상급학교 진학을 꿈꾸는 아이들의 비율은 대개 20%에서 30% 정도 되고, 좀 더 깊이 있는 공부를 원하는 아이들도 있어서 이들에게 방과후 수업은 매우 소중한 시간이다.

	월	화	수	목	금	토
정규수업 전	색소폰 초급, 색소폰 중급, 사물놀이 초급					
7~8교시 또는 8~9교시	합창 농구 상상미술 생활영어	프로성악 작곡 태평소 목공	연극제작 현대무용 기타중급 생활영어	시쓰기 실용무용 뮤지컬제작	기타초급 피아노 락밴드 수학솔루션 영상편집	풍물중급 토요스포츠 (자전거) MTB자전거

< 2022학년도 방과후 학교 수업 시간표 >

2022학년도에는 방과후 수업 과목이 스물다섯 과목 정도 되는데 90% 정도가 문화 · 예술 관련 수업이다. 수업 시간은 매일 아침 정규수업 시작 전에 한 시간, 오후 정규수업 후에 두 시간이 배치되어 있다. 수업 과목이 학생들의 희망에 의해 이루어지다 보니 종류가 많고 대부분 소인수 수업이다. 예술 수업의 특성상 수강 인원이 많으면 수업의 질이 떨어져서 참여 인원을 제한하기도 한다. 그래도 참여 희망이 많으면 수준별로 나누어 강좌를 추가로 편성한다.

방과후 수업은 문화 · 예술 수업을 중심으로

2018학년도의 방과후 수업은 특성화 교과 위주로 편성했다. 연극, 현대무용, 실용무용, 성악, 통기타, 색소폰 합주, 사물놀이 등의 수업을 배치했는데, 예술 강사 선생님들의 수업이 있는 날에 방과후 수업을 두 시간씩 편성했다. 아이들은 희망하는 수업을 자율적으로 신청하여 듣는데, 욕구가 강한 아이들은 매일 한 강좌씩 신청하기도 한다. 매일 방과후 수업을 신청하게 되면 일주일에 열다섯 시간까지 수강이 가능하다.

특성화 교육과정 운영이 해를 거듭할수록 다양한 요구를 가진 학생들이 입학했다. 그런 요구를 반영하기 위해 매년 3월에 학생과 학부모의 요구를 조사하여 방과후 수업을 다양화시켰다. 피아노, 작곡, 락밴드, 시 쓰기, 목공, 상상공방 등의 문화 · 예술 과목을 추가하고 수학솔루션, 생활영어 등의 교과 관련 과목을 추가했다. 게다가 각 학년별 수준 차이가 있는 예술 과목을 초급과 중급으로 나누다 보니 방과후 수업 과목이 스무 과목이 넘게 되었다.

물론 방과후 수업비는 전액 무료다. 달성군에서 지원해주는 교육활동비로 강사료를 지급하는데, 강좌 수가 점점 많아지면서 교육청의 지원을 추가로 받아 학부모님들의 부담은 전혀 없다. 우리 학교 교육과정을 안내하다 보면 예비 학부모님들이 가장 궁금해 하는 것이 예술교육에 대한 학부모의 부담이다. 특수목적고로 운영되는 대부분의 예술 고등학교가 학비 부담으로 인해 서민들이 자녀들의 진학을 어려워하는 것과 같은 맥락이다.

정규수업은 물론이고 방과후 수업비도 무료라고 알려주면 학부모님들이 깜짝 놀란다. 우리 학교는 신입생 모집 인원의 20%를 「사회적 배려자 전형」으로 모집한다. 우리 학교의 교육비 체계는 이러한 사회적 배려가 필요한 학생들에게도 전혀 차별 없는 교육활동을 제공하게 된다.

예술교육은 기본기를 튼튼하게

나는 특성화 예술교과 수업을 처음 시작하면서 선생님들에게 이런 부탁을 했다.

"아무런 결과물을 만들어 내지 못해도 좋으니 기본기를 튼튼히 지도해주십시오."

무엇이든 다 마찬가지겠지만 기본기를 다지지 못한 예술교육은 모래 위에 쌓은 탑과 같다. 잘못 배운 습관을 고치는 것은 처음 배우는 아이들을 가르치는 것보다 더 힘이 든다. 기본기를 튼튼히 하는 수업을 한다고 해서 아이들의 성장이 더딘 것은 아니다. 오히려 아이들이 튼튼한 기초를 바탕으로 제대로 된 성장을 하는 경우가 많다. 우리 아이들이 각종 성악 콩쿨, 뮤지컬 콩쿨, 댄스대회 등에서 다수의 입상자를 내는 것을 보면 확실히 알 수 있다. 방과후 수업도 마찬가지다.

연극, 성악, 무용 등에서 전공을 할 생각이 있는 아이들이 있으면 방과후 수업을 통해 조금 더 배려한다. 대표적으로 프로성악반이 그런 배려로 만들어진 반이다. 연극 수업을 경험하면서 진로를 결정하는 아이들도 더러 있다. 이러한 아이들에겐 방과후 수업이 중요한 역할을 한다.

현대무용을 지도하시는 설의현 선생님은 무용 교육에 대한 소신이 뚜렷하시다. 강사 채용을 위한 면접을 할 때, 심사 위원 한 분이 짓궂은 질문을 했다.
"무용 시간에 아이들이 좋아하는 댄스를 많이 지도해줄 수 없습니까?"
설 선생님의 대답은 단호했다.
"그렇게 할 생각이 전혀 없습니다. 무용은 그 자체로도 중요하고 다양한 댄스 장르를 잘 소화하기 위해서는 무용의 기본기를 제대로 익히는 것이 무엇보다 중요합니다."
단호한 대답에 질문한 선생님은 괜히 머쓱해져서 미소로 화답하고 말았다.
이러한 고집은 아이들 공연무대의 동작에서 고스란히 나타난다. 뮤지컬 무대에서 움직이는 아이들의 걸음걸이조차 평범한 걸음이 아니다.

▨ 작곡

작곡 수업은 아이들의 요구로 만들어진 대표적 방과후 수업이다. 어려운 공부인데도 불구하고 아이들의 반응은 좋은 편이다. 그동안 정규수업에 편성되어 있지 않다 보니 경험해 볼 기회가 없었다. 인간은 자신이 경험해보지 못한 영역에 대해 본능적으로 공포와 두려움을 느낀다. 생소한 영역에 대한 두려움을 없애고 아이들이 작곡에 쉽게 접근할 수 있도록 다소 쉬운 동요 작곡부터 지도한다.

동요 작곡을 지도할 때는 아이들의 다양한 상상력을 자극한다. 곰을 주제로 작곡을 하면 먹는 음식, 울음소리, 걸음걸이, 생활 방식, 버릇 등의 이미지부터 생각하게 한다. 코끼리를 다룰 때는 먹이, 생활환경, 집단생활, 모성애, 상아, 밀엽 등으로 스토리텔링을 하도록 한다.

작곡이 단순히 감정과 느낌만으로 이루어지는 것은 아니다. 음악의 구조에 대한 이해가 필요하고 악기에 대한 이해도 필요하다. 그런 기술적인 바탕을 만들기 위해 화성학도 공부해야 하고 대위법도 공부해야 한다. 그러나 이런 체계적인 공부는 너무나 많은 시간을 요구한다. 그래서 아이들이 작곡과 친숙해지는 데 초점을 맞춰서 지도한다. 작곡을 하는 데 꼭 필요한 기초 지식만 가르치고 감정과 느낌 중심으로 작곡을 할 수 있도록 유도한다.

그런 의미에서 동요 작곡은 아이들에게 아주 잘 어울리는 공부 방식이다. 동요 작곡을 하면서 기교를 부리거나 지나친 욕심을 내지 않도록 지도하며 마음을 비우는 훈련부터 한다. 이런 배려 속에 아이들은 자신감을 가지며 작곡에 호감을 유지한다.

아이들은 자기 힘으로 노래를 창작할 수 있다는 것을 너무 자랑스럽게 생각한다. 작곡 수업을 시작한 지 2년쯤 되자 아이들이 작곡에 대해 친숙해지고 자신감이 생겨 작곡으로 진로를 고민하는 학생들이 생기고 있다.

현재 방과후 수업으로 작곡을 공부하고 있는 아이들은 열 명이 있는데, 조금씩 역량이 쌓이면 방과후 수업 중에 만들어진 노래를 모아 아이들의 공연 기회를 제공해 줄 계획도 가지고 있다.

▨ 피아노

피아노는 모든 음악 공부의 기본이 되는 악기다. 그래서 우리 학교 교육과정 속에는 피아노 수업이 없지만, 피아노 연습실을 만들어뒀

피아노 수업은 아이들의 요구로 개설되었다.

다. 교실 한 칸에 칸막이를 하여 아홉 대의 피아노를 넣어두고 개별 연습을 할 수 있도록 했다. 그리 방음이 잘 되는 편은 아니지만 서로 방해가 될 정도는 아니어서 개별 수업도 가능하다. 공간이 그리 좁지 않아서 피아노 연습뿐만 아니라 노래 연습이나 간단한 협주 연습 때도 활용한다. 피아노 연습실은 늘 개방되어 있어서 누구나 틈나는 대로 활용이 가능하다.

피아노 방과후 수업도 아이들의 요구에 의해 만들어졌는데 피아노를 처음 치거나 음악의 기초가 부족한 아이들이 많이 지원한다. 아홉 명이 각각 피아노 앞에서 연습하는 동안 피아노 선생님이 순회하며 지도하시는데, 한 바퀴 순회하고 나면 90분이 금세 지나가 버린다.

피아노를 처음 접하는 아이들도 있지만, 악보를 잘 읽지 못하는 아이들도 수업에 참여한다. 이 아이들이 피아노 수업을 통해 독보력이 향상되어 다른 수업에도 도움이 된다는 이야기를 들으면 선생님의 입 꼬리가 올라가신다.

▨ 시 쓰기

시 쓰기 수업은 학교의 교육 방침에 의해 만들었다. 미래 사회가 평생교육의 시대이다 보니 읽기, 쓰기, 말하기는 무엇보다 중요하다. 우리 학교에서는 독서교육에 정성을 쏟는 만큼 글쓰기에도 관심을 기울인다. 교과 수업을 통해서도 읽기, 쓰기, 말하기 공부를 할 수 있도록 주문을 하지만 전문적인 글쓰기 수업의 필요성도 느꼈다.

학교에서 독서를 강조하며 여러 가지 행사로 여건을 만드는 만큼 우리 아이들은 독서를 많이 하는 편이다. 그래서 글을 읽고 내용을 파악하는 능력도 비교적 우수한 편이다. 삼 년 동안 LTI 프로젝트를 진행하고, 연극 수업이나 뮤지컬 무대에 여러 차례 출연하면서 말하기 능력도 제법 잘 훈련되어 있는 편이다. 그러나 글쓰기는 그리 만만치가 않았다.

2학년 때는 한 학기 동안 국어 시간에 소설책을 읽고 뮤지컬 시나리오를 쓰는 작업을 한다. 한 학급에서 한 편의 시나리오를 만드는데, 글쓰기 작업이 그리 쉽지 않다. 아이들의 글 쓰는 능력을 향상시키기 위해서 2019학년도부터 시 쓰기 수업을 시작했다. 이 시간을 통해 산문 쓰기도 지도한다.

보다 수준 높은 「시 쓰기」 수업을 위해 글쓰기 지도로 유명한 시인 배창환 선생님을 강사로 모셨다.

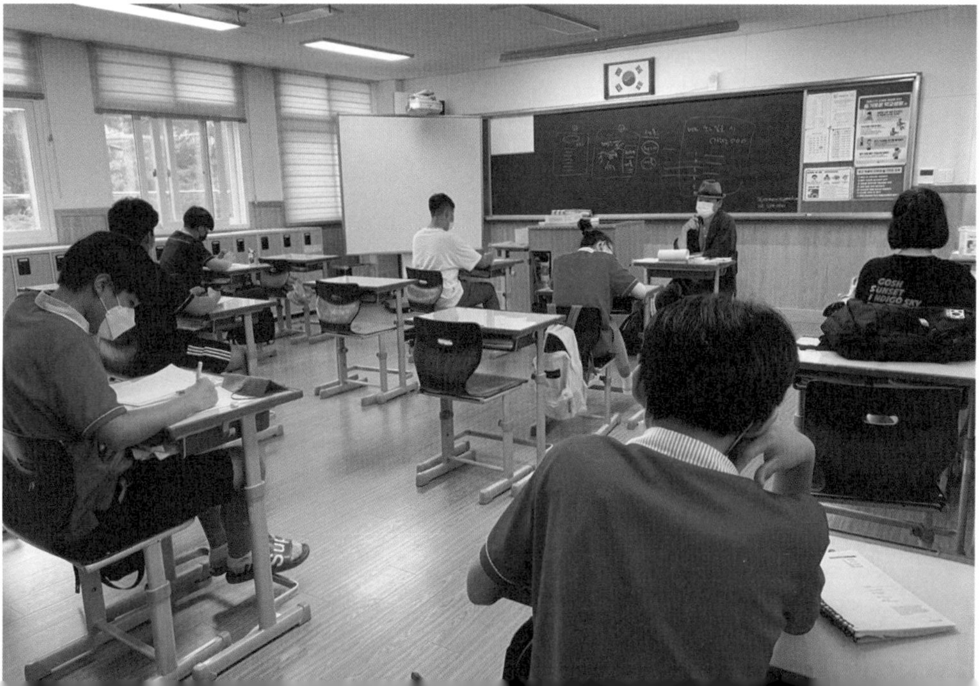

글쓰기 지도로 유명한 시인 배창환 선생님을 강사로 모셨다. 학교 현장에 계실 때에는 근무하는 학교마다 글쓰기 지도를 하고 결과물을 책으로 엮었다. 아이들을 지도하러 오시는 김에 학부모님을 대상으로도 글쓰기 수업을 부탁했다.

처음 써 보는 시가 그렇게 수려할 수는 없었다. 그러나 아이들이 가질 수 있는 순수함이 배여 나오고, 학부모님들의 시에서는 삶의 연륜에서 오는 감동이 묻어있었다. 수업 시간에 쓴 아이들과 학부모님들의 글을 묶어서 매년 시집을 발간하고 있다.

2021학년도에는 LTI프로젝트를 글쓰기와 연계했다. 아이들의 LTI 프로젝트 진행과 발표 과정을 일회성으로 그냥 보내기에는 너무 아깝기도 했다. 자신의 프로젝트 내용을 수필로 전환해서 쓰고 싶은 학생들을 모아 글쓰기 특강을 하고 원고를 모았다. 원고를 제출한 아이들을 대상으로 두 달 동안 첨삭지도를 한 후에 수필집을 발간했다.

부서진 벤치를 통해 성장하는 목공 수업

목공 수업은 방과후 수업과 동아리 활동을 연계하여 운영한다. 작업할 수 있는 시간을 조금이라도 더 확보하기 위한 것이다. 목공은 자신감이 부족한 아이들에게 적합한 활동 중의 하나다. 짧은 기간에 결과물을 만들어 낼 수 있으니 성취감이 무엇보다 크다. 특히 도시에서 성장하는 아이들은 스스로 도구를 사용하여 일할 기회가 거의 없다. 톱질을 하거나 못을 박는 일조차 신기하고 재미있다.

2021학년도 1학기, 아홉 명을 데리고 첫 시간 수업을 진행한 신동진 선생님이 도움을 요청해 왔다. 나름 치밀하게 수업 계획을 짰지만, 목공실의 여러 가지 장비들이 위험성을 내포하고 있어서 한 교사가 가르칠 수 있는 학생의 수는 많지 않다. 성격이 제각각인 아이들 아홉 명을 모아 놓으니 교사 한 사람이 지도하기는 너무 어려운 일이었다. 그다음 시간부터 내가 한 학기 동안 보조교사로 함께 했다. 나도 집에 사용하는 식탁, 옷장, 소파, 거실장 등의 가구를 직접 만들어 사용할 정도의 경험이 있다.

목공 수업은 전동드릴로 나사못을 박고 빼는 것부터 시작했다. 25mm 합판에 격자로 줄을 긋게 한 다음 거기에 수직으로 나사못을 박게 했다. 목공 작업을 처음 해보는 아이들에게는 나사못을 수직으로 박는 것도 그리 쉬운 일이 아니다. 합판을 뚫고 나오지 않을 정도로 적당한 깊이에서 멈추는 것도 훈련 중의 하나였다. 그다음에는 그 나사못을 빼서 개인용 작업대를 만드는 작업을 했다.

수업 시간이 반복될 때마다 아이들의 작업 영역은 점점 넓어졌다. 공구 보관용 선반도 만들고 개인용 사물함도 만들었다. 이제는 강당에서 사용할 무대 장치를 만들기까지 한다. 그럴 때마다 아이들의 자존감은 점점 성장한다.

한번은 신동진 선생님이 전일제 동아리활동 시간에 새로운 기획을 했다. 목공실에서 나오는 목제 부스러기를 이용하여 배를 만드는 작업을 아이들에게 시켰다. 작은 부상을 걸고 아이들에게 시합을 제안했다. 기준은 두 가지였다. 하나는 배가 가라앉을 때까지 얼마나 많은 짐을 실을 수 있느냐는 것이었다. 배의 본질인 부력을 고민할 수 있게 한 것이다. 또 하나는 냇가에 가서 배를 띄웠을 때 누가 더 빨리 목적지까지 떠내려갈 수 있는가를 보는 것이었다.

아이들은 다양한 아이디어로 배를 디자인하고 나무토막을 잘라 잇대서 배를 만들었다. 위험한 전동 공구를 이용한 작업은 나와 신동진 선생님이 도와줬다. 한나절의 시간이 어떻게 지나갔는지 몰랐다. 오후 시간에는 학교 인근의 냇가로 가서 배를 띄우기로 했다. 아이들은 소풍 가는 것처럼 즐거워했다.

냇물에 배를 띄운 아이들은 뒤쫓아 가면서 응원을 한다. 아이들의 고함소리와 웃음소리로 온 냇가가 시끄럽다. 경기 결과는 아이들의 정성과 노력과는 다르게 나왔다. 배의 모양을 예쁘게 디자인하고 정성을 기울여 만든 늘씬한 몸매의 배는 부력이 적어 속도가 느리고 모양은 예쁘지 않지만, 면적이 넓은 배는 부력이 커서 물살에 잘 떠내려갔던 것이다. 아이들은 의외의 경기 결과에 통쾌해하기도 하고 안타까워하기도 했다. 하지만 결과와 상관없이 즐겁긴 마찬가지다.

우리 학교에는 철제로 된 틀에 사람이 앉는 부분과 등받이 부분을 나무로 만든 벤치 세 개가 운동장 주위에 놓여 있었다. 오랜 시간 햇볕을 받고 비를 맞고 하다 보니 나무가 썩어 더러워 보이기도 하고, 잘 고정이 되지 않아 삐걱대어 학생들이 잘 앉지 않는, 제 본래의 쓸

모가 사라져 가는 벤치였다. 이것이 내심 못마땅해 학교 행정실에 얘기했더니 난감해했다. 이를 전해 들은 신동진 선생님이 선뜻 목공반 동아리에서 고쳐 보겠다고 들고 가서 동아리 학생들과 한 달여를 씨름하여 그럴듯하게 고쳐왔다.

학교에서 목공 수업을 한다는 것은 학생들에게 문제 해결의 과정을 체험할 기회를 주는 것이다. 세상 모든 일 중 문제가 아닌 일이 어디에 있을까마는, 목공은 학생들이 학교에서 체험의 형태로 현실의 문제를 직접 해결해 볼 수 있는 몇 안 되는 도구다. 제 기능을 잃어버리고 흉물로 남은 벤치를 본래의 기능을 다할 수 있도록 만드는 과정은 문제를 해결해 보는 가장 좋은 기회를 제공해 준다.

아이들이 수리한 벤치에 그림을 그린 후 카메라 앞에서 포즈를 취하고 있다. 목공 수업은 학생들에게 문제 해결의 과정을 체험할 기회를 제공한다.

문제를 해결하는 과정은 문제를 작은 부분으로 나누고 그 작은 부분들을 순서대로 나열해 보고 그 순서에 따라 실행해 보는 과정이다. 목공은 항상 설계, 나무 자르기, 나무 다듬기, 마감하기, 조립하기라는 일정의 과정을 거치게 되어, 무엇을 만들던지 자연스레 문제해결의 일반적인 과정을 배우게 된다.

목공이 문제 해결의 과정을 배우는 데 더할 나위 없이 좋은 도구가 되는 것은 그 결과물을 직접 사용해 볼 수 있다는 데 있다. 모형이나 이론이 아닌 눈으로 그 과정과 결과를 직접 확인할 수 있고, 완성된 것을 실제로 사용해 봄으로써 문제가 적절하게 해결되었는지, 어떤 과정에 문제가 있었는지를 몸으로 경험할 수 있다.

학생들은 목공을 몸으로 경험하면서 노동의 가치를 함께 체험한다. 목공은 대체로 수없는 반복의 연속이다. 똑같은 크기의 나무로 자르기를 수없이 반복해야 하고, 사포질을 수없이 반복해야 하며, 못 박기를 수없이 반복하고, 붓질을 수없이 반복한다. 학생들은 이 지겨운 반복의 과정을 거쳐야 우리 삶에 필요한 것이 만들어짐을 몸으로 경험하고, 반복되는 노동을 통해 만들어진 세상의 물건들을 보면서 그 물건을 만들어 낸 노동의 가치를 몸으로 배운다.

학생들은 전문적인 기술을 배우지 못했기에 그 결과물은 대체로 어딘가가 부족하다. 다 만들어 놓은 벤치가 여전히 삐걱대기도 하고, 칠을 꼼꼼하게 하지 못하여 나무의 하얀 부분이 드러나기도 하고, 사포질을 게을리하여 거친 나무의 표면에 손을 쓸리기도 한다. 그래도 학생들은 자신이 해결해 낸 문제의 결과를 보면서 뿌듯해하고,

자신의 부족함을 반성하여 다음에는 더 나은 결과를 만들어 내리라 다짐한다. 우리 학교 목공반 학생들은 흔들리는 벤치를 통해 성장한다.

살면서 악기 하나 정도는 연주할 수 있어야

▨ 현악기는 어려워

특성화 교육과정을 기획하면서 아이들이 살아가는 동안에 악기 하나 정도는 연주할 수 있어야 한다고 생각했다. 여러 악기 중에 기타를 선택한 것은 혼자서도 즐길 수 있고 여럿이 함께 즐길 수 있기 때문이었다. 게다가 가격도 그렇게 비싸지 않아 개별적으로 구입하기에도 큰 부담이 없다.

기타와 같은 현악기는 익히는데 시간이 많이 걸린다. 정규 교육과정에 한 시간씩 편성된 것만으로는 악기를 익히기가 어렵다. 방과후 수업은 관심있는 아이들이 자신의 역량을 성장시키는데 많은 도움을 주지만 개별적인 노력 없이는 발전이 더디다.

특성화 수업이 시작된 초기에는 학교에 있는 악기로 수업을 이끌어 갔는데, 가정에서 개별 연습을 하지 않으니 기량이 발전하지 않았다. 지금은 신입생들에게 개별적으로 기타를 구입하여 가성에서 틈틈이 연습하도록 권고하고 있다. 기타 연습실도 아이들 교실 곁으로 이사하고 교실 앞 소파에도 기타를 한두 대 배치하여 틈틈이 가지고 놀게 했다. 아이들이 관심을 가지고 연습 시간을 늘리자 기량도 발전했다. 자연스럽게 아이들의 수요도 늘어나 방과후 수업도 수준별로 두 반을 운영하고 있다.

2학년 혜성이는 초등학교 때까지는 음악에 큰 관심을 가지지 않았다. 가창중학교에 입학한 후 다양한 특성화 수업에 참여하면서 음악을 좋아하게 됐다. 성악 시간에 노래도 배우고, 기타도 배우면서 점점 음악과 친해지고 노래가 좋아졌다. 방과후 수업으로 기타도 배우고 피아도 배우고 작곡도 배웠다. 초등학교 3학년 때부터 부모님이

기타와 같은 현악기는 익히는데 시간이 많이 걸린다. 정규 교육과정에 한 시간씩 편성된 것만으로는 악기를 익히기가 어렵다. 방과후 수업은 관심있는 아이들이 자신의 역량을 성장시키는데 많은 도움이 된다.

권해서 피아노를 배우기는 했지만 그다지 흥미롭지 않았다. 악보도 제대로 읽을 줄 몰라 손가락 번호를 외워 피아노를 쳤다.

중학교 입학 후 음악이 좋아지면서 음악에 대한 집중력이 향상되었다. 피아노와 작곡을 공부하면서 독보력도 좋아졌다. 결정적으로 음악에 빠져든 것은 방과후 수업 시간에 기타를 배우러 갔다가 2학년 선배가 「베이스 기타」를 치는 것을 듣고 중후한 음색에 반해버렸다.

저녁에 어머니에게 「베이스기타」를 사달라고 했더니 안된다고 했다. 무엇이든 한 가지를 시작하면 꾸준하게 하지 못하고 금방 시들해지는 버릇을 이야기하며 더 이상 악기를 사줄 수 없다는 것이다. 이번에는 다를 것이라며, 마지막으로 「베이스기타」를 하나 사달라고 졸라서 겨우 허락을 받았다. 다음날부터 「베이스기타」는 혜성이의 가장 친한 친구가 되었다.

「베이스기타」와 친해지면서 다른 수업도 열심히 하게 되었다. 기타 수업은 물론이고 성악과 작곡 수업도 열심히 참여했다. 1학년 2학기부터는 피아노를 아주 좋아하게 되었다. 좋아하는 영화나 에니메이션의 OST가 생기면 밤늦게까지 피아노를 치기도 했다. 영화 속에 등장하는 락밴드의 음악이 좋아 악보 프로그램을 구해서 혼자서 그려보며 독학을 했다. 이제는 한 가지를 하면 깊이 있게 공부하는 습관이 생겼다.

요즘 혜성이는 진로에 대한 고민이 많다. 음악을 전공하고 싶은 마음이 생긴 것이다. 베이스 기타를 전공해서 연주자로 활동하고 싶은데, 어른이 되어 가정을 꾸려 나갈 때 경제적 문제가 걱정되었다. 2

학년이 되어 첫 시험을 치르면서 기타를 놓고 시험공부에 집중했다. 진로를 어떤 방향으로 정하든 공부를 열심히 해둬야 다양한 선택을 할 수 있을 것 같았다. 기타를 전공하지 않을 경우에는 다른 직업을 가지면서 취미로 음악을 계속할 작정이었다.

▨ 색소폰의 매력적인 음색에 끌리다

정규수업 전 아침 시간에는 배우는데 시간이 많이 필요한 악기 수업을 하는데, 사물놀이반과 색소폰 합주반 두 개를 운영한다. 이 두 수업은 매일 아침 한 시간씩 수업을 한다.

처음에는 한국일 선생님이 지도하시는 색소폰 합주 수업만 진행했다. 이 수업은 뮤지컬 특성화중학교 전환 이전에도 한국일 선생님이 열정적으로 지도해오시던 수업이라 이미 체계가 잡혀있다.

한국일 선생님의 색소폰 수업은 2005년으로 거슬러 올라간다. 한 선생님은 대학생 시절 작곡을 전공하면서 틈틈이 익힌 색소폰 실력이 수준급이다. 본인이 교사로서 아이들을 도와줄 수 있는 것이 무엇일까 고민하다가 색소폰 지도를 결심했다고 한다. 당시는 중학교에서 방과후 수업이 막 시도되던 시기였는데, 우리 학교에서는 교과공부를 보충하는 수업이 대부분이었다. 학생 수도 오십 명 정도여서 방과후 수업도 다양하지 못했다.

색소폰 수업을 하겠다고 하니 세 명의 학생이 찾아왔다. 학교에서 악기를 구매할 예산이 없어서 두 명은 개인 돈으로 구입하고, 형편이 어려운 한 학생은 선생님의 악기를 사용했다. 색소폰을 하겠다는 학생이 증가하자 한 선생님은 자신의 악기를 팔아 저가의 악기를 몇 대 구입하여 아이들을 지도했다. 참여 학생들도 지금처럼 열정이 있는 아이들이 아니었다. 지각을 하는 경우도 다반사고 결석도 자주했다. 궁리 끝에 아침 출근길에 학생들의 집에 들러 태워오기도 했다. 악보를 읽을 줄 모르는 학생들은 한 명씩 붙들고 지도를 했다.

선생님의 이런 열정에 아이들도 선생님을 따르기 시작했다. 아이들 실력이 조금씩 향상되어 학생들 앞에서 공연할 정도가 되자 아이들도 자신감이 생겼다. 콩쿨에 나가 대구 전체에서 1등을 차지하기도 했고, 소문이 나자 여기저기서 공연을 초청하기도 했다. 한 선생님이 작곡을 전공하셔서 여러 가지 연주곡을 아이들에게 맞게 편곡하여 지도했는데, 때로는 즉흥연주를 시도하기도 했다. 관객들의 호응이 좋아지자 아이들은 신이 났다. 어쩌면 이 색소폰 합주반이 뮤지컬특성화중학교의 토대가 되었는지도 모른다.

특성화중학교로 전환한 이후에는 아이들이 배움에 대한 욕구가 넘쳐 지원하는 아이들 수가 점점 늘어났다. 음악적 감각이 있는 아이들이 많다 보니 색소폰의 음색에 끌린 것이다. 매년 악기를 조금씩 확충하지만 늘 악기가 부족해서 인원을 제한할 수밖에 없었다. 지원자가 스무 명이 넘어가면서 선생님 혼자서 감당하기 어렵게 되었다. 결국 초급과 중급, 두 반으로 나눠서 수업하게 되었다. 일곱 시 사십 분에 수업이 시작되는데도 욕심 많은 아이들은 더 일찍 나와서 연습하기도 했다. 심지어 여름에는 일곱 시에 벌써 악기 소리가 났다. 덕분에 한국일 선생님의 출근 시간도 점점 빨라졌다.

아이들은 자신의 성장을 확인하면서 자신감과 자부심을 가지게 된다. 색소폰 합주단은 다양한 무대에 설 기회를 가졌다. 교내에서는 입학식, 졸업식, 예술제, 신입생 오리엔테이션, 학교 설명회 등에서 연주할 기회가 있고, 교외에서는 병원 환자들을 위한 공연이나 경로잔치를 통해 봉사활동을 했다. 지역 축제에 초대되기도 하고 구청에서 설치해 놓은 공원의 무대에서 연주할 기회도 있었다. 이런 활동은 아이들이 무대에 대한 두려움을 떨쳐버릴 수 있는 좋은 경험이

한국일 선생님의 열정이 만들어 낸 색소폰 합주반 수업

되었다.

자신감이 없는 아이들에게 악기를 가르쳐 익히게 하면 많은 교육적 효과를 얻을 수 있다. 특히 합주는 여럿이 함께 하기 때문에 독주에 비해서 두려움이 적다. 연습과 공연을 반복하다 보면 자신도 모르게 조금씩 두려움을 극복하는 것이다. 악기를 통해 얻은 자신감은 악기 하나로 끝나지 않는다. 한 가지 일에서 성취감을 얻은 사람은 다른 일에도 쉽게 도전을 할 용기를 내게 된다. 회복탄력성이 성장하는 셈이다.

요즈음 한국일 선생님은 배우려고 하는 아이들의 열정에 보람을 느끼신다. 신학기가 되면 "언제부터 색소폰 수업을 시작해요?"라는 질문과 "방학 때도 연습을 하면 안돼요?"라는 질문을 하는 아이들이 너무 기특하다고 하신다. 한 번씩 공연할 때마다 아이들이 기뻐하고 성장하는 모습을 보면서 행복감을 느끼신다.

최근에 건강이 나빠져서 휴가를 얻거나 휴직을 하고 쉬고 싶은 마음이 있는데도 아이들이 기다리고 있다는 생각에 쉬지도 못한다고 하신다.

▨ 풍물은 춤과 장단이 어우러진 종합예술

아침 사물놀이(풍물) 수업은 내가 지도한다. 2020년은 코로나 확산으로 인해 개학을 On-line 수업으로 시작해서 등교 개학이 늦어졌다. 개학 후, 당시 2학년이던 민준이가 찾아왔다.

“교장 선생님, 제가 장구를 전공해서 진학하려고 합니다.”
“그래? 그럼 나하고 아침마다 같이 장구 연습을 할까?”
“그렇게 해주시면 저야 좋지요.”

나는 교직 초창기에 선생님들과 풍물을 배우고 교사 풍물패를 만들어 정기적으로 공연을 한 경험이 있다. 당시 회원 선생님들이 이때 배운 실력으로 학교에서 동아리를 만들어 지도하기도 했다. 그때 같이 활동했던 선생님들이 퇴직 후 함께 살기 위해 시골에 공동으로 땅을 매입하고 집을 지었다. 일부는 먼저 퇴직을 하여 전원생활을 하는 분도 있고, 일부는 곧 퇴직을 앞두고 있다. 모두 퇴직하면 그곳에 마을을 만들어 함께 문화 활동을 하며 은퇴자들의 삶에 대한 대안을 만들고자 꿈꾸고 있다. 그림, 악기, 라인댄스, 성악, 사진, 목공, 산악자전거 등을 익히며 노후를 준비하고 있다. 물론 공통적으로 풍물 공연을 할 역량도 있다.

나도 퇴임 후에 함께 풍물을 즐기기 위해서 장구 연습을 해야겠다고 생각을 하던 차에 민준이가 장구를 전공하고 싶다고 해서 나로서는 좋은 기회를 맞이하게 된 것이다. 다음 날부터 민준이와 나는 매일 아침에 장구 연습을 했다.

민준이는 공부도 남들에게 뒤처지지 않을 정도로 잘하는 편이지만 몸이 가볍고 끼가 있어서 예술을 하면 성공할 가능성이 커 보였다. 신입생 뮤지컬 캠프의 마무리 공연에서 민준이의 몸동작과 춤 솜씨는 다른 친구들과 비교되게 돋보였다. 무대에서의 표정도 그렇게 밝을 수가 없었다. 입학할 때부터 예술을 전공할 생각은 없었는데 가창 중학교 생활을 하면서 진로에 대한 결심이 굳어진 것 같다. 장구는 초등학교 시절 방과 후 수업으로 익혔다고 한다.

민준이와 한 주간 장구 연습을 하면서 이왕 하는 김에 신입생들도 함께하면 좋겠다는 생각이 들었다. 학부모 Band에 공지를 올렸더니 십여 명이 참여하겠다고 했다.

그다음 주부터 아침마다 교정에는 장구 소리가 우렁차게 울려 퍼졌다. 매일 연습하니 실력도 금방 늘었다. 그에 따라 아이들의 열정도 점점 더 커졌다. 가을에 열린 「달성국악제」에 참여하여 최우수상을 받았다. 아이들도 우쭐했다. 입학식 때 축하 공연도 하고 예술제 무대에 오르기도 했다.

아이들의 역량이 조금씩 확인되자 욕심이 좀 더 생겼다. 선반에 도전하고 싶었던 것이다. 선반은 앉은반에 비해 힘이 많이 들 뿐 아니라 연습 시간도 많이 필요하다. 아이들에게 내 생각을 제안했더니 기꺼이 도전해보고 싶다고 했다.

풍물은 옛날부터 선반을 중심으로 연행되었다. 무속에서 풍물의 가락을 차용하여 앉은반으로 연행하기도 했지만, 걸립패를 비롯하여 두레패도 선반으로 공연을 했다. 앉은반은 김덕수 선생이 1970년대 후반 「사물놀이패」라는 공연 집단을 만들어 각종 공연을 하면서 유명해졌다. 풍물의 음악적인 요소를 중심으로 연행하며 사물놀이라는 장르를 개척한 것이다. 그 후, 사물놀이라고 하면 앉은반을 지칭하게 되었는데, 대부분 학교에서 학생들이 사물놀이반을 통해 배우는 것은 앉은반을 말하는 것이다.

지금은 많은 전문 공연 단체가 사물놀이 판굿을 통해 고급 기량을 선보인다. 풍물 선반은 앉은반과 달리 음악적 요소 이외에도 춤과 노래가 포함된 종합예술이다. 보다 높은 기량을 요구하는 만큼 훨씬 신명 나는 볼거리를 제공한다.

2020학년도 겨울 방학 때 풍물 캠프를 기획하고 권오현 선생님을 강사로 모셨다. 권 선생님은 40년 정도 풍물을 지도해온 베테랑이다. 풍물 실력도 탁월하실 뿐만 아니라 교사로 재직하신 덕에 지도하는 역량이 타의 추종을 불허한다. 풍물을 미학적으로 해석하고 의미를 부여하여 교육생들에게 풀어놓을 수 있는 것은, 권 선생님만의 독특한 장점이었다. 삼십 년 전 나도 권 선생님을 통해 풍물을 익혔다.

12월 들어 매일 아침 겨울 풍물 캠프를 대비한 연습을 했다. 앉아서 장구를 치다가 장구를 매고 일어서서 치면 처음에는 소리도 제대로 나지 않는다. 미리 서서 치는 연습을 해두지 않으면 정작 풍물 캠프에서 기본 타법만 배우다마는 경우도 있다. 한 달 동안 연습한 덕분에 아이들은 제법 소리를 낼 수 있게 되었다. 걷고 뛰는 것도 연습했다. 아이들은 힘들어하면서도 즐거워했다.

그러나 풍물 캠프에서 배우는 것은 다소 차원이 달랐다. 꽹과리 가락도 복잡해지고 타법도 힘이 들었다. 장구를 매고 걷고 뛰기를 반복하다 보니 호흡이 가빠지고 입에서는 단내가 났다. 북을 치는 아이들은 더 힘이 들었다. 북은 가락이 단조로운 대신에 강한 소리와 역동적인 동작을 요구한다. 하나도 쉬운 것이 없다. 그래도 캠프를 마칠 무렵에는 간단한 판굿을 하나 할 수 있었다.

2021학년도부터는 상모돌리기에 도전했다. 신입생들은 아침 시간에 매일 장구와 사물놀이를 배웠다. 2학년들과 1학년 일부는 화요일 오후 방과후 수업 시간에 상모를 배웠다. 상모는 아이들에게 또 하나의 벽이었다. 머리에 상모를 쓰는 것부터 쉬운 일이 아닌데 상모를 돌리는 것은 그리 만만치가 않았다. 처음 상모를 돌리고 나면 머리도 어지럽고 속도 메스꺼웠다. 연습 첫날부터 외상을 돌리는 아이들이 있는 반면에 한 학기가 지나도 외상이 돌아가지 않는 학생들도 있었다.

지지부진하던 아이들이 여름방학 풍물 캠프를 거치면서 대부분 외상을 돌릴 수 있게 되었고, 겨울방학 캠프를 통해 눈에 띄는 진전을 이루었다. 외상, 허튼상, 양상, 나비상까지 돌릴 수 있는 아이들이 다수 나왔다.

우리 학교 학생들이 매일 풍물을 배운다는 소문을 듣고 풍물을 전공하려고 하는 학생이 입학하기도 했다.

강당과 음향, 조명 장치는 아이들이 좋아하는 놀이터

2018년, 강당이 완공되었다. 그동안 교실 두 칸 정도 크기의 강당

상모는 아이들에게 또 하나의 벽이다. 머리에 상모를 쓰는 것부터 쉬운 일이 아닌데 상모를 돌리는 것은 그리 만만치가 않다.

(현 무용실)에서 집회도 하고 식사도 하고 공연도 하였는데 강당의 증축은 우리에게 큰 희망이 되었다. 580㎡ 규모 아담한 크기의 강당 1층에는 식당이 자리 잡고 2층은 공연장 겸 수업 공간으로 사용되는 다목적 시설이다.

다소 작은 크기의 공간을 최대한 효율적으로 활용하기 위하여 관람석을 접이식으로 설치하였다. 체육 수업을 할 때는 관람석을 접어놓고 공연을 할 때는 펼친다. 무대는 따로 설치하지 않고 마룻바닥 자체가 무대로 활용된다. 뮤지컬을 공연하자면 노래와 연기뿐만 아니라 춤도 춰야하기 때문에 동선이 넓을 수밖에 없다. 그래서 아이들의 공연 공간은 강당의 절반 정도를 차지한다. 게다가 강당의 긴 쪽을 무대로 활용할 수 있도록 배치했다. 덕분에 관객과 연기자의 거리는 매우 가깝다. 아이들은 여기서 마음껏 끼를 발산한다. 강당은 아이들이 매우 좋아하는 공간이다.

2020년에 강당에 음향과 조명 시설이 갖춰지자 겨울방학 때 1, 2학년 희망자를 대상으로 첫 엔지니어 캠프를 실시했다. 음향과 조명 전문가를 모시고 일주일간 아이들을 가르쳤다. 그러나 일주일간의 교육으로 음향과 조명을 다룰 수 있는 간단한 문제는 아니었다. 단순히 기계를 사용할 수 있을 뿐 실전에서 사용하기 위해서는 음향의 조절 능력과 조명의 배색 능력이 있어야 양질의 무대 지원을 할 수 있다. 그것은 오직 많은 경험을 통해서만 얻을 수 있는 역량이다. 그럼에도 불구하고 2021학년도 입학식부터 아이들이 음향과 조명을 맡았다. 고맙게도 입학식 날 엔지니어가 방문해서 아이들이 장비를 다루는 것을 지켜보며 조언을 해주셨다. 그 후 학교의 크고 작은 행사를 아이들의 솜씨로 진행했다. 그러나 아직까지 공연무대의 스탭으로 활동하기에는 역량이 부족하다.

다소 부족한 점은 있지만, 아이들은 두려워하지 않고 도전했다. 2021학년도 1학기 LTI 프로젝트를 진행하면서 혜빈이가 찾아왔다. LTI 프로젝트 주제로 무대조명을 하고 싶은데 학교 장비를 사용하게 해달라는 것이다. 담당 선생님과 행정실의 협조를 얻어 사용할 수 있도록 기꺼이 허락했다. 혜빈이는 방과 후에 시간이 나는 대로 조명 장비에 매달렸다. 걸그룹의 공연 영상의 조명을 보고 색깔을 조합하기도 하고 락밴드의 화려한 무대조명을 흉내 내기도 했다.

혜빈이의 도전은 다른 아이들에게도 영향을 미쳤다. 현주는 2022학년도 1학기 LTI 프로젝트 주제로 연출을 해보고 싶어서 시나리오를 쓰고 연기자까지 섭외했는데, 무대에서 시연하고 싶으니 음향과 조명을 사용하게 해달라고 한다. 혜빈이의 도움을 받아서 해보겠다는 것이었다.

우리 학교의 허용적인 지도 방침은 아이들의 도전 의식을 자극한다. "안돼!"라는 말을 자주 듣는 아이들은 어떤 일에 도전하기에 앞서 자기 검열이 강화되어 지레 포기하고 만다. 앞으로도 우리 아이들의 새로운 도전은 지속될 것이다.

2021학년도 겨울방학 엔지니어 캠프는 방송반 활동과 겸하여 실시하였다. 단순히 음향과 조명뿐만 아니라 공연 장면을 촬영하고 그것을 송출하는 역량을 다지고 싶었다. 이 학생들은 학교 홍보 활동에도 역할을 할 예정이었다. 우리 학교의 교육활동을 기록하고 SNS에 올려 학교를 알리는 것이다. 우리 학교의 교육활동은 각 활동들이 단절되지 않고 서로 유기적으로 결합되어 움직이고 운영된다는 장점이 있다.

➔ https://youtu.be/i7WKE6uTQos 방과 후 수업 영상

2021학년도 겨울방학 엔지니어 캠프는 방송반 활동과 겸하여 실시하였다.

평생교육시대를 위한 독서교육

독서 마일리지와 인문학 기행

우리 학교가 뮤지컬을 중심으로 특성화교육을 강화하다 보니 일부 학부모들은 진로와 관련하여 걱정을 많이 하신다. 직설적으로 표현하면 입시 교육에 뒤처질까 봐 걱정된다는 표현이 옳을 것이다. 뮤지컬 특성화 교과, 뮤지컬 캠프, 자전거 여행, 도보여행에 LTI프로젝트 등이 모두 노는 것처럼 보이는 모양이다. 일견 이해가 가는 측면이 있다. 주변에 있는 다른 학생들은 학교에서도 입시 교육에 매진하는 것 같고, 방과 후에는 학원을 전전하는 것을 보니 불안해지는 것이다. '저렇게 놀다 진학은 제대로 할 수 있을까?' 라며 걱정을 하는 모양이다.

그러나 학부모의 걱정은 기우에 불과하다. 우리 학교의 교육과정은 전인교육에도 많은 도움을 주지만 입시 교육에도 이점이 많다.

LTI 프로젝트 학습은 본인이 선택한 영역의 인턴십을 통해 다양한 분야의 학습에 흥미를 느끼도록 만든다. 또한 다양한 진로 탐색 과정에서 진로에 대한 자기 결정권이 강화되어 보다 일찍 분명한 목표를 설정하는 아이들이 많다. 실제로 우리 학교 아이들은 3학년이 되면 진로에 대한 고민을 심각하게 한다. 그만큼 고등학교 진학 패턴도 다양하다.

뮤지컬 캠프, 자전거 여행, 도보여행 등을 통해 얻은 성취감은 자존감과 자신감을 높여 무엇이든 도전할 수 있는 용기를 키워준다. 게다가 이런 활동은 꾸준한 노력과 인내심이 없으면 어려운 활동이다. 이런 습관은 스스로 정한 목표에 도달할 때까지 이겨낼 수 있는 심적 지구력 향상으로 이어진다.

결국 진로에 대한 자기 주도적인 분명한 목표 설정과 도전할 수 있는 용기, 그리고 꾸준히 노력하는 습관이 있다면 입시 준비도 큰 어려움이 없을 것이다.

나는 가창중학교에 부임하기 전에 일반계고등학교에서 입시지도를 한 경험이 있다. 그 경험에 의하면 어릴 적부터 사교육에 의존하며 학업성적을 유지해온 학생보다 분명한 목표를 가지고 자기 주도적으로 공부하는 학생의 성장이 훨씬 빠른 것을 많이 목격했다.

우리 학교의 정체성을 유지한 채 학부모들의 요구를 수용하여 학력저하를 방지하는 방법은 두 가지다.

첫째는 기본을 튼튼히 하는 방법이다. 중학교 과정 동안 교과별로 심화학습을 지양하고 스스로 공부할 수 있게 기본기를 튼튼히 하여 학업 결손을 없애는 것이다. 상급 학년이나 상급학교에 올라가 스스로 목표를 정하고 노력할 때 바탕이 되는 기본기를 충실히 해놓으면 그다음부터는 자기 주도적 학습 능력이 빛을 발할 것이다.

둘째는 독서교육의 강화다. 독서가 모든 교과 학습의 거름이 된다는 사실은 누구나 인정할 것이다. 독서는 간접 경험을 통해 회복탄력성 신장에도 도움이 된다. 우리 학교에서는 '기본이 튼튼한 교육'을 강조하고 있다. 그 핵심에는 독서교육이 있다.

우리 학교에서는 교사들의 「독서 나눔」을 정기적으로 하고 있다. 교사들의 독서는 교사들의 성장을 위해서도 필요하지만, 학생들의 독서 장려에도 중요한 역할을 한다.

특성화 학교 추진을 하면서 교사연수를 실시했는데, 이 과정에서 김호 선생님의 건의로 독서 나눔을 시작하게 되었다. 처음에는 소수의 선생님이 독서 나눔을 하다가 점점 확대되어 전 교사들이 참여하게 되었다.

그러나 평소 책 읽는 것이 생활화되어 있지 않은 선생님이 지속적으로 독서하고 토론하는 일은 그리 쉬운 것이 아니었다. 함께 책을 읽고 생각을 나눠본 경험이 없던 선생님들은 그 자체가 부담으로 다가왔다. 부담을 줄여 주려고 가급적 근무 시간 내에 학교에서 독서모임을 하거나, 퇴근 후 인근 카페에서 자유로운 분위기를 연출하기도 했다. 책의 선정도 동화책부터 이론서까지 다양하게 선정했다. 책을 읽지 않아도 참석해서 함께 나눌 수 있도록 했다. 하지만 선생님들의 부담감이 해소되지는 않았다. 어떤 때에는 참석률이 저조하기도 하고, 어떤 때에는 책을 읽지 않고 오시는 분들이 많아 담당자의 속을 끓였다. 독서 나눔 행사를 포기하고 싶다는 말까지 하셨다.

그렇지만 한 달에 한 번 이루어지는 독서 나눔을 통해 나름의 성과는 얻고 있었다. 학교 경영 철학을 공유하는 공간으로 역할하기도 하고, 학교의 비전을 공유하는 기회가 되기도 했다. 교사 스스로 내면의 성장에 관심을 가져야 한다는 사실도 공감하고, 독서교육의 중요성을 이해하며 학생들을 독려하기도 했다. 학생들을 대상으로 하는 독서 축제나 인문학 기행 등의 행사도 긍정적으로 받아들였다.

올해는 선생님들의 부담을 줄여드리기 위해 희망자끼리만 독서 나눔을 추진하기로 했다. 다른 분들은 틈나는 대로 참여하실 것이다.

특성화중학교로 전환하기 전에 우리 학교 도서관은 드림관(구관)에 있었다. 그간 도서관이 아이들 교실과 많이 떨어져 있어서 독서를 장려하는데 다소 걸림돌이 되었다. 교실 가까이 있으면서 아이들이 놀이터처럼 드나들 수 있어야 될 것 같아 2018학년도 가을에 도서관 이전을 계획했다. 마침 대구광역시교육청에서 도서관 현대화사업 참여 학교를 공모하고 있어서 이전에 필요한 비용을 마련할 수 있었다. 이전 장소는 자유관(본관)으로 교실과 인접해 있다.

도서관 이전을 추진하면서 독서 장려를 위해 「독서 마일리지제」를 기획했다. 아이들이 책을 읽고 기록을 남길 때마다 마일리지를 적립해주고, 학년말에 마일리지 적립을 많이 한 학생 스무 명에게 인문학 기행의 기회를 주기로 했다. 네 명 한 모둠 기준으로 여행비를 제공하고 아이들 스스로 여행을 기획하여 다녀오게 하는 것이다. 인솔 교사는 단순히 안전요원으로 참여하고 모든 계획과 추진은 아이들 스스로 한다. 책도 읽히고 인문학 기행도 하게 하는 일석이조의 계획이었다.

겨울방학 동안 선생님들이 머리를 맞대고 세부 기준까지 마련하여 2019학년도 신학기부터 바로 시행하기로 했다. 독서 기록장도 만들어 학생들에게 나누어 주었다. 하지만 도서관 이전이 늦어지면서 독서 열기는 기대만큼 달아오르지 못했다. 2학기 들어 도서관이 완공되자 아이들의 독서 열기도 조금씩 살아났다. 도서관 바닥을 따듯하게 해놓으니 아이들이 틈만 나면 도서관에서 뒹굴었다.

「독서 마일리지제」를 운영하면서 시행착오도 있었다. 선생님들이 인문학 기행 대상자 선정의 기준을 너무 어렵게 하여 11월 말에 마일리지를 평가할 때 기준을 통과한 학생이 일곱 명밖에 되지 않았다. 우리 학교가 권장하는 인문학 서적 목록을 정해 놓고 최소 열 권 이상을 읽도록 했으니 평범한 중학생의 독서 실력으로는 쉽지 않은 일

독서를 생활화하기 위해서 도서관이 아이들이 놀이터처럼 드나들 수 있도록 2019학년도 가을에 도서관을 교실 가까이에 이전했다

이다. 많은 학생에게 여행의 기회를 주지 못해 아쉬움이 남았지만 정해 놓은 기준을 지키지 않을 수는 없었다.

아이들은 서울로 여행하기로 하고 여행 계획을 세웠다. 2박 3일간의 여행 경로는 '경복궁-북촌한옥마을-광장시장-홍대-별마당도서관-스타필드-SM타운-여의도한강공원-국회의사당-문화역 서울 284' 로 정했다. 아이들이 제일 신경 쓰는 부분은 숙소였다. 흔히 수학여행을 통해 가볼 수 없는 호텔을 예약했는데, 예산 운용 규정에 위배되지 않는 선에서 허락해 주었다. 아이들은 3일 동안 계획대로 알차게 여행하였다. 인솔 선생님은 단순한 보호자에 불과했다. 모든 진행은 아이들 스스로 했다. 여행을 다녀온 아이들의 보고서를 아래에 소개한다.

〈2019 인문학 여행 보고서〉

첫째 날에는 북촌한옥마을, 경복궁, 광장시장, 홍대를 다녀왔다.

먼저 우리는 북촌한옥마을에서 한복을 빌리고 경복궁으로 이동했는데 경복궁을 돌아다니면서 한복을 입은 채로 사진을 찍고 돌아다녔다. 경복궁이 옛날의 궁전이라 한복이랑 잘 맞는 것 같아서 사진을 찍어도 다 잘 어울리고 마음에 드는 사진들만 나왔다. 궁궐에 관한 설명을 보며 여러 가지 생각을 하게 된 계기가 되었다.

원래는 그냥 사진만 찍고 구경만 할 텐데 인문학 여행을 와서 그런지 궁에 대해서 더 많은 관심을 갖게 되었다. 경복궁은 가끔씩 서울에 가면 보는데 매번 볼 때마다 새로운 느낌이 드는 것 같아서 신기

북촌한옥마을에서 한복을 빌려 입고 북촌마을과 경복궁을 돌아다니며 사진을 찍었다.

했다.

사진을 다 찍고 걸어서 북촌한옥마을에 갔다. 생각했던 것보다는 규모가 작아서 조금 아쉬웠긴 하지만 곳곳이 다 사진을 찍는 명소라 너무 아름다웠고 사진들이 다 예쁘게 나와서 만족스러웠다. 겨울에 가서 그런지 조금 춥긴 했는데 그래도 사진 찍느라 추위에 별로 신경을 쓰진 않았다. 북촌한옥마을에 한복을 입고 돌아다니는 외국인 관광객들이 많아서 신기했고 한복을 입고 있는 사람들이 북촌한옥마을을 돌아다니니 위에서 보는 그림이 한 조선 시대의 풍경 같아서 되게 아름답고 멋있었다. 다음 봄이나 가을에 다시 오고 싶었다.

한복을 반납하고 광장시장에 갔다. 광장시장에는 처음 가보았는데 시장 곳곳에 빈대떡이 많았다. 그걸 보니 광장시장은 빈대떡으로 꽤 유명한 시장인 것 같다는 생각이 들었다. 광장시장을 둘러보니 아주 많은 먹을거리와 생선, 여러 종류의 식당들이 있었는데 점심을 먹어야 해서 광장시장 안에 있는 손칼국수 집에서 점심을 먹었다. 손칼국수를 먹으면서 빈대떡도 같이 먹었는데 빈대떡이 엄청 맛있었다. 광장시장에 왜 빈대떡이 많이 있었는지 알게 되었다. 점심을 다 먹고 광장시장에 있는 수수부꾸미를 먹으려고 줄을 섰는데, 그 수수부꾸미를 만드시는 분께서 생활의 달인이라는 TV 프로그램에 나오신 분이셔서 조금 더 기대가 되었다. 기다림 끝에 수수부꾸미를 먹어보

입구에 들어선 순간 우리의 마음을 사로잡아버린 「별마당 도서관」. 정말 신세계였다.

별마당도서관
출입금지
OTIS

았다. 생활에 달인에 나올 만큼 엄청 맛있었다. 수수부꾸미를 먹고 시장에 가면 흔히 먹는 호떡을 먹으며 다음 코스인 홍대에 가는 버스를 기다렸다.

저녁쯤에 홍대 길거리를 돌아다녔다. 홍대에 들어서자마자 버스킹을 하는 사람들이 보였다. 그중에서 어린아이들도 있었는데 추운 날 버스킹을 하는 것이 안쓰럽기도 하고 한편으로는 대단하다고 느껴진다. 더 들어가 보니 먹거리도 많고 옷들도 많이 있었다. 겨울 저녁이라 매우 추웠지만, 홍대에 가보는 것이 정말 신기해서 추운 줄도 모르고 돌아다니며 구경을 했다.

가게마다 다른 느낌의 옷들이 있어서 보는 재미와 사고 싶다는 생각이 엄청 들었다. 다음에는 홍대에서 쇼핑을 하기 위해 돈을 더 들고 와야겠다는 생각이 들었다. 그리고 버스킹을 하는데 기회가 된다면 나중에 우리 학교도 하면 좋을 것 같다는 생각도 했다.

첫날은 되게 알차고 행복하고 다양한 경험을 많이 해 봐서 정말 보람 있었다.

둘째 날에는 코엑스와 SM타운에 가보았다. 코엑스 안에 있는 「별마당 도서관」에 가기 위해서 코엑스에 가게 되었다. 코엑스에 다양한 구경거리들도 많아서 여기서 하루 종일 있기로 했다. 제일 먼저 우리가 많이 기대했던 「별마당 도서관」에 들어갔는데, 입구에 들어선 순간부터 우리를 사로잡았다.

이때까지 전혀 보지 못했던 도서관이고 정말 신세계였다. 도서관에 얼마나 책이 많으면 엘리베이터까지 있을까? 라는 생각도 해보고 충격도 받았다. 점심을 먹을 때 서울에 있는 재훈이를 만나서 같이 먹게 되었다. 재훈이와 재훈이 어머니께서 맛집을 추천해주셔서 함께 먹었다. 떡볶이를 먹었는데 되게 새로운 맛이였다. 그리고 거기에는 감자튀김이 엄청 맛있었는데 그 소스가 특별해서 한 개 더 시켜 먹었다. 그리고 재훈이 어머니께서 이 근처에 SM타운이 있다고 가보라고 추천해주셔서 우리는 가보기로 했다.

SM타운은 SM엔터테인먼트 소속인 연예인들에 대한 것들이 있었다. 우리는 굿즈 샵에 들렀는데 우리가 좋아하는 연예인들이 없어서 그냥 구경만 해보았다. 그래도 우리가 언제 또 한 번 SM타운을 와볼까? 라는 생각을 하면서 즐겁게 구경했다. 그리고 다른 층들도 가보았는데 VR체험을 할 수 있는 곳들과 박물관이라는 곳도 있었고 연

SM타운은 SM엔터테인먼트 소속인 연예인들에 대한 것들이 있었다.

예인들이 뮤비를 촬영할 때 입은 옷들도 전시가 되어있었다. 우리 모두 SM타운은 처음이라 너무 신기했다. 밖에는 연예인들의 손자국이 전시되어 있었다.

다시「별마당 도서관」에 들러서 각자 하고 싶은 것들을 하고 구경하며 시간을 보내던 도중 코엑스 방문을 기념할 겸 각자 책을 한 권씩 샀다. 다들 각자 원하는 책을 사서 정말 만족스러웠고 좋았다.

둘째 날에는 조금 힘들기도 했지만 친구들과 함께 추억들을 많이 쌓아가는 것 같아서 좋았고 한편으로는 내일이 마지막 날이라서 아쉽기도 했다.

셋째 날에는 국회의사당, 한강, 미술관에 갔다.

처음으로 들린 국회의사당은 입구부터 들어가면 안 되는 건가? 라는 생각이 들 정도로 경비를 하고 있었다. 다행히도 들어갈 수

국회를 배경으로 하늘을 날다.

있다고 해서 들어가서 사진을 몇 장 찍었다. 계속 TV 뉴스에서만 보던 곳을 실제로 보니 생각보다 정말 크다는 생각이 머릿속을 계속 맴돌았다. 사진만 찍어서 아쉬운 느낌이 들어 다음에도 방문하고 싶었다.

다음에 한강으로 넘어갔다. 한강에서 라면을 먹는 로망이 있었는데 한강 보며 먹는 라면이 그렇게 맛있다고 해서 돗자리를 펴고 먹어보았다. 아침을 안 먹은 상태라서 배가 엄청 고파서 한강은 보지도 않고 라면을 먹었더니 평상시와 똑같은 라면 맛이었다. 한강 근처라 그런지 라면을 비싸게 산 느낌만 들었다. 그래도 추운 겨울에 친구들과 의지하면서 먹으니 좋은 추억이 하나 더 생긴 것 같고 다음엔 배가 덜 고픈 상태에 여유를 느끼며 먹고 싶다.

ktx를 타기 전에 들린 문화역 서울 284 미술관은 대부분 사진을 찍

한강을 보며 먹는 라면이 그렇게 맛있다고 해서 돗자리를 펴고 먹어보았다.

문화 공간으로 변모한 구 서울역사에서

을 수 있도록 만든 장소들로 가득 차 있었다. 다들 전날 밤늦게까지 추억을 만든답시고 놀아서 피곤한 상황에서 들러서 몇 명은 활발했지만 몇 명은 좀비처럼 겨우겨우 걸어 다녔다. 첫째 날에 갔다면 좋은 사진도 많이 찍었을 것 같은데 피곤한 상태에서 방문하여 아쉬움이 컸다. 그리고 스탬프와 기념품들이 있어서 정말 좋았고 기차가 만들어진 유래를 알 수 있었다.

대구에 도착해서 남은 돈으로 책을 살 수 있었다. 처음에는 돈이 안 남을 줄 알았는데 돈이 많이 남아서 깜짝 놀랐다. 여행도 하고 책도 얻는 그런 일석이조의 좋은 경험을 해서 가창중학교에서 정말 좋은 생활을 하는 것 같다.

우리는 가창중학교에서 독서 활동으로 여행을 갈 수 있어서 너무 좋았다. 인문학 여행을 가기 전에 함께 가는 친구들과 여행 계획을 짜는 것은 예산에 맞게 조정해서 짜야 했기 때문에 조금 복잡하고 귀찮기도 했지만, 여행을 가서 계획에 맞게 서울 투어를 해 보니 미리 계획을 짜서 간 것이 잘한 것 같다는 생각도 들었다. 서울은 우리나라 수도인 만큼 볼 것도 많았는데 그중에서 경복궁에서 한옥의 미와 조선 시대의 왕의 거처를 보면서 가슴이 벅차오르는 듯한 느낌도 받았다. 2박 3일이라는 짧은 시간 동안에 아주 즐거운 경험을 할 수 있어서 저희에겐 많은 도움이 되었다.

코로나19가 독서 · 인문학 여행의 앞길을 가로막다

2020학년도에는 인문학 서적 필독 기준을 완화하여 스무 명을 채워 인문학 기행을 가기로 했다. 그러나 이번에는 코로나19의 유행이 앞길을 가로막았다. 방역 원칙을 지키느라 아이들이 함께 숙박할 수가 없었다. 할 수 없이 전세버스를 이용하여 하루 여행을 가기로 했다. 아이들의 의견을 모았더니 부산으로 가자고 했다.

하루 만에 다녀오는 여행이라 그리 많은 곳을 가지는 못한다. 학교에서 관광버스를 타고 제일 먼저 간 곳은 송도해수욕장이었다. 송도해수욕장에서 해상케이블카를 타고 영도에 있는 「흰여울문화마을」로 건너갔다. 흰여울길 주변 일대는 제2의 송도라고 불릴 만큼 아름다운 해변을 자랑하는데, 2011년 12월 낡은 가옥을 정비하여 문화 ·

예술마을로 재탄생했다. 영화『변호인』,『범죄와의 전쟁』 등의 촬영지로도 유명한데, 아이들은 골목길 구석구석을 살펴보고 유리 다리로 된 전망대에서 바다 경관도 즐겼다. 어쩌면 아이들은 문화마을 기행보다도 해상케이블카를 타는 것이 더 신이 났을지도 모른다. 점심 식사는 다소 어려움이 있었다. 코로나로 인해 5명 이상 모여서 식사를 할 수 없다. 그래서 네 명씩 짝을 지어 각기 다른 식당에서 식사하도록 했다. 여럿이 여행을 가서 함께 음식을 나누는 것도 즐거운 일인데, 식사 시간에 헤어져야 하니 아쉬움이 컸다.

오후에는 해운대로 넘어가 아쿠아리움을 관람하고 팬텀시티에 있는 대형서점으로 이동하여 보고 싶은 책을 고르게 했다. 일정 액수만큼 선물로 주는 것이다. 책을 사 들고 나오는 아이들의 입이 귀에 걸린 듯했다.

여행을 마치고 평가회를 하면서 관광버스를 타고 단체로 여행하는 것이 원래 행사를 기획한 취지와 맞지 않는다는 것이 중론이었다.

2021학년도 인문학 기행은 서너 명씩 짝을 지어, 숙박하지 않고 이틀에 걸쳐 진행되었다. 하루는 대구 시내 기행으로 진행하고 또 하루는 시외버스를 타고 경주로 가서 여행하였다. 소규모로 움직이다 보니 여행지에서 생기는 새로운 변수에 대하여 아이들 스스로 능동적인 대처가 가능했다. 관광버스를 타고 단체로 여행하는 것에 비하여 알뜰하고 자주적인 여행이 되었다. 내년에는 제발 숙박이 가능한 상황이 되면 좋겠다.

독서 축제

교사들의 독서 모임에서 종종 거론되었던 것이 교사, 학생, 학부모가 모두 참여하는 「독서 대토론회」다. 하지만 우리 학교가 특성화 중학교로 전환하는 과정에서 교사들에게 업무가 가중되다 보니 공식적으로 거론하기가 어려웠다.

독서토론회를 공식적으로 거론하며 전체 틀을 설계하는 작업은 2020학년도에 시작했다. 우리 학교는 독서교육을 강화하려고 여러 가지 노력을 하고 있다. 아침 시간에 독서 활동 시간을 배정하여 책을 읽게 하고, 독서마일리지 제도를 실시하여 책을 많이 읽은 학생들에게 인문학 여행을 보내 주며 학생들의 독서를 장려해 왔다. 이런 독서교육의 일환으로 학생들이 책을 읽고 그 책의 내용을 서로 나누어 보는 시간을 기획하게 되었다.

독서토론회를 설계하면서 크게 세 가지를 핵심 사항으로 정했다.

첫째, 학생들이 읽은 책의 저자를 직접 만나 저자의 이야기를 들어 보는 시간을 가지는 것. 둘째, 토론의 자리에 학부모와 함께 하는 것. 셋째, 행사의 계획과 주관, 진행을 학생들이 주도하도록 하는 것.

하지만 2020학년도에는 코로나19로 인해 행사의 기획조차 못하였고, 2021학년도에도 개최가 불투명한 상태였다. 2021학년도 6월, 코로나19가 다소 진정세를 보여 행사를 개최하기로 하고 준비에 나섰다.

독서토론회를 주관하는 학생의 모집은 담당 교사인 신동진 선생님의 주도로 이루어졌다. 학기 초부터 행사를 준비했다면 학생들에게 행사를 주관할 학생을 모집한다는 공고를 내고 관심 있는 학생들을 모아 진행할 수 있었겠으나, 1학기가 마무리되어가는 시점에서는 이러한 방식이 쉽지 않았다. 예정된 행사일 까지 너무 촉박한 시간이 문제였다.

신동진 선생님은 2020학년도의 독서 실적과 2021학년도의 독서 실적을 기반으로 각 학년에서 가장 많은 책을 읽은 학생들에게 취지를 설명하고 참여 의사를 확인했다. 참여 의사를 표시한 학생들에게서 다시 행사를 기획하는데 도움이 될 만한 친구를 추천받았다. 이런 과정을 통해 3학년 1명(황지연), 2학년 2명(강지혜, 심나무), 1학년 2명 (김다혜, 이현주)등 총 5명의 학생을 모집하여 추진위원회를 구성했다. 추진위원회는 매주 수요일 점심시간에 열기로 했다. 그리고 7월부터 본격적인 준비에 들어갔다.

독서대토론회가 우리 학교에서 처음 준비하는 행사다 보니 추진 과정을 자료로 남길 필요가 있었다. 코로나19로 인해 대면 회의가 여의치 않은 상황에서 학생들이 조사, 수집, 작성한 자료를 공유하고 보관할 인터넷 기반의 플랫폼이 필요했다. 이 플랫폼은 자료의 공유는 쉬우면서도 외부인의 접근이 제한되고, 다음에 준비할 사람들에게는 접근이 쉬운 플랫폼이어야 했다. 우리 학교에서는 이 플랫폼을 「구글 그룹스」로 선택했다.

추진위원들이 책 읽기를 좋아하는 학생들이다 보니 초청하고 싶은 작가도 많았다. 우선 학생들이 추천한 작가 중에 출판사를 통해서 연락이 가능한 작가, 현재 강연을 다니고 있는 작가, 우리 학교와 일정이 맞는 작가를 추려냈다. 최종적으로 이희영 작가와 유영민 작가가 우리 학교 일정과 맞아 이 두 사람을 강연자로 선정했다. 작가와 일정을 조율한 결과 11월 17일을 강연회 날짜로 확정했다.

작가를 확정한 후 두 작가의 책을 모두(총 7권) 구입했다. 학생 5명에게 두 작가의 책을 모두 배부한 후 학생들에게 우리 학교 학생들이 읽으면 좋을 것 같은 책을 5권 정하도록 했다. 추진위원들은 여름방학 동안 이 책들을 읽었고, 여름방학이 끝난 직후 회의를 통해 5권의 책을 선정하게 되었다.

책을 선정하기 위해 각 추진위원에게 일곱 권의 책에 평점을 부여하도록 했고, 이 부여한 평점에 따라 2권의 책을 탈락시킨 후 최종적으로 우리 학교 학생들이 읽어야 할 책 5권을 선정했다.

도서가 선정되자 선정된 도서를 기준으로 행사를 어떻게 진행할지를 논의했다. 행사에 반드시 포함되어야 할 요소인 학부모와 함께 하는 독서토론회, 독서 감상문 쓰기 대회, 작가 강연회를 중심에 두고 세부 요소들은 각 행사를 준비하면서 확정하기로 했다.

첫 단계는 구성원들이 모두 책을 읽는 것이다. 위원회는 전교생들에게 5권의 책을 안내하고, 모든 학생이 5권 중 한 권을 선택하도록 했다. 대부분의 학생들은 인터넷에 소개된 도서 정보를 통해 책을 선택했다. 전체 학생들이 동일한 책을 읽고 토론하는 것도 의미가 있겠지만 학생이 스스로 책을 선택할 기회를 주는 것이 책에 대한 관심과 애정을 높이는 길이라 생각했다.

추진위원회 회의를 진행하면서 학교 구성원 전체가 참여하는 독서토론 행사를 단순히 책을 읽고 토론하는 행사가 아닌 '독서와 관련된 축제의 장으로 만들고 싶다'는 공감대가 형성되었다. 앞으로도 지속가능하도록 하기 위해 이 축제의 이름을 따로 정하기로 했다. 「가을에 봄」, 「슬기로운 독서 생활」, 「제로부터 시작하는 책과 친해지기」 등의 후보작을 제치고 「다독다독」이 확정되었다. 이 행사명은 '책을 많이 읽는다'는 의미도 되고, 책을 통해 '위로를 받는다', '서로를 위로하고 격려하는 행사다' 등의 다양한 의미를 가지는 이름이다.

학생들이 책을 선택한 결과에 따라 각 도서별로 신청 인원이 확정되었다. 이 신청 인원을 기준으로 한 모둠당 다섯 명 내외로 인원을 나누기로 했다. 이것을 기준으로 전체 스물두 개의 모둠이 만들어졌다. 각 모둠당 학부모가 한 명씩 필요하므로 스물두 명의 학부모가 이 행사에 참여해야 한다.

학부모에게 보낼 가정통신문을 만들었다. 학생이 엄마 아빠에게 보내는 초대장 같은 형식으로 가정통신문을 만들면 학부모의 참여도가 높아지지 않을까 생각했다. 하지만 학생들과 함께 하는 행사일 뿐만 아니라 토론을 책임져야 하는 활동이기에 학부모님들의 신청이 지지부진했다. 학교 교육활동에 참여하는 것에 대한 두려움과 불편함이 있었을 것 같다.

지도교사가 어려움을 호소하자 학교장이 직접 학부모 Band에 도움을 부탁하는 글을 올렸다. 망설이던 학부모님들도 조금씩 호응하면서 최종 스무 분이 신청해 주셨다.

도서의 선정이 끝나자 각 도서별로 담당자를 선정했다. 그리고 그 책을 담당한 위원이 그 책의 토론 주제를 정했다. 이 과정에서 추진위원들은 이미 읽었던 책을 다시 한 번 읽게 되고 책과 관련하여 우리 학생들이 가장 잘 이야기할 수 있는 토론 주제를 각 도서별로 두세 개씩 정했다.

그리고 이 토론 주제를 책을 읽는 학생들이 독서 과정에 생각해 볼 수 있도록 책갈피 형태로 만들었다.

9월 23일, 책이 도착하여 전교생에게 자신이 선택한 책을 나누어 주었다. 드디어 학생들이 책을 읽기 시작했다.

시월 들어 작가들에게 요청할 강연 주제를 확정했다. 토론회를 주관할 학생들이 강연에서 듣고 싶은 주제를 생각해 와서 강연을 통해 이야기할 만큼 길게 얘기할 주제와 간단한 질의응답을 통해 얘기할 주제를 구분했다. 전체 강연 주제는 「청소년이 자신이 만나게 될 어려움을 소설의 주인공들처럼 잘 이겨낼 수 있는 방법」으로 확정했다. 우리 학교의 핵심 교육 철학인 「회복탄력성」과 일치하는 주제였다.

그 외의 주제는 토크쇼의 형태로 작가와의 질의응답을 통해 이야기를 듣도록 했다.

독서토론회에 참가 신청을 해주신 학부모님들에게 행사의 진행 과정과 학부모님들이 해주셔야 하는 역할에 대해 안내를 했다. 아울러 책에 대한 간략한 설명과 함께 다섯 권의 책 중에 한 권을 선택하시도록 했다. 그리고 같은 책을 선택한 학생과 학부모를 묶어 대략 여섯 명 내외를 한 모둠으로 하는 독서토론 모둠을 구성했다. 아마도 여러모로 걱정을 많이 하고 있었을 것이다. 앞으로도 학부모님들이 지속적으로 참여하도록 하기 위해서는 이번 토론회를 성공적으로 진행할 수 있도록 세세한 지원을 해야 했다.

독서감상문 쓰기 대회에 사용할 문제는 토론회 추진위원들이 직접 만들기로 했다. 추진위원들이 책을 한 권씩 맡아 학생들이 읽은 정도를 확인할 수 있는 단답형 문제와 핵심 내용에 대해 자신의 견해를 밝힐 수 있는 서술형 문제를 만들었다. 그리고 자신의 생각을 자유롭게 적을 수 있는 부분도 같이 넣기로 했다.

드디어 「독서 축제의 날」이 목전에 다가왔다. 이번에는 새로운 고민이 생겼다. 코로나19 환자가 증가세로 나타나면서 방역기준이 강화되었다. 행사 장소로 사용할 강당에 입장할 수 있는 인원이 아흔아홉 명까지로 제한되었다. 우리 학교 학생이 백십 명이고 참여 교직원이 십오 명 내외 정도이며 학부모가 스무 명이면 강사까지 합쳐 백오십 명에 육박하니 운영에 어려움이 있었다.

모둠별 독서토론회는 학부모 스무 분과 교장, 교감이 한 모둠씩 맡아 총 스물두 모둠의 토론이 진행됐다

준비위원회는 심각한 고민에 빠졌다. 몇 가지 대안이 제시되었는데, 최종적으로 선택한 작가에 따라 두 팀으로 나누기로 하였다. 숫자가 많은 팀은 강당에서 강연을 듣고, 적은 팀은 도서관에서 강연을 듣기로 했다. 그리고 두 강연은 서로 라이브 중계를 통해 실시간 시청하며 질의응답 등 서로 소통이 가능하도록 기획했다.

독서토론회를 진행할 사회자와 행사를 라이브로 중계할 방송팀을 선정하고, 사회자, 방송팀과 함께 회의를 진행했다. 사회자와 방송팀에게 행사의 전체적인 진행 과정을 설명하고, 사회자와 방송팀이 온라인 라이브 중계에 맞게 활동할 수 있도록, 대본과 카메라 동선을 협의하고 연습했다.

11월 17일, 드디어 그날이 왔다. 1, 2교시에 학생들이 교실에서 독서감상문 쓰기대회를 하는 동안 진로 상담실에서는 토론회에 참여하는 학부모님들이 모였다. 대부분이 독서토론은 처음인지라 많이 긴장되는 모양이었다. 담당 선생님(신동진)이 진행 요령과 과정을 담은 안내지를 나눠주고 상세한 안내를 드렸지만 여전히 걱정을 떨칠 수가 없었다. 토론회를 완전히 망쳐도 괜찮으니 마음대로 하시라고 너스레를 떨자 비로소 학부모님들이 깔깔거리며 웃음을 터뜨렸다. 다소 긴장이 풀린 모양이었다.

독서감상문 쓰기 대회가 끝나고 모둠별 독서토론회가 이어졌다. 학부모 스무 분과 교장, 교감이 한 모둠씩 맡아 총 스물두 모둠의 토론이 진행됐다.

내가 맡은 모둠은 2학년 두 명과 1학년 세 명이 한 모둠이었다. 토

이희영 작가의 특강. 진행, 촬영, 영상송출 등 모든 행사를 아이들이 진행했다.

론회를 시작하기 전에 지금 기분이 어떠냐고 물었더니 세 명은 "떨리고 걱정된다."고 대답했고, 두 명은 "기대가 된다."고 대답했다. 두 집단의 차이는 경험의 유무였다. 토론 과정을 기록할 서기를 뽑자고 했더니 기대가 된다는 학생 중의 한 명이 자발적으로 나섰다. 쉬운 주제부터 이야기를 풀어나가자 긴장되었던 분위기가 금세 편안해졌다. 토론회를 마칠 무렵에는 한결같이 "독서토론회가 이렇게 재미있는 줄 몰랐다."고 했다.

토론회는 성공적으로 마무리되었다. 난생 처음으로 토론회를 이끌어본 학부모님들도 한결같은 만족스러움을 표했다. 오랜만에 정독을 해 본 것도 그렇고, 토론회를 무난하게 이끌어 간 것도 만족스러웠다. 특히 내 자식이 아닌 다른 아이들의 생각을 들을 수 있어서 너무 좋았다는 분들이 많았다. 내년에도 토론회가 잘 진행될 것 같은 예감이 들었다.

오후에는 초청 작가의 강의가 이어졌다. 강당에서 이희영 작가의 강의가 먼저 진행되고 도서관에서 유영민 작가의 강의가 이어졌다. 카메라를 아이들과 송출을 맡은 아이들도 꽤 진지했다. 같이 책을 읽고 독서감상문도 쓰고 토론회까지 거친 때문인지 아이들의 질문도 다양하게 이어졌다. 작가들도 중학생들을 대상으로 새로운 경험을 해 본다고 말했다.

오늘은 학생, 교사, 학부모, 작가 할 것 없이 모두 행복한 하루였다.

스스로 자라는 나무의 뿌리가 깊다 학생 자치 활동

민주적인 학교 문화가 필요하다

어른들은 아이들이 항상 미덥지 못하다. 그저 어른들이 시키는 대로 따라 하는 것이 가장 안전하고 훌륭하다고 생각한다. 자기주도적 학습 능력 배양을 강조하지만, 그것은 어른들의 시각에서 안전하다고 생각하는 교과 공부에 국한된 것이다.

학생들은 단순히 피교육자일 뿐 스스로 기획하고 추진하여 결과물을 만들어내는 것을 달가워하지 않는다. 보통의 경우, 학교에서는 학생들에게 자율성을 부여하고 책임을 지울 용기를 내지 않으며, 그것을 통해 아이들이 성장한다는 것을 크게 동의하지도 않는다. 특히 다소의 위험이 수반되거나 예산이 투입되는 경우에는 더욱 손이 오그라든다.

교사로 재직하면서 마음속에 항상 간직하고 있었던 것은 민주적인 학교 문화를 만들겠다는 것이었다. 교장으로 취임하고 난 뒤로도 그 생각에는 변함이 없었다.

교사들과의 원탁회의를 통해 의견을 수렴하고 교장의 권한을 교감과 교사에게 이양하려고 노력했다. 학교장이 추진하고자 하는 교육활동에 교사들이 제동을 거는 일은 별로 없었지만, 이견이 제시되면 기꺼이 받아들여 궤도를 수정했다. 교사들의 자발성을 끌어내기 위해 학교장의 권위 의식을 내려놓고 낮은 자리에서 솔선수범하려고도 노력했다.

학교장이 가지고 있는 학교 경영 철학과 우리 학교의 지향점을 교사들과 학부모님들께 설명하고 같은 방향을 바라보려고 노력했다. 독서토론을 하면서 교사들과 생각을 공유하고 그 생각을 교육활동에 반영하려고 노력했다. 그래서 나는 늘 스스로 민주적으로 학교를 운영한다고 생각했다.

그러나 나의 그런 생각은 한순간에 무너지고 말았다. 2019년 가을, 교육부에서 주최하는 「민주적 학교 운영을 위한 학교장의 새로운 리더십 연수」에 참여하여 전국에서 모인 교장 선생님들과 사례를 공유하고 토론을 하면서 나는 한없는 부끄러움을 느꼈다.

교사들이 주인 의식을 가지고 자발적으로 학교 일을 추진해 나갈 때, 보다 효율적이고 적극적인 교육활동이 이루어진다고 믿고 있었지만 만족한 변화를 끌어내지 못했다. 학부모와 지역사회를 학교 교육의 동반자로 함께 해야 함에도 불구하고 이 또한 부족했다. 가장 부끄러웠던 것은 학생을 교육의 주체라고 말하면서 스스로 주인으로 설 수 있는 배려를 제대로 하지 못했다는 점이었다.

민주적인 학교 문화 형성은 학생자치 활동 활성화부터

연수를 마치면서 한 가지 결심을 했다. 여러 가지 민주적인 학교 운영 방안 중에서 학생자치 활동을 제대로 활성화시켜 보자는 것이었다. 사실 우리 학교에서 학생자치 활동에 대한 생각과 가능성은 교직원들 사이에서 이미 확인한 바가 있었다.

2019년 3월, 학생회 임원 선거에서 2학년 부회장으로 입후보한 재훈이가 '음료수 자판기를 설치하겠다.'는 공약을 내고 당선이 되었다. 그 후 재훈이는 수시로 교장실로 찾아와 음료수 자판기를 설치해 달라고 졸라댔다.

나는 심각한 고민에 빠졌다. 우리 학교 주변에는 군것질할 가게도 없고 교내에는 매점도 없었기 때문에 아이들의 요구에 합당한 이유가 있다는 것을 충분히 알고 있었다. 그동안 2년에 걸쳐 협동조합 설치를 위해 공부도 하고 모색도 해봤지만, 일손이 부족하다는 선생님들의 의견을 무시할 수 없어 포기했던 터였다. 하지만 자판기에 파는 음료수가 대부분 몸에 해로운 것이 많다는 것이 문제였다.

선생님들을 모아 의논을 해보니 선생님들도 같은 생각이었다. 그래서 아이들에게 불가능하다는 것을 알릴 정당한 이유를 고민하기 시작했다. 그래서 생각한 것이 학부모님들의 동의를 구하는 것이었다. 우리 생각으로는 학부모님들도 아이들의 건강 문제라면 당연히 교사들과 함께 반대하리라 생각했다. 하지만 그것은 오산이었다.

가정통신문을 내고 설문 조사를 한 결과 학부모님들의 90% 이상이 자판기 설치를 찬성한 것이었다. 다시 혼란에 빠졌다. 학부모님들에게 배신감(?)도 느껴지고.....

선생님들이 모여 다시 회의를 했다. 결론은 자판기를 설치해주자는 것이었다. 비록 자판기로 인해 다소 불량한 음료를 섭취하더라도 민주적인 절차로 결정된 안건이 이루어진다는 것을 경험하게 하는 것이 더 소중하다고 판단했기 때문이었다.

아이들은 승리감을 맛본 듯했다. 재훈이는 이듬해 2020학년도 학생회장에 출마하면서 자유관(본관)과 용기관(강당) 사이에 비가림막을 설치하겠다고 공약하고 당선이 되었다. 특성화중학교로 전환하면서 아이들 교실 여섯 칸과 식당이 포함된 강당을 증축하였는데 설계 과정에 미처 생각하지 못해 놓쳐버린 부분이다. 비가 오는 날에 강당이나 식당으로 가려면 우산을 쓰거나 비를 맞아야 한다. 우산을 쓰기에는 거리가 짧아서 아이들은 대부분 비를 맞고 다녔다. 마침 2020학년도에 예산을 확보하여 비가림막 설치를 준비하고 있던 터라 학생회 공약이 이행될 수 있도록 했다. 어쩌면 아이들은 자신들의 공약 때문에 비가림막이 만들어졌다고 생각했을지도 모른다.

그 외에도 아이들의 공약을 지켜주기 위해 학생회와 협의회를 하여 사업에 반영하려 노력했다. 다만 예산이 많이 들어가는 부분은 미리 가능성을 타진해달라는 부탁도 했다.

학생회가 조금씩 활성화되면서 아이들은 다양한 아이디어를 내어 학교와 학생들을 위해 도움이 되고자 노력했다.

코로나로 인하여 학교에 비치된 정수기를 사용하기 어렵게 되자 여름철에는 학생들이 집에서 가져오는 물만으로는 늘 갈증을 느꼈다. 학교 주변에는 물을 사 먹을 수 있는 가게가 없다. 학생회 임원들이 모여 궁리 끝에 생수 자율판매대를 설치하기로 했다. 학교장이 생수 200병을 기증하고 그것을 종잣돈으로 삼아 자율판매대를 운영했다.

갑자기 비가 오는 날, 미리 우산을 챙겨오지 못한 학생들이 공용으로 사용할 수 있도록 양심 우산을 마련하자는 제안을 했다. 학교에서는 예산을 지원하여 우산 마흔 개를 구입해주며 운영을 잘하도록 격려했다. 학생회에서는 이 우산을 특별실로 이동하거나 하교할 때 사용할 수 있도록 했다. 그런데, 우산 관리가 그리 쉽지는 않았다. 일 년이 지나자 구비 해둔 우산이 조금씩 부서지기도 하고 분실되기도 했다.

학생회 임원들이 모여 회의를 했다. 생수 자율판매로 일부 수익이 생겼으니 그 돈으로 부족한 우산을 보충하자고 했다. 좋은 생각이라고 격려했지만, 생수 판매 수익금의 액수가 그리 많지 않았다. 학교에서 예산을 추가로 지원하여 이번에는 학년별로 마흔 개씩 우산을 구비하여 운영하도록 했다. 아이들은 학급별로 우산 색깔을 달리하고 이름표도 달아서 보관대를 각 교실 앞에 배치했다. 자신들이 기획한 일을 하니 신이 나서 누구 하나 얼굴 찌푸리는 아이가 없었다.

아이들에게 자율과 책임을 부여하면 더 큰 성장이 이루어져

아이들을 신뢰하고 학생회 활동을 적극적으로 지원하기로 마음먹은 결정적인 계기가 하나 더 있었다.

우리 학교는 매년 스승의 날 때 학생부 주관으로 체육대회를 개최해 왔다. 체육대회라 하지만 학생 수도 적고 선생님들이 불편해하는 날인지라 오전에 적당히 끝내는 그리 신명이 나지 않는 형식적인 행사로 느껴졌다.

마침 2019년 행사는 학생부에서 학생들에게 학생회 주관으로 체육대회를 주관해 보라고 기회를 줬다. 아이들은 두 주에 걸쳐 회의를 하고 기획안을 만들었다. 3학년이 주도하고 2학년이 보조하는 형식이었다. 그런데 결과는 대박이었다. 아침부터 오후까지 행사가 진행되었지만 잠시도 긴장을 늦출 수 없을 정도로 신명나는 시간이 이어졌다. 두 명의 사회자를 선정하여 교사가 개입할 여지도 없이 진행

학생회가 주관해 기획과 진행을 담당한 2019학년도 체육대회는 잠시도 긴장을 늦출 수 없을 정도로 신명나는 시간이었다.

전체를 학생회가 주관했다.

게다가 더 놀라운 것은 이때의 3학년은 특성화중학교로 전환하기 전 마지막 입학생 열네 명이었는데, 우리 교사들이 보기에는 많은 돌봄이 필요한 아이들이라고 생각했던 터였다. 그동안 특성화 교육의 혜택을 입어 많은 성장이 이루어졌다고는 생각했으나 교사들에게는 상상 밖의 사건이었다. 아이들에게 자율과 책임을 부여하면 더 큰 성장이 이루어진다는 것을 깨닫게 해준 계기가 되었다.

학생 자치 활동은 아이들의 끼를 발휘하는 공간

2019년 체육대회 사건(?) 이후로는 각종 행사를 기획할 때 아이들과 함께 하려고 노력했다. 예술제, 입학식, 졸업식 등의 행사를 기획할 때에도 아이들과 함께하고, 졸업식과 입학식에 내거는 현수막 문구도 아이들이 만들었다.

우리 학교의 각종 행사에는 아이들의 공연이 포함되는데 특성화 수업과 다양한 방과후 수업으로 익힌 예술적 역량은 아이들에게 다양한 도전을 가능하게 해줬다. 학생 자치 활동 자체가 아이들의 끼를 발휘하는 공간으로 활용되었던 것이다.

그해 가을 신입생 모집을 위한 홍보를 준비하면서 학생들에게 홍보 영상을 하나 만들어 보라고 했더니 2학년에 재학 중인 재헌이, 한결이, 재한이, 영준이 등 네 명이 모여 휴대폰으로 영상을 하나 만들어 왔다. 아이들끼리 랩을 만들고 노래하고 춤추며 촬영한 영상을 만들어왔는데 꽤 그럴싸했다. 입학설명회 때 영상을 틀어줬더니 반응도 좋았다.

2020년 때에는 아예 학생회에 예산까지 지원해서 제작을 해보라고 했더니 홍보부장 정재헌이 중심이 되어 여름방학 내내 땀을 흘리며 완성을 해왔다. 뮤지컬영화 「LA LA LAND」를 활용하고 고려대학교 홈페이지, CHOCO BRICK 등을 참조하여 틀을 잡고 시나리오를 짰으며 유튜브를 뒤져서 음악과 안무를 차용하였다. 노래의 개사와 촬영, 음향, 편집을 비롯하여 안무, 연기, 메이크업 등도 모두 아이들이 했다. 스스로 하기 어려운 부분들은 재능있는 선생님들과 학부모님을 찾아가 협조를 요청했다. 총감독과 촬영은 홍보부장인 재헌이가 담당하고 후배들에게 적절한 역할을 배분하였다. 참여한 아이들은 모두 열다섯 명이었고 교사와 학부모가 다섯 분이었다.

〈스텝〉 이가윤(음향, 2), 정나현(개사, 2), 권다은(안무, 메이크업, 3), 이가윤(안무, 2), 권주안(메이크업, 1)

〈출연〉 박신유 정나현(이상 2학년), 권주안, 김혜빈, 박나연, 박은경, 배정훈, 손보경, 심나무, 윤정원, 정다원, 제갈린(이상 1학년)

〈교사〉 정진영(색소폰), 심준(기타), 박지수(현대무용), 추승화(댄스)

〈학부모〉 김현정(유튜브 썸 네일 디자인)

영상이 공개되자 선생님들뿐만 아니라 학교 입학설명회에 온 학부모님들도 감탄했다. 심지어 교육청 행사에서 상영했더니 참석자들이 "학생 작품이라고는 믿기지 않는다."는 반응이었다. 뮤지컬을 전공한 예술가들에게 보여줬더니 즉각적인 평가가 돌아왔다.

"야들, 뭔 일 내겠데이."

➡ https://youtu.be/1IkkPe4VNoM (2021 뮤지컬 특성화 가창중학교 홍보영상 'GACHANG MUSICAL MIDDLE SCHOOL' Official M/V)

그 후로도 학생들에게 학교 홍보와 관련된 활동을 할 기회를 주려고 노력했다. 하지만 우리 학교 아이들의 일상이 너무 바쁜 나머지 무슨 위원회를 만들어 회의라도 하려면 아이들이 모일 수 있는 짬이 별로 없다는 것이 문제였다. 아침저녁으로 방과후 수업이 다양하게 있다 보니 점심시간에 잠시 모이는 외에는 아이들이 모일 시간을 만들기가 어려웠다. 고민한 끝에 나온 묘안(?)은 LTI 프로젝트 시간을 이용하자는 것이었다. 이 시간은 일주일에 한 시간씩 교육과정 속에 편성되어 있어서 정해진 시간에 모임을 할 수가 있었다. 이 팀의 멘토는 내가 맡게 되었다.

첫 시간 수업을 통해 프로젝트 주제를 선정하게 되어 있었다. 우리는 토론 끝에 팀 LTI 주제와 개인별 LTI 주제를 선정해서 추진하기로 했다. 팀 LTI 주제는 학교 신문 발간과 학교 홍보용 웹드라마 촬영으로 정했다. 이 팀 주제에 맞춰 역할 배분을 하고 그 역할을 수행하기 위해 필요한 활동을 개인프로젝트 주제로 하기로 했다. 아이들

의 활동은 적극적이었다. 밤을 세워 시나리오를 작성하고 주말에도 학교에 나와 촬영을 하는 등 열성을 보였다

그러나 내가 첫 시간부터 엉뚱한 선언을 해버려 선생님들이 목표로 한 학교 홍보물은 결과물을 보지 못했다.

"학교 홍보보다는 여러분들의 성장이 더 중요합니다. LTI프로젝트 활동은 결과보다 과정이 더 중요하니 팀프로젝트 결과물을 만들어 내는데 집착하지 말고 개인프로젝트를 잘 진행할 수 있도록 하세요. 학교 홍보에 직접 도움이 되지 않아도 좋습니다."

덕분에 학교 홍보에 활용할만한 성과물은 만들어 내지 못했지만, 아이들 사이에는 웹드라마 촬영이나 뮤지컬 공연물 제작 등의 팀프로젝트 제작 붐이 일어났다.

학생들이 주도하는 독서 축제

2021학년도에는 독서 축제 「다독다독」을 준비하면서 기획단계에서부터 집행과 마무리까지 아이들이 주관했다. 7월 초부터 다섯 명의 아이들이 신동진 선생님과 머리를 맞대고 고민한 끝에 독서축제 한마당을 펼친 것이다. 독서 축제 기획위원들은 매주 수요일 점심시간에 모여 회의를 했다. 독서 축제의 형식을 정하고 「다독다독」이라는 이름도 만들었다. 초청 강연을 할 작가를 섭외하고 학생들이 읽어야 할 도서를 선정하기 위해 위원들은 여름방학 내내 책과 씨름했다.

10월 17일 하루는 독서 축제 기획위원회 아이들의 진가를 보여준

날이었다. 독서감상문 쓰기 대회도 하고, 교사 · 학생 · 학부모가 함께 모여 독서토론회도 했다. 작가 초청 강연을 듣고 열띤 토론도 벌였다. 하루 종일 이어진 행사의 진행 자체를 학생들이 맡았다. 독서토론 진행자로 참여한 학부모님들도 만족감을 나타내며 가창중학교에 대한 무한한 신뢰를 보냈다.

2022학년도에는 3월부터 LTI 프로젝트 수업과 연계하여 준비해 나가고 있다. 작년 행사를 준비했던 위원 네 명에 1학년과 2학년에서 세 명의 위원을 추가하여 준비위원회를 구성했다. 올해는 시간적 여유도 있고 작년의 경험도 있어서, 시작부터 완전히 아이들이 주도하도록 배려했다.

학교 생활규정 개정도 학생들과 함께

학생 생활규정을 개정하는 작업에도 학생들이 함께했다. 위원으로 교사 2명, 학부모 2명, 학생 2명이 참여했다. 교사들이 만든 규정 초안을 놓고 의견을 수렴하여 토론하는 방식이었다. 학생 위원들은 학생들에게 초안을 설명하고 의견을 수렴했다. 아이들이 제일 많은 관심을 가지는 분야는 복장 부분이었다.

생활규정 개정 이전에도 우리 학교는 복장에 관해서는 비교적 관대한 편이었다. 정해진 교복은 있지만 착용은 자유로웠다. 등교할 때 교복을 입어도 되고 사복을 입어도 된다. 다만 입학식, 졸업식, LTI 프로젝트 발표회, 외부 체험학습 등 중요한 학교 행사에는 꼭 교복을 입고 오라고 이야기한다. 아이들도 비교적 잘 지키는 편이었다. 게다가 아이들은 우리 학교의 교복을 좋아한다. 특성화학교로 전환하면서 그에 걸맞은 예쁜 교복을 만들기 위해 MOU를 맺고 있는 계명대학교에 의뢰하여 의상디자인과 교수님의 협조로 만들어진 것으로 예쁘고 품위가 있다.

머리 길이, 염색, 퍼머 등도 자유로웠다. 한때 뮤지컬 3기가 입학한 후 아이들 사이에서 염색 바람이 불었다. 교사회의에서도 이 문제가 거론되었지만 지켜봐 주기로 했다. 결국 한두 달 동안 열심히(?) 염색을 하던 아이들도 큰 매력을 못 느꼈는지 다시 제자리를 찾아갔다. 생활 규정 개정 회의에서 두발 염색에 적당한 규제를 하자는 의견도 학생들이 제시했다. 액세서리의 착용도 자유롭지만 아이들 스스로 잘 조절하여 활용했다.

코로나19로 인해 위축된 현장 체험학습

2020년 2월부터 확산된 코로나19로 인해 모든 학교의 교육활동은 위축될 수밖에 없었다. 비대면 화상 수업이 일상화되고, 학년별로 교대하며 등교하는 학교가 대부분이었다. 학교에 머무는 시간을 최대한 단축하기 위해 수업 시간과 쉬는 시간을 단축하여 운영하기도 하고, 현장 체험학습은 최대한 억제할 수밖에 없었다.

특히 특성화 교육활동으로 인해 체험학습이 많은 우리 학교는 더 어려움이 많을 수밖에 없었다. 숙박을 해야 하는 여러 가지 캠프는 모두 할 수가 없었다. 신입생 뮤지컬 캠프, 자전거 여행, 도보여행, 해외 이동학습 등 우리 학교가 자랑하는 모든 체험 활동이 정지될 위기였다. 선생님들이 둘러앉아 여러 가지 방법을 모색했다. 방역 수칙은 지키되 소규모 학교의 장점을 살려 비대면 수업을 최소화하고 출석 수업을 할 수 있도록 하는 한편, 현장체험학습도 가능한 방법을 모색하여 최대한 진행할 수 있도록 노력했다.

신입생 뮤지컬 캠프는 숙박을 하지 않고 학교에서 진행했다. 캠프를 하는 1주일 동안 무용실을 비롯하여 연극실과 강당을 1학년에게 우선적으로 사용하게 하고, 결과물 공연은 비대면 영상 중계방송으로 대신했다. 2, 3학년 선배들은 리허슬을 하는 동안 한 학년에 한 작품씩 관람하도록 했다. 다행히 우리 학교는 학생 수가 적어 방역 수칙을 지키면서 아쉬운 대로 공연을 할 수 있었다. 아쉽게 영상 중계로 공연을 시청하신 학부모님들도 이 어려운 상황에도 아이들이 공연을 할 수 있다는 것에 만족하며 응원의 박수를 보냈다.

3학년의 해외 이동학습과 2학년의 제주도 도보여행은 포기할 수밖에 없었다. 함께 숙박하는 것 자체가 불가능한 일이었기 때문이다. 아이들이 제일 아쉬워했지만 어쩔 도리가 없었다. 당장 2학년들이 학교생활의 활력이 많이 떨어졌다. 1학년 때 에너지 넘치던 모습은 찾아볼 수가 없었다. 선생님들의 제안으로 2학기를 시작하면서 도보여행을 못 가는 대신 뮤지컬 캠프를 했다. 처음에는 이조차도 시큰둥하던 아이들이 공연을 마치자 다소 활력을 회복했다.

자전거 여행은 숙박하지 않고 매일 전세버스로 등하교를 하는 방법으로 한 구간씩 달려 3일 동안 자전거를 타서 부산까지 종주했다. 함께 잠을 자지 못하는 아쉬움은 있으나, 코로나 대유행 상황에서도 친구들과 자전거 여행을 할 수 있다는 것 자체가 즐거웠다.

2020학년도 자전거여행의 경험을 살려 2021학년도에는 도보여행도 숙박을 하지 않고 버스로 이동하며 동해안 블루로드를 3일간 걸었다. 이틀 동안 비를 맞으면서 걸었지만 아이들은 그것도 즐기는 것 같았다.

코로나를 이겨내고 학생회가 주관하는 신나는 체육대회

아이들이 가장 아쉬워하는 부분 중 하나가 체육대회였다. 2019년부터 학생회가 주관하여 체육대회를 기획하고 집행하는 문화를 만들었는데, 코로나로 중단된 것은 너무 아쉬웠다.

2022년도 들어 코로나19(오미크론)의 확산이 빠르게 진행되어 우리 학교에서도 다수의 환자가 발생했다. 다행히 치명률이 낮고 4월 들어 전국적으로 환자 발생 수가 줄어들면서 방역 수칙이 완화되었다. 상황이 호전되자 학생회에서 체육대회 개최 가능성부터 타진했다. 앞으로 상황이 어떻게 전개될지 조심스럽긴 했지만, 준비를 하도록 했다. 4월 중순부터 학생회는 회의를 열고 체육대회 기획을 시작했다. 새로 잔디를 식재하여 운동장을 사용할 수 없는 어려움은 있었지만, 강당과 농구장 등을 이용하여 다양한 프로그램을 마련했다.

드디어 체육대회 날이 밝았다. 아이들은 아침 일찍 등교하여 체육대회 준비에 여념이 없었다. 처음 학생회에 행사를 맡길 때는 다소 불안한 마음도 있었지만, 어느 순간부터 기대가 앞서기 시작했다.

체육대회 진행은 학생회 행사부에서 주관했다. 학생들도 오늘 체육대회를 잔뜩 기대했는지 예정 시간이 되기도 전에 강당에 모이기 시작했다. 개회식을 마치고 실시한 준비운동도 학생들이 진행했다. 체육대회 종목은 아이들이 골고루 참여할 수 있게 구성하였다.

시간	순서	준비물
08:40~09:00	집결 및 대형 정렬 (mc 소개)	마이크
09:00~	개회식	국민의례 주악, 선서문, 교가
~09:30	준비운동	체조, 음악
09:30~09:45	판 뒤집기	앞 뒤 색상 다른 판 45~50개
09:50~10:40	피구	피구 공, 고깔
10:50~11:10	공 전달하기	공 2개(피구 공), 고깔
11:20~11:40	꼬리 뺏기	호루라기, 꼬리(조끼) 20개
11:55~12:20	농구	농구공
12:20~13:10	점심시간	
13:20~14:00	장기자랑	상품(문화상품권), 표할 수 있는 판, 스티커
14:00~14:20	줄다리기	목장갑, 줄다리기 줄
14:30~15:00	전교생 이어달리기	바톤, 결승 통과선
15:05~15:20	선생님 계주	바톤, 결승 통과선
15:25~15:40	반 대표 계주	바톤, 결승 통과선
15:40~	마무리	상품(과자세트)

2022학년도 체육대회

첫 번째 경기인 판 뒤집기부터 열기가 뜨거워지기 시작했다. 다양한 아이디어가 동원되고 위트가 가미되어 승부보다는 재미를 우선시 하는 느낌이 들었다. 전 학년이 청군과 백군으로 나누어 진행하면서 경기에 참여하지 않는 학년은 응원전에 여념이 없었다.

경기 사이사이에 진행되는 깜짝 이벤트에는 춤과 노래가 어우러져 뮤지컬 특성화 중학교의 특징을 고스란히 드러냈다. 사회자의 진행에 따라 아이들은 망설임 없이 무대로 뛰쳐나와 자신이 가진 끼를 마음껏 발휘했다. 최소한 우리 학교에서만큼은 아이들이 어떤 끼를 발휘하더라도 넉넉히 받아들일 준비가 되어있다.

오랜만에 치르는 행사인지라 사회자의 진행이 다소 투박하기도 하지만 적극적으로 참여하는 학생들의 열정과 협력이 빈 공간들을 매워주는 듯하였다. 사회자와 진행부원들은 경기에 제대로 참여하지도 못하면서 다른 학생들의 즐거움을 위해 최선을 위해 뛰어다녔다. 어쩌면 다른 학생들이 즐거워하는 판을 만드는 것 자체를 즐기는지도 모른다. '행복은 타인으로부터 온다' 는 것을 몸으로 경험하는 중인 것 같다.

아침 여덟 시 반에 시작한 행사는 오후 네 시가 넘어서야 모두 마쳤다. 벌써 지칠 만도 한데 아직 에너지가 남아도는 듯하였다. 아마도 주말에는 근육통을 호소하며 앓아누울 아이들도 여럿 나올 것 같다.

LTI 프로젝트 학습

LTI(Learning Through Internship)는 '인턴십을 통해 배운다.'는 뜻이다. 언뜻 생각하기에 도제교육이나 직업교육의 일종으로 생각할 수도 있지만, 그것과는 큰 차이가 있다. 도제교육과 기술교육은 기술 습득이라는 목표와 그 분야에서 직업으로서 일하고자 하는 목적이 있다. 그러나 LTI는 본인이 선택한 영역의 인턴십을 통해 배움을 얻는 데 목적이 있다. 기술 습득 자체가 목표도 아니고, LTI를 한다고 해서 꼭 그 직업으로 진로가 이어지지도 않는다. 인턴십을 통해 다양한 분야의 학습에 흥미를 느끼도록 만드는 것이 핵심이다.

LTI는 미국 로드아일랜드 주 프로비던스 시에 있는 「메트 스쿨」에서 시행한 교육 프로그램으로 우리나라에도 많이 알려져 있다.
매트스쿨은 1996년 로드아일랜드주 교육청과 민간 교육자들이 협력하여 만든 학교다. '엘리엇 워셔' 와 '데니스 릿키' 라는 두 사람이 1994년 브라운대학의 '아넨버그 학교개혁연구소' 에 부임하여 '빅피처 컴퍼니' 를 만들고 그 첫 프로젝트로 만든 학교가 메트스쿨(Met school)이다.

메트스쿨은 일반 학교와는 완전히 차별화된 교육과정을 도입했다. 다섯 가지 학습 목표로 의사소통 능력, 사회적 사고력, 경험적 사고력, 수리적 사고력, 자기관리 능력을 설정하고 이를 달성하는 학습 방법으로 LTI 프로젝트학습을 도입한 것이다.

학생들은 일주일에 이틀씩 자신이 관심 있는 분야에서 인턴으로 일하게 된다. 자연보호 단체, 극단, 예술가, 동물원, 박물관, 하급 학교 등 다양한 곳에서 인턴십이 이루어지고 심지어 대학에서 강의를 듣는 경우도 있다.

설립 초기 메트스쿨의 성과는 대단했다. 4년제 고등학교인 메트스쿨의 입학 정원은 50명이었는데, 첫 졸업생 모두가 4년제 대학에 입학하는 성과를 냈다. 더욱 놀라운 것은 이들 중 절반 이상이 자기 집에서 처음으로 대학생이 되었다는 것이다.

2014년 1월, 나는 미국 동부의 프로비던스 시에 있는 메트스쿨을 방문했었다. 천연 잔디가 깔린 넓은 운동장을 사이에 두고 가장자리에 여러 개의 교사가 배치되어 있었다. 각 건물이 독립된 학교인데, 메트스쿨의 성과를 인정한 빌게이츠재단에서 학교를 새로 지어주었다고 한다. 전교생이 960명 정도 되는데 운동장을 가운데 두고 여섯 개의 학교로 분리하여 운영하고 있었다. 한 학교에 평균 160명 정도로 학교장도 각각 임명되어 있었다. 소규모 학교가 교육과정 운영에 유리했기 때문이었다. 다른 지역에서도 메트스쿨의 교육과정을 도입해 40개 주에서 메트스쿨을 만들었다고 하니 대단한 파급력이었다.

그때 학교장과 학생들을 만나 이야기도 나누고 LTI프로젝트학습의 경험을 직접 들었다.

LTI 주제가 정해진 학생들은 현장에 가서 프로젝트를 진행하고 일주일에 하루만 등교하여 프로젝트 진행 과정을 정리한다. 이때 담임 선생님 격인 어더바이저가 학생 개개인에게 보고서 작성을 도와주며 여러 교과에 해당하는 배움이 일어나도록 지도를 한다.

함께 했던 한 학생은 음악에 관심이 있어서 작곡을 주제로 삼았는데, 노트북을 펼쳐 자신이 작곡한 곡을 들려줬다. 한 학생은 문화를 주제로 탐구하는데 한글을 안다며 자신의 이름을 한글로 칠판에 써주기도 했다. 또 한 학생은 의학에 관심이 있어서 대학에 위탁되어 생체에 대한 강의를 들었던 경험을 이야기했다.

우리 학교에 LTI 프로젝트학습을 도입한 것은 2017년부터다. 당시 학생들은 뮤지컬특성화 교육 대상자는 아니었다. 그러나 2018학년도부터 뮤지컬특성화중학교로의 전환을 위해 대구광역시교육청과 교육부와 협의를 하던 중이어서 특성화교육프로그램으로 구상하고 있던 것을 시범 운영했다. 연극캠프, 자전거여행, 도보여행, LTI 프로젝트학습이 이에 해당한다.

LTI 프로젝트학습은 우리나라에 소개된 후 주로 고등학교에서 교육과정에 도입하였다. 우리 학교 교육과정에 도입하면서도 '중학생들이 과연 해낼 수 있을까?' 라는 의구심도 가지고 있었다. 실제로 시행 초기에는 어려움을 겪기도 했는데, 아이들뿐만 아니라 교사들도 경험이 부족했기 때문이었다. 그럼에도 불구하고 많은 아이들이 흥미를 갖고 활동하였다.

2018학년도, 특성화중학교 1기 학생들이 입학하면서 발전의 계기가 만들어졌다. 몇몇 아이들이 다른 학생들의 모범이 될 만한 결과물 발표를 한 것이다.

동한이는 동물 사육에 관심이 많고 지식 또한 풍부했다. 다른 교과 학습에는 관심이 적으면서 동물 사육과 관계되는 활동에 대해서는 고도의 집중력과 성실성을 발휘하였다. 2017년도 우리 학교에서는 협동조합 설립을 추진하기 위해 굼벵이(흰점박이꽃무지)를 키우고 있었다. 동한이가 우리 학교로 입학한 것은 오직 이것 때문이었다. 입학 후 동한이는 친구들과 함께 굼벵이 사육 활동을 주도했다. 이후, 여름방학 때 염소(「보아」라는 종, 흑염소보다 예쁘다) 두 마리를 구입했는데, 이놈들은 동한이의 사랑을 독차지했다.

동한이의 1학기 LTI 주제는 '애완 도마뱀 사육' 이었다. 집에 사육사를 설치해놓고 사바나모니터라는 종의 왕도마뱀 한 마리를 키우면서 공부를 했다. 수명, 생활환경, 먹이, 수익성 등등.....

1학기말, LTI 결과 발표를 하는 행사에 첫 번째 발표자로 동한이가 등장했다. 어깨에 큼지막한 황금빛 도마뱀을 얹어놓고 거침없이 발표했다. 파충류에 대한 풍부한 지식과 적당한 쇼맨십으로 대본 없이 물 흐르듯이 이십여 분간 발표를 이어갔다. 평소 친구들과 잘 어울리지 않고 혼자서 주변을 겉돌던 동한이의 모습에 익숙한 선생님들과 학생들의 이목을 끌기에 충분한 퍼포먼스였다.

이 사건(?)은 다른 학생들의 LTI프로젝트에 대한 욕구를 일깨우는 계기가 되었고, 동한이 개인적으로는 많은 친구들과 우호적인 교우 관계를 형성하는 계기가 되었다.

다은이는 오페라를 LTI주제로 선정하였다. 처음에는 기본적인 조사와 몇 편의 오페라를 관람하는 정도의 목표를 세웠는데, 진행하는 과정에 욕심이 생겨 오페라에 직접 출연해보고자 하는 생각을 하게 되었다. 대구오페라하우스에서 운영하는 청소년합창단에 오디션을 봐서 입단하게 되었고, 결국 합창단으로서 오페라 무대에 서는 영광(?)을 얻었다.

이 활동 과정에서 무대 뒤에서 활동하는 스텝들에게 관심이 생긴 다은이는 2학기 주제로 '오페라 무대 뒤의 스텝' 으로 정하고 음향감독과 조명감독과 인터뷰까지 진행하였다. 우리나라 학교와 사회의 여건상 전면적인 인턴십을 하기 어려운 상황에서 다은이의 경험은 다른 친구들의 좋은 모델이 되었다.

최근에는 학생들의 LTI프로젝트학습에 대한 관심이 커지면서 양적, 질적으로 훨씬 풍부하게 발전하였다. 특히 우리의 우려와는 달리 1학년 신입생들의 관심과 수준이 점점 높아지는 것은 고무적인 일이다. 이 관심을 상급 학년까지 유지하게 하는 것이 앞으로 LTI프로젝트학습을 발전시키는데 관건이 될 것이다.

혜빈이는 의상디자인에 관심이 있어서 디자이너를 1학년 LTI 주제로 정했다. 디자이너에 대해 조사하는 과정에 자신이 직접 옷을 만들어보고자 하는 욕구가 생겼다. 첫 작품으로 주름치마를 만들었는데 내친김에 생활한복 한 벌을 더 만들었다. 직접 도면을 그리고 천을 오려서 한 땀 한 땀 손바느질로 만든 옷을 발표 당일 입고 프레젠테이션을 하였다.

2학년 1학기에는 '무대조명'을 주제로 탐구하였다. 겨울방학 엔지니어 캠프를 통해서 익힌 기술을 LTI에 적용하여 걸그룹의 공연 영상을 보고 무대조명을 재현하였다. 물론 전문가들이 만든 조명과는 비교할 수 없겠지만 꽤 근접한 색감을 재현하였다. 혜빈이의 이런 시도 자체가 앞으로 어떤 과제든 도전할 수 있는 용기를 낼 수 있는 소중한 경험일 것이다.

➔ https://youtu.be/5Pn0wFwfZsE 2020학년도 LTI프로젝트 발표 영상

지혜의 1학년 LTI 주제는 에니메이션이었다. 처음 해보는 애니메이션 작업이라 직접 그림을 그리지는 못하고 에니메이션을 만드는 원리에 집중한 듯하였다. 큐브 모양의 3D에니메이션을 활용해 3학년 선배가 만든 학교 홍보 동영상을 재현해 박수갈채를 받았다.

2학년 1학기에는 한 발자국 더 진전을 보였다. 본인이 직접 스케치하여 걸그룹의 공연 영상을 2D 애니메이션으로 재현한 것이다. 걸그룹의 춤사위를 물 흐르듯 연속 동작으로 느낄 수 있는 영상이었다. 발표가 끝나고 1초당 몇 컷을 사용했느냐는 질문에 열 컷 정도를 사용했다고 한다. 에니메이션의 길이가 3분 정도 되니 총 1,800장 정

도의 그림을 그린 셈이다. 대단한 정성과 인내심이다. 지혜의 3학년 때 LTI활동이 기대된다.

교우들과 협업하여 LTI프로젝트를 진행하는 경우도 있다. 2021학년도 학교홍보 프로젝트팀의 2학년 한지원은 웹드라마 제작을 위한 시나리오를 쓰고 1학년 이한영은 연출을 담당했다. 배우로 김강민, 박지성, 심나무(2학년), 양혜린, 유은서, 임한솔, 김민기, 강채원(1학년)이 출연했으며 촬영과 편집은 1학년 김하은이 했다. 이를 계기로 2학기에는 서로 협업으로 LTI 프로젝트학습을 진행하는 사례가 다수 생겨 새로운 모델을 만들어가는 것 같다.

우리 학교에서 LTI 프로젝트학습을 통해 추구하는 것은 외견상 '진로에 대한 자기 선택권'의 강화다. 자기 진로에 대해 막연히 꿈꾸던 것을 다양한 탐색과 실천을 통해 현실을 직시하며 자신의 진로를 결정하는 힘을 길러주는 것이다.

그러나 부수적으로 얻는 교육 효과도 무시하지 못한다. 매 학기 주제를 정하고 계획서를 작성하는 과정을 통해 탐구를 기획하는 방법을 배운다. 이 계획을 바탕으로 매주 프로젝트를 진행하는 과정에서는 과업을 추진하는 방법을 배운다. 마지막으로 학기 말에 있는 LTI 프로젝트 발표를 통해 자신의 생각을 효과적으로 전달하고 다른 사람을 설득하는 방법을 배운다.

이런 과정의 훈련은 교과 학습에서도 적용될 수 있다. 간혹 LTI 주제를 교과 학습과 연관시켜 정하고 탐구하는 학생들이 있다. 이런 사례를 보면 결국 LTI 프로젝트 학습을 통해 학습 동기를 유발하고 자기주도적 학습 능력을 키워주는 셈이다.

2021학년도에는 LTI 프로젝트 학습 진행 과정을 수필로 쓰도록 지도하여 사례집을 발간하였다. 그 글 중에 몇 편을 4장에서 소개하겠다.

LTI 프로젝트학습 진행 과정을 수필로 쓰도록 지도하여 사례집을 발간하였다.

엄마도 할 수 있다 뮤지컬 「바람 불어 좋은 날」 공연

학교는 지역사회의 중심에서 문화를 생산하는 역할을 담당해야 한다고 생각한다. 나는 가창중학교가 특성화중학교로 전환할 당시에도 지역사회와 어떻게 연대할 것인가에 대한 고민을 많이 했었다. 하지만 그때는 우리가 지역 주민을 돕거나 문화 활동의 중심에 서기는커녕 일방적으로 도움을 받아야 할 처지였다.

2017년 가을, 뮤지컬 특성화중학교로 전환하며 신입생 모집을 위해 현수막을 걸고 신문과 라디오 방송을 통해서도 홍보를 했다. 그랬더니 생각지도 못했던 분들이 찾아왔다.

계명대학교 연극뮤지컬과에서 찾아와 뮤지컬 특성화 교육과정 편성에 대한 조언과 예술 강사 초빙에 도움을 주셨다. 대학에서 작곡을 강의하시다 퇴임하신 인근 동네 노부부는 작곡과 피아노 수업으로 자원봉사를 하시겠다고 찾아오셨고, 대학에서 성악을 가르치고 계시는 교수님도 찾아와 도울 일이 없는지 물으셨다. 그러나 특성화 교육과정을 도입하고 정착시키는데 온통 신경이 집중되어 있던 형편이라 우리가 계획하고 있던 영역 이외의 호의를 받아들일 여유가 없었다. 하지만 가슴 한편에는 늘 그분들의 따뜻한 마음이 자리 잡고 있으며 그 마음의 빚을 지역에 돌려줘야 한다고 생각하고 있었다.

특성화 교육활동이 어느 정도 자리를 잡아가자 우리 학교가 지역사회에 어떤 역할을 해야 한다는 생각이 일종의 책임감처럼 자리 잡았다. 여러 가지 연대활동 중에 우리 학교의 특성을 살려 지역 주민들과 함께하는 연극(또는 뮤지컬)을 해보면 좋겠다는 생각이 들었다. 그러나 늘 과다한 업무로 힘들어하는 선생님들을 보면 생각만 거창할 뿐 실제로 추진하기가 쉽지 않았다.

그러던 중 2021학년도 들어서서 신왕수 선생님이 학부모 교육의 일환으로 뮤지컬을 해보면 어떻겠냐는 제안을 하셨다. 신동진 선생님은 학부모님을 대상으로 목공 연수를 해 보면 어떻겠느냐고 제안하셨다.

나는 목공이나 연극(뮤지컬)이 '학부모 역량 강화를 위한 연수'에 좋은 소재라 판단하고 학부모님들도 좋아하실 것이라 생각했다. 왜냐하면 두 가지 모두 학교 선생님과 함께 호흡을 맞춰야 하는 일이고, 학부모님들이 성취감을 맛보며 성장을 느낄 수 있는 활동이라 생각했기 때문이다. 게다가 학생들과 같은 교육활동을 해보면서 자녀와 소통하는 데에도 도움이 될 것 같았다.

그런데 신동진 선생님은 교사, 학생, 학부모가 함께하는 「독서 축제」를 기획하고 있어서 목공 연수를 함께 추진하기엔 어려움이 있다고 하셨다. 결국 「학부모 뮤지컬 교실」만 추진하기로 했다.

직장생활을 하시는 분들이 많고 가사일도 바빠서 아이들처럼 일주일씩 집중 과정으로 연습을 하여 공연하는 것은 거의 불가능했다. 그래서 11월 한 달 동안 저녁 시간을 이용하여 연습하고 공연하기로 했다.

실무를 추진하면서 선생님들이 가장 먼저 걱정된 것은 학부모님들의 참여도였다. 가정통신문도 발송하고 학부모 Band에도 공지를 했지만 과연 몇 분이나 오실까? 하지만 그것은 기우에 불과했다. 학부모뮤지컬 참여자 모집 공지가 뜨기 무섭게 학부모들의 댓글이 달렸다. 기대감을 잔뜩 담은 참여 동의 메시지가 있는가 하면, 바쁜 일정상 참여는 못하지만 열심히 손뼉 치겠다는 응원 메시지까지 다양하게 올라왔다. 최종적으로 스물한 분이 참여 신청을 했다. 혹여 참여자가 적을까 봐 교장, 교감도 참가 동의를 하였지만 너무 많은 인원의 참여로 자진 사퇴하는 '비극' 이 벌어졌다.

공연 준비는 11월1일부터 24일까지, 총 열 차례에 걸쳐 하루에 두 시간씩 연습하고 부족하면 마지막에 추가 연습을 하기로 했다. 스무 시간 남짓 연습할 시간이 확보되었지만 그리 넉넉한 시간은 아니었다. 첫 시도이니 공연무대에 올리는 것에 의의를 두고 연습을 하는 것이 부담이 없을 듯했다.

첫째 날 연습은 대본 읽기부터 시작했다. 그동안 코로나19 방역 관계로 학부모들 사이에 교류를 하는 시간을 갖기가 어려운 상황이었던지라 첫 만남은 어색하기 그지없었다. 돌아가면서 인사를 나누고 대본 읽기를 진행하는 동안 처음 만나는 분들까지도 어색함을 벗어버리고 화기애애한 분위기로 바뀌기 시작했다. 배역까지 정하고 나니 서로 간에 친근감이 생기면서 뮤지컬교실이 코로나로 인해 어려

뮤지컬 「바람 불어 좋은 날」 연습 장면. 회사에서 퇴근하여 바로 오신 분들은 많이 시장할 텐데도 연신 웃음을 머금고 연습에 열중이다.

웠던 학부모 간의 소통 공간이 되었다.

둘째 날 연습에는 몇 분이 빠졌다. 하고 싶은 마음은 굴뚝같으나 직장 일로 인해 도저히 시간이 허락하지 않는 모양이다. 노래 연습을 시작하자 집에서 미리 연습을 하셨는지 모두 익숙하게 노래를 했다. 합창 부분은 제법 호흡이 맞으면서 화음도 이루어져, 듣고 있는 내 어깨도 저절로 들썩였다. 회사에서 퇴근하여 바로 오신 분들은 많이 시장할 텐데도 연신 웃음을 머금고 연습에 열중이었다.

연습 시간이 하루하루 늘어날수록 연기와 노래가 익숙해지는 분들도 있지만 조금씩 부담이 커지는 분들도 계셨다. 잘하고 싶은 마음은 굴뚝같은데 직장생활과 가사 일에 쫓기다 보니 연습할 시간이 제대로 확보가 되지 않아 다른 사람들에게 폐만 끼치는 것이 아닌지 염려가 된다고 하셨다. 연습실 계단을 올라갈 때는 포기하고 싶은 마음이 가득하지만, 막상 연습이 진행되면 거기에 빠져 다시 마음을 다잡곤 하셨다. 옆에서 격려해주시는 어머니들의 마음도 큰 힘이 되었다. 열정적으로 지도해 주시는 뮤지컬 선생님들과 뒷바라지해주시는 교감 선생님과 신왕수 선생님의 헌신적인 모습도 용기를 내는 데 많은 도움이 되었다.

연습을 마치고 어두운 교정을 나설 때면 뭔가 뿌듯한 마음이 생기면서 자신도 모르게 뮤지컬 넘버를 흥얼거리는 사람이 늘어났다. 여태껏 직장생활을 하고 가족을 돌보면서 본인을 위해 온전히 투자한 시간이 거의 없어 후회가 되는 사람도 있었다.

연습 3일째부터는 안무 연습이 더해졌다. 나이가 들면서 몸을 쓰는 일을 게을리해서 이제는 동작을 따라 하는 것도 마음대로 잘되지 않아 보였다. 그럼에도 불구하고 잘한다고 추켜세워 주시는 선생님과 동료 학부모님 덕에 용기를 잃지 않고 열심히 몸을 움직이신다. 안무를 익히고 나니 이제는 서서 대사를 하고 노래도 불러야 했다. 갈수록 태산이다. "왜 내가 이 공연에 참가한다고 했던가?" 후회가 되다가도 프로그램에 들어갈 사진을 찍는다고 예쁜 옷을 입고 오라고 하는 바람에 또 신데렐라가 된 기분으로 연습에 열중하신다.

공연이 다가오자 소품 준비에 다들 열정을 보이신다. 가발, 자동차 핸들커버, 우산, 작업복, 책, 홀 서빙 직원 조끼...... 각자 맡은 역할의 소품을 챙겨야 하는데, 스스로 구하기가 어려워하는 분들을 위해

발 벗고 나서는 분들도 계신다. 채원이 어머니는 작업복을 몇 벌 구해오시고, 주혜 어머니는 여직원 옷을 다섯 벌, 영지 어머니는 한국어교본 두 권 만드시고 우산은 학생들이 쓰는 양심우산을 빌리기로 했다.

선생님들도 힘을 냈다. 신왕수 선생님은 연습 때마다 간식을 구해대느라 애를 쓰시고, 변문정 선생님은 배우들이 쉽게 노래를 익힐 수 있도록 밤늦게까지 노래를 녹음해 Band에 올려 주셨다.

연습 삼주차가 되자 유관기관에 보낼 초대장과 브로슈어가 나왔다. 유관기관에 초대장을 보낸다고 하니 긴장이 되고 떨리면서도 브로슈어에 실린 각자의 사진을 보는 순간 마음이 들뜨기 시작했다. Band에 올린 반응은 각양각색이었다.

"급하게 보내달라는 곳ㅎㅎ, 벌써부터 떨리는데, 어쩌죠^^;;"
"초대장 보내 급 긴장되고 설레네요"
"기쁘고 벅찬 마음보다ㅠ 벌써 긴장 빡~~. 떨어도 공연은 코 앞, 일단 저질러봐야겠습니당 ㅠㅠ"
"늦깎이 뮤지션의 꿈, 와~~~ 사진 속 어머니들 표정에서 그 마음이 마구 느껴지는 건 우째 감당을"
"우와 ~~드디어 뮤지컬 배우 대뷰!"

공연이 일주일 앞으로 다가오자 대본을 내려놓고 연습하기 시작했다. 이제 대사를 외우는 것도 옛날 같지 않아 보였다. 공연 당일 대사를 까먹으면 어쩌나 걱정이 되는 분도 계셨고, 잘하지는 못해도 다른 사람들에게 폐는 끼치지 말아야 한다고 열심히 연습하는 분도 계셨다. '감독님 얼굴 보기가 조금씩 무서워진다'는 말이 다소 안쓰러워 보였다.

지역 유지들이 관람하러 오신다는 말에 다들 긴장이 되는 듯, 어떤 어머니는 주말에 딸에게 특훈(?)을 부탁해야겠다고 다짐했다. 이제 마지막 주에는 매일 저녁 연습을 해야 한다. 연습 장소도 공연장으로 이동하여 진행되었다. 점점 실감이 나기 시작하고 연습을 마치는 시간은 조금씩 더 늦어졌다.

마지막 주 4일간의 연습을 위해 공연장에 모였더니 벌써 무대 소품들이 자리를 차지하고 있다.

"드디어 공연을 하는구나!" 연습도 점점 진지해졌다.

공연을 이틀 앞두고 지역에 코로나 환자가 발생했다. 다들 긴장하는 모습이 역력했다. 선생님들도 모두 바짝 긴장하고 있었다. 작년 연말, 갑자기 대구지역 학교 전체가 비대면 수업으로 전환되는 바람에 뮤지컬특성화 1기 졸업생들이 졸업공연 준비를 다 해놓고 무산되었기 때문이다. 공연이 끝날 때까지 아무 일 없어야 할 텐데……

공연을 이틀 앞두고, 군수님과 교육장님이 참관하신다는 소식이 전해지자 배우들은 술렁이기 시작했다. 아마도 손님들이 많이 오실 모양이다. 감독님도 신경이 날카로워지신 모양인지, 다른 날보다 잘 안 되는 부분에 대한 반복 연습을 더 많이 하시는 것 같았다.

"오늘의 태양이 떠올랐습니다. 오늘이 특별한 이유가 충분한 아침..... 식사 든든하게 하시고 오후에 뵙겠습니다."

드디어 공연하는 날!
신왕수 선생님이 Band에 출근 때 찍으신 사진을 한 장 올리셨다.

이에 학부모님들도 화답하는 댓글을 올리셨다. 다들 흥분되고 긴장되는 모습이다.

벌써 공연이라니!!!!!!! 이게 실화 맞죠??
진짜 한 달이 너무 빨리 지나가 버린 것 같아요. 몇 시간 뒤 공연도 걱정이지만 저녁에 모여 열정을 불태우던 어머니들 너무 그리울 것 같고, 선생님이 준비해주시던 따끈따끈한 계란도 벌써 그리워져요.~~~ㅠㅠ
모두 무탈하게 건강한 모습으로 공연할 수 있기를 기도하며 오늘 하루 시작합니다.~~
우리 모두 있다 봐요.~~ ♥♥♥♥♥(재형 母)

매일 저 멋진 태양이 뜨는 것처럼 학부모 뮤지컬교실 덕분에 제 인생에서도 멋진 태양이 뜨는 것을 경험한 11월 한 달이었습니다. 설레고 두렵고 떨리는 한 달 보낼 수 있게 해주신 어머님들!!!
모두 다 계셔서 용기 낼 수 있었어요. ㅎㅎ~
이따 모두 건강한 모습으로 뵈요. (은경 母)

학부모들 못지않게 부지런히 애써주신 선생님들 참으로 감사드리고..... 기대 잔뜩 하고 있을 모두에게 떠오르는 태양처럼 매일매일 열정적으로 최선을 다했노라는 엄마 모습만 기억되었음 좋겠다는..... ㅎ~~
몇 시간 남지 않은 무대, 서툰 시작이지만 나름 배우고 노력하고 익힌 것들 멋지게 큰 날개 짓으로 화답해 줍시당.~~ 모두들 파이팅입니당.(영지 母)

연출을 맡으신 이효정 선생님의 공연 준비를 위한 전달 사항이 Band에 공지되자 달린 댓글에는 학부모님들의 긴장감과 기대감이 잔뜩 담겨 있었다.

오늘 일정 알려드립니다.
10시부터 조명 세팅합니다.
배우들은 2시부터 분장이 순차적으로 진행되오니 일찍 오실 수 있는 분들은 분장 받으시고, 약속 시간에 맞춰 오시는 분들은 화장 꼭 하고 와주시기 바랍니다.
4시부터는 드레스 리허설(최종)합니다. 의상 미리 입으시고, 마이크 차는데 다소 시간이 걸리므로 꼭 4시 시작할 수 있도록 준비 부탁드립니다.
식사는 적어도 6시에는 하고 30분 전에는 모두 '스탠바이'가 되어야 관객들이 춥지 않게 입장 가능할 것 같습니다! 관객 입장 후에는 이동이 안 되므로 미리 화장실 다녀오셔야 합니다.
시작 멘트 후, 7시에 공연이 진행되며 공연이 끝나는 커튼콜 후 퇴장하시고 제가 멘트하면 다시 무대로 나오셔서 교장선생님과 외부인사들 인사말 듣고, 강사님들 소개하고, 두세 분의 배우들 소감 듣게 됩니다. 관객들에게도 마이크가 가고요, 아이들과 배우자님들 소감도 들을 수 있습니다. 이후 기념 촬영하고 마무리됩니다.
끝나면 무선마이크부터 차례대로 제거한 후 함께 정리하고 마치겠습니다. 의상 소품은 가져오신 것과 학교에서 준비한 것을 구분해주시고 무대도 정리하고 마무리하겠습니다.
오늘 순서는 제가 끊임없이 전달하고 안내드릴테니 긴장하지 마시고, 우왕좌왕하지 마시고 저의 안내를 따라오시면 됩니다. ^^
오늘 이 대사와 움직임을 해보는 것도 마지막이네요. 다들 파이팅입니다!

드디어 시작인가 보다!

배우들도 처음 해보는 공연을 실감하고 긴장이 많이 되는 모양이었다. 밴드에 댓글을 달고 서로를 격려하며 성공을 기원하는 모습에서 '우리가 함께하고 있다.' 는 것을 느낄 수 있었다.

> 아침부터 긴장이 돼서.....
> 파이팅입니다. 너무 감사드립니다. (채원 母)
>
> 처음엔 과연 될까 했는데 그날이 왔네요. 이렇게 하나하나 알려주시는 선생님들 덕분에, 함께 열정으로 배우고 서로 도와주는 울~ 가창 엄니들 덕분에~ 끝나고 다들 너무 울면 안 되는데~~ (예원 모)
>
> 마음 같아서는 아침부터 몇 번이고 더 연습하고 싶네요.^^ 일찍 뵐게요.
> 모두 건강한 모습으로 일~~찍 뵈어요(성연 母)
> 아!!!!
> 어젯밤부터 설렘과 두려움이 오가서 밤새 잠을 설쳤는데…. 선생님의 글을 읽는 순간… '집중만이 살길이다!!!!' 싶은 간절함만이 선명하게 남네요~~!!!
> 준비한 한 달을 오롯이 오늘 한 번에 쏟아 부어 봅시다. ~~!!!!!
> 모두모두 아자아자~~!!!!!!!!
> 자~~ 힘을 내~~~~!!!!!!!!!!(재형 母)

오후 두 시가 되자 배우들이 모여 분장을 시작했다. 네 시에 리허설이 시작되기 때문에 그 전에 분장과 마이크 착용 등의 준비를 마쳐야 해서 시간적 여유가 많지 않았다.

공연 시간이 가까워지자 배우들의 가족들이 하나, 둘 모이기 시작했다. 코로나19 방역수칙을 지키기 위해 공연장에 입장할 수 있는 인원은 99명으로 제한되어 있다. 배우 1인당 가족 2명밖에 초대할 수가 없다.

오늘은 외부 손님들이 많이 초대되었다. 학교 교육활동으로 학부모님들이 연극(뮤지컬) 공연을 하는 경우는 지역에서 드문 사례이기 때문에 관심이 많은 것이다. 학교 내부에서는 이사장 내외분과 동창회 부회장이 참석하셨고, 지자체에서는 달성군수와 가창면장, 부면장이 참석하셨다. 달성교육지원청 교육장과 과장, 장학사 등 일곱 분이 참석하셨고, 대구광역시교육청 미래교육연구원장과 연구사들이 참석하셨다. 대구광역시교육청에서는 학부모교육 담당 장학관과 장학사가 참석하셨는데, 학부모 역량 강화를 위한 교육 프로그램으로 뮤지컬을 공연하는 예는 처음이기 때문에 특별히 관심이 많았던 때문이다.

특히, 가창중학교에 대한 연구를 진행하고 있는 대구미래교육연구원의 서공주 연구사, 여승욱 선생님(가창중학교 종단연구팀)과 대구가톨릭대학교의 정현숙 교수(저출산 및 인구 감소 시대에 대응한 소규모학교 운영 모델 개발 연구팀)가 연구자의 자격으로 참관하는 것은 큰 의미가 있었다.

교사와 배우들의 가족을 제외하고 손님만 스무 분 정도가 관람하시는 것이니 우리 학교로서는 이만한 행사는 드문 일이었다.

공연 시작 30분 전에는 관객들이 입장할 수 있어야 하는데 리허슬이 마무리되지 않아 조금씩 늦어지고 있었다. 공연 성공에 대한 불안감이 생기지만 '아마추어인데 좀 못하면 어때?' 라고 스스로 다독이는 표정들이었다.

외부 손님들이 대기실에서 인사를 나누는 동안 준비가 다 되었다는 연락이 왔다. 코로나 방역수칙을 지키느라 체온을 측정하고 미리 준비된 명부에 등록하느라 입장 시간도 제법 걸렸다. 관객이 입장하는 동안 무대 뒤편에는 긴장감이 흐르고 배우들의 가슴은 쉴 새 없이 콩닥거리고 있었다. 조용히 대사를 암송해보는 사람이 있는가 하면 심호흡을 반복하는 사람도 있었다.

드디어 시작 시간이 되고 무대에 이효정 선생님(총연출)이 입장하여 이 공연을 하게 된 배경과 공연 내용을 소개하고 공연이 시작되었다.

공연은 1부와 2부로 나뉘어 진행되었는데, 열여섯 분의 학부모가 반씩 나눠서 배역을 맡았다.

공연은 생각보다 원만하게 진행되었다. 난생처음 무대를 경험하는 터라 긴장한 표정이 역력한 분들도 있었고, 첫 무대임에도 불구하고 너무나 완숙한 연기를 선보여 관객들의 박수갈채를 끌어내는 분들도 있었다. 어떤 분들은 과거에 무대에 서 본 경험이 있는 것처럼 연기가 너무나 자연스러워 전문 배우라고 해도 곧이들을 정도였다. 시간이 흐를수록 그 다양한 성향의 배우들이 조합을 이뤄 조금씩 관객들을 극 속으로 빨아들였다.

관객들도 긴장하기는 마찬가지였다. 초대 손님을 빼고는 모두 학교 선생님들과 배우의 가족들인지라 혹시라도 실수할까 봐 조마조마한 마음으로 지켜보는 것 같았다. 마치 시험장에 응원하러 온 학부모처럼 긴장되어 박수치며 응원해야 할 장면도 놓쳐 버렸다. 공연이 점점 무르익어가자 선생님들과 학생들이 상황을 파악하여 박수를 유도했다. 덕분에 공연 분위기가 훨씬 부드러워지고 배우들도 긴장이 풀리는 것 같았다. 뮤지컬을 직접 해보기도 하고 관람도 많이 하는 학생들과 교사들이 관객의 역할을 제대로 하며 배우들의 기를 북돋워 준 것이다.

학부모 뮤지컬 공연 장면. 「바람 불어 좋은 날」

긴장되었던 한 시간의 공연이 모두 끝나자 객석에서 함성과 함께 박수가 터져 나왔다. 배우들의 얼굴에도 함박웃음이 피어났다. '우리가 해 냈다.' 는 자부심이 흠뻑 배인 웃음이다.

커튼콜이 끝나자 배우들은 무대에 자리를 잡고 앉았다. 우리 학교 아이들이 공연을 마치면 하는 것처럼 관객들과 「소감 나누기」를 하는 것이었다. 관객들이 공연을 관람한 소감을 이야기하고 덕담을 마치자 배우들과 지도 선생님들의 소감도 들었다. 공연 준비 과정과 공연할 당시의 뒷이야기도 나누면서 서로를 위로하고 격려하며 성찰을 하는 것이었다.

군수, 교육장, 미래교육원장 등 내빈들의 소감과 덕담에 배우들의 입은 거의 귀에 걸린 듯했다. 무뚝뚝한 남편들의 격려도 큰 위로가 되었지만, "공연 중 엄마의 연기를 보면서 눈물이 났다."는 1학년 예원이의 관람 소감을 들으며 참석한 모든 사람들이 울컥하는 마음을 공유했다. 1학년 성현이는 "아마도 이제는 아버지가 내 심정을 이해하실 것"이라는 소감을 이야기한 후 무대에서 부자간의 진한 포옹을 해서 관객들의 큰 박수를 받았다.

마지막으로 배우들이 직장과 가정생활을 병행하며 한 달 동안 어렵게 일궈냈던 공연에 대한 소회를 털어놓자 공연장은 숙연한 분위기로 내 일처럼 공감했다. 왜 여태껏 자신의 성장을 위해 이렇게 투자를 하지 못했는지 아쉬워하는 모습이 안타까웠다. 뮤지컬 공연은 가족 구성원들이 하나가 되는 매개가 되었고, 학교와 가정이 서로 소통하는 공간이 되었다. 관람한 아이들도 함께 성장한 계기가 됐을 것이다.

행사를 마치고 돌아가는 내빈들이 "공연도 좋았지만 뒤풀이 행사가 더 감동적이었다."는 반응을 보여 더욱 뿌듯했다.

엄마야~~^^;;;; 여기도…. ㅋㅋㅋㅋㅋㅋㅋ
인생에서 이마이 스포트라이트을 받을 날이 또 있을까?? 싶네예. ~~^^;;;
감사드립니다. ~~~ ♥♥♥♥♥ (재형 母)

평생을 간직하고 보고 또 들여다볼 수 있는 추억, 보물을 남겨주셨습니다. 감사합니다. (성연 母)

퇴근길에 아무 생각 없이 방향을 학교로 운전하는 건 아닐까 걱정이 되네요. ㅋ (하은 母)

선생님 덕분에 소중한 경험에, 좋은 분들과 함께하는 행복한 시간이었습니다. 진심으로 감사드립니다. 도와주신 선생님들과 엄니들 모두 평안한 밤 되세요. (예원 母)

한 달 동안 너무나 소중하고 귀한 시간이었습니다. 여러모로 애써주신 선생님들께 감사드립니다.
앞으로도 꿈꾸고 도전하는 일들이 많았으면 좋겠습니다. ~ ^^ (채원 母)

이 시원섭섭함은 뭘까요? ㅎㅎ
시간이 순식간에 흘러 가버린 듯한 느낌이네요.

선생님, 학부모님들과 함께 보낸 이 시간들이 행복한 추억으로 오래 남을 듯합니다.~^^
감사합니다. ^^ (현지 母)

저도 모든 분들께 감사합니다. 이 일을 가능하게 해주셔서요. 많이 배우고 깨닫는 계기가 되었습니다.
그동안 너무 두려워하고 나태하게 살았구나.....
영상은 민망해서 아직 못 봤어요. ㅎㅎ
다들 푹 쉬시고 능력자 맘들 담에 반갑게 만나요. ㅎ (성율 母)

아이를 키우면서 잊고 지냈던 무대의 재미와 열정을 다시 느낀 순간이었어요.
한 달 동안 애쓰신 선생님들, 능력자 학부모님들 감사합니다.~~!!! 다음에 또 뵈요.^^ (혜린 母)
다들 너무 멋진 어머님 아버님이셨습니다.
처음에 해야 할까 망설였던 제가 어리석게 느껴지네요. 안 했으면 후회할 뻔했습니다.
이 기회에 아이들과 선생님의 대단함을 다시 한 번 느꼈고요~. 너무너무 감사함과 행복함을 느끼는 자리였습니다.
다들 고생 많으셨습니다. ^^
편안한 밤 되세요. ~
가창중 학부모님들 ♥♥♥♥♥ (하은 母)

영상 다 보고 소감 듣는데… 주책맞게 눈물이 나네요. ~~~^^;;
우리 진~~~짜 찢었네요. ~~!!!!! 우리 모두 최고 최고. ~~~ (재형 母)

노랫가락이 계속 여운으로 남아 있는 새벽입니다. 처음 시작을 어떻게 했나 싶었던 시간들이 지나갔네요. 내 생애 손꼽히는 작품이 아닐까 싶어요. ㅜ~ 기억할게요. ~가창중. 함께한 모든 선생님들, 이번 뮤지컬을 통해 만난 우리, 자랑스럽고 훌륭한 엄마들.~~ 모두 모두 사랑하고 축복합니다. ~ ♡♡♡♡♡♡♡ (주혜 母)

함께해서 행복했고 즐거웠습니다.^^ 모두모두 감사하고 고맙습니다.
'우리가 가는 길이 곧 길이다.' 라는 교장선생님 말씀이 생각나네요.~
뿌듯하고 뭉클한 아침입니다.^^ 다들 멋지세요!!!^^~ (지호 母)

멋지게 각자의 인생을 살고 계신 분들을 만나 더 나은 사람이 될 수 있는 한 달이었습니다.
신왕수 선생님!!!
먼저 손 내밀어 용기주시고, 멋진 분들과 함께 할 수 있는 기회를 만들어 주셔서 감사드려요. ♡♡♡ (은경 母)

감사한 아침예요. ~
늦잠 좀 자고 일어나니 아직도 여운이 남아 있네요. 많은 생각들이 스치며, 가창중학교 우리아이들이 대견하고 멋지다는 생각, 모든 선생님 한분 한분의 진심과 사랑 열정이 떠오르고 한 달간 정말 최선을 다한 아빠&엄마들의 무한도전 사랑, 실전에 더 강하다는 걸 느낄 수 있는 무대였네요. ㅋ
짧고도 긴 시간, 함께 나눈 추억들이 이제야 더 뭉클해지고 더욱 깊어집니다.
이 시작이 1회에 그치지 말고 많은 후배(?) 부모님들도 함께 쭈~~욱 이어나갈 전통이 되면 좋겠다요.
함께여서 감사하고 행복했습니다!!!

이렇게는 넘넘 아쉽고 꼭! 뒤풀이 합시다요.~~~ (성연 母)

가창중 아이들이 즐겁게 학교에 다니는 이유를 깨닫게 되었어요.^^ 선생님들의 열정적인 노력과 응원으로 우리 아이들이 멋있게 성장해나가는 같아 감사드립니다. 어제 본공연 때 대사를 깜빡해서 여직원들의 간장을 녹였지만 뒤늦게 겨우 생각나 가까스로 위기를 넘겨 얼마나 감사했는지요. 함께 출연한 모든 엄마, 아빠님들 다들 각자의 자리에서 멋지게 살아가시리라 믿어요. ♡♡♡ (지후 母)

10일 동안 멋진 시간~
소중한 추억담~
어제의 경험치 또 하나 얻어갑니다.
선생님들의 열정적 에너지만큼은 어느 학교도 따라오지 못할 값진 무기를 가진듯합니다.ㅎ
남는 건 사진뿐이라는데...ㅠㅠ
뒷정리 후딱하고 돌아가된다는 생각에 사진도 남기지도 못하고 자리를 빠져 나왔네요~
저희들은 당연히 즐기는 몫이지만 매시간 저희 곁을 지켜주시고 챙겨주신 노고에 있어 젤로다 고생 많이 하신 우리 신왕수 선생님 '고맙고 감사합니다.' 라는 표현 말고는 드릴 말씀을 찾을 수가 없네요. 겉치레로 드리는 말씀 절대 아닙니다.
정말정말 감사드립니다. 용기 낼 수 있게 해주셔서...
부모님들이 도움이 필요하실 땐 언제든지 꼭 불러만 주신다면 마다하지 않고 기꺼이 작은 도움을 드릴 수 있게 해주십사...ㅎ
'맘 파 선생님들 파이팅!!' 구호처럼 오늘도 열심히 살아갑시당~~~
구호 혼잣말로 갑자기 눈물이... (영지 母)

저도 아~ 오늘 하면 어제의 그런 실수는 안 할 수 있는데 라는 생각이, 오후 조용히 일하다가 떠오릅니다. 어제의 여운이 언제까지 갈지... 이래서 뒤풀이가 꼭!! (예원 母)

바쁜 일상 속에서 찾은 즐거움이라 더욱 더 모두에게 빛나고 소중한 시간들이었던 것 같습니다~^^
선생님 그리고 우리 배우님들 모두모두 너무너무 멋졌고 아름다웠던 날이었습니다. 너무너무 감사합니다.~^^ (승현 父)

우리 학교에서는 교육활동을 통해 성과를 내기보다는 아이들의 성장이 이루어지도록 노력한다. 아이들의 성장을 위해서 노력하다 보면 성과는 자연스럽게 따라오게 된다.
입시 중심의 지식 교육은 성과를 목표로 하는 것이다. 그러면 학생들의 학교생활은 늘 성과(성적)에 목을 매게 마련이다. 어른이 되어 사회에 나서면 이런 구조는 더 심해진다. 사회의 경쟁 체재는 학교에서의 경쟁과는 비교할 수가 없다. 이런 상황에서 학부모님들이 직장생활과 가정생활을 병행하며 자신의 성장을 위해 시간과 돈과 정렬을 투자하기란 쉽지가 않다.
하지만 자신의 성장을 위해 노력해야 하는 것은 자녀 교육의 측면에서도 그렇고 자신의 인생을 아름답게 가꾸기 위해서도 꼭 필요한 것이다. 행복한 자녀를 기르고 싶다면 부모가 서로 행복하게 살아가는 모습을 보여주는 것보다 훌륭한 교육은 없다. 자녀의 성장을 위해서도 마찬가지다. 부모가 성장을 위해 노력하는 모습을 보여주면 자녀들도 그것을 닮아가려고 노력할 것이다. 꿈꾸지 않는 부모와 교사 밑에서 자란 아이들이 훌륭한 꿈을 꾸기를 바라는 것은 이율배반이다. 어른들이 도전하는 모습을 보여주지 않고 아이들이 도전하게 만들 수 있겠는가?

꿈은 도전을 통해 이루어지고, 꿈이 이루어지면 더 큰 꿈이 생기게 된다. 꿈은 청소년기의 전유물이 아니다. 죽을 때까지 꿈을 꾸고, 죽을 때까지 도전하는 것이다. 그것이 인생이다.

그런 측면에서 이번 학부모님들의 도전은 자신의 성장과 자녀들의 성장에 엄청난 영향을 미칠 수 있는 충분한 계기가 되었을 것이라 생각한다. 또, 이번 공연을 계기로 학부모님들 사이에서 앞으로도 지속적인 도전을 하자는 이야기가 오간다는 소식을 듣고 아낌없는 지원을 하리라 다짐했다.

2022학년도 학부모 뮤지컬 교실 준비

2021학년도 「학부모 뮤지컬 교실」의 성공은 우리에게 시사하는 바가 컸다. 가장 크게 느낀 점은 학부모교육도 일방적인 주입식 교육보다는 교육활동을 통해 학부모 스스로 생각하게 하고 성장을 느끼게 하는 것이 훨씬 교육적이며 효과가 크다는 것이다. 시 쓰기 수업에 참여하고, 아이들과 독서토론 행사도 하고, 학부모들끼리 뮤지컬도 하면서 스스로 느끼는 것이, 아이들을 이해하고 지도하기에 훨씬 많은 도움이 되는 것이다.

이런 맥락에서 2022학년도 학부모교육도 학부모님들이 직접 참여하는 활동을 할 수 있도록 계획했다. 「학부모 뮤지컬 교실」, 학부모 시 쓰기 수업, 아이들과 함께하는 독서 축제에 함께 하도록 한 것이다.

그중 「학부모 뮤지컬 교실」은 보다 진일보한 계획을 세웠다. 남의 작품을 가져와 공연할 것이 아니라, 학부모님들이 자녀를 키우면서 겪은 '우리 이야기'를 뮤지컬 작품으로 만들어 공연해보자고 제안했다. 학부모님들도 기꺼이 동의하며 기대를 많이 했다. 작품을 써 주실 작가도 섭외했는데, 우리 학교 아이들의 작품을 지도해 주시고 작곡해 주시는 이지선 선생님이다.

4월 5일 저녁, 첫 모임을 시작했다. 학부모님들이 모여 일곱 시부터 아홉 시까지 자녀를 키우는 동안 겪었던 경험을 토론하고, 화상으로 작가와 참석이 어려운 학부모님들을 연결해서 공유하는 형식이었다. 혹시 토론이 매끄럽게 진행되지 않을 것을 고려해서, 사전에 한두 가지 사례를 정리해 오시라고 미리 말씀드렸다. 열두 분의 학부모님이 참석하셨고 화상으로 두 분이 참관하셨다. 인근 가창초등학교 학부모님 두 분도 함께했다.

참석한 학부모님들의 긴장을 풀기 위해 참석자들이 자기소개도 하고 사회자가 너스레를 떨기도 했지만, 토론을 시작하자 쉽게 말문을 열지 못했다. 자녀 교육과 관련한 실제 이야기를 꺼내려니 다소 부담이 되었던 것 같다. 이럴 경우를 대비해서 생각해 둔 나의 학생 지도 사례를 두어 개 들려줬더니 학부모님들도 용기를 내셨다.

뮤지컬 제작을 위한 학부모 토론. 그동안 가슴 속에 묻어두었던 이야기를 토해내듯 말하고 나자 속이 후련한 듯 학부모님들의 얼굴이 평온해 보인다.

정호(가명) 어머니가 먼저 말을 꺼내셨다. 자녀 교육을 위해 서울에서 가창으로 오게 된 이야기를 떨리는 목소리로 전달하셨다. 이어서 현정(가명)이 어머니는 자녀 교육과 관련된 본인의 상처를 고백했다. 쉽지 않은 고백을 듣게 된 학부모님들이 한 분씩 입을 열기 시작했다. 학부모님들이 자녀를 양육하면서 힘들었던 일들을 떨리는 목소리로 이야기하자 몰래 눈물을 찍어 내는 분들도 계셨다. 그러면서도 유쾌함을 잃지 않으려고 노력하는 모습이 역력했다.

초등학교 시절 따돌림을 심하게 당하여 중학교만큼은 마음 편하게 다니게 해주고 싶어서 가창중학교에 입학하게 되었다는 미현(가명)

이 아버지의 이야기를 들으며 모두 본인의 일인 양 안타까워했다. 사춘기를 겪으면서 모녀지간에 갈등을 겪은 일이며, 부부간의 갈등으로 예민해진 감정을 아이에게 풀어버려 아이를 힘들게 했던 이야기에는 너도나도 위로의 말을 건넸다.

그동안 가슴 속에 묻어두었던 이야기를 토해내듯 말하고 나자 속이 후련한 듯 학부모님들의 얼굴이 평온해 보였다. 뮤지컬 시나리오를 쓰기 위해 만든 자리가 학부모님들의 마음을 위로하는 자리가 되었고, 다른 사람들의 자녀 교육 사례를 들으면서 자신의 마음을 다잡는 분들도 계시는 것 같았다.

토론은 두 차례에 걸쳐 진행되었는데도 아직 하고 싶은 말들이 많이 남아있는 듯했다. 원래 기획 의도는 뮤지컬 작품을 만들 자료 수집을 위한 토론이었는데, 분위기는 학부모 교육(힐링캠프)처럼 흘러갔다. 마무리 정리를 한 후 정호(가명) 어머니께서 다가와 조용히 말씀하셨다.

“교장 선생님, 어떤 명강사의 강의보다도 훌륭한 강의처럼 느껴집니다.”

네 시간의 토론으로 작품을 쓰기 위한 기초 자료는 충분히 만들어진 것 같았다. 작품이 완성되려면 5개월 정도 걸린다고 하니 그동안에는 기존에 있던 작품으로 1학기 뮤지컬 교실을 진행하기로 했다. 2학기에는 우리의 이야기가 무대에 올라간다고 생각하니 벌써 마음이 설렌다.

지역사회와 연대하여 자라는 학교

계명대학교

2017년 9월 1일, 교육청으로부터 가창중학교를 예술기반 대안형 특성화중학교로 전환하여 2018학년도부터 신입생을 모집해 운영하라는 공문을 받았다. 일반 중학교보다 먼저 신입생을 모집해야 하니 늦어도 10월 말까지는 모집 절차를 끝내야 했다. 미리 홍보할 준비를 해두긴 했지만 시간이 부족했다. 특성화중학교에 대해 초등학교 학부모들에게 알리는 것이 급선무였다.

언론사에 보도 자료를 보내고 라디오 광고를 했더니 신문 기사를 보고 제일 먼저 연락 온 분이 「계명대학교 연극 · 뮤지컬과」 학과장 김중효 교수님이었다. 신문을 보고 알았다며 지역에 뮤지컬을 하는 중학교가 생겨 돕고 싶다는 것이었다. 처음 시도해 보는 뮤지컬 교육을 어떻게 시작해야 할지 모르는 상황에서 지역의 대학과 연결된 것은 우리 가창중학교로서는 너무 큰 행운이었다.

이튿날, 「계명대학교 연극 · 뮤지컬과」 강연종 교수님이 학교를 방문하셨다. 뮤지컬 교육과 관련하여 무엇이든 돕고 싶으니 필요한 것이 있으면 이야기하라는 것이었다. 우리가 짜놓은 뮤지컬 관련 특성화 교육과정을 보여드렸더니 아주 체계적으로 잘 짜였다고 지지해 주셨다. 또, 학생들을 대상으로 뮤지컬 캠프 등의 프로그램을 지원해달라고 했더니 기꺼이 돕겠다고 하셨다.

특성화중학교로 전환한 이후부터 11월 초까지 학생 모집을 하느라 정신이 없었다. 우리 학교에 버스로 한 시간 이내 걸리는 거리에 있는 사십여 개의 초등학교를 방문해 특성화중학교에 대하여 설명하고, 우리 학교가 어떤 교육활동을 할 것인지 안내했다.

학생 모집이 끝난 11월 22일, 예술교육 전반을 총괄하시는 한국일 선생님과 함께 계명대학교로 방문했다. 그 자리에서 양교 간의 협력에 관한 논의를 했다. 조만간에 업무협약(MOU)을 맺고 실질적인 도움이 되도록 지원하겠다는 약속을 받았다.

12월 21일, 계명대학교 블랙박스 극장에서 가창중학교는 「계명대학교 연극뮤지컬과」와 「계명대학교 산학인재원」과 함께 삼각 업무협약(MOU)을 체결했다. 이제 갓 출범하는 뮤지컬 가창중학교로서는 분에 넘치는 자리였다. 행사 자체도 특별했다. 일반적인 업무협약식에는 기관장과 실무자 정도가 참여하여 협약 서류를 교환하는 것이 관례인데, 이 행사에는 양교의 학생들이 참석하여 공연으로 첫 만남을 기념하며 예술교육을 하는 학교다운 풍모를 보여줬다. 가창중학교에서는 색소폰 합주단이 참석하여 실력을 뽐냈고, 「계명대학교 연극뮤지컬과」에서는 뮤지컬 갈라팀이 나와 캣츠의 넘버와 안무를 선보였다. 양교 참석자 모두가 놀랄만한 무대였다. 시작이 좋으니 이후로도 협력이 잘 될 듯하였다.

2018학년도부터 우리 가창중학교 학생들은 계명대학교로 가서 특

매년 계명대학교로 가서 진로 탐색을 위한 여러 가지 현장 실습을 하였다.

별 수업을 받는 특혜(?)를 받았다.

3월 7일, 계명대학교 학생들의 창작 뮤지컬 공연을 앞두고 최종 리허설을 하는 자리에 우리 학교 학생들을 초대했다. 공연도 관람하고 제작설명회도 듣는 자리였다. 여태껏 한 번도 겪어보지 못한 현장 경험이었다. 일부 학부모님들까지 함께하여 즐거움이 배가 되었다.

5월 8일부터 3일간은 1학년 학생들이 대학 교수님의 강의를 듣는 시간을 가졌다. 이 자리에서 교수님들은 중학교 1학년들의 진면목을 보는 경험을 하게 되었다. 대학생들만 대상으로 강의하시다가 집중력이 떨어지고 산만한 중학교 1학년을 가르치시느라 혼이 났다. 어려움이 많았음에도 불구하고 교수님들은 아이들을 이해하는 좋은

2018학년도 뮤지컬 아카데미. 계명대학교 연극뮤지컬과 블랙박스 공연장에서 뮤지컬 「그레이스」를 공연하는 장면

계기가 되었다고 하셨다.

그 후, 우리 학교 아이들은 매년 계명대학교로 가서 진로 탐색을 위한 여러 가지 현장 실습과 체험을 하게 되었는데, 첫 경험이 교훈이 되어 대부분 활동 중심으로 프로그램을 운영했다. 아이들의 즐거움도 배가되고 교수님들도 훨씬 수월하게 진행할 수 있었다. 무대 예술의 스텝에 대해 강의를 듣기도 하고, 실제로 무대 장치를 하는 장면을 체험하기도 하였다. 공연을 앞두고는 무대 세트를 둘러보기도 하였다.

여름방학 때는 희망자를 모아 계명대학교에서 뮤지컬 아카데미를 했다. 연극뮤지컬과와 산학인재원이 함께 지원하는 행사였다. 이 캠프에는 스무 명 가까운 계명대학교 연극뮤지컬과 학생들도 맨토로 참여하여 서른 명의 우리 학교 아이들을 밀착 지도하였다. 아이들은 캠프 말미의 공연에서 신입생 연극캠프 때와는 또 다른 수준의 연기를 선보여 학부모님들을 비롯한 참석자들을 놀라게 했다. 이후로 매년 계명대학교와 함께하는 뮤지컬아카데미가 진행되고 있다.

2021년도에는 색다른 협업이 이루어졌다. 계명대학교 학생들이 전국 대학생뮤지컬 경연대회에 출품할 작품으로 「레미제라블」을 준비하게 되었는데, 극 중에 등장하는 아역배우를 가창중학교에서 선발해서 함께 공연하고 싶다는 것이었다. 3월 말에 진행된 오디션에는 많은 아이들이 참여하여 치열한 경쟁을 펼쳤다. 최종적으로 제갈 린(2학년), 송주왕(1학년), 허현민(1학년)이 선발되어 공연에 참여하게 되었다.

아쉽게도 코로나19의 확산으로 인해 대회가 무산되어 아이들은 전국 무대에 대뷔할 기회를 잃어버렸지만, 자체 공연을 통해 대학생들과 대작을 상연하는 좋은 경험을 하게 되었다. 연습과 공연을 하는 동안 아이들은 대학생들과 교수님의 사랑을 독차지하며 연기 실력과 더불어 마음까지 성장하는 행복한 시간을 가졌다. 아마도 아이들이 더 큰 꿈을 꾸게 되는 계기가 되었을 것이다.

➔

https://youtu.be/YvmOTZGphOs?list=PLjBTYFOqZgacJwFWMuQQoAHzDAN80TUm6
계명대학교 연극뮤지컬과와의 「레미제라블」협업 영상
(2021.07.03. 계명대학교 연극뮤지컬과 정기공연)

특성화 교육과정을 운영하기 위해서는 많은 재정적 뒷받침이 필요하다. 예술교육을 하려면 수업 시간에 사용할 악기가 있어야 했다. 가장 시급한 것은「1인 1악기」수업에 필요한 기타였다. 2018학년도에는 1학년만 특성화교육 대상자이니 다른 악기들은 기존에 있던 것을 활용하면 된다.

특성화교육 프로그램을 운영하는데도 많은 돈이 필요했다. 뮤지컬 캠프, 자전거 여행, 도보여행, 해외 이동학습 등 활동 중심의 교육과정이 많은 우리 학교는 일반 학교보다 훨씬 많은 재정이 필요하다. 특성화중학교 운영에 따른 교육청의 지원 예산이 따로 편성되어 있는 것도 아니었다. 오로지 학교에서 재정을 해결해야 했다. 그렇다고 의무교육인 중학교에서 학부모들에게 부담을 줄 수는 없는 노릇이었다.

나는 부임 후 학부모님들과의 첫 만남에서 우리 학교의 비전을 설명하면서 특성화 교육활동에 들어가는 비용을 무료로 하겠다고 공언했다. 다만 제주도 도보여행과 해외 이동학습 경비의 절반은 학부모님들이 부담하고 나머지는 학교에서 마련해 주겠다고 했다. 교육활동 경비에 부담이 되면 경제적으로 어려운 가정에서는 특성화교육을 시킬 꿈도 꿀 수가 없다. 특히 예술교육은 경제적 부담이 많이 되기 때문에 무상교육이 아니면 보편교육을 할 수가 없다.

재정을 안정적으로 확보하기 위해 특성화교육 운영 계획서를 만들고 지역의 기업에 지원을 요청하였다. 그러나 지원을 끌어내는 것이 그리 쉽지는 않았다. 지역 은행 사회 공헌팀을 만나 학교의 비전을 설명하고 지원을 요청했으나 거절당했다. 서울에서 기업 활동을 하는 지인을 통해 소개받은 기업에도 자료를 보냈으나 회답이 없었다. 그런 가운데 생각지도 않은 곳에서 지원을 받게 되었다. 지역 학생들을 지원하기 위해 설립한 이우장학회에서 도와주겠다는 것이었다.

「이우장학회」(이사장 여승태)는 가창면 출신의 출향 기업가 故여우균(1939~2014)선생이 설립한 재단법인이다.

선생의 부친인 이우 여상지 선생은 일제 강점기인 1942년 고향 마을인 달성군 가창면 정대리에 사설강습소를 설립하고 동네 아이들을 가르쳤다. 정대리가 워낙 오지여서 가장 가까운 학교인 「가창소학교」(현, 용계초등학교)까지는 9km가 넘어 학생들이 통학하기에는 너무 먼 거리였다. 이에 여상지 선생은 장학계를 모으고 강습소를 세우게 된 것이었다. 「정대사설강습소」는 1945년 4월 15일 가창소학교 정대분교장으로 설립 인가를 받고 정식 학교로 개교하고, 1951년 「정대국민학교」로 승격하였다. 1981년에는 다시 용계초등학교 분교장으로 흡수되었다가 1994년 폐교되었다.

故여우균 선생도 「정대초등학교」를 졸업하였는데, 1970년경 피혁사업에 뛰어들었다. 그 후 1986년, 경기도 안산에 주식회사 「화남피혁」을 창업하여 사업가로 성공하였다. 평소 기업이윤의 사회 환원을 생각하고 있던 선생은 선친의 뜻을 기리며 2002년 사재 10억 원을 출연해 장학재단을 설립했다. 선친의 아호인 「이우」를 딴 장학회를 설립한 여우균 선생은 세상을 떠날 때까지 12년간 20여억 원의 장학금을 지급하며 지역 후배들의 교육을 위해 봉사했다.
부친의 뒤를 이어받은 여승태 이사장은 장학회 사업을 더욱 확대했다. 장학 기금을 추가로 확충하여 매년 수억 원의 장학금을 지급하고 있다. 우리 학교에도 매년 다섯 명의 학생들이 장학금을 지급받고 있다.

나는 여승태 이사장을 찾아가 도움을 요청할 생각으로 전화를 했다.
"위기에 처한 가창중학교를 특성화중학교로 전환하여 살리고자 하는데, 교육활동 운영비가 부족하여 찾아뵙고 도움을 청하고자 합니다."
"아이고, 그런 일로 교장 선생님께서 여기까지 오시게 해서야 되겠습니까? 조만간 제가 한 번 방문할 테니 기다려주십시오."
"예, 그럼 제가 우리 학교의 비전을 정리해서 메일로 보내드리겠습니다."

얼마 후, 여승태 이사장님이 이우장학회 이사님들과 학교로 방문하셨다. 학교 상황에 대해 말씀드리고 내년부터 특성화 수업을 하려니 당장 악기가 없어 도움이 필요하다고 했다. 미리 보내드린 메일을 통해 충분히 이해되셨는지, 내 이야기가 끝나자마자 바로 확답을 주셨다.

“악기 구입을 할 수 있도록 이사회 의결을 거쳐 삼천만 원을 바로 보내드리겠습니다. 그리고 앞으로 매년 이천만 원씩 교육활동비로 보내드리도록 하겠습니다.”

이사장님의 말씀에 천군만마를 얻은 듯했다. 이우장학회에서 보내준 돈으로 2018학년도 수업에 필요한 기타 스무 대와 피아노를 샀다. 학교 돈을 보태 피아노 연습실도 꾸몄다. 매년 보내주시는 지원금이 특성화 교육활동에 많은 도움이 된 것은 말할 것도 없다.

2021년 11월, 대구광역시교육청에서 실시하는 교육 기부 시상식 참석을 위해 여승태 이사장님이 대구에 오셨다. 겸사겸사 본교를 방문한 여승태 이사장님께 지난 4년간의 교육활동을 설명하며 함께 감동을 나눴다.

“이우장학회의 도움 덕분에 우리 학교가 여기까지 오게 됐습니다. 감사합니다.”

“아닙니다. 우리 장학회가 보낸 돈을 하나도 허투루 쓰지 않고 학교를 이만큼 발전시켜 주셔서 오히려 우리가 감사합니다.”

이사장님은 오히려 겸손하게 감사를 표하시며 다음에 더 많은 지원이 필요하면 꼭 연락해달라는 덕담까지 보태주셨다.

막혀있던 물꼬 한 가닥이 터지고 나니 다음 물줄기도 서서히 뚫리기 시작했다. 지역에 있는 「마사회 문화공감센터」를 찾아가 지원을 요청했더니 장학금으로 지원하려 했던 자금을 교육활동비로 지원하겠다고 약속했다.

얼마 후에는「서한장학문화재단」에서도 지원을 해주겠다는 연락이 왔다.

달성군 청소년 문화의 집

가창면은 달성군에 속해있지만, 주력인 현풍 · 논공 지역과는 비슬산을 사이에 두고 있어서 대구시 내에서도 가장 먼 거리에 있다. 인구도 적고 거리도 멀다 보니 교육 문화 시설도 거의 없는 형편이었다. 그런 가운데 2013년 2월에 달성군청소년문화의집이 용계동에 개관되었다.

「달성군청소년문화의집」에서는 청소년을 대상으로 동아리 활동, 방과후 아카데미, 영상 미디어 아카데미, 청소년오케스트라, 가족합창단 등 문화 예술교육 중심으로 교육활동을 했다. 또, 사업의 범위를 방문하는 청소년에 국한하지 않고 학교로 찾아가 학생들을 대상으로 문화 · 예술 수업을 지원하기도 했다.

우리 학교에도 청소년 지도사들을 파견하여 문화 · 예술 수업을 지원해줬다. 영상 미디어 제작, 생활용품 만들기, 환경 관련 체험 등 우리 학교 교육과정과 연관이 있는 맞춤형 교육활동으로 지원했다. 2021년 4월에는 가창중학교와 달성군 청소년 문화의집은 업무협약을 맺고 협력을 지속하기로 약속했다.

지역 주민들의 지지

학교 앞에 뮤지컬 특성화중학교 전환을 알리는 현수막을 걸었더니 지역 주민들도 연락이 왔다.

2017년 가을, 대학교에서 작곡을 가르치다 은퇴하신 노교수님이 전화를 주셨다. 뮤지컬 특성화중학교를 한다니 반가워서 봉사하고 싶은데 도울 일이 없냐는 것이다. 학교에 모시고 진행 상황을 말씀드렸더니 사모님도 피아노를 가르칠 수 있으니 연락해 달라고 했다.

당시에는 특성화 교육과정 안착을 위해 계획되어 있던 교육활동에 우리의 역량을 최대한 집중해야 할 상황이라 교육활동 내용을 확장할 형편이 되지 않았다. 교육과정 운영이 원활해져서 교육활동을 확장할 때 연락을 드리겠노라고 약속드렸지만 결국 연락을 드리지 못했다. 고마운 마음에 응답하지 못한 것 같아 아직도 죄송한 마음을 지울 수 없다.

교육활동의 재정 지원을 위해서 협동조합을 구상했다. 약용으로 사용되는 굼벵이(흰점박이꽃무지 애벌레)를 키워서 팔면 수익 사업이 될 것 같았다. 당시 1kg당 15만 원에서 20만 원을 호가했으니 충분히 가능성이 있어 보였다. 아이들의 동아리 활동과 연계하면 교육활동에도 도움이 될 것 같았다. 하지만 굼벵이 사육에 대한 지식이 전혀 없는 것이 문제였다.

인터넷으로 검색을 했더니 인근 청도에 「청도곤충나라」라는 굼벵이 농장이 있었다. 전화했더니 박근식 사장님이 학교로 방문해주셨다.

마침 사장님의 댁이 가창에 있어서 출퇴근하는 길에 학교로 들러 굼벵이 사육을 돕겠다고 했다.

사육사를 만들고 굼벵이 4kg과 장수풍뎅이와 사슴벌레 유충을 분양받았다. 동아리 회원을 모집했더니 생각보다 많은 아이들이 찾아왔다. 협동조합에 대한 교육도 실시했다. 아이들은 동아리 활동과 함께 LTI프로젝트 주제로도 굼벵이 사육을 선택했다. 박근식 사장님은 수시로 학교를 방문해서 아이들에게 굼벵이 사육을 지도했다. 굼벵이 때문에 우리 학교에 입학한 아이들도 있었다.

그러나 결국 협동조합은 포기하고 말았다. 우리 학교가 소규모 학교로 교사들의 업무가 많은 편인데다 특성화중학교 교육과정 운영까지 더하여 업무가 가중되어 있었다. 여기에 협동조합까지 추진하기에는 일손이 너무 부족했다. 굼벵이 사육과 협동조합 추진에는 교사 한 사람이 매달려야 하기 때문이었다.

지금도 '자연IN' 동아리 아이들이 굼벵이를 키우고 있고 박근식 사장님도 종종 들러 사육에 필요한 지원을 해주신다.

우리 학교 1학년 아이들은 매년 가을에 학교에서 출발하여 부산까지 자전거 여행을 한다. 낙동강을 따라 달리면 180km 정도 되는데, 완주하려면 3일이 걸린다. 학생 40명이 자전거 여행을 하면 선두와 후미 간의 거리가 최소 2km 이상 벌어지게 된다. 게다가 아이들의 자전거 실력이 고르지 않아, 어떤 경우에는 10km 이상 벌어지는 경우도 있다.

자전거 여행에는 다소의 위험이 뒤따른다. 안전을 확보하기 위해 봄부터 연습을 꾸준히 하지만 교사들의 세밀한 관찰과 지원이 필요하다. 아이들의 주행 능력별로 모둠을 나누고 모둠의 앞뒤에 교사가 배치되어야 하니 지도할 많은 교사가 필요했다. 40명의 학생을 다섯 모둠으로 나누면 열 명 정도의 인솔 교사가 필요한 셈이다. 게다가 자동차로 동행하며 측면에서 지원하는 분들까지 계산하면 열너댓 분의 선생님이 필요하다. 하지만 우리 학교에 그 정도 지원할 인력이 있을 리가 없다. 행정직원과 교무실무원까지 지원해도 열 명을 맞추기가 어렵다.

그 빈자리를 자원봉사자들이 메워준다. 처음에는 학부모님과 동창회원이 도움을 주셨는데, 지금은 은퇴한 선생님들이 도움을 주신다.

2017학년도, 첫 자전거 여행에는 학부모 두 분(시연이, 민정이 아버님)과 동창회장님이 도움을 주셨다. 두 분 학부모님은 여행 도중에 사진을 찍어 활동 기록도 남겨주셨다. 특히, 시연이 아버님은 드론을 가져와 항공 영상을 촬영한 후 6분 정도의 기록물을 만들어 주셨다. 그 후 이 기록물은 우리 학교 설명회에 빠지지 않는 단골 메뉴가 되었다.

이듬해부터는 퇴임하신 선생님들이 매년 자원봉사를 해주시는데, 백광범(경상고 퇴임), 이헌섭(경신중 퇴임), 김형섭(대구광역시교육청 생활문화과장 퇴임), 황재영(DGB생명 이사 퇴임) 선생님이 바로 그분들이다. 2021학년도 행사에는 남동호 선생님(대구광역시청 퇴임)과 「안식연구년제」로 가창중학교 종단연구에 참여하고 있는 여승욱 선생님(대구미래교육연구원)이 새로 합류하셨다. 이분들은 평소 자전거 여행을 많이 하시는 분들이라 안전 지도에도 많은 도움이 된다. 나 또한 퇴임 후에는 자전거 여행 봉사자로 참여할 생각이다.

지역 초등학교와의 연계

우리 학교가 계명대학교 등의 기관으로부터 도움을 받는 것처럼 지역의 초등학교와 주민들에게 우리 학교가 가진 역량을 나누어 주고 싶었다.

2020학년도에 지역에 있는 가창초등학교에 여름방학을 이용한 뮤지컬 캠프를 제안했다. 교장 선생님께서 흔쾌히 동의를 해주셨다. 가창초등학교 전경희 교장 선생님은 평소 놀이를 통한 아이들의 성장을 강조하시던 분이라 문화 · 예술교육에 대한 관심이 많으셨다. 가창초등학교와 중학교가 서로 연계해서 문화 · 예술교육을 함께 진행하면 교육의 연속성을 가지면서 아이들의 성장에 많은 도움이 될 것이라는 의견을 피력하시곤 했다.

캠프 장소는 가창초등학교로 하고 가창중학교에서는 강사를 파견하는 방식으로 진행하기로 했다. 다소의 걱정도 있었다. 코로나로 인한 방역 문제도 있고 아이들을 등하교시키는 문제도 있었다. 초등학생들이 하루 종일 연극 연습을 하는 것은 무리라는 의견도 있었다. 결국 반일제로 해서 5일 동안 캠프를 진행하기로 했다. 캠프는 무난하게 진행되었고, 마지막 날 공연까지 하며 아이들은 매우 즐거워하고 교사와 학부모님들도 만족스러워했다.

하지만 우리 가창중학교 선생님들은 다소 부족함을 느꼈다. 연습 시간이 부족하여 작품의 완성도도 떨어지고 가창초등학교 강당이 음향 조명 시설을 할 수 없어서 아쉬움이 컸다. 가창중학교 아이들의 캠프와 비교가 되었던 것이다.

2021학년도에는 작년 캠프를 경험 삼아 가창중학교에서 진행하고 마지막 날 공연도 가창중학교 공연장을 이용하기로 했다. 연습 시간도 두 배로 늘여서 전일제로 5일 동안 진행하기로 했다. 용계초등학교 박영애 교장 선생님은 우리 학교 학생들의 뮤지컬 캠프 결과물 공연을 보시고 뮤지컬 공연이 아이들 성장에 많은 도움을 줄 것이라며 연계 교육에 동의하셨다.

연습 환경도 좋고 아이들도 적극적이었다. 작품은 「마틸다」를 수정해서 했는데 아이들이 학습하는 속도도 빠르고 재능도 있어서 지도하시는 선생님들은 많은 기대를 갖고 있었다.

호사다마라고 했던가? 그놈의 코로나가 또 발목을 잡았다. 3일차 연습을 마치고 강사 선생님 한 분이 다른 장소에서 코로나 확진자와 동선이 겹쳐 코로나 진단검사에 들어갔다는 것이다. 참가자들과 각 학교에서는 바짝 긴장했다. 4일차 연습을 중단하고 결과를 기다려야 했다. 다행히 검사 결과는 음성으로 나왔지만 불안한 마음을 가지고 캠프를 계속 진행하기는 어려웠다. 결국 캠프는 중단되고 말았다. 아쉬움이 남았지만 내년을 기약해야만 했다.

2022학년도를 앞두고 가창초등학교를 찾아가 두 가지 조심스러운 제안을 했다. 하나는 작년에 성공적으로 운영된 가창중학교 「학부모 뮤지컬 교실」에 가창초등학교 학부모님들이 함께 하자는 것이었다. 가창중학교 학부모를 대상으로 한 교육활동을 지역 주민들로 확대하는 것이다. 또 하나는 가창초등학교 학생들을 대상으로 내가 직접 와서 사물놀이 수업을 지원해주겠다는 것이었다. 학교장이 와서 도와주겠다고 하면 초등학교 선생님들이 불편하게 생각할 것 같은 생각이 들어 제안 자체가 조심스러웠다. 다행스럽게도 교장 선생님은 흔쾌히 동의하시면서 당장 일정을 논의하자고 하셨다.

2022학년도부터 가창초등학교와 가창중학교는 문화 · 예술교육이라는 같은 목표를 바라보며 새로운 걸음을 시작했다. 기존에 해오던 6학년 대상의 「여름방학 뮤지컬 캠프」를 비롯하여 「풍물 수업」, 「학부모 뮤지컬 교실」에 함께 했다. 지역의 초등학교와 중학교가 문화 · 예술교육이라는 주제로 함께 연계하며 교육의 연속성을 가지려고 시도하는 것이다.

비록 병설학교는 아니지만, 지역의 초 · 중학교가 동일한 주제로 아이들의 성장을 추구하기 위해 노력하는 것이 좋은 열매를 맺어서 지역사회 연계 교육의 모범 사례가 되면 좋겠다.

가창중학교 상징 만들기

학교를 경영하면서 리더와 구성원들의 교육 철학은 매우 중요하다. 그 철학을 바탕으로 학교가 나아갈 방향을 정하고 교육 내용을 구성하게 된다. 구성원들의 생각은 학교 상징을 보면 어느 정도 짐작할 수 있다.

우리 가창중학교가 특성화 교육을 실시하면서 설정한 세 가지 교육 중점을 중심으로 학교 상징을 바꾸려고 노력하였다. 예술교육과 회복탄력성을 상징적으로 나타내는 것이 핵심이다.

학교 상징을 바꾸는 데에는 계기가 필요한데, 학교의 모습이 대폭 바뀌는 특성화중학교로의 전환은 꽤 의미 있는 변화였다. 먼저 교직원들에게 의사를 물었더니 대부분이 동의하셨다. 동창회 임원들을 모시고 의사를 물었더니 전폭적인 지지를 표했다. 본인들도 학교 다닐 때 학교 상징 때문에 불편한 적이 많았다는 것이었다. 마지막으로 학부모님들에게도 의견을 물었더니 역시 동의하셨다.

꿈꾸는 자유, 도전하는 용기

제일 먼저 교훈에 대해 선생님들에게 의견을 구했다. 마침 직전에 자전거 여행을 다녀왔었는데, 그때 슬로건이 '꿈꾸는 자유, 도전하는 용기' 였다. 어느 선생님께서 그 문구가 우리 학교의 나아갈 방향과 부합한다며 추천을 하셨다. 다른 선생님들도 기꺼이 동의하셨다.

이 교훈은 우리 학교 핵심 교육 목표인 회복탄력성 신장에 딱 맞는 문구였다. 대부분의 사람들이 새로운 일을 시작하거나 새로운 배움을 망설이는 것은 두려움 때문이다. 이 두려움을 떨쳐내는 가장 좋은 방법은 다양한 경험을 통해 성공 사례를 반복하여 만들어 내는 것이다. 불가능할 것 같았던 연극 캠프, 대구에서 부산까지의 자전거 여행, 제주도 도보여행 등을 통해 가능성에 대한 확신과 용기를 얻게 되는 것이다.

교화와 교목

교화는 기존에 있던 민들레를 그대로 쓰기로 했다. 민들레는 거친 환경에서도 잘 적응하며 아름다운 꽃을 피운다. 민들레의 강인한 생명력은 회복탄력성을 상징하는 가장 적합한 꽃이다.

교목은 구골나무로 바꿨다. 구골나무는 목서속의 상록수로 날씨가 추워지는 11월 말부터 12월까지 가장 늦게 피는 꽃이다. 꽃의 크기가 3mm 내외로 스쳐 지나가면 꽃이 피었는지도 모를 정도로 작지만 멀리까지 아름다운 향기를 낸다. 구골나무를 통해 우리 아이들이 세상에 나가 살면서 드러내지 않고 아름다운 향기를 품어 내기를 기원하는 의미를 담았다.

교표

교표 제작에는 학부모님들이 나서서 재능 기부를 해주셨다. 우리 학교의 경영 철학과 핵심 교육 목표를 요약해드렸더니 한 학기에 걸쳐 심사숙고 끝에 작품을 만들어 주셨다. 총 세 작품이 기부되었는데 선생님들의 의견을 물어 최종 확정하였다.

우리 학교 교표는 파랑새와 높은음자리표가 중첩된 모양이다. 파랑새는 행복과 희망을 상징하고, 높은음자리표는 사상과 감정을 나타내는 음악을 상징한다. 세 가닥의 날개는 가창의 산수를 형상화하여 꿈, 자유, 용기를 가진 아름다운 가창인의 비상을 나타낸다.

교표　　엠블렘

교가

교가는 배창환 시인이 가사를 만들어 주셨고, 뮤지컬 작곡가 변지민 선생님이 곡을 입혀주셨다. 두 분 모두 재능 기부를 해주셨다.

우리나라 교가는 4/4박자 행진곡풍의 리듬에 팔공산, 비슬산, 낙동강 등의 지명을 넣고, '정기 받아' '우리 00중학교' 등의 단어가 나열되는 것이 일반화되어 있다. 내용도 학교의 교육 철학과는 다소 거리가 먼 것이 대부분이다. 일제 강점기와 군사정권 시대의 문화를 그대로 가져온 탓이다.

우리 학교 교가에는 가사에서 산, 강 등의 지명을 빼고 가창중학교라는 교명도 뺐다. 우리 학교가 꿈꾸는 교육 철학을 담아 행진곡이 아닌 뮤지컬 멜로디를 입혔다. 어른, 아이 할 것 없이 누구나 가사의 의미를 새기며 부를 수 있도록 한 것이다. 교육청에 정식으로 등록한 교가는 1분당 72박자의 느린 템포로 만들었지만, 아이들이 춤을 추면서 부를 수 있도록 같은 가사를 사용하여 1분당 126박자의 빠른 템포의 제 2교가를 하나 더 만들었다.

아이들은 교가를 무척 좋아한다. 교가를 처음 만들어 음악 시간에 배운 이후로는 아이들이 교정을 오가면서 교가를 함께 부르는 것을 자주 보게 된다. 교가가 아이들의 자부심이 된 듯하다.

꿈꾸는 우리

-가창중학교 교가-

작사 배창환
작곡 변지민

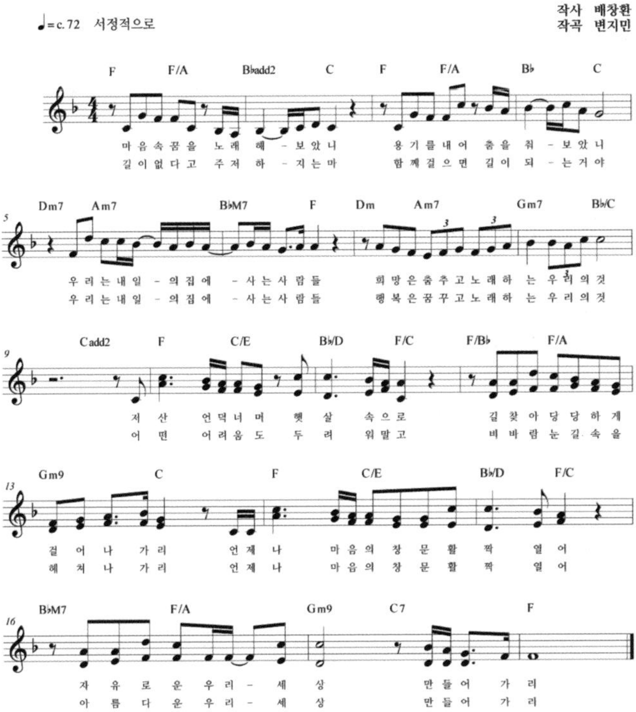

4. 함께 걸어온 사람들의 이야기

특성화 예술 교과 선생님들과의 대화

LTI 프로젝트 학습 사례

추천사

특성화 예술 교과 선생님들과의 대화

2022년 3월

우리 가창중학교에는 다른 학교에서 공통적으로 배우는 음악, 미술 외에도 특성화 수업으로 진행하는 예술 과목이 있다. 뮤지컬 공부를 위한 바탕이 되는 과목인데, 정규 교과 수업에서의 비중은 20%에 미치지 못하지만 방과 후 수업까지 연계하면 꽤 큰 비중을 차지하고 있다. 연극, 성악, 합창, 현대무용, 댄스, 1인 1악기(통기타), 뮤지컬 이해 등의 과목이다.

2018학년도부터 4년 동안 예술 수업을 진행해왔지만 예술 교사들의 수업 시간이 서로 다르다 보니 만나서 이야기를 나눌 기회가 거의 없었다. 게다가 2020년 2월부터 발생한 코로나19는 사람들의 모임 자체를 어렵게 만들어 버렸다. 이런 상황에서 교사들끼리 예술에 관한 생각을 공유하거나 우리 학교 아이들의 예술교육에 대한 정보를 주고받는 것은 더욱 어렵게 되었다.

이 좌담은 우리 학교 예술 강사들이 가창중학교 아이들을 가르치면서 느낀 점이나 예술교육에 대한 평소 생각을 공유하고자 추진하였으며, 코로나19 펜데믹 상황에서 여건이 허락하지 않아 사이버 상에서 문자를 주고받으며 진행한 것을 토론처럼 각색하였다.

〈참가자〉

진행 : 변태석(학교장)

대담 : 이효정(연극), 변문정(뮤지컬 이해), 권수영(성악, 합창)

김바하(작곡, 피아노), 이재훈(기타), 심준(기타)

변태석 : 선생님들 안녕하세요. 우리 학교 아이들은 입학 후 다른 학교와 다르게 다양한 예술 공부를 하고 있습니다. 게다가 특성화 프로그램으로 뮤지컬 캠프, 자전거 여행, 도보여행, LTI 프로젝트 학습 등을 경험하면서 많은 성장을 하고 있다는 것을 느낍니다. 예술적 역량뿐만 아니라 배려, 소통 능력, 협업 능력 등 다양한 부분에서 성장을 느낄 수 있습니다만 수업 현장에서 직접 지도하시는 선생님들은 어떻게 느끼셨는지 몇 가지 질문을 통해 알아보겠습니다.

첫 번째 질문입니다. 예술교육이 배려, 소통, 협업, 폭력성 등 아이들의 심성 발달에 어떤 영향을 끼칠까요?

이효정 : 저는 10년째 예술 강사로 활동하면서 많은 청소년을 만났습니다. 과거에는 아이들이 예술을 대하면서 기능 습득을 우선시했던 것 같은데, 갈수록 자신만의 표현 도구로서 예술을 생각하는 아이들이 증가하는 것 같습니다. 물론 여기까지 오기에는 예술가들(예술교사들)이 기능주의적 예술교육의 관점에서 벗어나 예술이 자기표현의 수단으로 자리매김하도록 노력한 것이 큰 역할을 했다고 봅니다.

청소년들은 자신을 하나로 정의하는 것이 아니라 예술을 도구로 삼아 다양한 방식으로 자신을 드러내는 방법을 찾아냅니다. 그때 가장 중요하게 터치되는 것이 마음입니다.

청소년기에 생겨나는 여러 가지 생각과 알 수 없는 감정을 대사와 노래, 악기의 소리와 신체의 움직임 등으로 다양하게 표현하면서 긍정적인 자기 표출에 대한 방법을 발견하는 것이지요. 이러한 다양한 표현방식을 찾아내는 것 때문에 '나' 뿐만 아니라 친구와 가족 등 주변 사람들을 이해하는 폭이 넓어지겠지요. 나아가 사회 구성원 간의 소통과 '함께하기' 를 위한 유연성을 기르는 데 예술 활동은 매우 중요한 경험이 된다고 생각합니다. 이러한 경험은 청소년기 아이들에게 자기를 이해하는 능력과 타인과의 소통 능력을 발달시켜 바람직한 공동체의 구성원으로 성장할 수 있도록 할 것으로 생각합니다.

변문정 : 저는 현재 현장에서 예술가로 활동하며 아이들에게 예술교육을 지도하고 있는 연극 · 뮤지컬 강사입니다. 동시에, 저는 예술교육의 가장 큰 수혜를 입은 사람이기도 합니다.

사춘기 시절 학생들에게 즐거움과 행복감을 줄 수 있는 교육 방법을 찾던 저의 은사님은 인적이 드문 학교 벽에 그림을 그리고 어린이 영화를 제작하는 등의 예술 중심 교육을 수업 전반에 활용하셨습니다. 당시 질풍노도의 시기를 겪고 있던 저는 자신의 마음을 표현하는 예술 활동을 접하면서 학습으로 지친 마음과 사춘기에 겪을 수밖에 없는 심적 동요를 많이 잠재울 수 있었습니다. 또한 연극을 통해 다양한 갈등 상황에 부딪혀 보며 인간이 느낄 수 있는 희로애락을 건강하게 표출해내고 그것을 해소하는 방법도 알게 되었습니다.

친구들과의 교우관계에도 어려움이 있었는데 공동체 활동으로 올바른 배려와 소통 방법에 대해 배울 수 있었습니다. 예술 활동으로 제 안에 내재해 있던 다양한 가능성을 발견하면서 자신감이 생겨 다른 수업 활동에서도 능동적이고 긍정적인 역할을 하게 됐습니다. 그 결과 학업에 대한 성취도도 많이 올라 학교생활이 주는 즐거움이 배가 됐습니다.

권수영 : 다른 예술 교과도 비슷하겠지만 제가 담당하는 합창과 성악 과목은 학생들의 심리 상태가 '자신이 표현하는 목소리'를 통해 직접 표출되는 특성이 아주 강합니다. 노랫소리만 듣고도 학생들의 심리 상태를 쉽게 읽을 수 있습니다. 인간의 감정이 투영되어 숨김없이 가장 먼저 드러나는 것이 목소리니까요. 그래서 저는 수업 시간을 통해서 아이들의 변화를 비교적 잘 읽어내는 편입니다.

갓 입학해서는 조금 소심한 모습을 보이며 서먹서먹했던 친구 관계가 합창 시간에 함께 노래하면서 마음이 서서히 열리며 서로 간에 친밀감을 형성하게 되지요. 학기 말 「합창발표회」를 앞두고 반별로 하나의 무대를 준비하는 과정에서 서로를 배려하며 협동하는 아이들의 모습도 보게 됩니다. 협업 활동을 하는 중에 자신이 가진 리더십을 발휘하는 학생들이 눈에 띄기도 하고요.

또한 자신감이 부족해 머뭇거리는 친구에게 "00야 너도 충분히 잘

할 수 있어."라며 열심히 응원해 주는 아이들도 있습니다. 덕분에 그 아이가 자신감을 얻어 그 과제를 잘 수행해 내게 되고 아이들은 진심 어린 박수를 보내주지요.

이러한 배려와 존중의 문화는 분명 예술교육의 힘이라고 생각해요.

이재훈 : '예술을 한다'라는 것은 결국 '나를 표현한다.'는 것으로 볼 수 있을 것 같습니다. '나'를 예술로 표현할 때는 결국 '감정'을 표현하게 되는 것이겠지요. 예술은 감정의 상태에 따라 다양하게 표현될 수 있습니다. 악기를 연주할 경우에도 때로는 화사하게, 때로는 우울하게, 어떤 때에는 조급하기도 하고 어떤 때에는 여유롭게 연주하기도 하지요. 예술을 통해 자신을 다양하게 표현하다 보면 자신의 감정을 조절하는 능력도 조금씩 자라게 됩니다. 결국 이러한 행위가 반복되면서 아이들의 심성이 긍정적으로 발달하도록 도와준다고 생각합니다.

김바하 : 우리가 만나는 아이들은 성장 과정에서 가장 예민하고 변화가 많은 시기에 있습니다.

꽃에 물을 줄 때 아름다운 음악을 들려주며 "예쁘다, 예쁘다" 하고 키운 꽃은 정말로 예쁜 꽃을 피우지만, 폭력적인 말과 함께 물을 주며 키운 꽃은 꽃봉오리가 제대로 터지지 않거나, 덜 아름다운 꽃을 피웠다는 연구 결과가 있지요.

이처럼, 자라는 과정에서 아름다운 것을 많이 경험하는 것이 아이들의 성장에 많은 영향을 끼칩니다. 요즘같이 폭력적이고 자극적인 매체에 노출이 많은 환경에서 우리 학교처럼 아름다운 노래(음악)를 듣고 좋은 가사를 음미하며 자라는 것은 아이들 정서나 감성 발달에 큰 도움이 된다고 생각합니다.

성악 수업 시간에 한 명씩 솔로 부분을 불러보는 시간이 있었습니다. 물론 잘하는 아이들도 있고, 아주 엉터리로 부르는 아이들도 있었지요. 제가 놀랐던 점은, 한 아이가 음을 제대로 잡지 못하고 엉망진창으로 부르는데도 불구하고 노래가 끝난 뒤 모든 아이들이 진심으로 박수를 쳐줬습니다. 아마도, 그 아이의 용기에 응원의 박수를 쳐 주는 게 아닐까 싶었습니다. 엉터리로 부르는 아이도 노래를 끝까지 완창해내는 용기도 대단했고요.

이것은, 가창중학교의 예술 수업이 이미 아이들에겐 지식의 습득이나 성적에 연계된 경쟁 수단이 아니라 다 같이 즐기는 놀이처럼 인식되고 있기 때문이라 생각했습니다.

연말에 G콘서트(가창중학교 예술제)를 준비하는 과정에서도 아이들의 크고 작은 협업의 모습을 여러 번 경험합니다. 준비 과정에 선생님들이 도와주는 부분도 있지만, 아이들이 스스로 할 수 있게 기회를 제공하는 경우도 많습니다.

한번은 합창 공연에 쓰이는 안무를 만들어오라는 주문을 했습니다. 이런 과제를 주면 우리 아이들은 방과 후나 점심시간에 짬을 내어 어떻게든 안무를 만들어 냅니다. 그리고 그것을 친구들에게 가르치는데, 엄청난 책임감으로 가르쳐 주더군요. 때로는 부족한 친구들이 어느 정도 만족스러울 때까지 연습을 시켜주기도 했답니다. 도움을 받는 아이들도 미안해하거나 부끄러워하지 않습니다.

그런 모습을 보면, 아이들에게 주어진 사소한 역할과 기회들이 함께 소통하고 협업하는 과정을 배우고 책임감과 성취감을 경험할 수 있는 좋은 기회가 된다고 생각합니다.

심준 : 예술교육은 자신을 대하는 자세와 세상을 바라보는 관점 모두에서 긍정적인 영향을 준다고 생각합니다.

문화 · 예술을 접하고 행할 때 주어지는 큰 선물 중 하나가 감정의 표출 또는 해소라고 생각합니다. 저마다의 일상을 살아가면서 즐겁고 행복한 순간도 있지만 때로는 상실감, 좌절감, 원인을 알 수 없는 우울감 등에 지배당할 수도 있습니다.

이때 예술의 힘이 발휘된다고 생각합니다. 예술 활동은 나의 즐거움을 더욱 확대시켜 주기도 하고 타인과 함께 즐거움을 만들어 갈 수도 있습니다. 또 슬픔과 사랑같이 가슴을 아프게 하는 작품을 접하며 그 상황과 화자의 감정에 공감하면서 나를 힘들게 하는 감정이 해소될 수도 있습니다. 같은 맥락으로 타인의 감정에 공감하여 위로를 건넬 수도 있는 건강한 마음을 유지할 수 있다고 생각합니다.

변태석 : 선생님들의 경험을 들으면서 문득 저의 대학 시절이 생각났습니다. 저는 대학교 다닐 때 합창단 활동을 했습니다. 합창 자체가 나를 드러내지 않고 전체와 조화를 이루도록 연주하는 것이 생명

이지요. 합창 활동을 통해 타인을 배려하고 공동체를 위해 노력하는 것이 자연스럽게 몸에 익었던 것 같습니다.

또한, 겁이 많았던 저로서는 공연 무대의 경험이 대중 앞에서의 공포를 극복하는 데 많은 도움이 되었습니다. 나중에 교사로서 사회생활을 하면서 대중 앞에 서는 것을 겁내지 않게 된 계기가 되었지요.

두 번째 질문으로 넘어가겠습니다. 다른 학교 학생들에 비해 예술교육의 빈도가 높은 우리 학교 학생들의 문화 예술을 바라보는 인식은 어떤 차이가 있을까요? 또, 우리 학교 학생들의 예술 수업에 대한 집중력은 어떤가요?

김바하 : 경험해보지 않으면 한 작품(공연이나 매체들)이 탄생하기까지 얼마나 많은 사람의 수고와 노력이 필요한지 모를 수 있지요. 우리 학교 아이들은 단순히 예술 수업에 참여하는 것으로 끝내지 않고 다양한 형태로 작품 제작에 참여합니다. 매년 뮤지컬 캠프를 통해 만든 작품을 공연하고 방과 후 수업이나 동아리 활동을 통해서도 작품을 만들어 무대에 서기도 합니다. 게다가 LTI 프로젝트를 통해 아이들끼리 협업하여 작품을 만들기도 합니다.

이런 과정에서 우리 학교 아이들은 경험을 통해 모든 예술 활동이 많은 사람의 노력과 시간을 투자해 이루어진다는 것을 짐작할 수 있겠지요. 단편적으로 눈에 보이는 것이 전부가 아니고, 다양하고 많은 과정이 포함되어 완성된다는 점을 알게 되는 것만으로도 우리 아이들의 문화 · 예술에 대한 인식 수준이 높아지는 게 아닐까 싶습니다.

심준 : 저도 김바하 선생님과 비슷한 생각을 합니다. 예술 관련 지식을 배우는 것도 중요하겠지만, 우리 학교 예술 수업의 가장 큰 장점은 학생들이 직접 창작 활동에 참여한다는 것입니다. 몸으로 부딪히며 배우고 만들어 가는 과정에서 자연스럽게 체득한 예술적 안목과 흥미는 꿈을 찾아 도전하는 학생들에게 중요한 경험이 될 것으로 생각합니다.

지금 우리 학교에서 이루어지는 예술교육의 경험이 단순한 취미로 남더라도 어른이 되어서 삶을 풍요롭게 하는 데 큰 역할을 할 것으로 기대합니다. 저에게 기타를 배우러 오시는 많은 어른들도 어린 시절 배운 악기의 재미를 기억하며 지친 삶에서 위안을 받으러 오시는 경우가 많습니다.

이효정 : 저는 1학년 학생들에게 첫 연극 수업 시간에 가장 먼저 '나에게 연극은 무엇이라고 생각하는가?' 라는 질문을 합니다. 초등학교 때부터 다수의 예술 활동을 경험했던 학생들은 연극이라는 단어를 생소하게 생각하지 않습니다. 그러니 대부분 '재미있는 것' '즐거운 것' '무대에서 역할을 입는 것' '다른 사람이 되어 이야기를 전달하는 것' 등의 대답을 합니다.

그 후 우리 학교에서 3년이라는 시간을 보내면서 아이들은 이 질문에 대해 '해야 하는 활동' 으로 대답이 바뀌게 됩니다. 이 대답을 듣고 처음에는 '흥미가 떨어졌다는 의미' 인가 착각을 했습니다만, 이유를 들어보고 이내 무릎을 치고 말았습니다. 이미 예술은 그들의 일상에 스며들어 있었던 것이지요. 흥미를 넘어 자신이 하고 싶을 때 자연스럽게 할 수 있는 활동이 된 것입니다. 의무적인 활동을 의미한다면 오히려 '재미없다' 라고 말할 것입니다. 그래서 연극 발표를 준비하는 과정에서 스스로 동료들을 도와주고 다양한 소통방식으로 협업합니다. 이제는 아이들에게 문화 · 예술은 일상이 되었습니다.

이재훈 : 우리 학교 아이들의 학교생활은 문화 예술 속에서 산다고 봐도 과언이 아닐 것 같습니다. 그렇기에 자신이 선호하는 분야의 문화나 예술을 대하는 태도가 다른 학교 학생에 비해 진지하고 이해하는 수준이 높은 것 같습니다. 작가, 배우, 작곡가, 가수 등을 지칭할 때 항상 존칭을 붙여서 표현하는 걸 보면 예술가들을 존중하는 것 같고 그만큼 자신의 행위에 대해서도 스스로 존중하겠지요.

변문정 : 무대가 주는 짜릿함과 흥분, 흔히 우리가 표현하는 카타르시스는 온전히 그 무대를 경험해 본 자만이 누릴 수 있습니다. 동시에 무대가 주는 떨림, 불안감, 공포감 역시 무대가 주는 힘을 겪어 본 자만이 알 수 있지요. 우리 학교 학생들은 이 무대가 주는 특별한 의미를 그 누구보다 잘 알고 있으리라는 생각이 듭니다.

입학과 동시에 뮤지컬 캠프를 경험하며 아직은 조금 낯선 무대 공간을 밟아보고 그 무대 위의 특별한 존재가 되어 실수와 아쉬움 그리고 성취감과 감격 등의 감정들을 받아들이며 새로운 '나' 를 마주하는 과정을 거치게 됩니다. 또한 연습 과정에서 '약속' 의 개념을 몸으로 익히며 온전히 나와 상대방을 향한 집중의 시간을 가지게 됩니다. 무엇보다 나만이 아닌 상대 배우와 관객과의 호흡을 통해 '같이'의 가치를 발견할 수 있게 되기도 하지요.

어린 우리 아이들에게 처음엔 쉽지 않은 도전이었을지 모릅니다. 하지만 어느 순간 무대라는 빈 도화지에 자신을 마음껏 그려내고 그 안에서 평상시 누릴 수 없었던 해방감을 느끼게 됩니다. 어느새 무대라는 공간은 우리 학생들에게 너무나 그리운 추억의 장소이자 또 새로운 그림을 그리게 될 설렘의 장소가 되기도 하는 것 같습니다. 3년이라는 시간 동안 이 무대의 소중한 가치를 잘 알게 된 우리 학생들은 인고의 시간 속에 피어난 예술의 진정한 가치를 그 누구보다도 잘 알게 될 것으로 생각합니다.

권수영 : 가창중학교 학생들이 예술교육의 빈도가 높다 보니 다른 학교 학생들에 비해 예술 관련 교과에 훨씬 적극적인 자세로 임하는 것 같습니다. 전반적으로 음악이나 공연예술을 수용하는 감정도 훨씬 섬세한 편이며, 새로운 예술 장르에 대한 호기심도 높은 편입니다. 물론 수업 집중력은 학생별 개인차가 있지만, 수업 중에 교사가 제시하는 과제를 대부분의 학생들이 충실히 수행하려 애쓰는 분위기입니다.

변태석 : 권선생님께서 수업에 대한 집중력에 대해 말씀을 하셨는데 다른 선생님들도 수업 중에 보신 아이들의 모습을 좀 이야기해주

시지요.

이효정 : 학교에서 교육활동을 하면서 가장 많이 들었던 말이 조용히 의논하고 질서를 지키며 활동하라는 것이었습니다. 그런 것이 익숙한 상태에서 학생들에게 마음껏 활동하라는 것은 마치 아이들을 방치하는 것처럼 보일까 봐 조심스러웠습니다. 능력 없는 교사로 보일까 걱정했던 적이 한두 번이 아니었지요. 연극 활동은 다소 소란스러운 것이 당연한 것인데 말이지요.

가창중학교에는 다양한 수업 공간이 준비되어 있습니다. 조금은 시끄러워도 자유롭게 연습하고 활동이 가능한 공간이 있다는 것이 아이들을 예술 수업에 몰입하게 만드는 데 큰 도움이 되는 것 같습니다. 게다가 예술 수업이 즐거우니까 아이들의 몰입도가 더 높은 것 같습니다. 물론 결과가 만족스럽지 않을 때도 있지요. 그러나 서로 자신들의 결과물을 보며 더 나은 방법을 찾기 위해 집중하는 것이 보기 좋습니다.

심준 : 대다수 학생은 즐거운 분위기 속에서 참여하고 있고 집중도 또한 높습니다. 예술 수업이 재미있고 결과에 대한 부담이 적은 것이 이유가 아닐까 생각합니다.

악기는 반복 연습이 중요합니다. 어떤 학생들은 좋은 연주를 위해 반복적인 연습을 즐기는 경우가 있습니다. 반면에 일부 학생들은 기타가 어려워 평소에는 연습을 등한시하기도 합니다만, 그래도 수업 시간 만큼은 열심히 하려고 노력합니다. 간혹 음악 자체에 시큰둥한 학생도 있는데, 그런 학생들을 위해 흥미를 유발하려고 노력을 많이 합니다.

변문정 : 예술 활동은 제약이 없고 자유로운 분위기 속에서 창의력이 샘 솟는 경우가 많습니다. 특히 제가 담당하고 있는 '뮤지컬 이해' 수업은 춤, 노래, 연기를 통해 극 중 인물의 상황과 감정을 종합적으로 표현하는 활동이 주가 됩니다.

하지만 평상시 내면 표현이 서툰 학생들에게는 어려운 수업이 될 수 있습니다. 그런 아이들을 위해 최대한 친밀감과 유대관계를 형성할 수 있는 협업 활동을 기반으로 진행합니다. 공동의 목표로 주제를 벗어나지 않되 자신의 소리를 자유롭게 낼 수 있는 분위기를 형성하여 표현의 두려움을 없애주려는 것입니다.

그 과정에서 당연히 아이들끼리 마찰이 있기도 하고 만족스러운 결과가 나오지 않을 때도 있습니다. 간혹 자유롭다 못해 산만한 분위기가 연출이 될 때도 있지요. 이런 상황은 아이들이 수업의 결과를 도출하는 과정에서 생기는 것이라 긍정적으로 볼 수 있습니다.

우리 아이들의 수업에 대한 집중도는 매우 높은 편입니다. 서로 부대끼고 시행착오를 겪으면서 성숙한 사회화 과정을 만들어 가는 모습을 발견하곤 합니다.

이재훈 : 저는 통기타를 가르치고 있습니다. 통기타 수업은 지식습

득이 아닌 '소리'를 내는 수업이기에 집중력을 다른 각도에서 보게 됩니다. 때로는 교사가 제공하는 '과제'에는 집중하지 못할 때가 있지만, 자신의 능력 안에서 최대한 기타로 소리를 내는 모습을 관찰할 수 있습니다.

대부분의 현악기가 그러하듯이 기타는 매우 어려운 악기입니다. 아이들은 자신이 잘 따라하지 못할 때 집중력이 떨어지는 것 같습니다. 그래서 저는 기타를 가르칠 때 쉽게 가르치려고 노력하고 있습니다. 아이들이 흥미를 잃지 않도록 해주는 것이 무엇보다 중요할 것 같습니다. 아이들도 어느 정도 따라 할 수 있으니까 수업에 대한 집중도도 높아지더라고요.

변태석 : 우리 학교 아이들이 전반적으로 예술 수업을 즐겁게 받아들이는 것 같습니다. 다음 이야기로 넘어가 봅시다.

세 번째 질문인데요, 우리 학교 아이들이 학교에 대한 만족도가 높고 학교생활을 매우 즐거워합니다. 다른 학교에 비해 예술교육 시간이 많은 것이 학교생활을 즐겁게 하는 데에는 어떤 영향을 미칠까요?

김바하 : 우리 아이들은 학교에 오면 공부만 하는 것이 아니라 악기, 춤, 노래, 연극 등에 쉽게 노출되는 편이지요. 그런 것을 좋아하거나 호기심이 있기 때문에 우리 학교 입학을 결정했을 것으로 생각합니다. 학교에 자기가 좋아하는 것을 할 수 있는 환경이 조성되어 있어

쉽게 누릴 수 있다면, 학교에 오는 것 자체가 즐거움이겠지요. 게다가 공부로 인한 부담이나 압박이 적고 친구들과의 관계가 경쟁보다도 협업으로 이루어지는 문화라면 학교 가는 것이 기다려지는 마음이 되겠지요.

이효정 : 우리 학교를 졸업하고 고등학교로 간 학생들이 가끔 연락이 옵니다. 그때마다 하는 이야기는 '가창중학교가 그리워요, 돌아가고 싶어요.' 라는 외마디 소립니다. 물론 그 안에는 여러 가지 의미가 있겠지요. 가족 같은 마음으로 대해주는 선생님들, 재미있는 예술 수업, 다양한 체험활동 이러한 과정이 아이들에게는 추억이 되어 마음 켜켜이 사진 이미지처럼 남아있기 때문이 아닐까 생각합니다.

청소년기의 다양한 놀이문화가 없는 이 시대 아이들에게 예술교육은 분명 입시 중심의 우리 교육풍토에서 숨구멍 같은 역할을 합니다. 주어진 단편적 예술교육이 아닌 깊이 있고 다양하게 체험하는 우리 학교의 예술교육은 자신을 표현할 수 있는 충분한 공간이 되지요. 이렇게 자신을 표현할 수 있다는 것만으로도 아이들에게는 학교생활이 즐겁지 않겠어요?

변문정 : 학생들의 삶에서 학습을 분리할 수는 없습니다. 저 또한 입시 경쟁 과정을 거치며 학습 방향을 제대로 잡지 못해 크게 방황하고 어려움을 겪었던 시절이 있었습니다. 하지만 과거에 그래왔던 것처럼 학습을 꼭 경쟁적으로 할 필요는 없습니다. 애초에 학습이란

다른 사람을 이기기 위해서가 아니라 다른 사람과 함께 하기 위해 필요한 것이기 때문입니다.

예술은 지금까지의 그릇된 학습 방향을 올바르게 되돌려줄 좋은 도구입니다. 예술을 통해 서로의 마음을 나누고 함께하는 즐거움을 알게 되는 것 같습니다. 또한 청소년 시절 자신의 아이덴티티를 올바로 깨달으면서 건강한 자아존중감이 생기고 더불어 상호존중감까지 더해집니다.

또래 친구의 영향을 가장 많이 받는 청소년 시절 가장 최우선으로 알아야 할 덕목을 예술교육을 통해 배워가며 더욱 활기찬 학교생활을 할 수 있으리라 확신합니다.

심준 : 쉬는 시간이나 점심시간에 교내를 다니다 보면 학생들끼리 기타를 들고 삼삼오오 모여 합주하는 모습을 종종 목격하게 됩니다. 복도 끝에 놔둔 피아노 주변에 모여서 연주를 하며 노는 모습이나 강당에 있는 드럼 앞에 누구나 앉아 자유롭게 연습하는 것도 우리 학교에서는 일상적으로 볼 수 있는 장면입니다. 연극을 준비하며 팀원들끼리 웃고 떠들며 회의하는 모습도 보곤 하지요. 저는 그런 모습을 볼 때마다 신기하기도 하고 청춘을 다루는 영화 속의 한 장면 같다고 느낄 때가 있습니다. 너무 아름다운 모습들입니다. 예술 활동은 우리 학교 학생들의 학교생활에서 큰 즐거움으로 자리매김하고 있다고 생각합니다.

권수영 : 다른 학교 아이들에 비해 우리 가창중학교 아이들은 활기가 넘쳐납니다. 아이들의 에너지 표출은 수업 시간, 쉬는 시간, 점심시간 등 시간에 구애받지 않고 교실, 복도, 교무실 등 장소를 가리지 않습니다. 교사와 학생 사이에는 늘 반가운 인사가 오가고 자유로운 대화와 토론이 즐겁게 이루어지는 것을 볼 수 있습니다. 이런 분위기는 분명 예술교육으로 인한 자신감과 리더십 향상으로 나타난 효과인이 분명합니다.

특히 성악과 합창 수업은 다른 교과목처럼 입을 다물고 수업을 듣는 시간을 아니라, 직접 목소리를 내는 수업이기 때문에 학생들의 즐거운 학교생활에 긍정적인 영향을 미치는 것 같습니다. 가끔은 엉뚱한 에너지(입을 벌려 노래가 아닌 잡담을 하는 …^^)가 발현될 때도 있지만, 그런 과다 에너지조차 아이들의 정서에 나쁜 영향을 미치지는 않는 것 같습니다.

시험 준비 기간의 스트레스는 성악 시간에 노래로 풀어야 한다며 음악실로 우루루 달려가는 아이들을 보면, 아이들의 노래가 설령 성악적인 테크닉이 조금 부족할지언정 아이들의 즐거운 학교생활에 긍정적인 영향을 미치고 있음을 보게 되지요.

변태석 : 우리 학교 아이들이 활기가 넘치고 학교생활이 즐거운 것은 분명해요. 학교에서 만나는 사람들은 누구에게나 먼저 인사합니다. 학교를 방문한 손님들이 가장 많이 칭찬하는 부분이 아이들이 밝고 인사를 잘한다는 것입니다. 상대에게 친절한 것은 내가 즐겁고

여유가 있다는 증거지요. 자신의 상태가 좋지 않을 때는 짜증이 먼저 나오거든요. 특성화 교육이 가져온 결과라고 생각합니다.

자, 또 다른 주제로 넘어가 보지요. 학교는 교육활동을 통해서 아이들의 성장을 이끌어주는 곳입니다. 우리 학교의 예술교육과 아이들의 성장은 어느 정도 관계가 있을까요?

예술교육이 창의력, 도전 의식, 적극성, 과업 수행 능력 등 아이들의 성장에 어떤 영향을 끼칠까요?

변문정 : 가창중학교 학생들과 수업을 하면서 가장 놀란 점 중 하나가 실패를 두려워하지 않는다는 점이었습니다.

한 예로 해마다 우리 학교를 대표하는 갈라팀을 뽑는 오디션을 치르는데, 의외로 예상치 못한 학생들이 지원하기도 합니다. 대내외 공연활동을 통해 학교를 알리고 홍보하는 팀을 뽑는 터라 나름 실력을 갖췄거나 이 분야로 진로를 생각하는 학생들만 지원하리라 생각했는데 제 생각이 틀렸지요. 조금은 부족하다고 생각되고 부담스럽기도 하지만 학교를 사랑하는 마음에서 용기를 내어 꽤 많은 학생이 지원해 주었습니다. 우리 학교의 다양한 예술 활동을 통해 자신의 끼와 재능을 발견할 기회가 많이 주어졌기 때문이겠지요. 조금 부족하더라도 계속해서 그 역량을 마음껏 펼쳐낼 수 있는 장들이 교육활동 속에 가득하기에 가능했으리라는 생각이 듭니다.

그 초롱초롱한 눈빛 속에서 계속해서 새로운 것을 탐구해가고 경험해보고 싶다는 열정과 도전정신을 읽을 수 있었습니다. 설령 그 과정에 실패하더라도 거기서 주저하지 않고 끊임없이 학교에서 제공하는 새로운 기회들을 엿보며 자신의 강점을 드러낼 수 있는 방법을 찾아가는 모습이 너무나 인상 깊었습니다.

이효정 : 연극 수업에서는 대본 창작하기, 등장인물로 연기하기, 감정을 실어 대사하기, 소품을 이용하여 움직임 만들기, 무대 장치를 활용하여 무대 공간 사용하기, 장면 연출하여 표현하기, 관객 앞에서 극 올리기 등 다양한 활동을 하게 됩니다. 이 과정에서 자신이 행하는 평소의 글, 말, 몸, 의사소통 등 다양한 표현방식을 들여다보며 긍정적인 모습과 부정적인 모습을 알게 됩니다. 이를 통해 상대방의 장점을 받아들이고 나의 장점을 극대화하는 방법을 점차 익히게 되지요.

예술 활동은 정답을 내기보다는 다양성을 추구하고 이 다양성을 적극적으로 수용하는 자세를 요구합니다. 이런 예술 활동을 통해 자연스럽게 자신을 드러낼 기회가 있어서 자기 발견에 큰 도움이 됩니다.

이러한 경험은 사회생활을 하는 동안 만나는 다양한 위기를 유연하게 이겨낼 수 있는 바탕이 됩니다. 또한 위기에 대한 두려움이 줄어들면 매사에 적극적으로 도전할 수 있는 용기를 갖게 될 것입니다. 이것이 예술교육의 힘이라고 생각합니다.

권수영 : 매 학기 첫 시간에 아이들에게 새 합창과 성악교재를 나누어 주면, 교재에 실린 곡들을 재빨리 훑어봅니다. 아이들은 악보를 넘겨보며 자신들이 아는 곡인지, 쉬운 곡인지, 어려운 곡인지 등등의 분석을 하며 조잘댑니다. 어떤 과제를 수행해야 하는지 그 과제들을 잘 해낼 수 있을 것인지 각자 스스로 파악하는 시간이죠.
잘 아는 곡은 처음부터 한껏 목소리를 높여 자신 있고 신나게 부르지요. 두려움이라고는 하나도 없는 듯합니다. 다소 어렵거나 생소한 곡들도 호기심 많은 우리 아이들은 쉽게 포기하지 않습니다. 지도교사의 도움을 받아 조금씩 자신감이 생기면 목소리에 힘이 들어가고, 좀 잘했다 싶으면 자화자찬도 서슴지 않습니다.
이렇게 우리 아이들은 예술교육을 통해 어려워 보이는 과제에도 적극적으로 도전하는 힘을 얻는 것 같습니다. 그 과제를 제대로 수행할 수 있게 되면 스스로 뿌듯해하며 성취감을 만끽하지요.

이재훈 : 예술 활동은 나를 표현하기 위해 자연스럽게 새로운 것을 생각하게 되고 도전하게 됩니다. 이를 이루기 위해 스스로 목표를 세워 적극적으로 노력하게 되어있습니다. 다시 말해서 예술 활동 자체가 도전적이어야 하며 창의적인 활동이라고 생각합니다.
이런 과정 속에서 자신의 한계에 부딪혀 좌절감도 느낄 때도 있겠지만 성공을 통해 성취감도 느끼게 됩니다. 이런 경험이 반복되면서 아이들은 사회에서 마주하게 될 수많은 어려움에 대한 대처 능력을 자연스럽게 습득하게 된다고 생각합니다.

김바하 : 우리 학교에는 쉬는 시간에 장난치고 노는 아이들도 있지만 피아노나 기타를 연습하는 아이들도 있고, 춤을 추거나 노래를 부르는 아이들도 있습니다. 문화 · 예술 활동이 수업 시간에 해야 하는 과업이 아니라, 학교생활 전반에 자연스럽게 녹아 놀이처럼 인식되고 있는 게 아닐까 생각합니다.
몸에 익은 문화로 자리 잡았기 때문에 그 누구 하나 '왜 춤을 추나? 왜 연주를 하나?' 이상하게 생각하지 않고 부끄러워하지도 않는 것이지요. 이러한 자연스러움이 결국 어떤 일을 추진해야 할 때, 너무 어렵게 생각하거나 망설이지 않고 도전하는 용기로 이어진다고 생각합니다.

심준 : 예술교육의 가장 큰 장점은 교육성과가 단시간에 파악할 수 있다는 것입니다. 오랜 시간이 지나야 교육성과가 나타나는 다른 교과목과는 차이가 있지요.
게다가 학습의 과정까지도 잘 드러납니다. 내가 잘하는 것은 어떤 것인지, 결과물을 만들어 내기 위해 내가 어떤 일을 해내야 하는지, 같은 목표로 움직이는 팀원들과 원활한 협업을 위해 어떻게 해야 하는지 아이들 스스로 느끼며 행동합니다. 단순히 지식으로 익히는 것이 아니라 체험을 통해 몸으로 체득하는 것이기 때문에 성장에 많은 도움이 될 것입니다. 여기에 교사의 피드백이 더해지면 더 빠른 성장이 일어나겠지요.

변태석 : 여러분들의 말씀을 들어보니 예술 활동을 통해 두려움을 떨치는 힘은 많이 자라는 것 같습니다. 다음은 마지막 질문인데 삶의 질과 관계되는 내용입니다.

우리 학교는 전문 예술인을 기르는 것이 목적이 아니라 보편적인 문화 예술적 소양을 키우는 것을 교육 목표로 삼고 있습니다. 그럼에도 불구하고 우리 학교의 예술교육이 우리 사회 예술 전반의 발전에 긍정적인 영향을 미칠 수 있을까요?
또, 우리 학교에서의 예술교육이 미래에 아이들의 일상 속에 잘 녹아들 수 있을까요?

권수영 : 프랑스에서는 초등학교 때부터 아동의 문화 향유와 예술교육의 권리를 보장하는 것이 정부의 책임임을 표방합니다. 학교 중심의 문화 · 예술교육 정책을 편 덕분에 어른이 되어서도 문화 향유가 일상이 됩니다.

오페라 하우스에 공연을 보러 가면, 정장을 말끔히 차려입은 백발의 노신사부터 청바지를 입은 십 대들 그리고 유치원생 꼬마들까지 아주 다양한 세대 층의 관객들을 볼 수 있습니다. 오페라 하우스에서는 오페라를 잘 모르는 그 꼬마 관객들을 위해서 사전에 어린이용 쇼케이스 공연을 준비하지요. 그들이 나중에 커서 티켓파워 층이 될 테니까요. ^^

두 살 버릇이 여든까지 간다는 속담처럼, 어릴 적부터 문화 · 예술을 학교 정규 수업 교과와 방과후 수업으로 자주 접하는 우리 가창중학교 학생들입니다. 설사 모두가 예술 분야로 나아가 전문인이 되지 않더라도, 최소한 문화 · 예술에 생소한 어른이 되지는 않을 것입니다.

4차 산업혁명으로 노동시간이 현저히 줄고 여가가 증가하면서 그것의 활용이 삶의 질을 평가하는 척도가 되어가는 시대입니다. 우리 가창중학교의 예술교육은 배우는 문화 · 예술에서 나누는 문화 · 예술, 더 나아가 삶 속에서 문화 · 예술을 향유하는 사회를 만드는 선구자가 되리라 생각합니다. 결국 문화 · 예술을 향유하는 소비자의 질이 높아질수록 전문 예술가의 수준도 향상되겠지요.

이효정 : 학교는 전문가를 양성하는 집합소가 아니어야 합니다. 학교 교육활동의 다양한 경험을 통해 자신의 삶을 이끌어가는 방법을 발견하는 공간이어야겠지요. 그런 이유로 가창중학교가 '꿈꾸는 자유, 도전하는 용기' 라는 교육 모토를 제시하지 않았을까요? 문화 · 예술이 특별한 것이 되기보다는 교육활동의 도구로서 아이들의 즐거운 학교생활을 도와야 합니다. 이러한 경험을 토대로 성장하는 학생이라면 긍정적이고 폭넓은 사고와 유연성을 가진 사회 구성원이 될 것이라고 확신합니다.

예술 활동에 흠뻑 젖어 교육을 받아보지 못한 저는 가창중학교 아이들이 한없이 부러워할 때가 있습니다. 또한 예술의 가치를 가르쳐야 하는 저로서는 이렇게 다양한 예술적 경험을 하는 아이들이 예술을 바라보는 시각은 어떤지 궁금하기도 합니다.

미래 사회는 직업으로서의 예술이 아니라 누구나 누리고, 누구나 찾는 '생활 속의 예술' 로 발전하리라 생각합니다. 아마 우리 아이들이 그런 사회를 만드는데 크게 기여할 것입니다. 보편적인 예술이 된다면 예술에 대한 가치와 다양성이 더 생겨날 것이고, 이를 통해 예술의 발전을 가져다주는 것은 그리 어려운 일은 아닐 것이라 생각됩니다.

김바하 : 자신이 문화 · 예술을 경험해봐서 친근감이 있으면 무관심하거나 인색하지 않게 됩니다. 예술 활동에 대해 조금 더 눈길이 가고 관심이 가겠지요. 고기도 많이 먹어 본 사람이 잘 먹더라고요. 문화 · 예술도 경험해본 사람이 잘 누리게 됩니다. 그것이 결국 공연이든 매체든 다양한 소비로 이어지고 우리 사회의 예술 발전에 기여하는 일이라 생각합니다.

심준 : 전문 예술인은 예술 산업 관련 콘텐츠의 생산자로서 역할을 하고, 우리 학교 아이들처럼 문화 · 예술에 대한 이해도가 높은 사람들은 콘텐츠의 소비자로서 역할을 합니다. 관심이 없는 분야에서 소비는 잘 일어나지 않습니다. 문화 · 예술에 대한 이해도가 높고 삶에서의 필요성을 느끼는 사람들이 많아질수록 그 분야는 성장할 수밖에 없습니다.

제가 전공한 실용음악 분야를 비롯한 많은 예술 장르에서 최근 20년 사이에 엄청난 발전을 이루었습니다. 관심있는 사람이 많아지고 소비가 몰리자 관련 분야에서 전문가들의 예술적 발전이 함께 이루어진 것 같습니다.

현재 우리나라의 음악산업, 영화산업 등은 전 세계인들의 주목 대상이 되고 있습니다. 그것은 예술인들의 자발적인 노력과 함께 높은 수준의 문화 · 예술을 갈구하는 소비자들의 힘이 있었다고 생각합니다. 어린 시절부터 경험한 다양한 예술교육들이 성장 이후에도 꾸준한 문화 소비로 이어지고 나아가 생활 속에서 누리는 문화 · 예술 활동의 주역이 되리라 생각합니다.

이재훈 : 예술교육은 아이들의 기능적인 성장이 아니라 예술적 감성의 함양에 목표를 둬야 한다고 생각합니다. 풍부한 예술적 감성을 갖춘 아이들은 설사 전문 예술가가 되지 않더라도 일상 속에서 문화 · 예술을 누릴 수 있는 사람이 되리라 생각합니다.

변문정 : 우리 학교에서 예술교육을 하면서 최대한 아이들의 일상을 들여다보려고 노력했습니다. 우리의 삶에서 친숙한 공간과 우리가 고민하는 소재들이 곧 극적인 요소들이 될 수 있다고 이야기하면서요.

그러면 아이들은 자연스럽게 친구의 이야기에 몰입하여 감정을 표현하기도 하고, 또 이야기를 전하는 친구는 그 반응에 더욱 신나 이야기를 더 실감나게 전달하려고 애를 썼습니다. 우리의 생활 속에서 펼쳐지는 하나의 순간이 연극과 뮤지컬의 한 장면이 되어 묘한 감정을 이끌어냈습니다. 그 안에서 아이들의 끝없는 감수성을 읽을 수 있었습니다. 나의 주변 인물이 되어 보기도 하고 나와 전혀 다른 인물이 되어 보기도 하면서 누군가를 바라보는 시선이, 어떠한 상황을 마주하는 시야가 확장되어 감을 느낄 수 있었습니다.
더 나아가 앞으로 우리가 관심을 가져야 할 사회적, 역사적인 소재를 활용하여 극을 만들고 그 안에 어울리는 음악을 덧붙이며 예술이 전해주는 감동의 힘을 느끼게 되었습니다. 그로 인해 우리 사회에 미치는 파급력과 영향력 또한 엄청나다는 사실을 알게 되었지요.
우리 아이들의 이런 다양한 경험은 앞으로 어떠한 분야에서 활동하던지 그 창조적인 힘으로 무엇이든 해낼 수 있을 것입니다. 또한 예술교육의 경험은 미래 사회가 요구하는 인재의 품성을 갖추는데 밑거름이 되리라 확신합니다.
예술은 우리 사회와 떼려야 뗄 수 없는 필수적인 분야이며, 그 가치를 아는 우리 학생들은 문화 · 예술을 바라보는 안목과 식견이 더욱 넓어져 다가올 미래 사회의 문화 · 예술 발전에 크게 기여하는 인물들로 자라게 될 것입니다.

심준 : 성장기 때의 예술에 관한 경험은 언젠가 싹 틔우는 씨앗과도 같습니다. 사교육만으로 경험할 수 없는 다양하고 광범위한 예술 교육과 그로부터 파생되는 경험의 중요성은 일상에서 필연적으로 발생하는 스트레스를 조절하는 휴식의 중요성과 맞닿은 구석이 있다고 생각합니다. 누군가는 소모적인 방법으로 휴일을 보낼 수도 있겠지만 어떤 이들은 예술을 통해 정서적 회복과 삶의 여유를 찾을 수도 있을 것입니다. 성장기 특유의 유연한 사고 속에서 느끼는 예술

의 즐거움은 한 사람의 미래에 큰 나무로 자라나 힘들 때마다 찾고 싶은 쉼터가 되기에 충분하다고 생각합니다.

김바하 : 몸으로 익힌 기능은 잘 잊어버리지 않지요. 우리 학교 교육 활동을 통해 몸에 익은 문화 · 예술 활동은 어른이 되어서도 생활 속에 녹아들 수 있을 것 같습니다.

생활 속에서 문화 · 예술을 향유하는 것은 분명 아이들의 삶을 윤택하게 할 것입니다. 학교에서 우연히 배운 기타, 노래, 연극, 춤 등 다양한 경험들이 어른이 되어서도 취미가 되고 일상이 된다면 생활에 활력이 되고 소소한 행복을 줄 수 있지 않을까요?

이재훈 : 우리 학교의 교육 방향이 아주 바람직하다는 생각이 듭니다. 예술은 자신을 표현하는 것이기 때문에 개인의 개성에 따라 다양한 창의적 작품이 만들어집니다. 우리 학교가 굳이 전문 예술인을 기르는 것을 목표로 하지 않더라도 이미 교육활동 전반에 문화 · 예술적 감성을 키울 수 있는 풍토가 조성되어 있어서 전문 예술가도 나올 수 있고 생활 속에서 예술을 즐길 줄 아는 사람도 충분히 기를 수 있습니다. 그러다 보면 우리 학교에서도 제2, 제3의 BTS가 나올 수도 있다고 생각합니다.

이효정 : 학창 시절 예술교육 활동에서 오페라 공연의 조역이 되어 활동한 학생이 성인이 되어 공학 연구원이 되어 활동하시는 인터뷰

를 본 적이 있습니다. 자신의 학창 시절 공연된 영상을 보며, 그 시절 부끄러움이 많았던 자신에게 무대에서의 공연 기회가 오늘날 자신이 하고자 하는 일을 선택하는데 큰 용기를 주었다고 합니다.

인터뷰를 보면서 '그의 어릴 적 공연 경험이 연구원이 되는 것과는 별 상관관계가 없어 보이는데 무슨 말일까?' 라는 의문을 가졌습니다. 나도 무엇인가 중요한 역할로 존재한다는 것의 의미를 예술로 발견했던 것은 아닐까 생각도 해봤습니다. 예술교육은 단순한 진로, 교육의 매개만이 아닌 삶, 일상에서 함께 공유하고 누릴 수 있을 때 그 이상의 가치를 가진다고 생각합니다.

가창중학교에서 보낸 몇 년 동안 '중2병' 이 없이 학교생활을 하는 학생들을 보면서 매우 놀랐습니다. 어쩌면 당연하다고 생각했던 것은, 나 또한 아이들과 함께 일상 속에서 예술을 누리며 행복한 생활을 하고 있기 때문입니다. 이 아이들은 이미 일상 속에서 예술을 누릴 준비가 되어있습니다. 그래서 아이들의 생활이 즐거워 보이고 미래가 기대되는 것은 저 혼자만의 생각이 아닐 겁니다.

변태석 : 여러 가지 질문에 진지하게 답해주셔서 감사합니다. 이 대담을 통해 우리 학교 특성화 선생님들과 예술교육에 대한 생각과 지향점을 공유하게 되어 참 좋았습니다. 앞으로도 우리 아이들의 문화 · 예술적 역량 강화를 위해 많은 노력과 애정을 보내주십시오.
여러분들의 열정으로 우리 학교가 예술교육을 통해 지금도 행복하고 미래도 행복한 아이들을 많이 길러내면 좋겠습니다.

〈캐릭터 디자이너〉

장채윤(1학년 1학기)

나는 어릴 적부터 빈 종이와 그릴 수 있는 도구만 있으면 가만히 앉아서 그림을 그릴 정도로 그림을 매우 좋아했다. 지금 보면 어설프고 비정상적인 그림들은 그 당시에 내가 마음에 들어 했고 예쁘다고 생각했던 그림이었다. 유치원 때는 꼬물거리는 선 하나로 그렸던 그림들도 있고, 점도 작품이랍시고 도화지에 딸랑 찍었던 것도 있고, 비뚤배뚤거리는 선들을 하나하나 이어 만든 털 뭉치 그림도 도화지에 고스란히 그려져 있다. 그런 그림들이 모이고 모여서 내 방 한구석에 모여 있다. 시간이 날 때마다 찾아보던 나의 옛 그림들은 막상 보면 당장이라도 덮어버리고 싶을 정도로 보기 부끄러우면서도 가끔 꺼내 보게 된다.

내가 워낙에 그림에 관심이 많다 보니 엄마는 미술을 전공으로 하는 것이 어떻겠냐는 말씀을 하시곤 했다. 그리고 엄마는 미술과 관련된 직업을 자주 소개해 주셨다. 초등학교 6학년 때 내가 캐릭터를 쉽게 그리는 것을 보고는 캐릭터 디자이너라는 직업도 처음 알려주셨다. 나만의 캐릭터를 그리면 굿즈를 만들 수 있다는 것도 알게 되었다. 클래스 101이라는 앱에서 캐릭터 디자인을 하는 강의를 들을 수 있다는 것을 엄마가 알려주셨고, 그때 컴퓨터 프로그램들을 활용해서 캐리턱 디자인을 할 수 있다는 것도 처음 알게 되었다.

첫 시작은 와콤 타블렛이었는데 그리면 그릴수록 익숙해져야 하는데 전혀 익숙해지지 않았다. 나는 캐릭터 그리는 것도 설렁설렁 대충 그려댔고, 엄마는 그릴 때마다 피드백은 해주시곤 하셨다. "이건 조금 컸으면 좋겠어." "이건 조금 이상한데..." "눈매를 바꿔보면 어때?"라며 항상 나의 그림에서 부족한 점과 개선해야 하는 점들을 고객의 입장에서 말씀해 주곤 하셨다. 타블렛으로 그림 그리는 것도 너무 힘들었고 엄마의 피드백도 듣기가 싫었고 내가 이걸 왜 해야 하는지도 모른 채 점점 내 기억 속에서 잊혀져 갔다.

그렇게 캐릭터를 그리고 굿즈를 만들었던 내 6학년 때의 기억이 잊혀 가는 듯했으나 내가 가창중학교에 입학하고 나서 처음으로 LTI 발표를 한다는 말을 듣고 다시 떠오르기 시작했다. 무슨 주제로 해야 좋을지 곰곰이 생각했다. 어떤 주제를 선택해야 할지 진짜 긴긴 고민 끝에 6학년 때 포기했던 캐릭터 그리고 굿즈 만들기가 떠올라서 다시 시도해 보기로 했다.

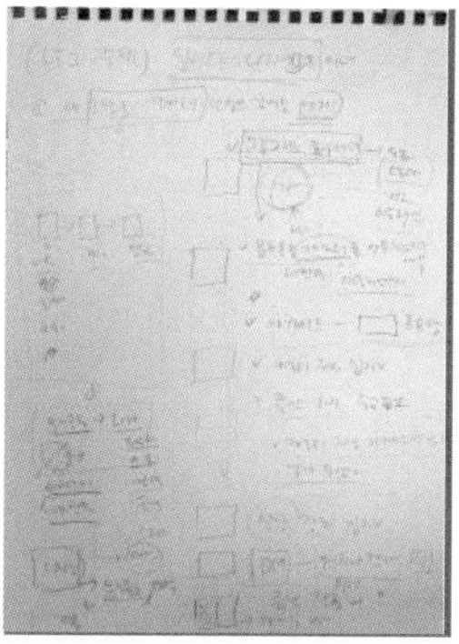
LTI 주제 연구를 위한 메모

▨ 첫 발걸음

캐릭터 디자인이 처음은 아니지만 오랫동안 해오지 않아 이게 이건지 저게 저건지도 기억도 안나 기억을 다시 복구하는 데에 시간이 너무 많이 걸렸던 것 같다. 옛날 같았으면 캐릭터를 후딱 그렸을 텐데 요즘에는 옛날에 그린 캐릭터보다 잘 그리고 싶다는 욕심이 생겨서 캐릭터를 그리는데 시간이 더 걸렸다. 윤곽의 모양과 이미지, 컨셉 등을 정하여 그림을 그려야하기 때문에 너무너무 어려웠던 것 같다.

그래서 다시 클래스 101 앱에서 다양한 캐릭터 디자인 강의 중에서 나에게 가장 필요한 강의를 찾아서 들었다. 와콤 다블렛이 이니리 아이패드로 그릴 수 있는 프로그램을 알려주는 강의였다. 유료 강의여서 엄마에게 도움을 청했다. 엄마는 걱정이 많았다. 전에도 비슷한 강의를 들었지만 내가 얼마 못 가서 강의를 듣지도 않았기 때문이었다. 강의를 듣지 못한 것이 기억에 남았는지 엄마는 나에게 캐릭터 디자인 강의를 열심히 듣고 LTI 주제를 열심히 준비할 거냐는 질문을 했다. 엄마의 질문에 여러 번 답한 뒤에야 나는 강의를 들을 수 있었다.

나의 성격상 흥미가 생기면 저질러보고 점점 처음보다 못한 결과를 낳았는데. 정말 초반에는 강의를 엄청 많이 듣다가 중반으로 갈수록 점점 느려지더니 점점 강의를 안 보기 시작했다. 나도 나름대로 캐릭터 디자인 창작에 대한 스트레스가 어느 정도 쌓인 상태였고, 엄마도 그것을 알고 있으니 딱히 잔소리를 하진 않았다. 하지만 너무 장기간 놓고 있는 것 같아 찝찝한 마음이 들었지만 나는 LTI보다 창작의 스트레스가 너무 컸기 때문에 LTI를 몇 주간 신경도 못 썼다.

창작의 스트레스가 어느 정도 없어졌을 무렵 나는 또 머리를 싸매야 했다. 캐릭터는 그려야겠고, '어떻게 그려야 될까?' 부터 시작해서 여러 생각들이 나를 힘들게 했다. 그래서 나는 캐릭터 디자인 강의를 처음부터 다시 듣기 시작했다. 처음에는 어떤 프로그램을 사용하는 게 좋은지부터 프로그램에 도구, 틀을 선택하는 법을 배웠다. 다시 배워보니 어떻게 사용해야 될지 조금씩 감이 잡혔다. 다행히 LTI프로젝트 발표에 늦지 않게 다시 작업을 시작할 수 있게 되었다. 캐릭터의 컨셉 등을 연구하고 캐릭터의 컨셉을 하나하나 적어 어떻게 그려야 하고 어떤 느낌을 구상했는지 상세히 기록했다.

캐릭터 연구를 하면서 제일 먼저 나에 대해서, 중학생에 대해서 알아보고 나를 캐릭터로 만들기 위해서 디자인에 여러 가지 요소를 하나하나 넣기 시작했다. 그렇게 다양한 요소를 넣기 시작하니 점점 컨셉이 잡히기 시작했다. '나, 중학생' 이라는 컨셉에 맞추어 캐릭터를 그려보고 지우고를 반복했다. 처음에는 둥근 인상의 캐릭터가 나왔지만, 점점 고치다 보니 괜찮은 결과물이 나오기 시작했다.

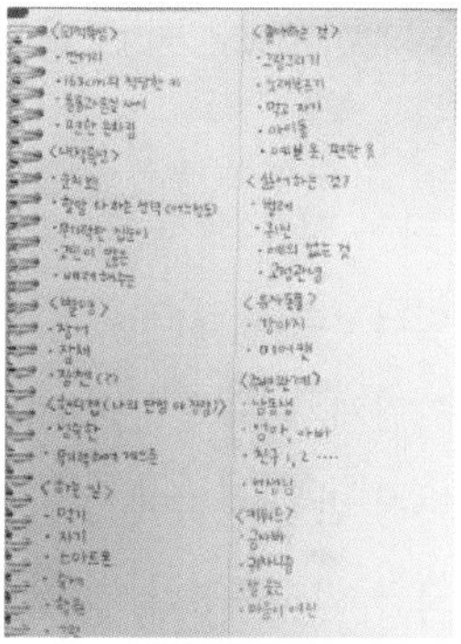

캐릭터 디자인 연구 메모

▨ 창작의 고통과 슬럼프

누구나 슬럼프는 찾아온다. 나 또한 그랬다. 하루는 그림을 그린다고 패드를 켰는데 그날 하루는 엄청나게 그림이 잘 안 그려졌다. 평소에도 그러는 날이 많으니까 그러려니 넘겼다. 그러나 다음 날에도, 그다음 날에도 그림 실력은 나아지지 않을 뿐만 아니라 더욱 안 좋아지기만 했다. 처음에는 당황스러웠다. 이렇게 잘 안 그려질 때가 있었나 싶기도 하고 나는 그렇게 또 슬럼프에 빠지기 시작했다. 캐릭터는 손을 대면 댈수록 안 좋아져만 갔다. 그렇기에 나는 어떤 것에도 손을 댈 수가 없었다. 한동안 캐릭터를 또 못 그렸다.

나 스스로 열심히 그려본다고 해서 될 것이 아니었다. 여러 캐릭터 그림을 그려봐도 마음에 드는 것 하나 없어 힘이 들었다. 나는 캐릭터를 끊임없이 수정하고 수정했다. 그림을 수정하면서 망가지고 돌아가기 버튼도 잘 듣지 않아 짜증도 나고 화가 나기도 하고 또 포기할까도 생각이 들었다. 하지만 이대로 포기하기에는 내가 이때까지 한 노력이 아까웠고 굿즈를 제작하고 주문하는데 시간이 걸리기 때문에 마지막으로 더 힘을 내보기로 마음을 먹었다.

다시 힘을 내서 캐릭터를 그리기 시작했다. 슬럼프 동안 그렸던 캐릭터보다 캐릭터 이미지가 많이 달라져 있었다. 슬럼프가 왔다 가면 그림체가 서서히 바뀌었기 때문에 다시 새로운 외형으로 캐릭터를 다시 만들 수밖에 없었다. 전에도 이런 적이 몇 번이나 있어 이제는 조금 익숙해졌다. 그래도 새로운 외형으로 만들어보니 이전보다 새로 만든 캐릭터의 외형이 훨씬 더 좋은 것 같아서 이대로 이어가기로 결정했다.

창작의 고통은 너무나도 힘들다. 사람들이 원하는, 사람들이 살 것만 같은 캐릭터와 사람들이 선호하는 그림체, 유행하는 느낌 등으로 인기의 유무가 정해지기 때문에 캐릭터를 만들 때는 개성이 있으면서도 유행을 따라가야 하는 느낌을 받는다. 그럴 때마다 나는 항상 스트레스를 받는다. 유행도 중요하지만 그 와중에 캐릭터의 개성도 있어야 하니 정말 어려운 것 같다.

하나하나 개성을 추가로 넣어주고 그 개성에 맞추어 캐릭터의 외형을 맞추어 주면 캐릭터가 완성되는데 캐릭터를 그리기는 어느 정도 쉬워졌지만 캐릭터의 개성에 맞추어 입고 있는 의상 등을 그려야 하는 것은 아직도 어려운 것 같다. 캐릭터의 매력을 정하는 것은 나중으로 미루고 캐릭터의 표정, 머리 모양 등을 여러 개로 그려보았다. 여러 개로 그려보고 나중에 그중에 하나로 선택해서 쓸 생각이었다.

'모든 것이 어렵다', '너무 힘들다' 라는 감정밖에 없지만 "캐릭터가 완성되면 뿌듯하고 기분이 좋을 것 같다"는 생각을 하면서 그림을 그렸다. 정말 그렇게 그려보니 스트레스도 줄고 즐겁게 작업할 수 있었다.

▨ 같은 직업, 다른 환경

창작에 대한 어려움을 겪으면서 전문가들은 어떻게 하는지 조사해

보고 싶었다.

첫 번째로는 평소에 인스타로 팔로우하고 있는 권하나 작가님을 조사했다. 권하나 작가님은 주로 음식을 주제로 캐릭터를 그리며 권하나 작가님의 인스타에 게시된 글에서 작품들을 만나볼 수 있다. 2014년 미국 명문 디자인스쿨인 아트센터에서 일러스트 디자인을 전공한 뒤 귀국하여 작품 활동을 하시는 작가님이시다. 특히 권하나 작가님의 음식을 주제로 한 일러스트가 사람들에게 큰 주목을 받고 있는 이유는 음식을 그림에서 독창적으로 표현하기 때문이다. 갈비, 와플, 아보카도, 토마토, 새우, 건빵 등 음식으로 일러스트를 그리는데 그림이 개성이 있고 독창적이어서 사람들의 이목을 끈다. 작가님께 조언이나 여러 가지를 얻고 싶은 마음에 인스타 다이렉트 메시지로 질문을 남겼다. 정말 감사하게도 나의 메시지에 친절하게 답해주셨다.

<수정 후>

작가님은 집안 가족들이 모두 예술을 하시고 그 재능을 감사하게도 물려받아 태어나서 두 살 때부터 그림을 그렸다고 말씀해 주셨다. 그냥 태어나서부터 자신은 운명적으로 그림을 그릴 사람이었던 것 같다며 그냥 아무 생각 없이 일기 쓰듯이 매일매일 그림으로 하루를 기록했다고 말씀해 주셨다. 평소에 아이디어는 맛있는 음식을 많이 먹어보고 여행도 많이 다니고 좋은 추억을 많이 쌓다 보면 그 사소한 모든 것들이 그림의 소재가 된다는 말씀도 빼먹지 않으셨다. 재

미있고 멋진 사람들도 많이 만나보고 다양한 경험만큼 좋은 건 없다고 말씀해 주셨다.

미술은 좋은데 창의적인 생각은 어렵게 느껴지는 학생은 미술을 어떻게 공부하면 좋을지 조언을 부탁드린다는 질문에 끊임없이 자기 자신한테 질문하라고 말씀해 주셨다. 갇힌 사고에서 벗어나서 열린 마음으로 세상을 보면 새로운 것들이 보일 것이라는 말씀도 함께 해 주셨다.

두 번째로는 '핑크퐁, 아기상어' 라이선스 디자인 팀에서 일하고 계시는 김연경 팀장님을 인터뷰했다. 김연경 팀장님은 핑크퐁, 아기상어 캐릭터로 제품을 만드는 일을 하고 있다고 말씀해 주셨다. 완구, 케이크, 옷 등 핑크퐁과 아기상어로 만드는 상품은 모두 김연경 팀장님이 일하시는 팀에서 만들고 가이드 해주고 있다고 말씀하셨다. 핑크퐁과 아기상어 그림을 그려주기도 하고 상품을 만들 때 제작 방식에 맞춰 캐릭터가 더 매력도 있는 상품으로 만들 수 있도록 다듬어주는 일을 한다고 했다. 김연경 팀장님은 자신이 만들 캐릭터가 어떤 제품으로 만들면 좋을지, 어떻게 마케팅하면 아이들에게 많은 사랑 받는 캐릭터를 만들 수 있을지 이미 잘 만들어진 캐릭터 회사에서 일하며 배우고 있다고 말씀하셨다.

▨ 나의 첫 창작물, 알콩이와 달콩이

"많이 힘들었다."라고 이야기하고 싶다. 솔직히 힘들지 않고 즐겁기만 했다는 것은 거짓말이다. 중간에 찾아온 슬럼프나 창작의 고통이나 또 굿즈를 발주할 때 해야 하는 까다로운 설정 등으로 힘이 들었던 것은 사실이다. 하지만 그 힘들었던 과정 속에서 내 캐릭터를 가지고 완성된 작품들은 뿌듯했다. 이런 캐릭터 작품을 만드는 과정이 굉장히 힘이 든다는 것을 경험하면서 앞으로 내가 개선해야 할 부분이 어떤 것인지 알게 되었다. 비로 꼼꼼함을 가져야 더 좋은 완성품을 만들 수 있다는 것을 알게 된 것이다. 대중들이 좋아하는 캐릭터의 설정, 대중들이 좋아하는 캐릭터의 기본 매력 등 캐릭터를 연구하고 디자인하는 과정, 캐릭터 디자이너라는 직업이 굉장히 흥미롭고 재미있었다.

특히 달콩이와 알콩이는 개성적인 부분보다는 대중들의 시선에 맞추어 그림을 그려서 조금 아쉬운 부분이 없지 않다. 사실 알콩이는 기존 캐릭터가 아니었다. 달콩이를 그리다보니 자연스럽게 "여자 캐릭터는 있는데 남자 캐릭터는 없네?"라는 생각이 들어 만든 것이 알콩이다. 알콩이는 달콩이를 유사하게 닮았는데 딱히 누구를 떠올리면서 만든 것도 아니고, 굳이 떠올리면서 만들었다고 생각되는 것을 말하자면 달콩이인 것 같다.

요즘 친구들이 자꾸 캐릭터를 리메이크하는 것은 어떠하냐는 의견을 제안한다. 그런데 누군가 "다시 리메이크를 할 수 있다면 할 것인가?" 라는 질문을 했을 때. 나의 답은 "아니요"이다. 캐릭터를 리메이크한다는 것은 그냥 취미삼아 스트리밍 사이트에 올린 음악이 흥행해서 리메이크를 한다는 것과 같다. 보통 취미 삼아 스트리밍 사이트에 올린 음악이 흥행하게 되어 리메이크를 하여 다른 사이트에 올린다고 해도 처음 올렸던 음악의 느낌보다 왠지 끌리지 않는 느낌이 드는 것은 처음이 낫기 때문이다. 캐릭터를 리메이크한다면 처음과는 다르게 아예 다른 느낌으로 갈지도 모른다. 그렇기 때문에 나는 달콩이와 알콩이를 리메이크하지 않을 것이다. 처음의 느낌을 살리고 싶기 때문이다.

캐릭터 디자인과 굿즈

LTI를 하면서 참 많은 것들을 배우게 되었는데. 이번에 활동을 하며 나는 캐릭터 디자인이라는 직업에 대해서 조금 더 자세히 알게 되었고 컴퓨터로 그림을 작업하는 법도 배웠다. 굿즈를 만들어 제작하는 법과 다양한 분야의 사람들을 인터뷰하는 법을 알게 되었다. 내가 만든 굿즈를 전교생에게 나누어주니 뿌듯하고 기쁘고 선배들과 친구들이 내 굿즈를 어떻게 쓸지 기대가 되기도 했다. 휴대폰 뒤에 넣고 다니는 선배들도 있었고, 자신의 소중한 노트 앞에 붙이는 선생님도 보았다. 이런 뿌듯함으로 캐릭터 디자이너들은 캐릭터를 디자인하고 굿즈를 만드시는구나, 하는 생각이 들었다.

▨ 2학기 때는??

2학기 LTI는 이모티콘 작가로 선택했다. 다시 새로운 캐릭터를 만들어서 이모티콘으로 만들어보려고 한다. 또 캐릭터를 디자인한다는 것이 무한 반복되는 작업과 창작이라는 것으로 정말 힘들겠지만 그래도 도전해 보려고 한다. 일단 캐릭터 표정부터 차근차근 연습하고 열심히 노력해서 꼭 내가 디자인한 캐릭터로 이모티콘을 만들어 많은 사람들이 사용할 수 있었으면 좋겠다.

만약에 이모티콘이 등록이 승인되어 상품화하여 사용할 수 있게 된다면 이모티콘의 수익은 기부하고 싶다.

〈복사꽃 필 무렵〉

황지연(3학년 1학기)

▨ 닭이 먼저인가 달걀이 먼저인가

자동차 창문을 열자 시골 냄새가 코끝에 마중 나와 있다. 바람에 실려 온 냄새를 들이마시며 밭 입구 문을 열었다.

"허으어..."

이것은 저번 주 정리한 땅에 다시 얼굴을 내민 잡초를 보며 낸 소리이다. 잡초 그 녀석 참 끈질기기도 하지. 다시는 올라오지 말라고 손아귀 힘과 맞바꾸며 뿌리까지 뽑았는데 이번에는 제대로 자리를 잡았다.

"그래! 다 같이 사는 세상인데 너 그냥 여기서 살아라!!" 하며 남몰래 잡초와 타협을 하려고 했다.

그런데 고라니 습격사건 때처럼 내버려뒀다가는 내 농작물이 크게 손해볼 것 같았다. 그래서 제초제라는 것을 나도 뿌리게 되었다. 이때까진 몰랐다. 제초제가 얼마나 대단한 위력을 자랑하는지를.

이틀 지나고 밭에 갔는데 글쎄 염치도 없이 임대료 한 푼 안 내고 빳빳한 면상을 내비치던 잡초들이 웬걸, 체한 듯 숫기도 없고 맥도 못 추린 채 꼬꾸라져 있었다. 농장주로서 악에 바치던 마음이 쑤웅 내려갔다.

380평 밭에 농사를 지으며 성질을 많이 냈다. 하나는 잡초 때문이었고 또 하나는 고라니 때문이었다. 튼실하게 잘 키워서 우리 가족도 배불리 먹고 친구들이랑 농가 먹으려고 기대했건만...... 고라니가 루꼴라, 바질, 꽃상추 맛있는 건 다 먹고 토꼈다.

괘씸하고 속이 상해서 이틀 골골 앓다가 망치기 작업을 하였다. 내 밭으로 한 발짝도 못 내딛도록 온 힘을 다해 망치로 탕탕 내리쳤다. 그 후 지금까지 우주돼지 농장은 '이상 무' 다.

나는 얼마 전 슬픈데 또 웃긴 이야기를 전해 들었다. 우리 마을 이장 사모님은 연세는 지긋하시지만 가끔 사고를 치신다.

하루는 윗집 아주머니에게

"희경아, 내 니한테 혼날 짓 하나 했는데 용서해 줄래?"

괘씸하고 속이 상해서 이틀을 골골 앓다가 고라니 방제망을 설치했다.

할머니의 달콤살벌한 죄목은 이랬다. 고구마밭, 복숭아밭 닥치는 대로 호작질하는 고라니에게 앙심을 품고 지내다가 눈앞에 고라니 새끼를 발견하고 냅다 내동댕이쳐서 사망에 이르게 하였다는 내용이다.

웟집 아주머니는 펄쩍 뛰며 할머니를 나무랐지만 나는 할머니의 눈빛에서 미안함과 후회하는 감정을 느낄 수 있었다. 잔인하긴 하지만 오죽했으면 할머니가 그랬을까 조금은 이해가 되었다.

새끼 고라니를 잃은 엄마가 3일을 그 자리에 와서 "왜에 왜에"하며 목 놓아 울었다는 이야기에 우리가 고라니의 피해자가 아니라 어쩌면 고라니가 우리로 인해 삶의 터전을 빼앗긴 건 아닐까 싶어 마음 한구석이 먹먹해졌다.

내년에는 밭 한쪽에 고라니를 위한 먹거리들을 마련해 주어야 될 것 같다.

▨ 자연의 반격

2020년 코로나19 팬데믹으로 등교 개학이 지연되고, 사람들은 스스로를 집에 가두며 그렇게 거리두기가 자연스럽게 시작되었다. 우연히 분리수거장에 산더미처럼 쌓인 일회용 배달용기들을 보고 환경 문제에 관심을 갖게 되었다.

"슬기로운 지구생활"이란 주제로 올바른 쓰레기 배출법과 테라사이클펀딩에 투자하여 수익금을 ngo환경단체에 기부도 하고, 5분 샤워

챌린지 프로그램을 만들어서 물 절약도 실천했다. 뿐만 아니라 미세 플라스틱의 문제점을 깨닫고 친환경 샴푸바, 설거지바, 친환경수세미, 나무칫솔 등으로 생활용품들을 조금씩 바꾸는 계기가 되었다.

지구를 지키는 건 처음에는 방법을 몰라서 못했던 것 같고 조금씩 실천하다보니 사실 여간 힘들고 귀찮은 일이 아니었다. 장보러 갈 때 스탠용기와 에코백을 들고 가서 비닐 대신 가져간 용기에 제품을 담아오는 〈용기내서 용기내〉 프로젝트는 진짜 너무 귀찮고 부끄러웠다.

이렇게 열심히 준비한 프로젝트는 코로나로 인해 발표도 못하고 내 머리와 컴퓨터 속에만 저장되어 있다.

올해 초 조류인플루엔자(AI)로 닭들이 무차별 살처분 되면서 계란 파동이 일어나고, 지난 겨울 극한 한파의 영향으로 농산물 가격이 대폭 증가했다. 대파 한 단의 가격이 10,000원까지 갔으니 말 다했지.

이렇게 기후변화와 환경문제에 맞닥뜨린 상황에서 나는 막연한 호기심이 들었다.

'내가 건강한 먹거리를 직접 재배해볼까?'

늘 계획하지 않고 즉흥적으로 행동하는 나는 그렇게 일을 저질러 버렸다. 10년 동안 버려두었다시피 했던 할아버지 소유 청도의 밭 380평을 빌렸던 것이다.

복사꽃이 만발하는 4월이었다. 진입조차 할 수 없는 밭에 기어이 들어갔다가 사람이 찾아왔다고 반가웠는지 도깨비바늘이 찰싹 달라붙어서 애를 먹었다.

결국 50만원을 주고 굴삭기를 불러 나무와 잡초를 싹 긁어내는 밭 갈기 작업을 하였다. 악곱슬 머리카락 매직파마 시켜준 거 마냥 매끈

10년 동안 버려두었던 할아버지 소유 청도의 밭 380평

한 밭을 보고 내 기분이 어찌나 좋았는지 모른다. 돈 주고 밭도 갈았겠다, 비료 한 트럭을 구입하여 골고루 뿌렸다.

고작 2주차 진행 과정이었는데 이때 "미쳤다 미쳤어 '올가' 꺼 비싸도 그냥 사먹을 걸 농사 이야기는 왜 꺼내서....."를 수십 번 되뇌이며 후회했다.

일주일 정도 비료가 발효되는 과정을 거치 후, 우리 가족은 삽 한 자루씩 들고 흙과 비료를 섞어주는 로타리 작업을 했다. 삽질을 반복해도 380평 밭은 끝날 기미가 전~혀 보이지가 않았다.

열심히 고랑도 만들고 뚝 쌓기를 한창 하고 있는데.....

"에헤이~ 누가 요래 땅바닥 보이도록 고랑 파라 카드노! 아이고야,

굴삭기를 불러 나무와 잡초를 싹 긁어내는 밭 갈기 작업을 하였다.

수군포 한 자루 들고 이마이 팠나? 힘도 좋다 힘도 좋아. 이래가 안 된다. 다 매까라. 우리 영감한테 로타리 함 쳐주라 칼께"

곡소리 내면서 실컷 파고 있는데 너무 황당해서 "누구세요?"라고 물었더니 나의 귀인 이장님 사모님이셨다.

"할렐루야~~ 감사합니다. 감사합니다."

땅에 머리가 닿을 만큼 인사를 하고 우린 다시 고랑 메꾸기 작업에 돌입했다. 그야말로 3일 내내 삽질한 셈이었다. 이장님의 도움으로 말랑말랑 보슬보슬해진 밭에 각종 채소 씨앗을 뿌리고, 마을의 농사 박사님들의 조언대로 검정비닐을 구입해서 멀칭 작업을 했다. 비닐 이것도 환경오염 심한데 나중에 어떻게 처리해야 하나 고민이 생겼다.

여섯 가지 종류의 고추모종 30포기, 다섯 가지 종류의 토마토 모종 30포기, 가지,부추, 파, 참외, 옥수수, 박, 쥬키니, 흰민들레까지 해보고 싶은 건 다 심었다. 왕할머니의 피가 내 안에 있는가 보다.

할머니의 밭은 예쁜 꽃을 절대 볼 수 없다. 항상 먹을 수 있는 것만 잔뜩 심어놓으신다. 하도 많이 심어서 다 못 먹고 버리는 일도 빈번했지만 그래도 할머니는 빽빽하게 농사를 지으셨다. 내가 농사를 지어보니 할머니의 마음이 너무 이해가 갔다. 밭이 풍성해지면 질수록 마음이 부유해지고 이 마음이 후해진다고 해야 할까, 아주 흐뭇했다. 130개의 꽃상추 모종을 심어놓은 것을 보고 모두들 한마디씩 하셨다.

"쯧쯧쯧 저걸 우잘라꼬.."

'아무렴 버리면 어떠리. 부족한 거보다는 낫지' 라고 생각하며 100m 호스를 사서 4월과 5월을 이틀에 한 번꼴로 물을 주러 다녔다. 고라니와 잡초로 한 두 차례 시련을 겪었지만 우주돼지 농장은 계속 이어나갔다.

한날은 밭에 갔는데 토마토 줄기가 4줄 5줄 난리가 났었다.
"아구 쑥쑥 잘도 자라네~ 처음 해 본 농사치고 나 너무 잘하는데?" 으쓱했는데 나중에는 눈물을 머금고 가장 싱싱한 두 놈만 남기고 줄기를 싹둑싹둑 잘랐다. 풍성하면 좋은 줄 알았는데 그게 아니었다.
고추 역시 새순들을 제거해주어 튼실한 고추가 자라날 수 있도록 작업을 했다. 싱그러운 초여름에 수확의 기쁨을 누렸다. 내가 직접 키워서 그런지 향이 진하고 과육이 탱글탱글 '올가' 의 어떤 채소들보다 내 새끼들은 단연 최고였다. 정성들여 키우던 바질을 따서 토마토와 함께 토마토바질청을 만들어봤는데 깔끔담백한 여름 맛이 나의 입맛을 고급스럽게 바꿨다.
유기농이 아닌 자연농법에 가까웠던 첫 농사는 나름 구색을 갖추었다고 본다. 전문농사꾼에 명함을 내밀어도 되지 않을까 오만한 생각이 들었다.
농사를 짓고 나서 달라진 건 채소 값이 비싸도 "왜 이렇게 비싸?"가 아니라 "으음~ 얘네는 이만한 충분한 가치를 가지고 있어!"라고 생각이 달라졌다.

▨ 당연해서 잊혀지고 있던 감사

평소 무의식적으로 물티슈 막 뽑아 쓰고, 냉장고에 뭐가 들었나 자꾸 열어보고 샤워할 때 줄줄줄 물 틀어놓음으로써 자연을 얼마나 아프게 만들었을까?
그럼에도 불구하고 자연은 내가 뭐라고, 갈 때마다 늘 순수하고도 깨끗한 선물을 안겨주었다. 빈손으로 터덜터덜 가지 않게 농장물을 쑥쑥 키워주었고 그 여름 뙤약볕 아래서도 감사할 수 있는 아름다움을 느끼게 해주었다. 이젠 내가 보답을 해야 할 차례인 것 같다. 자연이 더는 불행하지 않도록 작은 습관부터 고쳐나가며 관심을 가져야겠다. 네가 매주 주었던 선물들은 내 삶의 벅찬 감동을 안겨 주었어. 고마워!

▨ Thanks to

무식하면 용감하다고 농사가 이리 힘든지도 모르고 해보겠다고 도전하는 손녀를 말리지는 못할망정 선뜻 땅을 내주신 할아버지, 카드값 명세서를 보고 이 정도면 유기농 밭을 사야 되는 거 아니냐고 했던 내 물질적 지주 우리 아빠, 투덜거리며 시작했지만 농사에 빠진 우리 엄마, 매일 농장주라며 밥 많이 주시던 교장 선생님, 우주돼지 농장을 응원해준 우리 3-2 선생님과 친구들에게 감사의 말을 전한다.

〈Towards my dream〉

김혜빈(3학년)

– 1학년2학기, 2학년1학기 LTI –

▨ 나의 꿈을 향해서

어린 시절, 누구든 꿈 하나씩은 가지고 성장하지만 나는 유독 꿈이 많았다. 요리사도 하고 싶었고 패션디자이너도 하고 싶었으며 가수도 되고 싶었다. 중학교 3학년이 된 지금은 진로를 선택하고 결정해야 할 때가 됐는데도 나는 여전히 꿈을 꾸고 있다.

1년 전까지는 꿈이 많아서 좋다고 생각했지만 중 3이 되고 진학이라는 현실과 직면하게 되면서 내가 어떤 것을 좋아하고 무엇을 잘하는지 진지하게 고민하게 되었다. 그동안 관심 분야가 너무 많다보니 진로를 선택하기가 오히려 힘들었다. 그런 상황에서 매학기 우리 학교에서 진행하는 LTI 프로젝트 수업은 나에게 많은 도움을 주었다.

▨ LTI 주제로 패션디자이너를 탐구하다

2020년, 그동안 내가 그렇게 원했던 가창중학교에 입학하게 되었다. 자전거 여행도 하고, 연극캠프도 하고, 도보여행도 하고, 해외이동학습도 할 생각으로 기대가 잔뜩 부풀어 입학할 날짜만 기다리고 있었다. 하지만 코로나19로 인해서 약 여섯 달을 집에서 생활하게 되었고, 학교에서 할 수 있는 많은 행사와 활동을 제대로 할 수가 없었다. 여러 가지 아쉬운 일 중 하나가 LTI 프로젝트다.

우리 학교에서는 매주 목요일마다 한 시간씩 진로와 관련하여 자신이 했던 활동을 발표한다. 학기 초에 자신이 추진할 LTI프로젝트의 주제를 정하고 1주일 동안 자신이 했던 활동을 기록한다. 그런데 나는 공부도 하고 청소년극단 활동도 해야 해서 내가 매주 활동을 하고 발표를 하는 이 시간이 조금 버겁고 힘들었던 시간이었다.

나는 내 꿈을 찾고 싶어서 어릴 때부터 내가 관심 가졌던 여러 가지 직업 중에서 패션디자이너를 택하였다. 어릴 때부터 패션디자이너라는 직업에 관심이 있었으며, 패션 스타일링에도 관심이 많았다. 그래

첫 LTI 활동 발표 feat. 패션디자이너

서 LTI 프로젝트를 하면서 내 옷을 직접 만들어 입어보면 어떨까 생각해서 패션디자이너라는 직업을 주제로 선택하게 되었다.

그렇게 LTI 프로젝트 주제를 정하고 난 다음에 디자이너 직업에 관련된 활동을 시작했다. 하지만 처음 해보는 활동이다 보니, 어떻게 해야 할지 막막했다. 그래서 담임선생님께 가서 조언을 구했더니 선생님께서 작년에 잘했던 선배님들의 PPT 내용을 보여주셨다. 그렇게 선생님께서 보여주신 선배님들의 자료들을 참고하여 활동을 시작했다.

처음에는 간단한 자료조사를 했고, 디자이너를 인터뷰하기 위해서 인터뷰 질문지를 만들었다. 인터뷰 질문지를 만드는 것도 쉬운 일이 아니었다. 어떤 질문을 해야 할지 몰라서 인터넷으로 다른 인터뷰 영상을 찾아서 참고했다. 그래서 총 11가지의 질문을 만들었고, 이제 인터뷰를 할 수 있는 디자이너를 만나야 했다. 하지만 시국이 시국인지라 직접 만나서는 인터뷰를 할 수 없을 것 같아서 대면 인터뷰는 포기하고 Instagram에 검색해서 나오는 디자이너와 인터뷰를 해야겠다고 생각했다. 그렇게 찾고 찾다가 2주일 후 한 디자이너와 연락이 닿았고, 허락을 구한 뒤에 질문지를 보냈다. 그러고 몇 주 뒤에 답장이 왔다. 늦게 답을 보내셨지만 보내주신 것에 정말 감사하며 질문지의 답을 정리했다.

그렇게 인터뷰 질문의 답을 정리하고, 이제 내가 직접 옷을 만들기 위해 준비를 했다. 먼저 어떤 종류의 옷을 만들지 고민하였는데, 아직 내가 초보인 것을 고려해 베개와 롱스커트를 만들기로 했다. 천은 인터넷에서 주문했는데, 직접 가서 보고 고른 천이 아니라 그런지 마음에 썩 들진 않았지만, 그래도 어쩔 수 없이 만들었다. 다음에는 천을 직접 확인하고 사야겠다고 생각했다.

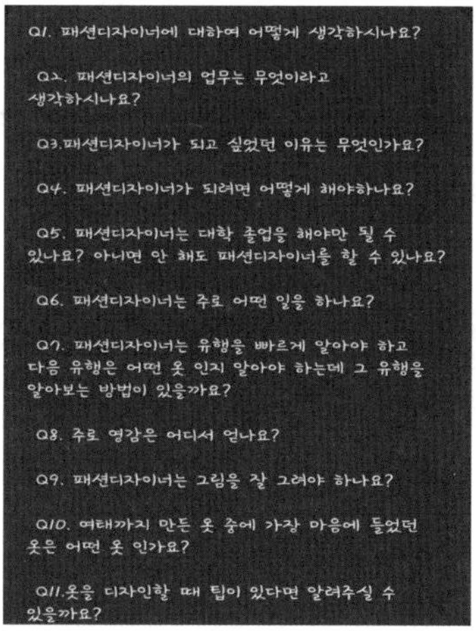

Q1. 패션디자이너에 대하여 어떻게 생각하시나요?

Q2. 패션디자이너의 업무는 무엇이라고
생각하시나요?

Q3.패션디자이너가 되고 싶었던 이유는 무엇인가요?

Q4. 패션디자이너가 되려면 어떻게 해야하나요?

Q5. 패션디자이너는 대학 졸업을 해야만 될 수
있나요? 아니면 안 해도 패션디자이너를 할 수 있나요?

Q6. 패션디자이너는 주로 어떤 일을 하나요?

Q7. 패션디자이너는 유행을 빠르게 알아야 하고
다음 유행은 어떤 옷 인지 알아야 하는데 그 유행을
알아보는 방법이 있을까요?

Q8. 주로 영감은 어디서 얻나요?

Q9. 패션디자이너는 그림을 잘 그려야 하나요?

Q10. 여태까지 만든 옷 중에 가장 마음에 들었던
옷은 어떤 옷 인가요?

Q11.옷을 디자인할 때 팁이 있다면 알려주실 수
있을까요?

인터뷰 질문지 답의 일부분

베개는 천을 직사각형으로 똑같이 2개 잘라서 솜을 넣은 뒤 바느질했다. 솜은 집에 가지고 놀지 않는 인형들이 너무 많아서 인형 안에 들어있는 솜을 이용해서 베개 안을 채웠다. 잔인할 수도 있지만, 솜을 사기에는 너무 아까워서 어차피 버릴 인형을 다시 재활용했다. 바느질을 하고나니 조금 삐뚤빼뚤 했지만, 처음이고 손으로 한 것이니 이만하면 괜찮다고 생각하며 스스로 위로했다.

다음으로 롱스커트를 만들어야 하는데, 롱스커트는 그냥 만들면 완전 망칠 것 같아서 유튜브에서 영상을 찾아 똑같이 따라서 만들었다. 그런데 나처럼 직접 손으로 한 땀 한 땀 바느질하는 분들이 없어서 조금 고생했다. 내가 2번 바느질하면 영상 속 디자이너 분은 다 끝나고 다음 단계를 하고 있어서 고생을 많이 했다. 그래서 재봉틀을 사려고 했는데, 재봉틀 하나에 백만 원이 넘어서 도저히 살 수 있는 가

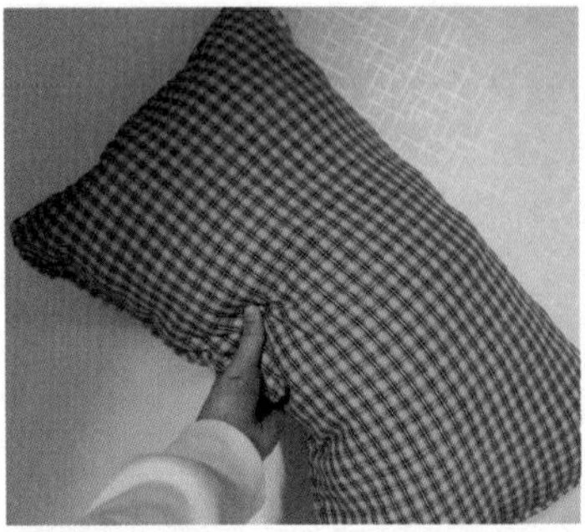

무난하게 완성한 베개

인어공주 꼬리 같은 롱스커트

격이 아니라서 어쩔 수 없이 꾹 참고 손으로 한 땀 한 땀 열심히 만들었다. 그런데 처음 만든 옷이다 보니 많이 이상했다.

두 작품을 만들고 나니 처음 계획보다 너무 빨리 끝나게 되어 다른 걸 하나 더 만들기로 했다.

그 당시 방탄소년단의 정국이 계량한복을 입어서 화재가 되었다. 그래서 나도 입어보고 싶어서 한 벌 살까 생각 중이었다. 내 LTI 주제가 패션디자이너이니 직접 만들어 보는 것도 괜찮을 것 같아 계량한복을 만들기로 했다.

새로운 작품 주제를 결정한 뒤 스케치를 했다. 이번에는 롱스커트 때와는 달리 스케일이 조금 더 커서 스케치를 자세하게 하였고, 영상도 찾아보면서 어떻게 옷을 만들지 구상했다.

옷을 다 스케치 하고 난 뒤, 나는 어머니와 함께 같이 천을 사러 갔다. 저번에 롱스커트와 베개 만들 때처럼 인터넷에서 주문하면 망할 것 같아서 이번에는 옷감이 많은 서문시장에 갔다. 정말 예쁘고 다양한 천이 많아서 그런지 옷을 만들기도 전에 마음이 너무 설렜다. 내가 옷을 완성해서 그 결과물을 보면 정말 뿌듯할 것만 같았다. 그래서 마음에 드는 옷감을 얼른 구매한 뒤 집으로 돌아왔다. 조금이라도 빨리 옷을 만들고 싶었다.

계량한복 스케치하는 중

 집에 오자마자 엄청 커다란 종이에 옷을 그리기 시작했다. 상의와 하의를 그려 본을 뜨고 선에 맞게 잘랐다. 그리고 천위에는 종이에 그린 것 보다 1~2cm 더 크게 그린 후 선에 맞게 잘랐다.

도화지에 옷 그리기

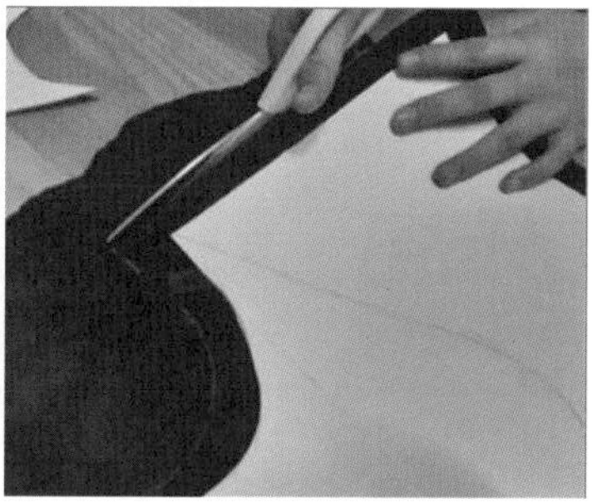
선에 맞게 옷을 자르는 모습

상의와 하의를 그리고, 자르고, 그리고, 자르기를 여러 번 반복 한 결과 천 조각들을 만들었다. 이렇게 만든 천 조각들을 바느질해야 하는데, 이제부터가 진짜 시작이었다. 정말 한 땀 한 땀 소중하고 신중하게 바느질을 하였다.

바느질하는 모습

속도가 느리다 보니 LTI 발표 날이 얼마 남지 않았다는 것을 알게 되었다. 그 때부터 나는 정말 마음이 조급해졌다. 그래서 집에만 오면 바느질감을 들고 옷을 만들었다. 나는 이때 깨달았다. 모든 물건들은 제 각각 쓰임이 있다는 것을..... 난 열심히 밤을 새면서 옷을 만들었고, 그 결과 발표 하루 전 날에 작품을 완성할 수 있었다.

LTI 발표 사진에는 얼굴이 나오지 않는데, 유튜브 영상에서 보면 발표 날 얼굴이 몹시 피곤하다는 것을 알 수 있다. 그만큼 피와 땀을 흘리면서 바느질을 하였다.

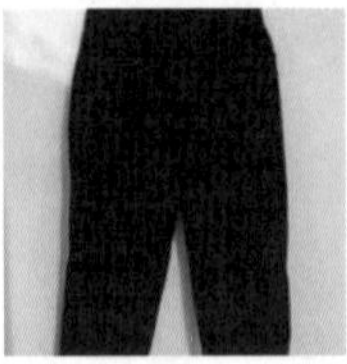

완성된 계량 한복 상의, 하의

LTI 프로젝트 발표하는 날, 내가 만든 계량한복을 입고 학교에 갔다. 친구들에게 미리 작품을 보이지 않기 위해 계량한복 위에 롱패딩을 입고 등교했다. 그렇게 비밀을 유지하다가 강당에서 발표할 때 롱패딩을 벗었다. 떨리는 마음을 진정시키고 인사를 했다. 많이 떨렸지만 준비한 만큼만 하자고 다짐하며 발표를 이어갔다. 긴 발표를 마치고 마지막에 결과물인 내가 입고 있는 계량한복을 공개하자 강당에 있던 모든 사람의 눈이 황소 눈처럼 커졌다. 여기저기서 감탄의 소리가 터져 나왔다.

▨ 과정은 힘들었지만 노력의 결과는 흐뭇해

성공적인 발표를 끝내자 사람들이 박수를 쳤다. 큰 박수를 들으니 가슴이 뿌듯했고, 조금 전까지 피곤했던 몸이 가뿐해지며 기분이 날아가는 것 같았다. 다들 내가 바느질로 옷을 직접 만들었다는 것에 놀라워하며 잘 했다고 칭찬을 해주었다.

그렇게 발표날이 지나고 겨울방학이 되었다. 그런데 선생님께서 겨울방학 때 학교에 한 번 오라고 하셨다. 나는 영문도 모른 채 학교로 향했다. 교무실로 들어가니 "혜빈아 축하해!"라고 말함과 동시에 나에게 상장을 주셨다. '위 학생은 2020 LTI 프로젝트 학습발표에서...' 내가 일등을 했다고 한다. 나는 정말 기뻤고 그동안 내가 한 노력들이 주마등처럼 스쳐 지나갔다. 그렇게 기쁨을 안고 어머니 차에 탔다. 나는 너무 기쁜 나머지 학교에서 집으로 가는 내내 어머니에게 자랑을 했다.

▨ 다음 꿈을 향해서

2021년, 나는 어느새 중학교 2학년이 되었다. 이제 점점 진로를 정해야 할 때가 다가와서 그런지 이번 LTI 프로젝트 주제는 어떤 것을 할지 고민을 하게 되었다. 그러다가 겨울방학 때 학교에서 1주일간 진행한 공연엔지니어캠프가 떠올랐다. 공연엔지니어캠프 때 우리 학교 강당에 설치되어 있는 조명기기와 음향기기를 다루는 법을 배웠다. 우리 학교가 뮤지컬특성화 중학교이다 보니 학교에서 공연할 기회가 많아서 강당에 조명과 음향 장치를 설치하였는데, 우리학교 학생이 배울 수 있게 되었다. 그 때 재미있게 공부했던 기억이 나서 이번 LTI 프로젝트 주제를 공연엔지니어로 정하게 되었다.

먼저 학교의 장비를 쓸 수 있는지 교장 선생님께 여쭤 보았다. 워낙 고가의 장비라서 학생이 직접 사용하는 것은 허락하지 않을 것 같았다. 교장선생님은 나의 설명을 들으시고, 담당자인 한국일선생님과 행정실장님의 허락을 받아서 사용하라고 하셨다. 그렇게 허락을 받고 내가 직접 장비를 작동할 수 있게 되었다.

나는 음향기기보다는 조명기기를 조작 했던 게 더 기억에 남고 재미있어서 조명기기를 조금 더 조사해보기로 했다. 우리학교 조명기기 이름은 'MA3'라는 이름을 가지고 있다. 선생님 말씀으로는 정말 좋은 기계이고, 비싸니까 조심히 하라고 하셨다.

설레는 마음으로 LTI프로젝트를 시작하며, 일 학년 때처럼 인터뷰를 실시하게 되었다. 질문지는 1학년 때 했던 내용을 참고하여 만들었다. 인터뷰 대상은 겨울방학 때 우리를 지도해 주신 조명 선생님인데, 이번에는 대면 인터뷰를 진행하였다. 그래서 영상으로 직접 촬영을 하였고, 하나하나 편집을 하였다. 비대면 인터뷰보다 대면 인터뷰가 확실히 더 어려운 것 같다.

그러고 편집을 다 한 다음 조명기기 연습을 하였다. 매주 한 번에서 두 번 정도 연습을 했고 내가 연습하는 과정은 영상으로 촬영하였다. 연습하는 방법은 아이돌이 음악방송에서 방송할 때 영상을 보고 일부분을 캡처해서 따라하는 방식으로 연습했다.

첫 번째 연습 날에는 무대조명을 바로 따라하는 건 무리 일 것 같아서 장비 조작 연습을 했다. 방학 때 엔지니어캠프 때 배운 기억을 떠올리기가 쉽지 않았다. 마침 3일 후에 합창 방과후 수업 팀에서 영상 촬영을 해야 하는데, 조명이 필요하다고 해서 내가 맡아서 해주게 되

학교 조명기기 조정장비

었다. 이 활동은 내가 LTI프로젝트를 진행하는데 좋은 경험이 되었다. 정말 간단한 거지만 그래도 내가 할 수 있다는 게 있어서, 그리고 나에게 부탁해줘서 감사했다.

두 번째 연습 때는 비의 깡의 파란색 분위기를 내보았다. 사실 무대에서 움직이는 사람 없이 혼자서 한 거여서 그런지, 조명을 그냥 고징 시켜놓아서 다양한 연출을 할 수가 없었다. 게다가 휴대폰으로 영상을 촬영 중이여서, 캡처 화면을 못 봐서 완전히 똑같이 분위기를 못 내서 아쉬웠다. 다음번에는 미리 대상 영상을 프린트하거나 가까이에서 촬영을 해야 할 것 같았다.

세 번째 연습 때는 오마이걸의 던던댄스를 했다. 오마이걸의 던던댄스 때는 약간 통통 튀는 느낌이어서 원래는 보라색 배경인데 자주색이랑 분홍색을 섞어놓아서 밝은 느낌을 주었다. 조명기기의 다양

합창 방과후 수업 결과물 공연 조명

한 빛을 조합하여 무대를 예쁘게 꾸미니 내가 마법사가 된 느낌이다. 무대 조명은 여러 가지 색깔의 조명기를 사용하여 내가 원하는 색깔의 빛을 만들어 내는 작업이다. 그래서 아름다운 빛을 만들어 내기 위해서는 많은 연습이 필요하고, 무대 분위기에 맞게 색을 연출해본 경험이 중요하다.

네 번째 연습에는 스테이씨의 ASAP을 하였다. 이 곡도 정말 통통튀는 분위기여서 파란 배경에다가 밝은 붉은색을 같이 매치해서 통통튀는 분위기를 연출해 보았다.

그리고 다섯 번째 연습 때는 기말고사 하루 전이어서 오래 못 하고 조금만 연습하고 갔던 것 같다. 아이돌 무대 조명 따라 했는데, 어떤 곡을 했는지 기억이 안 난다.

마지막 연습에는 있지의 마피아를 연습했다. 있지의 마피아는 뮤비를 참고했다. 뮤비에 보면 보라색 조명이 나오는 부분이 있는데, 나

'있지' 의 마피아 뮤비, 조명 손민수

는 마피아 곡의 분위기에 맞게 조금 더 어둡게 하고 묘한 느낌을 주게 했다. 분명 실제로 볼 때는 그런 느낌인데, 사진으로 찍으니까 빛이 바닥과 반사 돼서 느낌이 재대로 안 나는 것 같아 아쉽다.

기말 하루 전에도 연습하고 LTI 발표 2일 전에도 연습을 하면서 촬영하고 발표 연습도 했다. 그리고 마지막 날에는 친구와 같이 노래를 부르면시 조명을 사용하여 무대 분위기를 냈다. 정말 재미있었고 기억에 정말 오래 남을 것 같다.

그렇게 발표를 다 끝내고, 며칠 뒤에 결과가 나왔다. 하지만 나는 아쉽게도 상을 받지 못 했다. 선생님들께서 정말 잘 하셨다고 했는데, 다른 아이들도 격려해야 해서 이번에도 상장을 줄 수는 없다고 하시면서 미안하다고 하셨다. 하지만 나는 괜찮았다. 왜냐하면 상을 받으려고 한 활동이 아니고 나의 꿈을 찾기 위해서 노력한 것이기 때문이다.

▨ 도전은 무한이

2022, 벌써 내가 3학년이라니... 내년이면, 아니 몇 달만 지나면 고1이 된다. 이제 슬슬 고등학교를 어디 갈지 정해야 하는데, 며칠 전까지 계속 고민을 했다. 그런데 이렇게 내 머리를 정리하면서 자기개발을 한 내용을 보니 내 진로를 정할 수 있을 것 같다. 지금 현재로써는 조명엔지니어가 되고 싶다. 하지만 언제 바뀔지 모르는 나의

꿈이다. 그래서 난 계속 도전해서 내가 원하는 것을 찾아서 꼭 이루어 낼 것이다.

'도전은 무한이, 인생은 영원히, 말하는 대로'

-말하는 대로 중-

〈과거를 저장하는 애니메이터〉

강지혜(1학년 ~ 2학년 1학기)

신학기의 시작, 대부분 신학기에 대한 즐거움을 가득 안고 등교할 테지만, 그 시기의 나는 마냥 즐겁지만은 않았다. 그도 그럴 것이, 신힉기가 시작되고 한 주쯤 지난 목요일만 되면 어김없이 나를 괴롭히는 LTI란 녀석 때문이다. LTI, 쉽게 말하면 꿈을 찾는 진로 프로젝트이다.

꾸준히 진로를 탐색하고 체험해보며 후에 결과와 소감을 전교생과 나눈다. 분명 멋진 프로젝트이다. 그렇지만 작심삼일의 표본인 나에겐 엄청난 부담으로 몰려왔다. 그랬기에 그 당시 내 눈엔 학기 중 나를 괴롭히는 하나의 성가신 프로젝트일 뿐이었다.

▨ 안녕! LTI

LTI와의 첫 만남은 신학기가 시작하고도 한참 지난, 2020년도 여름이었다. 코로나 때문에 등교가 6월까지 미뤄졌었기 때문이다. 모든 게 새로움으로 가득할 때, LTI란 놈도 슬그머니 '새로움' 사이에 들어와 있었다.

첫 LTI 시간, 담당 선생님이신 담임 선생님께서 LTI에 대해 설명해 주셨다. 선생님은 선배들의 발표 PPT를 보여주셨다. 선배들의 작품은 정말 멋졌다. 옷 디자인에 관심이 있어서 직접 옷을 만든 선배도 있었고, 과학을 좋아했기에 과학 실험을 주제로 정하고, 매 실험마다 쓴 보고서를 정리해 발표하신 선배도 있었다. 선배들의 발표 자료는 나도 잘해보고 싶다는 의욕이 불타오르게 했다. 그렇게 첫 LTI 시간이 끝나며, 선생님은 다음 시간까지 자신의 LTI 주제를 정해오라 하셨다.

LTI를 단순히 진로 탐색이라 생각했던 나는, 별생각 없이 그 자리에서 당시 내 장래 희망이었던 약사를 주제로 선택했다. LTI를 너무 쉽게 본 것이다.

▨ 처음부터 잘할 수는 없으니까 (1학년 1학기)

아니나 다를까, 성급히 결정한 주제는 화를 불러왔다. 앞서 말했듯이 LTI란 진로를 탐색하고 체험해보는 프로젝트이다. 체험이 주가 되어야 하는 프로젝트인데 내가 정한 주제인 약사는 체험하기가 쉬운 주제는 아니었다.

분명 셋째 주까지는 수월했다. 주제에 관해 자료 조사만 해도 삼 주는 충분히 채울 수 있었다. 4주 차가 되었을 때, 나는 내 주제의 한계와 마주했다.

'도대체 뭘 해야 하지?'

호기롭게 시작하던 모습은 어디 가고, 닭 쫓던 개 지붕 쳐다보듯 백지상태인 활동 보고서만 빤히 쳐다보고 있었다. 그랬던 나에게 선생님은 직업인 인터뷰를 추천해 주셨다. 좋은 아이디어라 생각한 나는 그 길로 인터뷰 질문지를 작성하고, 인터뷰를 신청할 약국까지 선정해 두었지만, 미처 내 성격을 고려하진 못했다. 막상 약국에 전화를 걸어 인터뷰를 요청하려 하니 손이 덜덜 떨렸다. 워낙 내성적인 성격인지라, 전화를 걸어 인터뷰를 요청하기에는 많은 용기가 필요했다. 몇 번의 갈등 끝에 나는 포기를 선택했다.

이렇게 계획을 수정하고, 결정하고, 다시 수정하기를 반복하는 동안 많은 시간이 흘렀고, 그중 들려온 다행스러운 소식에는 1학기 LTI 발표에 관한 내용도 있었다. 코로나19로 인해 1학기 발표는 하지 않기로 결정된 것이다. 정말 다행이라 생각했다.

비록 제대로 된 체험이나 경험 같은 건 없었지만, 이 LTI가 완전 실패로 끝났다 생각하지는 않았다. 실패는 성공의 어머니라는 말이 있듯, 이번 LTI를 통해 내가 무엇을 잘못했을까 되돌아보고, 반복하지 않으면 다음엔 더 잘할 수 있는 것이다. 이렇게 긍정적으로 생각하며, 내 첫 LTI는 마무리되었다.

▨ 발전? (1학년 2학기)

방학이 끝나고 다시 신학기가 찾아왔다. 그리고 어김없이 찾아오는 그 친구, LTI. 방학을 보내며 LTI를 보는 나의 시선이 조금은 바뀌어 있었다. 전에는 '내 장래 희망에 관해 탐구해보자!' 였다면, 지금은 '관심 있는 직업에 대해 탐구해보자!' 정도랄까? 이렇게 바뀐 시선과 함께, 전 학기의 치욕을 씻고자 비장한 마음으로 펜을 들었다.

'활동 많이 하고..... 내 관심사인데다..... 꾸준히 할 수 있는 것. 아, 인터뷰도 없으면 좋고!' 라며 펜을 휘릭휘릭 돌리고 있을 무렵, 뇌리에 스치는 하나의 아이디어가 있었다.

방학을 보내며, 우연히 유튜브에서 하나의 애니메이션 영상을 본 적이 있다. 인기 게임인 마인크래프트의 모형들을 배경으로 제작된 애니메이션으로, 싸이의 뉴페이스나 모모랜드의 뿜뿜같은 대중적인 노래의 뮤직비디오를 애니메이션으로 만든 영상이었다. 애니메이션을 만드는 방법도 생각보다 쉽고, 어플도 무료인지라 언젠간 만들어보고 싶어서 앱을 다운로드 해뒀었다.

'애니메이션은 내 주요 관심사이고 초보자도 쉽게 할 수 있을 것 같던데 이걸로 해볼까?'

그렇게 내 1학년 하반기 LTI 주제가 정해지게 된 것이다.

'그런데 뭘 만들어야 하나 · · · · · ?'

그렇다, 어김없이 뒷일은 생각을 안 하고 사고를 친 것이다. 딱히 좋아하는 노래도 없고, 만들고 싶은 애니메이션 주제랄 것도 없었다. 그렇게 정처없이 유튜브를 떠돌아다니고 있던 나에게, 마치 하나의 빛인 양 나타난 것이 있었다. 그것이 바로 『가창중학교 홍보영상』이었다.

가창중학교 홍보영상이란, 말 그대로 가창중학교의 학생회 홍보팀이 학교 홍보 차원에서 만든 영상이다. 영화 라라랜드의 OST 중 'Another Day Of Sun' 을 개사, 녹음한 후 뮤지컬 형식으로 영상을 만들어 유튜브에 투고한 것이다.

첫눈에 딱 사로잡힌다는 게 이런 말일까, 영상을 보자마자 생각했다.

'무조건 이걸 애니메이션화 해야 해!'

딱히 이유랄 것은 없었던 것 같다. 굳이 고르라면 내 마음에 들었다는 점일까. 이렇게 시작은 순탄하게 흘러갔다. 그러나 시련은 언제나 예상치 못한 곳에서 찾아오는 법이다. 애니메이션으로 만들기 위해선 영상 자체의 연출과 음원이 필요하다. 가창중학교 홍보영상의 경우, 홍보팀이 직접 개사와 녹음 그리고 영상 연출까지 다 한 터라 저작권이 홍보팀에 있었고, 혹시 모를 사고에 대비하기 위해 그들의 동의가 필요했다. 하지만 앞서 말했듯, 나는 내향적인 사람이라 이런 일은 시작하는 데도 매우 많은 용기가 필요했다. 그렇지만 이 프로젝트는 포기하기 싫다는 의지도 있었다.

이 고민을 친구에게 털어놓았더니, 친구는 흔쾌히 자신이 도와주겠다고 하였다. 덕분에 무사히 동의를 얻고, 홀가분한 마음으로 프로젝트를 시작할 수 있었다. 지금도 친구에게 정말 고마움을 느끼고 있다. 조금 과장해서, 만약 저 당시 친구의 도움이 없었더라면 난 결국 이 프로젝트를 포기했을지도 모른다.

그 후로는 순조롭게 프로젝트를 진행했다. 프로그램은 생각보다도 더 다루기가 쉬웠고, 활동은 내 적성에 맞았다. 단지 내가 계획을 세우지 않고 시작했다는 것만 뺀다면.

결국 두 번째 시련을 맞이했다. 발표까지 3주 남았지만 겨우 절반만 만들어 놓은 상태였다. 사태의 심각성을 인지한 나는 서둘러 계획을 짜기 시작했다. 남은 분량들을 5개로 나누어 2:2:1 비율로 배분했다. 적어도 마지막 주는 발표 준비를 해야 했기 때문이다. 생각할수록 말이 안 되는 계획 같아 한숨이 나왔지만 내가 시작한 일이니 내가 끝을 맺어야 했다.

LTI 주제로 제작한 3D 애니메이션

3주, 정말 힘들었지만 우여곡절 끝에 작품을 완성했다. 도중에 몇 번 포기할까 생각했었지만, 그전까지 했던 게 아까워서 오기로 버텼던 것 같다. 인간은 적응의 동물이라더니, 처음엔 힘들었지만 막판으로 갈수록 작업이 손에 잘 잡혀 시간 안에 끝마칠 수 있었던 것 같다.

다 끝난 줄 알고 한숨 돌리려던 그 순간, 발표가 남아있다는 것을 기억해냈다. 발표까지 이틀 남은 시점이었다. PPT는 매주 쌓아왔었으니, 남은 건 대본이었다. 나는 말을 참 못한다. 대본이 없으면 하고 싶은 말을 다 전하지 못 할까봐, 한동안 멀리하려 했던 컴퓨터 앞에 다시 앉았다. 쓰고 지우고, 또 쓰고 지웠다. 그렇게 6시간 만에 대본을 완성하였다.

정말 정말 마지막 순서인 발표를 앞두고 있었다. 어째서 번호순으로 발표를 하는지, 나는 어째서 강씨로 태어났는지. 항상 불공평하다고 생각한다. 선배들이 먼저 발표해 준 덕에 완전한 1번은 아니었지만, 긴장이 사라진 것은 또 아니었다.

점점 내 차례가 다가올수록 심장이 더 세차게 두근거리기 시작했다. 내 이름이 불렸을 때는 정말 눈앞이 하얗게 되었다. 놀랍게도 난 이 이후의 기억이 없다.

내가 정신을 차렸을 땐, 발표가 끝난 직후였다. 그제야 강당의 열기와 소음이 온몸으로 느껴졌다. 그때 쏟아지던 환호와 박수를 난 아직도 잊을 수 없다.

여태껏 치른 네 번의 프로젝트 중 가장 열심히 했던 프로젝트를 꼽으라면 망설이지 않고 1학년 하반기 때라고 답할 만큼, 정말 열심히 프로젝트를 준비했었다. 너무 무리하게 진행했는지 눈에 실핏줄이 터지는 경험도 했다. 하지만 그런 힘들었던 추억들은 내 결과물을 보며 느끼는 뿌듯함으로 눌러버릴 수 있었다. 후회가 없다면 거짓말이겠지만, 내가 잘못한 것보다는 내가 해낸 것에 의의를 두려 했다. 이렇게 뿌듯함과 조금의 후회를 안은 채, 1학년 하반기의 LTI를 성공적으로 마무리하였다.

▨ 이제는 익숙해질 만도 한데... (2학년 1학기)

LTI! 어떻게 매년 꼬박꼬박 찾아올 수 있는지. 슬슬 잊혀질 때쯤 되면 찾아오는 게 꼭 우리 집에 가끔 들리는 길고양이 같아 웃음만 나왔다.

지난 두 학기 동안 LTI를 진행하며 경험한 것이지만, LTI를 하며 가장 고민을 많이 하게 되는 시기는 단연 초반부라 생각한다. 주제를 잘못 선정하면 한 학기 내내 고생하기 때문이다. 그런 점에서, 2학년 상반기 LTI는 주제 선정에 가장 고민을 많이 한 프로젝트이다. 오죽하면 '주제 선정하다가 한 학기 다 보내겠다' 라는 말을 들었을 정도이니. 이런 말까지 들어가며 선정한 주제는 애니메이팅이었다.

'작년에 이어 또?' 라는 생각이 들겠지만, 작년에도 진행했던 주제이기에 더 잘 할 수 있겠다고 생각했다. 이렇게 큰 틀을 정한 후, 조금 더 세부적인 주제를 정하기 위해 애니메이팅의 종류들을 생각해 보았다. 3D는 1학년 때 제작을 해보았었기 때문에 2학년 때는 2D 애니메이션을 제작해보는 것이 어떨까 생각했다. 그리고 내 눈앞에 나타나게 된 것이 바로 로토스코핑 기법이다.

로토스코핑 기법이란, 간단히 말해 실사 이미지의 외곽선을 따라 그린 것들을 모아 애니메이션을 만드는 형식이다. 넓게 보자면 스톱모션에 속하는 기법이다. 그림에는 자신이 없던 나였기에, 이러한 기법을 택하게 되었다.

이렇게 로토스코핑 기법을 사용하여 만들게 될 애니메이션은 2021년도 상반기를 대표하는 댄스곡들의 안무였다. 원래 K-POP에 관심이 많기도 했지만 나름 우리 학교가 뮤지컬 특성화 학교임을 감안해 선정한 주제이기도 했다. 한 곡만 애니메이션화 하기엔 좋은 곡들이 너무 많았고, 그렇다고 여러 곡을 만들기엔 시간도 체력도 부족할 것 같았기에 여러 곡의 하이라이트 부분만을 애니메이션화 하기로 결정했다.

언제나 주제가 선정된 후에는 프로젝트가 순조롭게 진행된다. 주제를 정한 후에는 프로젝트를 실행하기 위한 준비가 필요하다. 우선, 그림을 그리기 위해 사놓았지만 쓰지 않았던 타블렛을 꺼냈다. 그림을 그리는 것에 관심이 생길 때쯤 너무 갖고 싶어 자그마치 1년이라는 고민 끝에 산 것이었다. 그러나 학업 등의 이유로 한동안 쓰지 못하고 벽장 속에 넣어두기만 했다. 한때 정말 좋아했던 것인데 지금은 벽장 신세라니, 타블렛에게 미안함이 느껴지기도 했다.

그림을 그리기 위한 타블렛을 준비했으니, 그다음엔 프로젝트를 진행을 위해 필요한 프로그램들을 컴퓨터에 깔아야 한다. 이번 프로젝트에서는 총 네 가지의 프로그램을 사용하였다.

첫 번째로, 춤을 캡처하기 위해 사용했던 반디캠이라는 프로그램이다. 다른 프로그램들과는 달리 원하는 영역을 지정하여 캡처가 가능했기에, 이 프로그램을 사용하였다.

두 번째로, 춤의 선을 따기 위해 사용한 프로그램은 메디방 페인트이다. 무료임에도 다양한 기능이 있어서 사용하게 되었다.

세 번째로 음악을 편집하기 위해 사용한 프로그램은 Audacity라는 프로그램이었다. 조작법이 쉬워 작년 프로젝트 때도 썼던 프로그램이었다. 곡의 하이라이트 부분만 잘라내는 용도로 사용하였다.

마지막으로 네 번째 프로그램은 사진들을 이어 애니메이션화 하는데 사용한 편집 프로그램, 무비 메이커이다. 사진들의 재생 시간을 조절할 수 있는 기능이 있어서 사진들을 이어 붙이기가 쉽기 때문에

이 프로그램을 사용하게 되었다.

여기까지 4주, 정말 계획을 세우고 준비만 하다 한 학기를 보낼 뻔했다. 약 10주 정도의 시간이 남아있었지만, 중간고사와 기말고사를 한 주씩 빼고 발표 준비를 할 기간을 빼면 7주밖에 남지 않은 것이다. 한 주에 한 개의 애니메이션을 만든다 생각했을 때 결코 긴 시간은 아니었다.

본격적으로 프로젝트를 시작하고 첫 주. 인기곡의 기준에 내 의견이 100% 반영되는 것은 좋지 않다고 생각했기에 인기 차트의 힘을 빌렸다. 그 주의 인기곡은 브레이브 걸스의 롤린이었다. 개인적으로도 좋아하는 곡이라 이번 프로젝트를 통해 그려보고 싶었던 곡이다. 하이라이트 부분만 뽑아보니 총 8초쯤, 1초당 10프레임인 애니메이션을 만들 것이었기에 그려야 할 그림은 총 80여 장이었다. 하루에 15장씩 그려도 6일이면 충분히 끝낼 수 있기에 6일간 그리고 남은 하루는 그린 그림들을 이어 애니메이션으로 만들어야겠다고 생각했었다. 그러나 첫 작품이기에 잘 만들어보고 싶은 마음이 컸었는지, 한 그림을 그리고 지우고를 수도 없이 반복했기에 15장을 그리는 데도 생각보다 시간이 오래 걸렸다. 그렇게 완성된 애니메이션은 선도 구불구불하고, 프레임이 끊기는 느낌도 들어 여러모로 마음에 들지 않았다. 주제를 바꿔볼까 생각도 했었지만 이미 시작한 프로젝트, 끝을 보고 싶었다. 그렇게 1주차 프로젝트가 끝났다.

1주 차의 시련을 경험 삼아 2주 차부터는 무리하지 않고 그리기로 다짐했다. 그 예시로, 롤린의 경우, 네 명이 다 나오는 풀캠의 화면을 캡처해서 그렸기에 작업 속도도 그려야 하는 사람의 수에 따라 배로 늘었었다. 이는 시간과 체력이 많이 들어서 2주 차부터는 한 명이 나오는 직캠의 화면을 캡처해서 그리게 되었다. 화면이 꽉 찬다는 느낌은 받을 수 없지만, 한 명을 그릴 때 더 신경을 쏟을 수 있어 만든 애니메이션의 퀄리티는 올릴 수 있었다.

2D 애니메이션 「롤린」 중 한 컷

그렇게 발표 전까지 「롤린」, 「라일락」, 「운전만 해」, 「던던댄스」, 「버터」, 「넥스트 레벨」 총 6개의 애니메이션을 만들 수 있었다. 중간에 한 주는 귀찮음을 이유로 빼먹는 바람에 계획했던 7개는 채우지 못했다. 아쉽긴 했지만 6개를 만든 걸로도 만족할 수밖에 없었다.

이쯤에서 끝냈으면 좋겠지만, 가장 큰 고비인 발표가 남아있었다. LTI 프로젝트 중 가장 떨리고 긴장되는 순간이다. 몇 달간 열심히 프로젝트를 진행

2D 애니메이션 「넥스트 레벨」 중 한 컷

했으나 발표 한 번을 통해 내 LTI를 다 보여줘야 한다는 것은 큰 부담감으로 다가온다.

내 이름이 호명되고, 역시나 귀가 먹먹해지고 앞이 깜깜해졌다. 여러 번 해봤는데도 왜 발표만큼은 익숙해지질 않는지 자리에서 일어나 발표하는 장소까지 가려고 해봤지만, 발이 쉬이 떨어지질 않았다.

작년과 같이 발표과정을 기억하지 못할까 걱정했으나 다행히도 그건 아니었다. 놀랍게도 마이크를 들자 다시 앞이 보였던 것이다. 조명은 너무 강해서 눈을 뜨기 힘들 정도였고 강당 내의 열기는 너무 뜨거워서 땀이 날 정도였다. 사람들의 시선이 느껴져서 심장이 다시 빠르게 뛰었다. 이날을 위해 열심히 연습도 했었으나 역시 긴장되는 것은 어쩔 수 없는 것인가 보다.

발표가 끝나고 받는 환호와 박수는 언제나 나에게 큰 희열을 안겨준다. 발표가 끝난 직후에는 그저 얼떨떨하기만 하다. 꿈을 꾸는 것 같다고 할까? 그 꿈에서 나를 빼내는 것은 질의응답 시간이다. 청중들이 궁금한 걸 질문하면 간단히 답하는 것이라 딱히 어려울 것은 없다. 그러나 기억나는 질문이 하나 있다.

'너무 잘 만들어서 그런데 유튜브에 올릴 생각은 없으신가요?'

나에게 있어서 정말 최고의 칭찬이었다. 아마 생각도 못 했던 질문이어서 더 그랬을지도 모르겠다. 그 질문을 통해 지난 한 학기의 노력을 인정받은 것 같다고 말해도 거짓은 아닐 것이다. 그랬기에 정말 고맙고, 기억에 남는 질문이었다.

이렇게 2학년 1학기의 LTI가 무사히 끝났다. 당연하게도 가장 먼저 느낀 감정은 아쉬움이었다. 이번 LTI를 구성하면서 '적어도 10개는 만들어야지' 라고 생각했었는데 여러 이유로 6개만 만든 것도 한몫했다. 게을러서 안 한 것들을 여러 핑계를 대며 포장한 것 같기도 해 마음이 마냥 홀가분한 것도 아니었다. 하지만 언제나 그랬듯이, 내가 해낸 것에 의의를 두었다.

프로젝트를 진행하면서도 '그만둬야지!' 라고 여러 번 생각했었다. 그러나 포기하려 해도 한 주가 끝나고 완성된 작품을 보며 느껴지는 뿌듯함을 조금의 고난 때문에 포기한다는 것이 너무 아까웠다. 그렇게 포기하지 않았기에 무사히 발표까지 할 수 있었다. 결과적으로는 큰 추억을 남길 수 있었기에 "이번 LTI 프로젝트에 만족한다."라고 당당히 말할 수 있어 기쁘다.

▨ LTI를 마치며

분명 처음에는 귀찮기만 했던 프로젝트였는데, 지금은 손꼽아 기다리는 학교 행사 중 하나이다. 좋아하는 걸 탐색하고 체험해보고 발전하는 나 자신을 직접 볼 수 있는 건 분명 흔치 않은 기회일 것이다. 또한 과정을 발표하고 사람들의 환호를 받는 것에 맛 들인 건 아닐까?

쉽지는 않겠지만 모두가 한 번쯤 LTI와 같은 프로젝트를 진행해보았으면 한다는 생각을 갖고 있다. 분명 잃을 것 없는 경험일 것이라 장담한다.

마지막으로, 이런 멋진 경험을 할 수 있게 만들어준 가창중학교에 감사의 인사를 드린다.

추천사 >

첫 마음으로, 아이들을 섬기고 높이는 대지(大地)의 일꾼

배창환(시인, 교육문예운동가)

변태석 선생님을 생각할 때마다 그가 즐겨 부르는 가곡 「명태」가 떠오른다. 그와 나는 교육운동가로 고난의 시절에 함께 젊음을 불태우면서 귀한 인연을 맺어왔지만, 또 하나의 공통점은 그는 음악과 풍물로, 나는 시(詩)를 통해 자기실현을 해 오면서 학교 안팎에서 예술교육에 적잖은 땀을 흘려 왔다는 점이다. 몇 해 전 내가 시집을 내어 대구에서 교육운동을 열정적으로 해 온 몇몇 선생님들과 자리를 함께했는데, 그 자리에서도 그는 그 특유의 우렁우렁한 음색(音色)으로 「명태」를 내게 선물했다.

가사 중에 "어떤 외롭고 가난한 시인이, 밤늦게 시를 쓰다가, 쇠주를 마실 때, 그의 시가 되어도 좋다..... 짝짝 찢어지어 내 몸은 없어질지라도, 내 이름만 남아 있으리라......"라는 부분이 여전히 가슴을 울렸지만, 자기 몸의 보시(布施)를 통해 이 세상에 온 흔적을 남기는 명태를 생생한 육성으로 살려낸 그날의 감동을 잊을 수가 없다.

시 중에는 삶을 감동 깊게 노래한 시가 귀하지만, 더 높은 길은 삶 자체가 곧 시(詩)인 삶이다. 그는 삶을 시로 쓰는 대신, 삶이 곧 시(詩)인 삶을 살아왔다. 그 한가운데 그가 사랑하는 아이들이 있다.

일찍이 아이들을 섬기고 높이는 일을 꿈꾸며 치열하게 실천해오던 그가, 마침내 평화롭고 자유로운 학교를 그리는 아이들과 선생님들, 학부모님들과 함께 아름다운 학교를 가창의 맑은 숲속에 장대하게 펼쳐놓았으니, 어찌 경외하는 마음을 갖지 않을 수 있겠는가.

그의 요청으로 이백 리 길을 달려가 아름다운 이 학교 아이들과 지난해까지 3년 동안 방과후 시 수업을 했던 시간은 내게 참 소중한 기억으로 남아 있다. 그 첫해 겨울 방학 때 3학년 아이들이 저들끼리 '작당하여' 학교로 '출근'하고 있었는데, 그 이유인즉 졸업하기 싫어서, 곧 모교가 될 이 학교에 하루라도 더 다니고 싶다는 것이었다. 세상에, 졸업하기 싫은 학교라니……!

그 비결이 무엇일까 궁금했지만 나는 곧 알아챌 수 있었다. 교육은 서로 진심을 주고받는 일이다. 하나부터 열까지 모범을 보이는 실천에서 시작되며, 인간과 대지(大地)의 생명에 대한 사랑과 연민이 없이는 한 발도 제대로 내디딜 수가 없다. 그리고 사람은 말이 아니라 감동에 의해 바뀌어간다. 마찬가지로 세상에 한번 뿌린 감동의 씨앗은 쉽사리 사라지지 않는다.

이 책에 담긴 가슴 울컥해지는 여러 활동 사례들은 생명과 예술을 살려내는 교육철학으로 무장한 민주적인 리더인 그와 동료 교육 주체들이 아이들과 함께 만들어낸 크고 작은 감동의 기록이다. 그것은 하루아침에 도깨비방망이처럼 뚝딱 나오지 않는다. 그의 아름다운 학교는 젊은 날의 소록도 봉사활동이나 도보여행, 자전거 여행 속에 이미 그 싹이 배태되어 있었다. 그는 대학에서 생물학을 전공하면서 자연 생태와 생명에 대한 경외감을 몸속 깊이 새겼고, 음악과 풍물을 통해서 함께 사는 세상의 따뜻한 삶의 문화와 예술을 익혔다. 그런 그에게 교육 현장은 자신의 삶과 교육철학을 실현하는 소중한 기회였고 땀 흘려 일구는 밭이었다.

그는 늘 아이들을 성장하는 귀한 인격체로 대하였으며 아이들의 '회복탄력성' 을 생각하는 그의 마음속에는 험한 세상을 살아갈 삶의 주체로서의 그 운명까지 사랑하고자 하는 속 깊은 진심이 녹아 있다. 언제나 자신을 낮추어 아이들을 섬기는 자세와 "명태가 되어도 좋다"는 첫 마음을 잃지 않고 궁구하는 성실함이 그의 교육활동의 출발점이다. 그만큼 헌신성이 몸에 배어 있다. 그리고 그는 누구 앞에서나 겸손하고 당당하다.

이 책은 그와 우리 모두에게 소중한 자산이다. 아이들이 바르게 커나가는 길을 찾는 모든 사람들에게 깊은 울림을 전할 것이라 확신한다. 더하여 나는 이 사랑과 감동의 소중한 씨앗이 민들레 홀씨처럼 더 멀리멀리 퍼져나가는 꿈을 그려본다. 뜻이 있는 곳에 반드시 길이 있고, 작은 오솔길도 여러 사람이 함께 가면 한길이 될 것이기 때문이다.

추천사 >

그대.
아이들과 함께 배우며
새로운 세상을 꿈꾸지 않겠는가?

양희창 (제천 간디학교 설립자)

참으로 놀랍고 경탄할 일이다. 학생 수가 점점 줄어 존폐위기를 걱정해야 하는 학교를 다시 회복시킨 것도 모자라 아이들을 활짝 웃게 만들고, 어떻게 살아야 할지 스스로 결정하도록 만들어 미래를 향하여 엄청난 에너지를 갖고 나아갈 수 있게 했으니.

무엇보다도 변태석 선생님의 아이들에 대한 사랑이 무기력하고 꿈을 잃어버린 아이들을 다시 일깨웠다고 본다. 사랑의 눈으로 깊이 바라보니까 아이들에게 무엇이 결핍되었는지, 어떻게 하면 웅크린 자아를 당당히 표현할 수 있는지 알게 된다. 아이들은 글로, 노래로, 몸짓으로 그리고 그 모든 것을 종합하여 뮤지컬이라는 아름다운 공동체 작품을 완성할 수 있게 한 거다.

청년 시절, 나와 선생님은 소록도 봉사활동을 함께 했다. 한 사람은 비인가 대안학교를 만들어 "대안교육은 적응을 위한 교육이 아니라 변화를 위한 교육 운동이어야 함"을 소신껏 외쳤고, 또 한 사람은 공교육의 테두리에서 어쩌면 훨씬 더 상처 많은 아이를 정성껏 보듬고 스스로 일어설 수 있도록 아낌없이 대안교육을 펼쳐 오셨다.

새로 만드는 것 보다, 이미 있던 것을 고치는 게 더욱 힘들고 어렵다는 것은 익히 잘 아는 사실이다. 기존의 학교 틀에 익숙해져 몸 쓰기 싫어하는 아이들을 꼬드겨 함께 자전거 여행, 도보여행을 하며 '결국은 내가 해냈구나' 하는 성취감을 맛보게 한 건 참으로 슬기로운 일이다. 덤으로 아이들은 생태적인 삶, 느린 삶에 대해서도 언젠가는 기억하게 될 거다.

'슬기로운 교사가 가르칠 때 학생들은 그가 있는 줄을 잘 모른다. 배움의 싹이 틀 때 그것을 거들어 주는 교사는 학생들이 진작부터 알던 바를 스스로 찾아낼 수 있도록 돕는다. 교사가 일을 다 마쳤을 때 학생들은 말한다. 대단하다! 우리가 해냈어.' (배움의 도)

아이들이 전인적으로 성장하고, 각자의 잠재력을 최대한 발휘하며, 개인과 공동체, 지구의 안녕에 기초한 공동의 미래를 위해 노력할 수 있도록 하는 것이 미래 교육의 역할이라고 얘기하고 있는바, 이미 선생님은 미래를 내다보는 예지력이 있으신지 그런 학교를 만들어 놓으신 게 아닌가!

회복탄력성 교육은 새로운 가치 창조하기와 갈등과 딜레마 조정하기, 그리고 책임감 장착으로 아이들의 변혁적 역량을 갖추려는 의도를 충분히 달성하였다. 민주적인 소통문화를 통해 민주시민으로 살아갈 수 있는 자질을 한껏 길러 주었으니 참으로 대단하시다.

작년에 내가 가창중학교를 방문하였을 때의 장면이 잊을 수 없다. 선생님과 함께 운동장을 거니는데 한둘이 아니고 운동장에 있던 모든 애들이 선생님께 달려와 방긋 웃으며 진심으로 인사를 하는 게 아닌가? 마치 아빠를 만난 것 처럼......
그때 깨달았다. 선생님이야말로 진정한 대안교육을 해 오셨구나.

학교가 단순한 지식습득을 위한 곳이 아니라 만나며, 배우며, 상상하며, 함께 새로운 세상을 만들어 가는 곳임을 일깨워 주신 선생님의 이야기를 통해 우리도 지구별 여행을 재미있게 할 수 있으면 좋겠다.

추천사 >

생존을 위한 몸부림에서 미래학교의 모델로

가창중학교 교사 김호

주먹구구식 학사일정, 백화점식 방과후 학교, 감소하는 신입생, 늘 과중한 업무에 찌들어 소통 없는 동료 교직원들 …… 언제 침몰해도 이상하지 않은 난파선 같은 상황의 학교가 가창중학교였다.

나는 2009년에 가창중학교의 교사로 부임했다. 교사 중 제일 젊어서 늘 새로운 업무를 맡아야 하는 분위기에서 교육자로서의 철학을 갖춘다거나 교직 생활에 대한 고민과 성찰을 할 여유도 없이 하루하루 연명하는 생활의 연속이었다. 과중한 업무에 숨 쉴 틈조차 없었지만, 더 힘든 일은 수업이었다. 학급 수가 적어 전 학년을 대상으로 여러 과목의 수업을 혼자서 준비하고 상치 과목까지 맡다 보니 수업 준비와 학생 평가에 극심한 어려움을 겪고 있었다. 어른 역할을 하는 선배 교사의 부재로 고민을 상담할 대상도 없었고, 젊은 교사에게 떠넘겨지는 담임 역할까지 해야 하는 상황에서 좌절감을 느끼지 않을 수 없었다.

그런 가운데 학생 수가 매년 감소하는 위기까지 찾아왔다. 우리 학교가 위치한 지역적 한계와 우물 안 개구리처럼 고립된 사립 단설 학교의 문제가 중첩되어 나타난 절체절명의 위기였다. 위기를 극복하기 위해 소규모 학교 전문가들의 컨설팅도 받아 봤지만, 돌파구를 찾지 못해 심신이 지쳐갔다. 그 와중에 20년 넘게 자리를 지키던 선배 선생님 몇 분이 명퇴 신청을 하자 교무실에는 암울한 분위기가 형성되었다.

총체적 난국의 가창중학교에 변태석 교장 선생님이 부임해 오시던 날을 기억한다. 당시 교사들은 학교를 변화시키기 위한 다양한 시도와 노력에도 실패가 반복되자 패배주의가 만연해 있었다. 교장 선생님이 뮤지컬을 주제로 대안형 특성화중학교로 전환을 추진하겠다는 의견을 제시했을 때는 '새로운 시도와 노력을 또 해야 해?' 라는 자포자기의 심정이었다. 선생님들 사이에서는 '뮤지컬 특성화중학교를 한다고 이 시골구석까지 학생들이 올까?' 라는 냉소가 흘렀다. 당연히 특성화 교육활동 참여에도 소극적이었다.

나는 무기력하게 순종하며 내키지 않는 「특성화중학교 전환 TF팀」 구성원이 되었다. 2017년 초부터 교육부와 교육청에 제출할 계획서를 만들고 뮤지컬 특성화 교육과정을 준비했다.

신학기에는 「신입생 연극 캠프」, 「자전거 여행」, 「도보여행」, 「해외 이동학습」, 「LTI프로젝트 학습」을 시범 운영했으나 확신이 없는 선생님들은 소극적일 수밖에 없었다. 「신입생 연극 캠프」와 「자전거 여행」을 치른 후 학부모님들의 호응을 지켜본 선생님들의 마음이 조금씩 흔들렸고, 입학설명회를 거치면서 선생님들은 냉소에서 기대로 바뀌기 시작했다.

2018학년도 신입생 모집이 40명 정원을 채워 성공적으로 끝나자 놀라움을 감출 수 없었다. 2019학년도 이후에는 탈락자가 많이 생길 정도로 가창중학교에 대한 호응이 좋았다. 이제는 폐교의 위기를 걱정하는 상황에서 벗어나 미래교육의 선구자가 되기를 소망하며 노력하고 있다.

특성화중학교 전환 후 끊임없는 혁신과 도전에 힘은 들었지만, 선생님들은 가창중학교 교사라는 자부심이 생겨 주변 사람들에게 우리 학교 이야기를 자랑스럽게 했으며 초등학교에 홍보를 갈 때도 당당함을 유지할 수 있었다.

개인적으로는 그때까지 담당해온 업무에다 특성화중학교 전환 업무까지 더해져 과부하가 걸린 상황이었다. 업무 처리에 급급했던 나를 고민하는 교사로 서게 해주신 분이 변태석 교장 선생님이셨다. 많은 대화를 통해 '전국 최초의 뮤지컬 특성화중학교를 만들고 있다.'는 자부심을 갖게 했고, 학교를 변화시켜 교사로서 성장하고 싶다는 욕구를 갖게 해주셨다. 학교에 출근하기 싫은 교사, 자존감이 바닥인 교사, 가르치는 일과 교사의 정체성이 혼란스러운 교사, 매너리즘에 빠진 교사였던 나를 무한한 믿음으로 지켜봐 주시고 응원해주셨다. 특히 독서 나눔을 통해 교사의 역할과 정체성, 조직의 회복탄력성, 학교가 나아가야 할 방향과 비전, 미래교육에 대해 말씀해주셨다. 현실에 한없이 안주하는 나에게 익숙함을 벗어던질 용기를 주셨다.

가창중학교는 뮤지컬 특성화중학교로 전환하여 5년이 지나는 동안 혁신적인 교육과정 운영과 학생들의 고른 성장을 바탕으로 안정적인 신입생 모집을 하는 성공을 거두었다. 이 성과는 많은 사람의 이목을 끌고 있으며 「한국교육학회」 학술대회에까지 보고되어 소규모 학교의 운영 모델로 주목받고 있다.

교장 선생님께서 이런 변화의 과정을 책으로 기록하여 미래 교육의 이정표로 삼고자 하신다니 감사의 마음을 담아 축하를 드린다. 이 책의 발간을 계기로 우리 후배 교사들이 변화를 두려워하지 않고 지속적인 혁신과 도전으로 가창중학교를 미래학교의 모델로 성장시킬 수 있기를 바란다.

추천사 >

우리가 꿈꾸던 학교

전성호(3학년 학부모)

아이들이 성장기에 공부에만 파묻히지 않고 자유분방한 꿈을 꿀 수 있기를 소망하며 소규모 학교가 있는 전원생활을 계획한 끝에 첫 아이가 일곱 살 때 가창에 자리 잡게 되었습니다.

첫째 아이가 가창초등학교를 졸업할 때가 되자 진학이 걱정되었습니다. 인근에 가창중학교가 있었지만 입학하기가 망설여졌습니다. 그때 변태석 교장 선생님께서 부임하여 가창중학교를 뮤지컬특성화중학교로 전환하며 불어 닥친 변화의 바람은 우리 부부와 아이들의 마음을 사로잡기에 충분했습니다.

입학설명회에서 말한 대로만 이행된다면 그야말로 우리가 꿈꾸던 그런 학교가 되리라는 생각이 들었습니다. 반신반의하면서도 저런 마인드를 가지신 분이 교장 선생님이라면 믿어 보고 싶다는 생각이 우리를 지배했습니다.

첫째 아이는 입학한 후 교장 선생님이 입학설명회에서 하셨던 약속을 하나하나 경험하며 학교를 너무 좋아하게 되었고 자부심이 가득해졌습니다.

형이 입학한 후의 모습을 보며 중학교에 진학할 날을 기다렸던 둘째는 벌써 삼학년이 되어 행복한 학교생활을 하고 있습니다. 가창초등학교 오학년인 셋째도 가창중학교에 갈 날을 기다리고 있으며, 천지도 모르는 1학년 막내도 오빠들과 언니처럼 좋아하게 될 것으로 확신합니다.

입학이 망설여졌던 가창중학교가 어떤 학교보다 행복하고 신나는 학교로 변할 수 있었던 것은 박갑년 재단 이사장님의 전폭적인 지지와 변태석 교장 선생님 이하 모든 선생님의 남다른 노력과 애정이 있었기에 가능했으리라 생각합니다.

가창중학교를 반석 위에 서게 해주신 변태석 교장 선생님의 회복탄력성 교육은 아이들에게 더 큰 꿈을 품을 수 있게 했고, 넘어져도 두려워하지 않고 일어설 힘을 길러줬다고 확신합니다.

가창중학교 이야기가 책으로 엮여 세상에 알려지게 된다니 기쁘기 그지없습니다. 참스승으로 아이들을 위해 헌신해 주신 변태석 교장 선생님의 노고에 큰 박수를 보내며 가슴 깊은 감사를 드립니다.

추천사 >

내 성장의 발판, 가창중학교

졸업생 윤희진
(세종장영실고등학교 IT콘텐츠과 1학년)

저는 가창중학교 뮤지컬 특성화 1기 졸업생 윤희진입니다.

저에게 가창중학교는 자기 주도력을 키우고 한 걸음 더 성장할 수 있는 발판을 만들어준 학교입니다.

초등학교 때 예술 분야에 흥미가 있어서 가창중학교에 입학했습니다. 가창중학교에서 성악, 무용, 연극, 댄스, 기타, 뮤지컬 등 다양한 특성화 수업을 하며 예술에 대한 호기심이 더 커졌습니다. 학교에서 운영하는 「뮤지컬 캠프」에서 친구들과 협력하고 배려하며 작품을 하나하나 만들어 갔습니다. 캠프를 통해 한층 더 성장한 것을 느꼈습니다.

처음에는 뮤지컬 실력이 향상되었다고 생각했는데, 나중에 생각해 보니 예술 역량은 물론 친구들과 소통하는 방법과 배려심도 성장해 저의 밑바탕을 더 단단하게 만들었습니다.

회복탄력성을 알게 해준 「자전거 여행」은 어떤 위기가 닥쳐도 극복할 힘을 줬습니다. 힘들면 쉬어가고 넘어지면 다시 훌훌 털고 일어나며, 살아가면서 겪게 될 고비나 위기에 포기하지 않고 잘 이겨낼 수 있다는 용기를 얻었습니다. 제가 고등학교 진학 후 시행착오를 겪으며 고민이 많았을 때, 방황하지 않고 다시 시작할 수 있었던 것은 중학교 때의 경험 덕분이었습니다.

또한, 가창중학교를 다니며 가장 인상 깊었던 활동 중 하나는 「LTI 프로젝트 학습」이었습니다. 「LTI 프로젝트 학습」은 저의 삶의 목표와 방향을 정하는 데 많은 도움이 되었고, 꿈꾸고 도전하는 계기가 된 활동입니다. 오직 예술에만 관심이 있었던 제가 여러 진로 탐색 활동을 통해 막연하게 예술인을 꿈꾸던 것에서 벗어나 실현 가능한 꿈을 찾게 되었습니다.

고등학교에 와서도 매 학기 혼자 「LTI 프로젝트 학습」 방법을 사용하고 있습니다. 스스로 목표를 정하여 계획을 세우고 여러 가지 실행 방법을 모색하며 나를 통제할 수 있어서 도움이 많이 됩니다.

다양한 예술 활동, 회복탄력성, LTI 프로젝트 학습 등은 가창중학교를 다니지 않았다면 알지 못했을 것이고 한층 더 성장한 지금의 저도 없었을 것입니다.

가창중학교를 소개하는 책의 출판을 축하드리며, 이 책을 빌어 중학생 시절 많은 도움을 주신 여러 선생님께 감사의 말씀을 전하고 싶습니다.

학교인가 놀이터인가

2022년 8월 25일 초판1쇄 발행

지은이 변 태 석
펴낸이 김 성 민
편집디자인 김 경 자

펴낸곳 도서출판 브로콜리숲
출판등록 제2020-000004호
주소 41743 대구광역시 서구 북비산로 65길 36, 2층
전화 010-2505-6996
팩스 053-581-6997
홈페이지 www.broccoliwood.com
인스타그램 broccoliwood_
전자우편 gwangin@hanmail.net

ISBN 979-11-89847-39-5 03810